La Celestina

Letras Hispánicas

Fernando de Rojas

La Celestina

Edición de Dorothy S. Severin
Notas en colaboración con Maite Cabello

DECIMOCTAVA EDICIÓN

CÁTEDRA
LETRAS HISPÁNICAS

1.ª edición, 1987
18.ª edición, 2010

Traducción de la Introducción: María Luisa Cerrón

De la introducción Dorothy S. Severin
© Ediciones Cátedra (Grupo Anaya, S. A.), 1987, 2010
Juan Ignacio Luca de Tena, 15. 28027 Madrid
Depósito legal: B. 25.953-2010
I.S.B.N.: 978-84-376-0700-9
Printed in Spain
Impreso en Novoprint, S. A.
(Barcelona)

Índice

Introducción

> Y pues es antigua querella y visitada de largos
> tiempos, no quiero maravillarme si esta presente
> obra ha seýdo intrumento de lid o contienda a sus
> lectores para ponerlos en diferencias, dando cada
> uno sentencia sobre ella a sabor de su voluntad.
>
> FERNANDO DE ROJAS, nuevo prólogo de la
> *Tragicomedia de Calisto y Melibea*

Cuando Fernando de Rojas escribió estas palabras, en los albores del siglo XVI, no podía sospechar hasta qué punto iban a ser proféticas, ni tampoco que durante los siglos XIX y XX el tópico sobre el desacuerdo entre los lectores iba a verificarse en largas controversias acerca del autor o los autores, las ediciones, el género y el sentido de *La Celestina*.

En una perspectiva moderna, es obvio que una introducción a una obra tan compleja y tan ampliamente comentada como *La Celestina* es de suyo una tarea temible y que el editor ha de guiar al estudiante a través de un campo minado por las desavenencias críticas antes de enfrentarlo con el texto propiamente dicho. Creo que hay que empezar por lo básico, es decir, por los problemas en torno a la paternidad y a los primeros estadios de la obra, para pasar, después de tales cuestiones, al ámbito más dilatado del género, el sentido y las fuentes.

EL AUTOR. PRIMERAS EDICIONES

Las primeras ediciones que hoy se conservan de la *Comedia de Calisto y Melibea* —según se la llamó en principio— fueron

11

publicadas en Burgos, por el impresor Fadrique Alemán, posiblemente en 1499, y en Toledo, por Pedro Hagenbach, en 1500. Cuál de las dos es verdaderamente la *princeps* es cuestión debatida[1]. Teniendo en cuenta las características tipográficas de la edición de Burgos, puede ser atribuida a Fadrique Alemán, pero un escudo del impresor incluido apócrifamente al final plantea algunas dudas acerca de la fecha. Esta edición consta de dieciséis actos con sus «argumentos» o resúmenes introductorios que explican la acción, pero en ella no figuran los textos preliminares ni los finales. La edición de Toledo de 1500 es la primera *Comedia* completa que conocemos, ya que incluye los textos preliminares, que son: la carta del autor a un amigo y los versos acrósticos, el «síguese» o *incipit*, el «argumento» de toda la obra y los versos finales de Alonso de Proaza, donde declara que el nombre del autor se halla oculto en las estrofas que éste puso al frente del texto. El acróstico reza: «El bachiller Fernando de Rojas acabó la Comedia de Calysto y Melybea y fue nascido en la Puebla de Montalván.» En la carta a un amigo, este Fernando de Rojas afirma ser estudiante de Leyes en Salamanca y haber encontrado el primer acto de la obra, ya escrito por un autor desconocido, antes de decidirse a completarla en unas vacaciones de quince días.

Si ya estas afirmaciones ofrecían serias dudas a los eruditos del siglo XIX, más escépticos aún se mostraron ante lo declarado en un nuevo prólogo a la versión ampliada de la obra. La versión apareció en 1500 o 1502, y contenía cinco actos adicionales, que se intercalaban en medio del acto XIV, además de numerosos cambios e interpolaciones en el texto. El autor del prólogo, que confiesa ser el mismo autor de antes, sostiene haber añadido estos actos ante la insistencia de algunos amigos que querían que el proceso de los amores se alargase, y haber cambiado el título de esta versión aumentada, teniendo en cuenta el trágico final de la obra, por el de *Tragicomedia de Calisto Melibea*.

---

[1] *Vid.* Ferreccio Podestá [1965] y Penney [1954] (las referencias completas se dan en la bibliografía). En el mismo apartado bibliográfico puede consultarse la lista de las ediciones facsímiles.

Solamente con esto, Rojas —fuera quien fuese— consiguió enturbiar las aguas en profundidad y acumuló material suficiente como para mantener ocupados a los eruditos discutiendo el problema del autor, sin necesidad de llegar siquiera a tocar el texto. Y, por sorprendente que parezca, antes de que se hallasen los documentos que prueban suficientemente la existencia de Rojas y permiten verificar al menos alguna de sus afirmaciones, hubo, durante el siglo XIX, estudiosos que lo consideraron un impostor y que desatendieron su explícita declaración de haber escrito una parte de la obra. Parte de estos documentos fueron publicados por Manuel Serrano y Sanz en 1902, y otros fueron hechos públicos por un descendiente de Rojas, Fernando del Valle Lersundi, en 1925 y 1929, y gracias a ellos los especialistas pudieron diseñar un bosquejo de la vida de Rojas. Las líneas de este primer bosquejo fueron ampliamente ilustradas por Stephen Gilman en su magistral libro *The Spain of Fernando de Rojas*[2].

La información que actualmente tenemos acerca de Rojas, sin que sea exhaustiva, es suficiente en comparación con la que poseemos de otros autores de su misma época, pertenecientes como él a la clase media. Fernando de Rojas nació en la Puebla de Montalbán, unos kilómetros al oeste de Toledo, posiblemente en la década de 1470. Ya había obtenido el grado de bachiller en Leyes en 1500 —quizás en 1496-1497—, parece que después de transcurridos los seis años en que normalmente consistía la carrera, que habría comenzado aproximadamente a los dieciséis; así pues, el que tuviera poco más de veinte años cuando escribió la *Comedia* es sólo una especulación (Calisto, el protagonista, es un joven de veintitrés). En 1507, debido a un altercado surgido con un noble local por una cuestión de impuestos, se trasladó de la Puebla a Talavera. Casó con Leonor Álvarez y tuvieron cuatro hijos y dos hijas; el primogénito nació en 1511. En 1525 su suegro Álvaro de Montalbán solicitaba ser representado por Rojas en un proceso inquisitorial, citándole como converso o cristiano descendiente de judíos;

---

[2] Gilman establece el *corpus* documental de Rojas ofreciendo, además, nuevas aportaciones en [1972/1978]. *Vid.* Valle Lersundi [1925, 1929]; y también Serrano y Sanz [1902].

pero esta sangre hebrea de Rojas le descalificó para actuar como defensor de su suegro. También se cree que fue alcalde de Talavera durante algún tiempo. Murió en abril de 1541, habiendo dejado un testamento firmado el día tres de dicho mes; el 8 de abril su viuda redactaba un inventario de sus posesiones, especialmente de los libros. Fue enterrado en el Convento de la Madre de Dios, amortajado con hábito franciscano. A estas pruebas viene a sumarse, además, un documento aportado por Gilman, según el cual el padre de Rojas pudiera haber sido condenado por la Inquisición en 1488, mientras un buen número de sus primos fueron reconciliados con la Iglesia (u obligados a confesar en público que su cristianismo no había sido sincero).

En la actualidad la mayoría de los críticos parecen inclinarse por aceptar el hecho de que Rojas escribiera al menos una parte de *La Celestina* y que lo hiciera a una edad muy temprana según nuestros parámetros, pero no hay que olvidar que en el siglo XV se consideraba que un hombre de unos veinticinco años estaba en plena madurez y que llegar a los sesenta y ocho o sesenta y nueve era haber alcanzado una venerable ancianidad. A decir verdad, si se acepta que su padre fue ajusticiado por la Inquisición, no parece descabellado pensar que los estudios de Rojas hubieran de interrumpirse y que el amigo de la carta introductoria fuera su protector, quizá su tutor. La *Comedia* fue escrita después de 1494 —Rojas emplea mucho una edición de Petrarca de dicho año—, y si ya era por entonces bachiller, debía de tener alrededor de veinticinco años cuando escribió la *Comedia*.

Una cuestión debatida con acaloramiento es la de qué parte de *La Celestina*, exactamente, escribió Rojas. Hoy por hoy, todo el mundo está de acuerdo en que es el autor de los actos II a XVI de la *Comedia* original, y ya pocas voces disidentes pueden dudar de su paternidad en lo referente a los actos adicionales[3], las interpolaciones y los últimos «argumentos», habi-

---

[3] En su edición de la obra, Marciales [1985] sugiere que los actos que traen la trama secundaria de Centurio —el llamado *Tratado de Centurio*— pueden ser fruto del trabajo de uno de los amigos de Rojas o de Sanabria, autor del «Auto de Traso», añadido a la obra posteriormente.

da cuenta del libro de Gilman, *The Art of «La Celestina»*, en el que se señala que «Mollejas el hortelano», dicho por Sempronio en una interpolación del acto XII, parece ser una referencia a la «güerta de Mollejas», propiedad de la familia [1956/1974]. Pero el problema de quién es el autor del acto I sigue en pie. La tendencia general ha sido la de creer las palabras de Rojas, quien afirmaba haberse encontrado el acto y, efectivamente, en diversos estudios han sido indicadas las diferencias lingüísticas y estilísticas existentes entre este acto y el resto de la obra, así como su divergencia en cuanto al material de las fuentes y la alteración de una o dos referencias clásicas que podían indicar que Rojas había copiado mal la fuente original[4]. El propio Rojas confiesa su ignorancia acerca de su autor, y en las interpolaciones de la *Tragicomedia* sugiere que podría ser Rodrigo de Cota o Juan de Mena. Ambas atribuciones han sido discutidas y la posibilidad de que sea Cota el autor parece ser la más consistente de las dos[5].

La fechación de las primeras ediciones es otro rompecabezas crítico. Rojas debió de añadir sus quince actos a la *Comedia* en 1496, o más tarde, ya que empleó como libro de referencia un *Index* de frases de Petrarca impreso en Basilea en 1496[6]. La *Comedia* debió de imprimirse inmediatamente después, aunque las ediciones de 1499 y 1500 sean las primeras que conocemos; existe además una tercera edición, Sevilla 1501[7], que es similar a la de Toledo. Después se abre un paréntesis de varios años, y la primera *Tragicomedia* conocida aparecerá en Roma, traducida al italiano por Alfonso Ordóñez y publicada por Eucharius Silber[8]. La primera *Tragicomedia española* conservada data de 1507 (Zaragoza, Jorge Coci), pues las ediciones de la *Tragicomedia* que dan el lugar y la fecha de Sevi-

---

[4] *Vid.* Riquer [1957].

[5] Marciales [1985] apoya esta opinión que había sido argumentada primero por Elisa Aragone en su edición del *Diálogo entre el amor y un viejo*, de Cota (véase la bibliografía). Salvador Martínez [1980] piensa que Cota escribió los actos I-XVI, pero yo creo rebatir este argumento en Severin [1980].

[6] Exhumado por Castro Guisasola [1924: 114-142].

[7] Esta temprana impresión ha sido editada por Rank [1978].

[8] La primera traducción ha sido editada por Kish [1973].

lla, 1502, o Toledo, 1502, en la estrofa final de Proaza, en realidad fueron publicadas entre 1510 y 1529[9]. Asimismo otra edición, muy cuidada, de 1514 (Valencia, Juan Joffré) da en los versos como lugar de publicación Salamanca y como fecha 1500. Así pues, tenemos que las fechas que la crítica baraja como las más tempranas para la aparición de la *Tragicomedia* son las de 1500 o 1502[10].

LA INTENCIÓN DEL AUTOR. TEXTOS PRELIMINARES

Según señaló en su día P. E. Russell, el lado cómico de *La Celestina o (Tragi)comedia de Calisto y Melibea* no ha sido tenido en cuenta suficientemente por la crítica del siglo XX[11]. Sus elementos irónicos han sido estudiados, pero sólo los trágicos, no los cómicos[12]; también ha sido analizada la relación de la obra con sus antecedentes humorísticos clásicos e italianos, aunque siempre desde la perspectiva de las fuentes literarias[13]. Únicamente lo referente a la parodia se ha estudiado desde un punto de vista humorístico[14]. Sin embargo, el propio autor, Fernando de Rojas, nos dice en varias ocasiones que emprendió su tarea después de haber encontrado un texto divertido y que decidió continuarlo en la misma vena, aunque luego, con tan trágico final, acabara por alterar la obra lo suficiente como para tener que cambiar el título por

---

[9] Norton [1966: 141-156].

[10] *Vid.* Whinnom [1966].

[11] *Vid.* [1957] y el comentario de Gilman sobre el mismo en su estudio [1956/1974].

[12] La ironía, tal y como nosotros la entendemos, es, por supuesto, una definición moderna del término; *vid.* la discusión del tema que hace D. C. Mueck en *Irony*, The Critical Idiom, XIII (Londres, Methuen, 1970). Ayllón [1970] clasifica los diversos tipos de ironía en *La Celestina* como premonitorio, dramático y verbal. Nuevas adiciones al debate han sido hechas por Himelblau [1967-1968]; Szertics [1969-1970]; y Phillips [1974].

[13] *Vid.* María Rosa Lida de Malkiel [1962] para un estudio que dedica especial atención a los antecedentes clásicos del género, la técnica teatral y los personajes de la obra.

[14] La parodia del amante cortés ha sido estudiada por Martin [1972: 71-132]; Deyermond [1961A] sienta las bases de la argumentación de June Hall Martin.

una forma híbrida, y así en la versión aumentada la *Comedia* pasó a ser *Tragicomedia:*

> Otros han litigado sobre el nombre, diziendo que no se avía de llamar comedia, pues acabava en tristeza, sino que se llamase tragedia. El primer autor quiso darle denominación del principio, que fue placer, y llamóla comedia. Yo viendo estas discordias, entre estos estremos partí agora por medio la porfía y llaméla tragicomedia.

De hecho, poco hay de inherentemente trágico en los actos adicionales, cuya naturaleza es fundamentalmente cómica; y aunque los amigos de Rojas —nos cuenta— se extendían en sutilezas sobre la naturaleza de la *Comedia* original llamándola, algunos de ellos, tragedia, Rojas no estaba de acuerdo y la rebautizó como tragicomedia. Y desde luego no fue Rojas el primer autor que tuvo este problema de terminología, pues cuando Plauto escribió el *Anfitrión,* obra cómica sobre los dioses, tuvo que admitir que, dado que trataba de éstos, tenía que ser denominada tragedia y por lo tanto no le quedaba más remedio que llegar a un compromiso; así nos lo explica Mercurio en el prólogo: «Haré que sea una mezcla, una tragicomedia»[15]. Se podría señalar que, para Rojas, «comedia» implicaba no sólo la forma dialogada, sino también un contenido cómico, por eso Plauto le ofrecía una etiqueta utilísima, la de la tragicomedia, quizás (como sugiere Castro Guisasola) a través del *Fernandus Servatus* de Verardo[16], y a pesar de que el problema de Plauto fuera completamente diferente del de Rojas: la comedia de Plauto trataba de persona-

---

[15] Se cita por la traducción de Pedro Voltés Bou, *Anfitrión. La comedia de la olla,* Madrid, Espasa-Calpe, 1981; para el texto latino, cfr. *Plautus I,* ed. y trad. Paul Nixon, LCL, 10f (Londres, William Heinemann Ltd., 1916, etc.). Lida de Malkiel [1962: 29-78] ofrece un resumen del debate sobre el género, destacando la naturaleza dramática de la obra. A la categoría inicial de novela dialogada algunos críticos modernos le han añadido un sentido de moralismo (Bataillón [1961], o la definición de «puro diálogo» (Gilman [1956/1974]).

[16] *Vid.* Castro Guisasola [1924: 51f]. Pone en tela de juicio el que Rojas conociera personalmente el *Anfitrión,* pero dado que Erasmo, contemporáneo suyo, tenía una gran familiaridad con el texto, se puede dudar de que en aquellos días el libro fuera un secreto para la Universidad de Salamanca.

jes serios mientras la obra de Rojas era una obra cómica con final trágico.

Además de corregir a aquellos lectores que querían definir la obra como una tragedia, Rojas reitera en numerosas ocasiones, por medio de la metáfora del «dorar la píldora», tan popular en la literatura didáctica de la época, el hecho de que exista en la obra un aspecto no sólo cómico, sino incluso lascivo. Rojas pone especial atención en señalar el humor de la obra y en advertir al lector para que no por ello se distraiga completamente de las más serias intenciones que encierra; así, en la carta del autor a un su amigo, que aparecía en la *Comedia* original en dieciséis actos, alaba el acto I por su combinación de humorismo y de intencionalidad grave:

> Vi no sólo ser dulce en su principal ystoria o fición toda junta, pero aun de algunas sus particularidades salían deleitables fontezicas de filosophía, de otros agradables donayres, de otros avisos y consejos contra lisonjeros y malos sirvientes y falsas mujeres hechizeras.

El primer autor es digno de alabanza: «... es digno de recordable memoria por la sotil invención, por la gran copia de sentencias entrexeridas que so color de donayres tiene».

Rojas vuelve a expresar esta opinión en la poesía preliminar de la *Comedia*: «vi que portava sentencias dos mill; en forro de gracias, lavor de placer» (est. 8). En cuanto a su propia contribución, él es el encargado de poner el azúcar que endulza la píldora amarga: «desta manera mi pluma se embarga, / imponiendo dichos lascivos, rientes, / atrae los oydos de penadas gentes» (est. 5). Rojas da la clave del sentido de la otra en estos versos:

> Si bien discernéys mi limpio motivo,
> a quál se endereça de aquestos estremos,
> con quál participa, quien rige sus remos,
> amor ya aplazible o desamor esquivo,
> buscad bien el fin de aquesto que escrivo,
> o del principio leed su argumento:
> leeldo [y] veréys que, aunque dulce cuento,
> amantes, que os muestra salir de cativo (est. 4).

El propósito de la *Comedia*, según Rojas, es el de enseñar a los amantes cómo escapar de la cautividad del amor, y para ello nos recomienda atender al «argumento de toda la obra» y al planto de Pleberio («el fin de aquesto que escribo»). Esta estrofa se ve corroborada por las palabras que dirige a su amigo y protector en la introducción; no sólo su común patria necesita de una obra como *La Celestina*, sino también su propio amigo «cuya juventud de amor ser presa se me representa aver visto y dél cruelmente lastimada, a causa de le faltar defensivas armas para resistir sus fuegos».

El propósito declarado por Rojas ha sido confundido, por desgracia, con la opinión de sus editores, quienes, sin duda, escribieron el *incipit* moralizante y los «argumentos» particulares de cada uno de los dieciséis actos; esta última afirmación está avalada por los estudios de Stephen Gilman[17] y por lo que el propio Rojas nos dice en el nuevo prólogo: «Que aun los impressores han dado sus punturas, poniendo rúbricas o sumarios al principio de cada auto». Según los editores, la obra fue compuesta «en reprehensión de los locos enamorados, que, vencidos en su desordenado apetito, a sus amigas llaman y dizen ser su dios. Assimismo hecho en aviso de los engaños de las alcahuetas y malos y lisonjeros sirvientes».

En la *Tragicomedia*, sin embargo, se opera una marcada variación de énfasis en el tono de Rojas, quien, además, añade una estrofa final a los versos de la introducción:

> O damas, matronas, mancebos, casados,
> notad bien la vida que aquéstos hizieron,
> tened por espejo su fin qual huvieron,
> a otro que amores dad vuestros cuydados.
> Limpiad ya los ojos, los ciegos errados,
> virtudes sembrando con casto bivir,
> a todo correr devéys de huyr,
> no os lance Cupido sus tiros dorados (est. 11).

---

[17] Rojas escribió los «argumentos» de cada acto adicional de la *Tragicomedia* y el «argumento» de toda la obra; los editores se encargaron de poner «argumentos» a los dieciséis actos de la *Comedia*. *Vid.* Gilman [1956/1974]. Rojas escribió también un nuevo «argumento» para el acto XIV de la *Tragicomedia*.

Estas palabras son de tono bastante más didáctico que el de las de la estrofa a la que reemplaza, un recuerdo de la Crucifixión con una exhortación a la virtud:

> Olvidemos los vicios que así nos prendieron;
> no confiemos en vana esperança.
> Temamos aquél que espinas y lança
> açotes y clavos su sangre vertieron.
> La su santa faz herida escupieron;
> vinagre con hiel fue su potación;
> a cada santo lado consintió un ladrón.
> Nos lleve, le ruego, con los que creyeron.

Lo que Rojas hace es trasladar al final de la obra una versión muy revisada de esta estrofa reemplazada, sirviéndose de ella para componer los nuevos versos que cierran la *Tragicomedia*; además, el carácter general del recuerdo de la Crucifixión se hace específico, siendo exhortado el lector a utilizar la obra como un ejemplo negativo:

> Pues aquí vemos quán mal fenecieron
> aquestos amantes, huygamos su dança,
> amemos a aquel que spinas y lança
> azotes y clavos su sangre vertieron;
> los falsos judíos su haz escupieron,
> vinagre con hiel fue su potación;
> por que nos lleve con el buen ladrón,
> de dos que a sus santos lados pusieron (est. 1).

La última estrofa escrita por Rojas antes de que su voz enmudeciera para siempre, transparenta un innegable tono nervioso:

> Y assí no me juzgues por esso liviano,
> mas antes zeloso de limpio bivir;
> zeloso de amar, temer y servir
> al alto Señor y Dios soberano... (est. 3).

A lo que parece, Rojas, al presentar su obra, ha cambiado de propósito; la *Comedia* estaba pensada, en principio, como una especie de armamento personal, deleitoso, contra las penas y los cautiverios del amor; sin embargo, Rojas ve la *Tragicomedia* más específicamente como un ejemplo negativo, moralista y didáctico de los desastres a que tienen que enfrentarse aquellos que sucumben ante el deseo. Esto parece extrañamente contradictorio, ya que Rojas dice, en el nuevo prólogo, haber alargado el proceso de los amores porque la ficción era del gusto de todos, todos querían que durase más: «miré a donde la mayor parte acostava, y hallé que querían que se alargase en el proceso de su deleyte destos amantes, sobre lo qual fui muy importunado». Para decirlo brevemente, Rojas cambió de propósito, escribiendo la obra con una finalidad específicamente estética y didáctica. En las estrofas de la *Comedia* la píldora endulzada tenía que cumplir el doble cometido de deleitar y curar al enfermo de amores:

> Como el doliente que píldora amarga
> o huye o rescela o no puede tragar,
> métenla dentro de dulce manjar,
> engáñase el gusto, la salud se alarga,
> desta manera mi salud se alarga,
> desta manera mi pluma se embarga,
> imponiendo dichos lascivos, rientes,
> atrae los oýdos de penadas gentes
> de grado escarmientan y arrojan su carga (est. 5).

En la *Tragicomedia,* por el contrario, Rojas insiste en que su intención didáctica es totalmente convencional y en que ha narrado esta historia simplemente como un ejemplo negativo de lo que no debe hacerse.

En el nuevo prefacio, a quienes en realidad critica Rojas es a quienes se dejan distraer por lo cómico:

> otros pican los donayres y refranes comunes, loándolos con toda atención, dexando passar por alto lo que haze más al caso y utilidad suya. Pero aquellos para cuyo verdadero plazer es todo, desechan el cuento de la hystoria para contar, coligen la suma para su provecho, ríen lo donoso, las sentencias y dichos de philósophos guardan en su memoria para trasponer en lugares convenibles a sus autos y propósitos.

Los versos finales, «concluye el autor», añadidos también a la *Tragicomedia,* repiten este aviso al lector: la obra ha sido sazonada «con motes y trufas del tiempo más viejo» (est. 2). Las palabras que, como conclusión, dirige Rojas al lector son: «Dexa las burlas, qu'es paja y grançones, / sacando muy limpio dentrellas el grano» (est. 3).

La intención de esta advertencia al lector escrita por Rojas está muy lejos de ser clara, a pesar de su constante repetición; hasta la más apresurada de las lecturas de *La Celestina,* si es mínimamente cuidadosa, revela que los excelentes «dichos» que el lector debe encomendar a su memoria se utilizan de manera maliciosa, satírica e irónica. Si tenemos que creer todas y cada una de las observaciones que hace Rojas en el prólogo —y hay quien querría meterlas todas en el cajón de sastre de los *topoi*[18]—, lo que parece es que Rojas tuvo que dedicarse a explicar su postura al lector porque *La Celestina* había alcanzado un éxito escandaloso. La obra provocó a la par entusiasmo y repulsa porque casi siempre fue vista como un libro divertido e indecente[19]; por lo tanto, es posible que Rojas se viera precisado a defenderse de los lectores que afirmaban que el libro no sólo no era útil, sino que hasta era nocivo, y a señalar el error en el que incurrían quienes se divertían con el mismo sólo por el humorismo y las connotaciones sexuales contenidas en sus páginas; y, de paso, tuvo la oportunidad de corregir a los lectores más avisados que querían cambiar la denominación de la obra por la de tragedia.

Si las piadosas protestas de Rojas sobre la ortodoxia didáctica de su libro pueden ser sospechosas, la exhortación a tomárselo en serio no lo es, y la conclusión de que muchos lectores contemporáneos *no* tomaron en serio la obra es inevitable. Quizá nosotros, en la actualidad, hayamos ido demasiado le-

---

[18] *Vid.,* por ejemplo, Nepaulsing [1974].

[19] Sabido es que, en el siglo XVI, algunos críticos de *La Celestina,* los más notables de entre ellos Luis Vives y Antonio de Guevara, se escandalizaron con la obra. Me pregunto si la favorable crítica de Juan de Valdés en el *Diálogo de la lengua* podría estar referida al principio cómico y al final trágico, pues dice: «... me contenta el ingenio del autor que la comenzó, y no tanto el del que la acabó» (ed. José Fernández Montesinos, Madrid, Clásicos Castellanos, 1928, pág. 182).

jos en dirección opuesta: al estudiar sólo el mensaje hemos pasado por alto el medio. Evidentemente, los gustos acerca de la comedia han cambiado en estos últimos seis siglos y lo que entonces era considerado entretenido, o divertidísimo, puede parecernos hoy cruel y, a veces, inaguantable, razón por la cual necesitamos notas a pie de página que nos expliquen los chistes. Indudablemente, hay mucha crueldad en el humor de *La Celestina:* los personajes se burlan unos de otros y se explotan entre sí sin piedad; pero, por extraño que resulte, parece que estemos cerrando este ciclo en el siglo XXI, durante un periodo en el que el grueso de la literatura humorística cae dentro de la categoría de la comedia negra. Nosotros podemos ser más sensibles a este tipo de humor que los propios lectores de Rojas, lo cual podría servir muy bien de explicación al hecho de que continuamente esté llamando la atención a sus lectores acerca del humorismo contenido en la obra e insistiendo en que sólo es una capa de azúcar superficial. Al propio Alonso de Proaza, editor del libro, debió de habérsele pasado por alto este punto, pues cuando menciona lo cómico de la obra, en los versos finales, «Alonso de Proaza... al lector», no hace más que establecer la relación entre el autor y los antiguos: «No debuxó la cómica mano / de Nevio ni Plauto, varones prudentes, / tan bien los engaños de falsos sirvientes / y malas mujeres en metro romano» (est. 3). De hecho, Proaza parece haber llegado a un extremo más bien moderno cuando lo que elogia de la obra es principalmente su carácter trágico: «... supplico que llores, discreto lector, / el trágico fin que todos ovieron».

Como primer crítico de *La Celestina* que es, Proaza puede muy bien haber dado la pauta a sus modernos seguidores; pero no debemos olvidar la caracterización que hace el propio Rojas de su público, un público que parece haber leído la obra como si se tratase de un libro divertido.

No es muy sorprendente por tanto, en vista del cambio de orientación operado por Rojas y de la interpolación de las opiniones de su editor, que a la hora de analizar el sentido de *La Celestina* la crítica esté irreconciliablemente dividida. Las dos escuelas más importantes al respecto son, a grandes rasgos, la judeo-pesimista y la cristiano-didáctica[20]. La corriente judeo-pesimista se centra en la ascendencia hebrea de Rojas y en su educación de converso, y subraya que debía de sentirse rechazado, amenazado por un entorno hostil. Esta corriente considera que su punto de vista es pesimista, incluso nihilista, y hace notar que Rojas transforma irónicamente proverbios y viejos refranes para criticar y minar la sociedad que retrata. El análisis del planto de Pleberio sirve a menudo como prueba de esta tesis.

La corriente cristiano-didáctica se apoya en las declaraciones hechas por Rojas en las últimas estrofas, y se remite a los personajes para justificarse. A través de Calisto, el autor estaría criticando al amante cortés ya sea en su papel trágico, ya sea en el paródico y su intención moralizante quedaría expresada por medio de una serie de convenciones y de conocidísimos *topoi* medievales.

Por mi parte, creo que hay que volver al texto para hacer otra consideración acerca de lo que Rojas nos dice sobre su propia obra. Esencialmente, son dos los puntos sobre los que hace hincapié en su introducción en prosa y verso a la *Comedia:* el primero, que el relato servirá para curar a los enfermos de amor; el segundo, que este fin se logrará gracias a su bella redacción. Lo dicho suena al tópico medieval del deleitar instruyendo, y de hecho Rojas se refiere a la inevitable píldora azucarada, pero es la cualidad amena del cuento la que se enfatiza: «aunque dulce cuento, / amantes, que os muestra salir de cativo» (est. 4); «imponiendo dichos lascivos, rientes, / atrae los oýdos de penadas gentes; / de grado escarmientan y arrojan su carga» (est. 5). En otras palabras, el propio relato va a ser tan deleitoso y divertido para los oyentes que éstos se apartarán voluntariamente del señuelo del amor. Para decirlo brevemente, el principal énfasis de Rojas recae sobre lo estético: el puro deleite de la audición habrá de curar al oyente

---

[20] Para la primera de las categorías véase Gilman [1956/1974 y 1972/1978]. Bataillon [1961] tipifica la segunda, y a él vienen a unirse Green y sus discípulos, por ejemplo Morón Arroyo [1974], que resume las principales corrientes críticas existentes sobre *La Celestina*. Cantarino resume los puntos de vista precedentes para concluir que la obra es moralista en un sentido ético general [*Actas:* 103-109].

de su mal de amor. Según los nuevos versos de la *Tragicomedia*, sin embargo, el relato de Rojas resulta muy diferente, pues si el oyente atiende a la espantosa historia y al terrible hado de los amantes no cometerá el mismo error; nadie podrá acusar al autor de haber escrito un relato desenfrenado y obsceno: «Y assí no me juzgues por esso liviano, / mas antes zeloso de limpio bivir» (est. 3).

Estoy plenamente de acuerdo con Stephen Gilman [1974/1978] cuando dice que Rojas, entre la primera y la segunda edición de su obra, parece haberse asustado: «unos les roen los huessos que no tienen virtud». Desde luego, la posición social de Rojas no era lo suficientemente segura como para poder resistir las acusaciones de que su obra era indecente y de tono poco edificante, y así la edición ampliada le dio la oportunidad de acallar estas críticas. Esto no le impidió, no obstante, añadir una considerable cantidad de material erótico a la *Tragicomedia*.

A modo de conclusión diré que, en mi opinión, si se parte de las propias declaraciones del autor, lo que se deduce es que la finalidad que originalmente perseguía Rojas al completar la *Comedia* era de orden artístico y estético fundamentalmente, y que lo que pretendía era escribir un relato que deleitase, y al mismo tiempo desencantase, a los sufridos amadores. Cometido éste para el que contaba con dos armas principales, ambas de carácter artístico: la comedia y la tragedia.

GÉNERO Y PARODIA

Si aceptamos uno de los tópicos más extendidos de la moderna crítica literaria, la primera novela moderna es *Don Quijote*, pero si se aplican a *La Celestina* los mismos criterios por los cuales se juzga así al *Quijote* no tendremos más remedio que considerar también como novela a la más temprana de las dos obras y darle, por lo tanto, la prioridad que le corresponde.

Si decimos que *Don Quijote* es una novela moderna, lo hacemos, fundamentalmente, porque Cervantes demuestra en ella que es imposible hacer convivir el mundo de las caballerías, es decir, el mundo de la ficción (en inglés, *romance)* medieval, con el mundo de la novela realista; pero esto es, precisamente, lo que Fernando de Rojas ilustra por medio del personaje de Calisto en *La Celestina.* Calisto es un amante cortés paródico —a esta conclusión ha llegado June Hall Martin en el libro *Love's Fools*—; Calisto trata de seguir la vida de un amante cortés de fábula sentimental en un mundo de realismo dialogístico, un mundo de prostitutas, criados, pícaros y alcahuetas y, al igual que don Quijote, Calisto fracasa en su tentativa y al final muere. Obviamente, esto no es más que una simplificación, pues existe una enorme diferencia entre el sabio loco don Quijote y el erótico egoísta Calisto, pero en esencia sus casos son iguales. Tanto Rojas como Cervantes destruyen el mundo de la ficción medieval al demostrar que es imposible vivir como un caballero andante, o como un amante cortesano, en un mundo realista. En esto, *Don Quiote* y *La Celestina* contrastan con *Tirant lo Blanch,* en donde el choque fatal entre los mundos de la realidad y de la fantasía no existe, aunque sí haya, tal y como lo ha demostrado Antonio Torres Alcalá en su reciente libro sobre el *Tirant,* humorismo y parodia[21].

Lo que parece más sorprendente es la relativa ausencia de anacronismo en *La Celestina:* mientras don Quijote vive la imaginaria vida de los tiempos pasados, Calisto entra en escena apenas unos años después del triunfo de su modelo, el Leriano de la *Cárcel de Amor,* escrita por Diego de San Pedro. Tal y como E. C. Riley, siguiendo a Northrop Frye, sugirió en un reciente artículo sobre *Don Quijote y el romance,* es posible que éste no evolucionara hacia la ficción realista, sino más bien que hubiera una desviación desde el *romance* hacia el realismo[22]. Segun Riley, el *romance* puro puede representar el género de ficción en su estado más genuino, mientras la novela moderna podría ser considerada como un correctivo realista. Entre 1500 y 1900 la ficción en prosa sufre una deva-

---

[21] *El realismo del «Tirant lo Blanch» y su influencia en el «Quijote»* (Barcelona, Puvill, s.a.).

[22] *«Cervantes: A question of genre»,* en *Medieval and Renaissance Studies... in Honour of P. E. Russell,* págs. 69-85.

luación sistemática a manos de la crítica literaria, pues, en opinión de los especialistas, la novela realista supera a la fabulosa, pero nosotros somos testigos, en pleno siglo XX, del resurgir del *romance* y de su revalorización.

Segun ha demostrado Alan Deyermond[23], el joven Fernando de Rojas encuentra una comedia humanística incompleta, con un amante cortés que encierra un gran potencial cómico y paródico, y decide completarla no como tal comedia, sino como una novela sentimental paródica y dialogada que sea al mismo tiempo trágica y cómica.

Si aceptamos que un lector u oyente normal del siglo XV ignoraba la existencia de la comedia humanística, bien puede imaginarse la sorpresa que experimentaría al oír a Calisto dirigir su primer y efusivo parlamento a Melibea en el acto I. ¿Iba a ser una novela sentimental más, puesta en la poco habitual forma del diálogo? Pero el lector y oyente no tendrá que esperar mucho para descubrir que Calisto es una parodia del amante cortés; incluso sin estar al corriente del mal uso que de Andreas Capellanus se hacía en el acercamiento de Calisto, la sarcástica reacción de Melibea le daba la clave: «Pues ¡aun más ygual galardón te daré yo, si perseveras!» El ridículo malentendido en que Calisto transforma las palabras de ésta pronto es remediado por la ardorosa aclaración que Melibea hace del tipo de galardón o premio que va a obtener si persevera en importunarla: «la paga será tan fiera, qual [la] meresce tu loco atrevimiento».

Desde la primera página de *La Celestina*, Calisto es el personaje de la *Comedia* original más claramente marcado con un matiz cómico, y esto no podía escapársele al público del siglo XV dado el éxito editorial que había alcanzado la novela

[23] *A Literary History of Spain: The Middle Ages*, Londres-Nueva York, Benn, Barnes & Noble, 1971, págs. 169-701 (existe traducción española: *Historia de la literatura española. La Edad Media*, trad. Luis Alonso López, Barcelona, Ariel, 1978, págs. 311-312). Deyermond piensa que *La Celestina* es una novela dialogada, y lo mismo declaraba Menéndez Pelayo [1947]. Lida de Malkiel [1962: 27-28] hizo una enérgica defensa de la obra como teatro, y Marcel Bataillon [1961: 77-107] añadió la noción de obra teatral moralizante. Stephen Gilman [1956/1974] introdujo en la discusión sobre el género el concepto de «diálogo vívido». *Vid.* asimismo Pierre Heugas [1981].

sentimental en la última década de dicho siglo; hasta la austera y anónima *Celestina comentada* llama «bobo» a Calisto[24]. Pero sin embargo, cosa increíble, la crítica moderna ha pasado por alto, hasta fechas muy recientes, este aspecto tan obvio; Calisto era visto sólo como un héroe «problemático», poco compasivo e indigno de los favores de Melibea[25]. Haciendo caso de la crítica reciente, tanto el primer autor como Rojas desarrollan y acentúan lo paródico repetidamente a lo largo de la obra: Calisto actúa como un típico loco de amor; sus criados le insultan regularmente y se burlan de él, en su cara y a sus espaldas; habla como un hereje y actúa como un necio o un loco, y hasta Celestina, poco proclive a matar la gallina de los huevos de oro, acaba por hartarse, en el acto VI, de su casi obscena afición al cordón de Melibea.

El primer autor es implacable en la presentación de Calisto: su «héroe», un mentecato que vive en un pasmo amoroso, es una víctima de sus poco honrados criados y un amante indigno de una encantadora joven un poco deslenguada. Rojas desarrollará el personaje de Melibea de manera más favorable, e incluso será algo compasivo con Calisto en los últimos actos, quizás por amor a la verosimilitud. Pero la presentación que del «héroe» se le hace al lector no provoca ni la proyección de éste en aquél ni la identificación de ambos; el «héroe» de la obra es el blanco de las burlas y, por lo tanto, no es susceptible de provocar esa identificación, o de merecer tan siquiera un gran desarrollo de su carácter más allá de su naturaleza paródica unidimensional. Calisto es un personaje cómico, no un personaje trágico, independientemente de que su muerte arrastre la obra hacia la tragedia más genuina: la muerte de Melibea. Cuando Rojas se hizo cargo del texto en el acto II era ya muy tarde para redimir a Calisto y

---

[24] *Vid.* Russell, *Temas:* 293-321.

[25] Menéndez Pelayo ilustró ampliamente este punto de vista. Sin embargo, MacDonald [1954] lo cuestionó extensamente, identificando a Calisto con una víctima de la locura amorosa. Aguirre desarrolló este argumento [1962]. Martin [1972] consigue hacer el primer análisis consistente de la naturaleza paródica de Calisto. Otras contribuciones al tema, de menor importancia, han sido hechas por Devlin [1971] y Abbate [1974].

convertirlo en un héroe trágico[26]; Rojas modificó la intención del primer autor, que, según él, era la de escribir una comedia, pero ya no pudo transformar a Calisto, cuyo carácter paródico estaba lo suficientemente asentado como para no permitir su metamorfosis. Esta naturaleza paródica le fue, además, muy útil a Rojas, que pudo así continuar la obra cómica; Calisto estaba demasiado bien de bufón como para ser modificado o descartado, es él quien da ímpetu cómico a los actos VI y XI, y si su carácter se redime un tanto después del acto XI, lo hace, en parte, para conseguir que el suicidio de Melibea sea más plausible y también más trágico.

En mi opinión, Calisto es una parodia; pero no de un amante cortés cualquiera, sino de uno en particular, o sea, del protagonista de la novela sentimental española y, más específicamente todavía, de Leriano, el protagonista de la *Cárcel de amor* de Diego de San Pedro[27]. El Leriano de la *Cárcel* es la quintaesencia del amante cortés; de hecho, no es un amante cortés típico, sino un caso extremo de adhesión a las leyes del amor cortés. Esta exagerada actitud le conduce a la muerte al final de la obra. Cuando no puede seguir requiriendo a su amada, porque ello provocaría la muerte y deshonra de la misma, decide dejarse languidecer y muere en huelga de hambre, quizá de *anorexia nerviosa.* La novela de Diego de San Pedro fue publicada en 1492, apenas siete años antes de la primera edición conocida de *La Celestina* en la versión corta de la *Comedia,* y Rojas poseía —así consta en el inventario hecho

---

[26] En este punto, puede sernos de gran utilidad un análisis como el que se sigue sobre la teoría aristotélica de la comedia y la tragedia: «Aristotle regarded comedy as Tragedy's opposite, a departure from the mean instead of a pursuit of it. He distinguished comedy by ruling its proper study is men "worse than the average" —not worse in every way, but worse as regards the Ridiculous *(tò géloion),* which is a subdivision of the Ugly» (Aristóteles consideraba la comedia como lo opuesto a la tragedia, una desviación del sentido en vez de su persecución. Para definirla, estableció que su campo de estudio más apropiado era el hombre «peor de lo normal»; no peor en todos los sentidos, sino peor en cuanto perteneciente a la esfera de lo Ridículo *(tò géloion),* que es una subdivisión de lo Feo). *Apud* John Jones, *On Aristotle and Greek Tragedy,* Londres, Chatto & Windus Ltd., 1962, [1968], pág. 56.

[27] *Vid.* las *Obras completas II,* de Diego de San Pedro, ed. Keith Whinnom, Madrid, Castalia, 1971.

a su muerte, en 1541— un ejemplar en su biblioteca. Los préstamos textuales de la *Cárcel* en *La Celestina* son exactos, y esto sirve como prueba definitiva de que Rojas conocía y había leído la *Cárcel* y de que, muy probablemente, la manejó mientras escribía *La Celestina*.

Mi teoría es la siguiente: Rojas, estudiante en Salamanca cuando escribe *La Celestina*, estaba hastiado de Lerianos cuando da inicio a su obra. Esto explicaría varias partes de la misma que resultan incomprensibles si tratamos de ver a Calisto coma una figura trágica. Desde el principio de la obra, Calisto es presentado como un amante cortés inepto que, en palabras de Alan Deyermond [1961A], desde su primer encuentro con Melibea hace mal uso de su libro de texto, el Andreas Capellanus, consiguiendo que ella responda furiosamente a sus demandas. Y es en este momento cuando el primer autor nos muestra cómo Sempronio va a empezar a tratar de aprovecharse de los errores de su señor. El modelo del primer autor no era la novela sentimental, sino la comedia italiana humanística en latín, y lo que éste nos ofrece es la acostumbrada trama cómica del señor embaucado y del astuto *factotum;* pero cuando Rojas se hace cargo de la acción prefiere encauzarla en una nueva dirección, la de la novela sentimental trágica. Sin embargo, como el personaje cómico Calisto ya había sido inventado, Rojas hace de él un Leriano burlesco: en el acto II se ve cómo retira su confianza al buen criado Pármeno para depositarla en Sempronio, el mal criado; en el acto VI adula a la alcahueta Celestina, y hace tantas exclamaciones a propósito del cordón que ésta ha obtenido de Melibea, que hasta Celestina, harta, exclama: «Cessa, ya, señor, esse devanear, que me tienes cansada de escucharte y al cordón, roto de tratarlo», y Sempronio añade, con menos contemplaciones: «Señor, por holgar con el cordón, no querrás gozar de Melibea».

A lo largo de todo el acto VI, en unos apartes llenos de complicaciones, los criados se burlan de la conducta de Calisto. Si Calisto es un personaje trágico, como insinúa J. M. Aguirre [1962], el acto VI resulta incomprensible, al menos para mí. De todas maneras, después de las muertes de los dos criados y de la alcahueta Celestina en el acto XII, y de la primera noche de amor en el jardín, Calisto parece evolucionar, y de ser un personaje meramente paródico se convierte en una figura más seria e interesante, en la que la imaginación tiene una importancia capital. En el acto XIV Calisto revive en su imaginación su primera noche de amor:

> Pero tú, dulce ymaginación, tú que puedes me acorre; trae a mi fantasía la presencia angélica de aquella ymagen luciente; vuelve a mis oydos el suave son de sus palabras, aquellos desvíos sin gana; aquel «apártate allá, señor, no llegues a mí»; aquel «no seas descortés» que con sus rubicundos labrios vía asonar; aquel «no quieras mi perdición» que de rato en rato proponía; aquellos amorosos abraços entre palabra y palabra; aquel soltarme y prenderme; aquel huyr y llegarse; aquellos açucarados besos; aquella final salutación con que se me despidió...

Este fragmento, extraído de la *Tragicomedia*, parece indicarnos que Rojas, en los actos añadidos, trata de dar a Calisto una segunda oportunidad de escapar a su destino meramente paródico.

Antes dije que Calisto es una parodia del Leriano de la *Cárcel de Amor*; con el fin de verificar esta afirmación veamos algunos paralelismos directos entre ambas obras: tanto Calisto como Leriano se sirven de un mensajero, los dos se enzarzan en un apasionado debate acerca de las cualidades de la mujer y los dos mueren de amor. Pero Leriano tiene como mensajero al discreto autor de la *Cárcel* en persona, mientras Calisto utiliza a la alcahueta Celestina; Leriano discute seriamente con su amigo Tefeo la naturaleza de las mujeres, mientras Calisto lo hace con su desleal sirviente Sempronio, quien le vence en la discusión y acaba riéndose de él; finalmente, Leriano muere de una muerte elegida por él mismo como su destino inevitable, en tanto que la muerte de Calisto es accidental y casi cómica: resbala y se precipita desde la tapia del huerto de Melibea cuando intentaba ayudar a sus sirvientes, su único acto valeroso y en el que fracasa. Por otra parte, mientras Diego de San Pedro declara el tormento psicológico de su protagonista al principio de la obra, en la detallada alegoría de la *Cárcel*, Rojas deja a los criados de Calisto la tarea de retratarlo como un amante insomne y atormentado, cosa que resulta francamente paródica.

El primer autor hace de Calisto el blanco de las burlas y de los apartes de sus sirvientes en el acto I. La reacción de los mismos a la música de Calisto es ésta: «Destemplado está esse laúd»; Sempronio comenta la locura de Calisto de este modo: «No me engaño yo, que loco está este mi amo», y lo mismo sucede con su herejía: «No basta loco, sino herege». Celestina emprende sus apartes despectivos nada más encontrar a Calisto por primera vez: «Sempronio, ¡de aquéllas vivo yo!... dile que cierre la boca y comence abrir la bolsa.» Lo que Rojas hace es aprovechar las sugerencias del primer autor, pero manipulándolas de una manera sutil. En el acto IV, las descripciones que de Calisto le hace Celestina a Melibea son al mismo tiempo paródicas e irónicas, dándonos un personaje épico-burlesco:

> en franqueza, Alexandre; en esfuerço Hétor; gesto, de un rey... De noble sangre, como sabes; gran justador. Pues verle armado, un sant Jorge. Fuerça y esfuerço, no tuvo Hércules tanta...

Como se observará, en la descripción que hace Celestina de las dotes musicales de Calisto, vamos de lo ridículo a lo sublime, pues éstas resultan ser, tal y como la audiencia ya ha podido comprobar, penosamente deficientes: «Siendo éste nascido no alabaran a Orfeo.» Además, el hecho de que Melibea no esté al corriente del tono irónico hace estas descripciones doblemente divertidas. El desarrollo paródico de Calisto llevado a cabo por Rojas llega al límite en el acto VI, cuando Sempronio, Pármeno, Celestina y la audiencia son alternativamente aburridos —¿o asqueados?[28]— por los excesos que comete Calisto con el cordón de Melibea, y divertidos por la mofa que despierta su comportamiento. Sempronio le amonesta a Calisto: «Que mucho hablando matas a ti y a los que te oyen. Y assí que perderás la vida o el seso.» Pero

---

[28] Deyermond [1977] hace hincapié en el desagrado que todos ellos manifestaron ante la falta de control de Calisto.

este irónico presagio no basta para callar a Calisto, que vuelve a sus hiperbólicas atenciones hacia Celestina.

Semejantes al retrato paródico de Calisto como amante cortés son los papeles de Pármeno y Sempronio; una doble parodia cortesana que devalúa aún más a Calisto. Sempronio tiene a Elicia y Pármeno «gana» a Areúsa gracias a la cooperación de Celestina, lo que constituye un claro paralelo burlesco de los amores de Calisto y Melibea.

Los criados son el espejo realista, grotesco, enfrentado a los amores de Calisto y Melibea, un amor que echa mano de la rimbombante retórica de la novela sentimental para velar una sexualidad tan cruda como la que más. Tal y como Alan Deyermond ha observado [1975], el amor de Pármeno y Areúsa es una parodia del de Calisto y Melibea; después de su primera noche de amor, el acto VIII empieza con una albada paródica, en la que se despiden los amantes al amanecer:

> PÁRMENO: ¿Amanece o qué es esto, que tanta claridad está en esta cámara?
>
> AREÚSA: ¿Qué amanescer? Duerme, señor, que aun agora nos acostamos. No he yo pegado bien los ojos, ¿ya avía ser de día?

El reverso de esta escena se encuentra en el acto XIV, en donde encontramos otra albada, esta vez idealizada, entre Calisto y Melibea:

> CAL.: Ya quiere amanecer; ¿qué es esto? No [me] pareçe que ha una hora que estamos aquí y da el relox las tres.

La reacción de Pármeno ante su noche de amor en el acto VIII provoca el irónico comentario de Sempronio: «que se eche otra sardina para el moço de cavallos, pues tú tienes amiga», y su sarcástica pregunta: «¿Ya todos amamos?» Hasta el propio Sempronio se las arregla para infatuarse con Melibea y entra en el juego con sus entusiastas preguntas sobre Melibea a Celestina en el acto V: «Pues dime lo que passó con aquella gentil donzella; dime alguna palabra de su boca; que por Dios, así peno por sabella como a mi amo penaría.»

La reacción de Celestina es tan violenta como sarcástica: «¡Calla, loco, altérasete la complessión! Yo lo veo en ti que querrías más estar al sabor que al olor de este negocio.» En la escena del banquete, en el acto IX, la comparación entre Sempronio y Calisto se hace todavía más explícita cuando aquél dice de Elicia:

> aquí está quien me causó algún tiempo andar fecho otro Calisto, perdido el sentido, cansado el cuerpo, la cabeça vana, los días mal durmiendo, las noches todas velando...

Elicia riñe a Sempronio por estar prendado de la dama de su señor, y después las dos prostitutas, Elicia y Areúsa, se lanzan a una diatriba contra Melibea, retratándola como una dama ridícula y cargada de afeites, lo que significa que estamos de nuevo ante una parodia del idealizado lugar común de la belleza cortesana que Calisto había esbozado en el primer acto.

De las diversas descripciones en tercera persona de Melibea, al menos una proporciona una visión paródica de las cortesanas «señales de amor»; es en el acto VI, cuando Celestina describe con esta interpolación groseramente exagerada cómo ha reaccionado Melibea a su visita:

> Y empós desto, mil amortecismientos y desmayos, mil milagros y espantos, turbado el sentido, bullendo fuertemente los miembros todos a una parte y a otra... retorciendo el cuerpo, las manos esclavijadas como quien se despereza, que parecía que las despedaçava, mirando con los ojos a todas partes, coceando con los pies el suelo duro.

No obstante, el personaje de Melibea no parece ser una figura paródica en la obra, sino más bien un retrato, bastante convincente, de una joven que se enamora locamente, hasta la perdición. Melibea resiste con vehemencia los requerimientos de Calisto en el primer acto, pero más tarde cae bajo el hechizo de Celestina y Calisto. Porque, dicho sea de paso, el hechizo mágico de Celestina parece ser eficaz. En un estudio bastante convincente, P. E. Russell [*Temas*: 241-276] ha esclarecido cómo el conjuro que hace Celestina deriva directamente de las prácticas de brujería de la época: Celestina traza un círculo mágico y derrama aceite sobre una madeja de hilado mientras hace su conjuro; luego lleva este hilado a casa de Melibea y allí se lo vende consiguiendo a cambio una prenda de Melibea, su cordón, bajo el pretexto de que ayudará a curar el dolor de muelas —dolor típico de los enamorados[29]— que sufre Calisto. Celestina ha puesto en práctica un encantamiento de *philocaptio*, o apoderamiento de la voluntad del objeto amado, usando la madeja como instrumento y completando el hechizo con la prenda de la víctima. Así la voluntad de Melibea ha sido encadenada por Celestina, lo que, desde un punto de vista cristiano, hace que la joven quede libre de culpa. A pesar de que los más intransigentes partidarios del didactismo insisten en que Melibea tenía que haber sido más cautelosa, la verdad es que Celestina había apelado a su caridad cristiana con la historia del dolor de muelas de Calisto. Realmente, Melibea parece ser la única candidata seria para alcanzar la categoría de personaje trágico en *La Celestina*, ya que se ve atrapada en una cadena de acontecimientos que no puede controlar, y su único defecto es la caridad que derrocha. Y fijémonos en que esto no difiere mucho del ardid del filtro de amor de la historia de Tristán, pues el carácter apasionado que despliega Melibea una vez que el hechizo ha hecho su efecto recuerda en todo al de Isolda.

Si puede suponerse que la lectura favorita de Calisto era la de los cancioneros españoles del siglo XV —de hecho canta una de sus composiciones—, la formación literaria de Melibea parece haber sido más profunda; Pleberio, su padre, no le había dado a leer las novelas sentimentales que habían trastornado a su amante Calisto, como si fuera un Quijote del siglo XV, sino «aquellos antiguos libros», como gusta llamarlos ella, llenos de aforismos y de ejemplos tomados de los autores clásicos, muchos de los cuales cita brevemente antes de suicidarse. Sin embargo, Melibea demuestra conocer también canciones populares y romances en el acto XVI, cuando por casualidad oye a sus padres discutir la posibilidad de buscarle marido.

---

[29] Cfr. West [1979].

Melibea, al igual que Calisto, conforma su comportamiento al de un modelo literario; ella tiende a verse a sí misma como la heroína de un romance morisco, o como la bella malmaridada de la lírica popular, cuando dice: «Si passar quisiere la mar, con él yré; si rodear el mundo, lléveme consigo; si venderme en tierra de enemigos, no rehuyré su querer... que más vale ser buena amiga que mala casada» (XVI). Aquí Melibea parece estar pensando en la conocidísima canción «La bella malmaridada / de las más lindas que vi, / si habéis de tomar amores, / vida, no dejéis a mí». Margit Frenk dice de esta canción que «su fama misma era proverbial» [1978: 167-168][30]. Quizá Melibea conocía también la endecha «Señor Gómez Arias», cuya segunda estrofa reza: «Señor Gómez Arias / vos me trajistes / y en tierra de moros / vos me vendistes.» Además de esta coincidencia verbal, tenemos otro eco de esta endecha en *La Celestina:*

> Si mi triste madre
> tal cosa supiese,
> con sus mesmas manos
> la muerte se diese.

Después de haber perdido la virginidad, en el acto XIV, Melibea exclama: «O pecadora de ti, mi madre, si de tal cosa fuesses sabidora, cómo tomarías de grado tu muerte y me la darías a mí por fuerça...»

Melibea se rebela contra sus padres en el acto XVI, y en su parlamento se compara con mujeres de la Biblia y de la antigüedad clásica eligiendo monstruos de la naturaleza o del incesto, como Canacea, Mirra, Semíramis, Tamar y Pasifae; luego, ya al borde del suicidio, vuelve a compararse con parricidas como Prusias, Ptolomeo, Orestes, Nerón o Medea. ¿Por qué haría Rojas que Melibea se comparase, aunque fuera negativamente, con tales monstruos? ¿Cuál es el sentido de estas adiciones e interpolaciones de la *Tragicomedia*? Calisto hace en el acto VI la comparación que sería más de espe-

---

[30] Los textos pueden consultarse en *Lírica española de tipo popular:* «La bella malmaridada», núm. 293, pág. 148; «Señor Gómez Arias», núm. 324, pág. 158.

rar: «Si hoy fuera biva Helena, por que tanta muerte hovo de griegos y troyanos, o la hermosa Policena, todas obedescerían a esta señora por quien yo peno.» Pero incluso este recuerdo de Helena de Troya hace referencia al parricidio. Melibea, una joven que gusta verse a sí misma como la exótica rebelde de la lírica popular, es en realidad un monstruo de la naturaleza que contribuye a la muerte de su amante, quizá a la de su madre, y que acaba suicidándose. La actitud de heroína literaria que Melibea adopta no encaja en el mundo de realismo dialogístico de *La Celestina;* más que ser una rebelde, en lo que acaba convirtiéndose es en una asesina, y así dice en el acto XX, con toda la razón del mundo: «Yo cobrí de luto y xergas en este día quasi la mayor parte de la cibdadana caballería». La dama de la lírica cortés, cuyas miradas matan, ha resultado ser un verdadero basilisco. No en vano en el acto XII Pármeno la comparaba con una sirena, añadiendo después: «soy cierto que esta donzella ha de ser para él çevo de anzuelo o carne de buytrera».

La muerte infligida por Melibea no es la muerte de la novela sentimental, no es la muerte de un Leriano que se deja consumir por el amor no correspondido de Laureola; alrededor de los amantes de Rojas, trastornados todos por la lectura de novelas sentimentales, lo que se espesa es un halo de muerte realista y brutal, propia del mundo material.

Uno de los pocos aspectos de *La Celestina* en cuya valoración coincide la crítica es el de los ataques que contra el amor lanza el autor, especialmente al final de la obra, en el famoso lamento de Pleberio, padre de Melibea. Con esto quiero decir que toda la crítica está de acuerdo en que Pleberio —y, por extensión, Rojas— critican el amor en general y el amor cortés en particular, pero sin olvidar por ello que la fuente exacta y el enfoque de la actitud negativa de Rojas constituyen, de nuevo, motivo de desacuerdo. La que doy en llamar escuela cristiano-didáctica de los estudios celestinescos está convencida de que la crítica parte desde un punto de vista tradicional y moralista, mientras que la que caracterizo como escuela judeo-pesimista lo que lee en las palabras de Pleberio es una desolada condena del amor, un concepto pesimista de la vida que deja pocas esperanzas de reforma o de redención a la especie humana. Lo que es innegable es que Pleberio en su llanto logra hermanar el amor y la muerte. Pleberio maldice al dios del Amor comparándole con el Todopoderoso, quien, exclama, sólo mata a los que crió en tanto que Cupido mata a los que le siguen: «Dios te llamaron otros, no sé con qué error de su sentido traýdos. Cata que Dios mata los que crió; tú matas los que siguen. Enemigo de toda razón, a los que menos te sirven das mayores dones, hasta tenerlos metidos en tu congoxosa dança.» La muerte metafórica del amor se ha hecho muerte real, y el dios del Amor encabeza la danza de la Muerte.

Pleberio describe un verdadero infierno de amor: «La leña que gasta tu llama, son almas y vidas de humanas criaturas, las quales son tantas que de quién començar pueda apenas me ocurre, no sólo de christianos, mas de gentiles y judíos, y todo en pago de buenos servicios.»

El término *servicios* nos trae forzosamente a la memoria el vocabulario del amor cortés; pero en esta ocasión el autor está empleándolo irónicamente, rechazando en esencia dicho amor cortés, ya que los efectos de estos *servicios* son más mortales que ennoblecedores. La vida real y el mundo fantástico de Calisto —a quien se designa como amante cortés —y de su dama entran en colisión produciendo un efecto que, aunque cómico al principio, arrastra todo hacia la tragedia final de Calisto y Melibea. Y a pesar de que Stephen Gilman haya interpretado la noche de amor que la *Tragicomedia* añade como un intento de salvar algo de entre el naufragio humano del final de *La Celestina,* las fugaces compensaciones de la última cita de Calisto y Melibea parecen hacer ese final más trágico todavía [1972/1974]. Por otra parte, si tenemos en cuenta el realista mundo de terceras, alcahuetas y prostitutas que se retrata, veremos que el absurdo intento llevado a cabo por Calisto de imitar a un enamorado cortesano está condenado de antemano al fracaso, de la misma manera que la pseudocaballería andante de don Quijote acabará, un siglo más tarde, en un trágico choque entre fantasía y realidad.

Rojas transforma en una parodia tragicómica de la novela sentimental el primer acto de *La Celestina,* la comedia humanística que había encontrado incompleta, realizando una operación similar a la que Cervantes llevaría a cabo un siglo después escribiendo una antinovela de caballerías. Y de hecho, a pesar de su forma dialogada, *La Celestina* es una novela moderna que destruye el antecedente literario al que parodia, ya que, después de *La Celestina*, la novela sentimental pasaría pronto de moda. *La Celestina* es la obra que abre el camino al género picaresco. No importa que carezca de narración en tercera persona, pues su forma dialogada revela todo un mundo de realismo exterior e interior, como ha demostrado María Rosa Lida de Malkiel en «El ambiente concreto de *La Celestina*» [1966A], capítulo de *La originalidad artística de «La Celestina»*, no incluido en la versión final del libro, y como he tratado de ilustrarlo yo misma en un estudio sobre el tema de la memoria en *La Celestina* [1970]. Y recordemos aquí que el nuevo elemento introducido por el *Quijote*, no es tanto la narración en tercera persona cuanto «the fictionality of fiction pretending to be non fiction», para decirlo con una fórmula acuñada por Gilman en un libro sobre Galdós[31], es decir, Cide Hamete Benengeli y la interacción entre apariencia y realidad, entre historia inventada e historia verdadera.

LA CRÍTICA ACTUAL

El modo tradicional de acercamiento a *La Celestina* ha sido el del estudio de sus personajes, aunque últimamente cada vez se da más importancia a las imágenes de la obra y a los temas de carácter universal que en ella se desarrollan.

Menéndez Pelayo fue el primer crítico moderno de categoría que estudió detenidamente los personajes de la obra, y su estudio sobre el de la propia Celestina todavía está vigente [1947: 135-140]. De hecho, para la imaginación popular, el mítico personaje de Celestina siempre ha conseguido eclip-

---

[31] «Lo ficticio de la ficción que finge no serlo», *Galdós and the Art of European Novel, 1867-1887*, Princeton, Nueva Jersey, University Press, 1981, pág. 185. (Traducción española: *Galdós y el arte de la novela europea*, Madrid, Taurus, 1985.)

sar a los demás; no en vano el larguísimo título de la *Tragi-comedia* sufrió una transformación en el siglo XVI, siendo rebautizada la obra como *La Celestina*, por consenso popular. Maeztu [1926] dictaminó que el carácter de Celestina era demoniaco y hedonístico, juzgándola una antiheroína de dimensiones heroicas. La generación de la posguerra, más desinhibida, ha llamado la atención sobre algunos rasgos de su carácter que antes era de muy mal gusto mencionar, como, por ejemplo, la atracción sexual que ejercen sobre Celestina su maestra Claudina y la prostituta Areúsa, atracción obviamente lesbiana; o su pedofilia, tendencia ésta indirectamente confesada por Pármeno cuando recuerda que Celestina le obligaba, siendo él un niño, a dormir a su lado. En cualquier caso, el mayor interés de la crítica se ha centrado en la espinosa cuestión de la hechicería de Celestina: ¿funciona de verdad el elemento mágico en *La Celestina* y, suponiendo que así sea, creía Rojas en ello? Las funciones del conjunto semántico hilado-cordón-cadena han sido estudiadas por Alan Deyermond [1977]; P. E. Russell *[Temas:* 241-276], por su parte, cree que Rojas estaba más convencido de la hechicería que el primer autor, quien puso en boca de Pármeno estas palabras: «Y todo era burla y mentira», pero queriendo decir, probablemente, que Celestina era víctima de los diablos; y otros críticos, como por ejemplo Francisco Rico [1975], piensan que Rojas pudo haber empleado la hechicería como una estratagema argumental, pero sin estar convencido personalmente de ella. Sin embargo, hay quienes creen como Gilman que la hechicería no es necesaria para la trama, y que la sola caracterización de los personajes explica suficientemente el cambio de actitud de Melibea (que estaría secretamente ilusionada desde el principio, según ella misma deja entender) y la fortuita ausencia de Alisa (Alisa es presentada como una loca atolondrada y, por tanto, capaz de hacer este tipo de cosas) [1956/1974]. Pues bien, quizá parte de la maestría de Rojas estribe en que consigue hacer plausibles todas y cada una de estas explicaciones.

Por otra parte, después de que Gilman estudiase el personaje de Pármeno la crítica ha empezado a prestar atención a los demás personajes de la obra. Señala Gilman [1956/1974] que Pármeno, un personaje relativamente menor a primera vista, tiene en realidad una gran importancia como paralelo de Melibea, y que varios actos están dedicados a ilustrar cómo Pármeno está sujeto a Celestina sin que medie brujería alguna. La astuta vieja hace uso, en cambio, de sus habilidades retóricas y de la promesa de conseguirle favores sexuales, mientras el loco de Calisto margina a su hasta entonces leal criado, dándole así una buena razón para traicionar a su señor. Lo que Gilman quiere dejar claro es que Rojas copió de la vida real el arte de caracterizar a sus personajes, pues, como sucede en aquélla, éstos van cambiando ante nuestros ojos. Recordaba más arriba que el personaje de Calisto ha sido observado desde una nueva perspectiva: y asimismo ha sido reexaminado el carácter de Melibea resultando ser un personaje mucho más complicado de lo que cabría imaginar, pues la vemos cambiar palpablemente, pasar de ser una adolescente con rasgos todavía infantiles a convertirse en una mujer madura y apasionada que prefiere seguir a su amante hasta la muerte antes que vivir sin él. George A. Shipley [1975A], estudiando los conjuntos semánticos asociados a la seducción de Melibea por parte de Celestina y a la muerte de aquélla, ha observado que las imágenes de enfermedad, medicina y remedios son de suma importancia.

También los personajes secundarios han recibido la atención de la crítica. Sempronio ha sido visto como el más superficial, cínico y corrupto de los dos criados. Areúsa y Elicia, para María Rosa Lida de Malkiel [1962: 658-692], intercambian sus papeles en los actos adicionales: la tan casera Areúsa, de improviso, toma la iniciativa en la aventura amorosa; y Jacqueline Gerday [1967] opina que éste desarrollo está ampliamente prefigurado en la *Comedia*. Incluso la falta de lealtad de Lucrecia hacia su señora ha sido examinada por Katherine Eaton [1973].

Al ser observada la interacción de los personajes, ha salido a la luz la estructura: lo que hay es una geminación de personaje y episodio. Tanto Melibea como Pármeno son seducidos por Celestina en dos escenas; el amor de Calisto y Melibea tiene su paralelo y su parodia en el amor de Pármeno y Areúsa; hay dos noches de amor; dos son los jardines de los encuentros; dos los criados, y ambos mueren, dos prostitutas, dos amantes muertos, dos parientes de Melibea, padre y madre. Únicamente Celestina parece estar sola; pero también ha tenido una compañera, Claudina, de la que Elicia es una pobre sustituta [Gilman, 1956/1974 y 1957].

Pasando a otro orden de cosas, parte de la crítica moderna quiere ver en *La Celestina* una obra que resume tres de los más importantes temas de la Edad Media: la fortuna, el amor y la muerte, y se ha dicho que, como tal sumario, anunciaría la nueva sensibilidad renacentista. Sin embargo, esta opinión no la comparten todos los estudiosos, pues hay quien se opone a tamaña división entre lo medieval y lo renacentista. La obra, ciertamente, evidencia una aproximación individual a esas grandes preocupaciones, aproximación que refleja la hierática transformación operada a lo largo del otoño de la Edad Media. Y por otra parte, el pesimismo y el desencanto de Rojas han sido achacados tanto a la crisis filosófica general del siglo XV como a su propia condición de converso, de marginado de la sociedad.

Siguiendo el planteamiento de Gilman [1956/1974; 1957], las vueltas de la Fortuna se reflejan en la caída mortal de la mayoría de los personajes, lo que trasluce un sentimiento de desamparo personal en un mundo en el que la representación medieval del mismo se ha convertido en una «imagen excluida»[32]. Cuando Pleberio se lamenta contra la fortuna y contra el mundo, al final de *La Celestina*, Rojas podría estarle criticando por no haber sabido construirse una defensa contra la buena y la mala Fortuna, tal y como sugería hacer Petrarca, pero es difícil no oír el pesimismo del autor en la voz de Pleberio. Según vimos, Pleberio evita mencionar el tema de la muerte durante su planto, y parece más bien reemplazado por el del amor, atribuyendo a éste la «congoxosa dança» corrientemente asociada con la muerte. Sin embargo, a lo largo de la obra se han hecho comentarios sobre la muerte, y hay mucho de presagio irónico en los parlamentos de los personajes sobre su propia muerte y sobre la de otros personajes. Celestina es la encargada de proferir la tradicional maldición

---

[32] Consúltese también C. S. Lewis [1964].

contra la muerte: «por uno que comes con tiempo, cortas mil en agraz»; pero la consideración de la muerte tiene un sentido pesimista universal. Los críticos de la escuela cristiano-didáctica sostienen que todos los personajes mueren sin confesión y que, por tanto, van derechos al infierno; incluso Melibea deja entender que seguirá a Calisto hasta allí. Pleberio, que tiene en sus manos la oportunidad de extraer alguna conclusión didáctica o de sugerir una moraleja cristiana, y la posibilidad de obtener su propia salvación, no hace tal cosa, y solamente Peter Dunn (1976) ha logrado encontrar algo de optimismo en la observación final que Pleberio hace sobre *hac lachrymarum valle:* ¿podría ser esta referencia al *Salve Regina* un rayo de optimismo?

El amor presenta un problema más complicado, ya que, por una parte, está presentado como un azote tan temible como la misma muerte, a la que, de hecho, conduce literalmente, pero, por otra, si Rojas alarga su obra es para dar a Calisto y Melibea más ocasiones de disfrute erótico. En efecto, esta ambivalencia probablemente refleja la convicción del autor de que el amor es la mayor delicia y el mayor tormento de la vida: «dulce ponzoña, blanda muerte», como dice Celestina.

Las principales armas estilísticas que Rojas emplea para comunicar su complejo mensaje son la comedia y la tragedia, vinculadas entre sí por medio de la ironía. Rojas explora, fundamentalmente, la condición humana ayudándose tanto de su sentido del humor como de su sentido trágico. Remitiéndome a lo que ya planteé en otra ocasión [Severin, 1979], los aspectos cómicos formales de *La Celestina* pueden ser divididos en humor verbal, sátira, parodia y numerosas técnicas tomadas del teatro. Este lado cómico de *La Celestina* ha sido frecuentemente olvidado por la crítica moderna, que ha preferido dar más importancia a su aspecto trágico, pero el lector no debe olvidar que, tal y como se retrata y ejemplifica la naturaleza humana en el libro de *La Celestina,* ésta resulta ser esencialmente dual, tragicómica.

Incluso las fuentes de *La Celestina* han provocado alguna que otra controversia en los últimos años. En 1924, F. Castro Guisasola publicó unas *Observaciones sobre las fuentes literarias de La Celestina,* en las que señalaba las numerosísimas citas de clásicos latinos y griegos, y de españoles e italianos medievales, que se ocultaban tras los aforismos de *La Celestina;* en ellas hacía también un preciso cotejo del *Index* de Petrarca de 1496, proporcionándonos así una fuente fundamental del material manejado por Rojas, así como la posibilidad de establecer el límite cronológico después del cual hubo de haberse completado la *Comedia.* El mismo crítico indicó igualmente en sus páginas que alguna de las fuentes latinas y griegas revelan que Rojas y el primer autor debieron de haber empleado algunas colecciones de aforismos, sugiriendo que éstas podrían ser la de Diógenes Laercio y la de Valerio Máximo, además de la *Margarita poética* de Albrecht von Eyb. Efectivamente, en el inventario de la biblioteca de Rojas, publicado en 1929, figura la *Margarita,* aunque, naturalmente, no podemos saber con certeza cuándo fue adquirido este libro. Otra fuente española profusamente citada en *La Celestina,* la *Cárcel de Amor* de Diego de San Pedro, estaba también en dicha biblioteca.

Keith Whinnom [1967] fue uno de los primeros críticos que puso en duda el hecho de que Rojas hubiera utilizado para sus citas tantos libros, pero la estimación que hace de sólo seis autores como fuente parece demasiado pobre. P. E. Russell *[Temas: 272-321]* reveló, en menoscabo de las innovaciones críticas presentadas por Castro Guisasola como tales, que la obra anónima del XVI, *Celestina comentada,* era, de hecho, la principal fuente de información de Castro Guisasola, cosa que yo trato de verificar en mis notas a pie de página. Una segunda observación hecha por Russell, la posibilidad de que Rojas hubiera tomado muchos de sus aforismos de textos legales, todavía tiene que ser analizada en detalle: la *Celestina comentada* menciona muy frecuentemente textos legales (aunque muchos de éstos fueron escritos después de *La Celestina),* y tenemos el inventario de los que poseía Rojas. Con todo, ha de decirse que la fuente principal de Rojas es Petrarca, cuya contribución a *La Celestina* ha sido detalladamente estudiada por A. D. Deyermond en *The Petrarchan Sources of «La Celestina».* En cuanto al primer acto, sólo parece haber usado como fuente a Petrarca en una ocasión, y su autor utiliza también a Séneca, Boecio y Alonso de Madrigal «el Tostado». Por otra parte, Rojas le debe mucho al pseudo-Séneca, y su texto preferido, en lengua vulgar, es la *Cárcel de Amor*, aunque tanto Rojas como el primer autor tienen presente asimismo el *Corbacho*[33].

[33] Parte de esta introducción aparece en inglés en mi edición bilingüe, *Celestina*, Warminster Wiltshire, Aris and Phillips, 1987, y en mi monografía *Tragicomedy and Novelistic Discoural in «Celestina»*, Cambridge University Press, 1988.

Esta edición

He elegido como texto base la edición de la *Tragicomedia* de Zaragoza, 1507, por la razón, a todas luces obvia, de que es la primera versión conocida de la *Tragicomedia* en España. Dicho esto, debo añadir que no es una edición ni muy buena ni muy completa, puesto que fue impresa en un año de peste —así lo indica Keith Whinnom [1966]—, pero a cambio resulta tener muchas menos corrupciones textuales que las impresiones posteriores, cosa que se ha encargado de demostrar Erna Berndt Kelly *[Actas:* 7-28]. Para suplir los pasajes de que carece, ha sido necesario utilizar la *Comedia* editada en Toledo, en 1500, y la *Tragicomedia* de Valencia 1514, de manera que tenemos, esquemáticamente:

1. Texto base: Zaragoza, 1507 (Z).
2. Textos preliminares de la *Comedia* y «argumentos»: Toledo, 1500 (T1500), con variantes de Burgos, 1499 (B1499), y Sevilla, 1501 (S1501). Los pasajes omitidos de la *Tragicomedia* van entre corchetes.
3. Textos preliminares y finales de la *Tragicomedia* y «argumentos»: Valencia, 1514 (V1514). Las interpolaciones van en cursiva, aunque los actos añadidos van impresos sin distinción tipográfica alguna. Las normas de edición son tan simples como lo han permitido la coherencia textual y la facilidad de la lectura. Se ha modernizado la puntuación, acentuando la semivocal *y* cuando se hace necesario, y la consonante *v* y la vocal *u* han venido a sustituir a la *u* consonántica y a la *v* vocálica, respectivamente. Las abreviaturas se de-

sarrollan y el signo & se transcribe como *y*. Las erratas más evidentes han sido corregidas sin mayor comentario, y solamente la lectura de variantes significativas merece una nota a pie de página[34].

[34] El consejo asesor de Letras Hispánicas ha contestado amablemente varias consultas mías. Señalo con *LH* las principales notas en que he usado sus indicaciones.

Abreviaturas

A Cer	*Anales Cervantinos*
AEM	*Anuario de Estudios Medievales*
AION-SR	*Annali dell'Istituto Universitario Orientale di Napoli-Sezione Romanza*
AUC	*Anales de la Universidad de Chile*
BFE	*Boletín de Filología Española*
BH	*Bulletin Hispanique*
BHS	*Bulletin of Hispanic Studies*
BRAE	*Boletín de la Real Academia Española*
CA	*Cuadernos Americanos*
Ce	*Celestinesca*
CHA	*Cuadernos Hispanoamericanos*
Cor	*La Corónica*
CSIC	Consejo Superior de Investigaciones Científicas
EUDEBA	Ediciones de la Universidad de Buenos Aires
FMLA	*Forum for Modern Language Studies*
H	*Hispania (U. S. A.)*
HR	*Hispanic Review*
ILSIA, CS	Istituto di Letteratura Spagnola e Ispano-Americana, Collana di Studi
ISLL	Illinois Studies in Languages and Literatures
JHP	*Journal of Hispanic Philology*
KRQ	*Kentucky Romance Quarterly*
MLN	*Modern Language Notes*
MLR	*Modern Language Review*
NBAE	Nueva Biblioteca de Autores Españoles

NRFH	*Nueva Revista de Filología Hispánica*
OUP	Oxford University Press
PMLA	*Publications of the Modern Language Association*
PSA	*Papeles de Son Armadans*
RABM	*Revista de Archivos, Bibliotecas y Museos*
RAE	Real Academia Española
RCEH	*Revista Canadiense de Estudios Hispánicos*
RF	*Romanische Forschungen*
RFE	*Revista de Filología Española*
RFH	*Revista de Filología Hispánica*
RH	*Revue Hispanique*
RL	*Revista de Literatura*
RoN	*Romance Notes*
RPh	*Romance Philology*
RR	*Romanic Review*
SRo	*Studi Romanzi*
Sym	*Symposium*
Thes	*Thesaurus*
TWAS	Twayne World Authors Series
UCPMP	University of California Publications in Modern Philology
UNCSRLL	University of North Carolina Studies in the Romance Languages and Literatures
VR	*Vox Romanicsa*
ZRP	*Zeitschrift für Romanische Philologie*

Bibliografía

BIBLIOGRAFÍAS

MANDEL, Adrienne Schizzano, *«La Celestina» Studies: a thematic survey and bibliography, 1824-1970*, Metuchen, N. J., Scarecrow Press, 1971.
SIEBENMANN, Gustav, «Estado presente de los estudios celestinescos (1956-1974)», *VR*, XXXIV (1975), 160-212.
SNOW, Joseph T., *«Celestina» by Fernando de Rojas: An annotated bibliography of world interest, 1930-1985*, Madison, Wisconsin, Hispanic Seminary of Medieval Studies, 1985.
SNOW, Joseph, SCHNEIDER, Jane y LEE, Cecilia, «Un cuarto de siglo de interés en *La Celestina*, 1949-1975: documento bibliográfico», *H*, LIX (1976), 610-660. Se han publicado suplementos en *Ce*.

EDICIONES

A. Facsímiles

HUNTINGTON, Archer M., introducción, *Comedia de Calixto y Melibea* [Burgos, 1499?], Nueva York, Hispanic Society, 1909.
POYAN-DÍAZ, Daniel (ed.), *Comedia de Calisto y Melibea* [Toledo, 1500], Colonia-Ginebra, Bibl. Bodmeriana, 1961.
RIQUER, Martín de (ed.), *Tragicomedia de Calisto y Melibea* [Valencia, 1514], Madrid, Espasa-Calpe, 1975.

B. Críticas

CEJADOR Y FRAUCA, Julio (ed.), *La Celestina*, Clásicos Castellanos 20, 23, Madrid, Espasa-Calpe, 1913.

LÓPEZ MORALES, Humberto (ed.), *La Celestina*, Madrid, Cupsa, Hispánicos Planeta, 6, 1976; 2.ª ed. con intr. de Juan Alcina Franch, Barcelona, Planeta, 1980.

MARCIALES, Miguel (ed.), *Celestina: Tragicomedia de Calisto y Melibea*, al cuidado de Brian Dutton y Joseph T. Snow, Illinois Medieval Monographs, 1-2, Urbana, University of Illinois Press, 1985.

RANK, Jerry R. (ed.), *Comedia de Calisto & Melibea* [Sevilla, 1501], Estudios de Hispanófila, 49, Chapel Hill, y Madrid, Castalia, 1978.

SEVERIN, Dorothy Sherman (ed.); intr. Stephen Gilman, *La Celestina*, Madrid, Alianza, 1969.

TROTTER, G. D. y CRIADO DE VAL, Manuel (eds.), *Tragicomedia de Calixto y Melibea, libro también llamado «La Celestina»*, Madrid, CSIC, Clásicos Hispánicos, 1958; 2.ª ed., 1970.

C. Traducciones

BRAULT, Gerald, J. (ed.), *«Celestine»: a critical edition of the first French traslation (1527) of the Spanish classic «La Celestina» with an introduction an notes*, Wayne State University Studies, Humanities, 12, Detroit, University Press, 1963.

DRYSDALL, Denis L. (ed.), *«La Celestina» in the French Translation of 1578 by Jacques de Lavardin*, Londres, Tamesis, 1974.

KISH, Kathleen V. (ed.), *An Edition of the First Italian Translation of the «Celestina»*, UNCSRLL, 128, Chapel Hill, University of North Carolina Press, 1973.

KISH, Katheleen V. y RITZENHOFF, Ursula (eds.), *Die Celestina – Ubersetzangen von Cristof Wirsung: «Ain Hipsche Tragedia (Augsburg 1520)», «Ainn recht liepliches Buechlin (Augsburg 1534)»*, intr. Walter Mettmann, Hildesheim, Zúrich, N. Y., Georg Olms, 1984.

MARTÍNEZ LACALLE, Guadalupe (ed.), *Celestine, or the Tragick-Comedie of Calisto and Melibea*, trad. James Mabbe, Londres, Tamesis, 1972.

Actas del Primer Congreso Internacional de «La Celestina» (junio de 1974): «La Celestina» y su contorno social, ed. Manuel Criado de Val, Barcelona, Borrás, 1977.

AGUIRRE, J. M., *Calisto y Melibea, amantes cortesanos,* Zaragoza, Almenara, 1962.

ARAGONE, Elisa (ed.), Rodrigo Cota, *Diálogo entre el Amor y un viejo,* Publicazioni della Università degli studi di Firenze, Florencia, Felice Le Monnier, 1961.

AYLLÓN, Cándido, *La perspectiva irónica de Fernando de Rojas,* Madrid, Porrúa Turanzas, 1984.

— *La visión pesimista de «La Celestina»,* Ciudad de México, Andrea, Colección Studium, 45, 1965.

BATAILLON, Marcel, *«La Celestina» selon Fernando de Rojas,* París, Didier, 1961.

BERNDT, Erna Ruth, *Amor, muerte y fortuna en «La Celestina»,* Madrid, Gredos, 1963.

BOUGHNER, Daniel C., *The Braggart in Renaissance Comedy: a study in comparative drama from Aristophanes to Shakespeare,* Minneapolis, University of Minnesota Press, 1954.

CASTRO, Américo, *«La Celestina» como contienda literaria (castas y casticismo),* Madrid, Revista de Occidente, 1965.

— *Glosarios latino-españoles de la Edad Media,* Madrid, RFE, Anejo 22, 1936.

CASTRO GUISASOLA, Francisco, *Observaciones sobre las fuentes literarias de «La Celestina», RFE;* anejo V, Madrid, 1924; reimp., 1973.

CLARKE, Dorothy Clotelle, *Allegory, Decalogue and Deadly Sins in «La Celestina»,* UCPMP, 91, Berkeley, University of California Press, 1968.

CORREAS, Gonzalo, *Vocabulario de refranes y frases proverbiales que juntó el maestro,* ed. Miguel Mir, Madrid, RAE, 1906.

COVARRUBIAS, Sebastián de, *Tesoro de la lengua castellana o española,* ed. Martín de Riquer, Barcelona, 1943.

CUMMINS, John G., *The Spanish Traditional Lyric,* Oxford, Pergamon Press, 1977.

CURTIUS, Ernst Robert, *European Literature and the Latin Middle Ages,* trad. Willard R. Trask, Londres, Routledge Kegan Paul, 1985.

DE GOROG, Ralph Paul y LISA, S., *La sinonimia en «La Celestina»*, *BRAE*, anejo XXV, Madrid, 1972.

DEVLIN, John, *«La Celestina», a Parody of Courtly Love: toward a realistic interpretation of the Tragicomedia de Calisto y Melibea*, Nueva York, Las Américas, 1971.

DEYERMOND, A. D., *The Petrarchan Sources of «La Celestina»*, Londres, OUP, 1961; 2.ª ed., Westport, Conn., Greenwood Press, 1975.

DUNN, Peter, N., *Fernando de Rojas*, TWAS, 368, Boston, Twayne, 1975.

EMPAYTAZ DE CROOME, Dionisia, *Albas y alboradas: Antología de poemas hasta 1625*, Madrid, Nova Scholar, 1976.

— *Albor: Medieval and Renaissance Dawn-Songs in the Iberian Peninsula*, Londres, King's College, 1980.

FOULCHÉ-DELBOSC, Raymond, *Cancionero castellano del siglo XV*, NBAE, 19, 22, Madrid, RAE, 1912, 1915.

FRENK, Margit, *Estudios sobre lírica antigua*, Madrid, Castalia, 1978.

— *Lírica española de tipo popular*, Madrid, Cátedra, 1977.

GARRIDO PALLARDÓ, Fernando, *Los problemas de Calisto y Melibea y el conflicto de su autor*, Figueras, Canigó, 1957.

GILMAN, Stephen, *The Art of «La Celestina»*, Madison, University of Wisconsin Press, 1956; reed., Greenwood Press, 1976; traducción española de Margit Frenk Alatorre, *«La Celestina»: arte y estructura*, Madrid, Taurus, 1974, 2.ª ed.

— *The Spain of Fernando de Rojas: the intellectual and social landscape of «La Celestina»*, Princeton, University Press, 1972; traducción española: *La España de Fernando de Rojas: panorama intelectual y social de «La Celestina»*, Madrid, Taurus, Colección Persiles, 107, 1978.

GREEN, Otis H., *Spain and the Western Tradition: the Castilian mind in literature from «El Cid to Calderón»*, 4 vols., Madison, University of Wisconsin Press, 1963-1966; traducción española: *España y la tradición occidental*, Madrid, Gredos, 1969.

GUAZZELLI, Francesco, *Una lettura delta «Celestina»*, ILSIA, CS, XXII, Pisa, Università, 1971.

GURZA, Esperanza, *Lectura existencialista de «La Celestina»*, Madrid, Gredos, 1977.

HERRIOTT, J. Homer, *Towards a Critical Edition of the «Celestina»: a filiation of early editions*, Madison, University of Wisconsin Press, 1964.

HEUGAS, Pierre, *«La Celestina» et sa descendance directe*, Burdeos, Institut d'Études Ibériques et Ibéro-Américaines, 1973.

KASTEN, Lloyd y ANDERSON, Jean, *Concordance to the «Celestina»*, Madison, Wisconsin, Hispanic Seminary of Medieval Studies and Hispanic Society of America, 1976.

LAZA PALACIOS, Modesto, *El laboratorio de Celestina*, Málaga, Instituto de Cultura de la Diputación Provincial, 1958.

LEUBE, Eberhard, *Fortuna in Karthago. Die Aeneas-Dido-Mythe Vergils in den romanischen Literaturen vom 14. bis zum 16. Jahrhundert*, Heidelberg, C. Winter, 1969.

LEWIS, C. S., *De descriptione temporum. An inaugural lecture*, Londres, Cambridge University Press, 1955.

— *The Discarded Image*, Cambridge, Cambridge University Press, 1964.

LIDA DE MALKIEL, María Rosa, *Juan de Mena, poeta del prerrenacimiento español*, México, El Colegio de México, 1949A; 2.ª ed., 1984.

— *La originalidad artística de «La Celestina»*, Buenos Aires, EUDEBA, 1962; 2.ª ed., 1970.

— *Two Spanish Masterpieces: the «Book of Good Love» and the «Celestina»*, ISLL, 49, Urbana, University of Illinois Press, 1961; 2.ª edición, traducida al español por Raimundo Lida, *Dos obras maestras de la literatura española: el «Libro de Buen Amor» y «La Celestina»*, Buenos Aires, EUDEBA, 1966.

MANN, Jill, *Chaucer and Medieval Estates Satire: the literature of social classes and the General Prologue to the «Canterbury Tales»*, Cambridge, University Press, 1973.

MARAVALL, José Antonio, *El mundo social de «La Celestina»*, Madrid, Gredos, 1964.

MARCIALES, Miguel, *Carta al Profesor Stephen Gilman sobre problemas rojanos y celestinescos a propósito del libro «The Spain of Fernando de Rojas»*, Mérida, Venezuela, Universidad de los Andes, Facultad de Humanidades y Letras, 1973; 2.ª ed., 1975; edición fotocopiada.

MÁRQUEZ VILLANUEVA, F., *Investigaciones sobre Juan Álvarez Gato: contribución al conocimiento de la literatura castellena del siglo XV*, BRAE, anejo 4, Madrid, 1960.

MARTIN, June Hall, *Love's Fools: Aucassin, Troilus, Calisto and The parody of the courtly lover*, Londres, Tamesis, 1972.

MARTÍNEZ MARÍN, Juan, *Sintaxis de «La Celestina»: I, La oración compuesta*, Granada, Universidad, Colección Filológica, XXVII, 1978.

MARTÍNEZ MILLER, Orlando, *La ética judía y «La Celestina» como alegoría*, Miami, Universal, Colección Polymita, 1978.

MATULKA, Bárbara, *The Novels of Juan de Flores and Their European Difusion: a study in comparative literature*, Nueva York, Institute of French Studies, 1931; reed., Ginebra, Slatkine, 1974.

MCPHFETERS, D. W., *Estudios humanísticos sobre «La Celestina»*, Potomac, Maryland, Scripta Humanistica, 1985.

— *El humanista español Alonso de Proaza*, Valencia, Castalia, 1961.

Medieval and Renaissance Studies on Spain and Portugal in Honour of P. E. Russell, ed. F. W. Hodcroft y otros, Oxford, Society for the Study of Medieval Languages and Literature, 1981.

MENÉNDEZ PELAYO, Marcelino, *La Celestina*, Buenos Aires, Espasa-Calpe, col. Austral, núm. 691, 1947, etc., de *Orígenes de la novela*, III.

MICHALSKI, Andre Stanislaw, *Description in Mediaeval Spanish Poetry*, Princeton University, Ph. D. diss., 1964; Ann Arbor, University Microfilms Inc., 1965.

MORÓN ARROYO, Ciriaco, *Sentido y forma de «La Celestina»*, Madrid, Cátedra, 1974.

MURPHY, James J., *Rhetoric in the Middle Ages: a history of rhetorical theory from Saint Augustine to the Renaissance*, Berkeley, University of California Press, 1974.

NORTON, F. J., *Printing in Spain 1501-1520, with a note on the early editions of «La Celestina»*, Cambridge, University Press, 1966.

O'KANE, Eleanor, *Refranes y frases proverbiales españoles de la Edad Media, BRAE*, anejo 2, Madrid, RAE, 1959.

PAZ Y MELIA, A., *Sales españolas, o agudeza del ingenio nacional (segunda serie)*, Madrid, Colección de escritores castellanos, 121, 1902.

PENNEY, Clara Louisa, *The Book Called «Celestina» in the Library of the Hispanic Society of America*, Nueva York, Hispanic Society, 1954.

RODRÍGUEZ MARÍN, Francisco, *La copla: bosquejo de un estudio folklórico*, Madrid, Ateneo, 1910.

ROMERO Y SARRACHAGA, Federico, *Salamanca, teatro de «La Celestina», con algunos apuntamientos sobre la identidad de sus autores*, Madrid, Escélicer, 1959.

ROWLAND, Beryl, *Animals with Human Faces: a guide to animal symbolism*, Londres, Allen & Unwin, 1974.

Russell, P. E., *Temas de «La Celestina» y otros estudios del «Cid» al «Quijote»*, Barcelona, Ariel, 1978.

Samonà, Carmelo, *Aspetti del retorcismo nela «Celestina»*, Roma, Facoltà di Magistero dell'Università, Studi di Letteratura Spagnola, 2, 1953.

Severin, Dorothy Sherman, *Memory in «La Celestina»*, Londres, Tamesis, 1970.

Spargo, John Webster, *Virgil the Necromancer: Studies in Virgilian legends,* Cambridge, Massachusetts, Harvard Studies in Comparative Literature, X, 1934.

Whinnom, Keith, *Spanish Literary Historiography: three forms of distortion,* Exeter, University, 1967.

Artículos

Abbate, Gay, «The *Celestina* as a Parody of Courtly Love», *Ariel,* III (1974), 29-32.

Abrams, Fred, «The Name "Celestina": Why Did Fernando de Rojas Choose It?», *RoN,* XIV (1972-1973), 165-167.

Armistead, Samuel G. y Monroe, James T., «Albas, mammas, and Code-switching in the Kharjas: a reply to Keith Whinnom», *Cor,* XI (1982-1983), 174-207.

Armistead, Samuel G. y Silverman, Joseph H., «Algo más sobre "Lo de tu abuela con el ximio" *(La Celestina,* I): Antonio de Torquemada y Lope de Vega», *PSA,* LXIX (1973), 11-18.

Ayerbe-Chaux, Reinaldo, «La triple tentación de Melibea», *Ce,* II, 2 (noviembre de 1978), 3-11.

Ayllón, Cándido, «La ironía de *La Celestina*», *RF,* XXXII (1970), 37-55.

Bagby, Albert I., Jr., y Carroll, William M., «The Falcon as a Symbol of Destiny: de Rojas and Shakespeare», *RF,* LXXXIII (1971), 306-310.

Baldwin, Spurgeon W., Jr., «"En tan pocas palabras" *(La Celestina,* Auto IV)», *RoN,* IX (1967-1968), 120-125.

Barbera, Raymond E., «Medieval Iconography in the *Celestina*», *RR* LXI (1970), 5-13.

— «Sempronio», *H,* XLV (1962), 441-442.

BARÓN PALMA, Emilio, «Pármeno: La liberación del ser auténtico. El antihéroe», *CHA,* CVI (1976), 383-400.

BARRICK, Mac E., «Celestina's Black Mass», *Ce,* I, 1 (1977), 11-14.

BAYO, Marcial José, «Nota sobre *La Celestina*», *Clavileño,* 5 (septiembre-octubre de 1950), 48-53.

BELTRÁN, Luis, «La envidia de Pármeno y la corrupción de Melibea», *Ínsula,* CCCXCVIII (enero de 1980), 3, 10.

BERMEJO CABRERO, José Luis, «Aspectos jurídicos de *La Celestina*», *Actas,* 401-408.

BERNDT KELLEY, Erna, «Popularidad del romance "Mira Nero de Tarpeya"», en *Estudios dedicados a James Homer Herriott,* Madison, University of Wisconsin Press, 1966, 103-107.

— «Algunas observaciones sobre la edición de Zaragoza de 1507 de la *Tragicomedia de Calisto y Melibea*», *Actas,* 7-28.

BERSHAS, Henry N., «Testigo es el cuchillo de tu abuelo», *Ce,* II, 1 (mayo de 1978), 7-11.

BLOUIN, Egla M., «Proceso de individuación y arquetipo de La Gran Madre en *La Celestina*», en *The Analysis of Hispanic Texts: current trends in methodology,* ed. Mary Ann Beck y otros, Nueva York, Bilingual Press, 1976, 16-48.

BONILLA Y SAN MARTÍN, Adolfo, «Antecedentes del tipo celestinesco en la literatura latina», *RH,* XV (1906), 372-386.

BRAVO-VILLASANTE, Carmen, «Otra interpretación de *La Celestina*», *Ínsula,* 149 (abril de 1959), 1-2.

BURKE, James F., «Calisto's Imagination and his Grandmother's Ape», *Cor,* V (1976-1977), 84-90.

— «Metamorphosis and the Imagery of Alchemy in *La Celestina*», *RCEH,* I (1977), 129-152.

CANTARINO, Vicente, «Didacticismo y moralidad de *La Celestina*», *Actas,* 103-109.

CASA, Frank P., «Pleberio's Lament for Melibea», *ZRP,* LXXXIV (1968), 20-29.

CERRO GONZÁLEZ, Rafael, «*La Celestina* y el arte médico», *Medicamenta,* XXXIX (1968), 166.

CRIADO DE VAL, Manuel, «"Amor impervio": *(La Celestina,* I, 48): What Does It Mean?», *Ce,* I, 2 (noviembre de 1977), 3-6.

— «Siguiendo a la Celestina», en *Campo literario de Castilla la Nueva,* Madrid, Colección Mediodía, 1963, 45-47.

CUSTODIO, Álvaro, «Sobre el secreto de Melibea», *CA,* XVII (noviembre-diciembre de 1958), 209-213.

DE ARMAS, Frederick A., «The Demoniacal in *La Celestina*», *South Atlantic Bulletin,* XXXVI, 4 (1971), 10-13.

— «*La Celestina:* an example of love melancholy», *RR,* LXVI (1975), 288-295.

DEVOTO, Daniel, «Un ingrediente de Celestina», *Filología,* VIII (1962), 97-104; en *Textos y contextos,* Madrid, Gredos, 1924, 150-169.

DE VRIES, Henk, «*La Celestina,* sátira encubierta: el acróstico es una cifra», *BRAE,* LIV (1974), 123-154.

DEYERMOND, A. D., «Divisiones socio-económicas, nexos sexuales: la sociedad de *Celestina*», *Ce,* VIII, 2 (noviembre de 1984), 3-10.

— «*Hilado – Cordón – Cadena:* symbolic equivalence in *La Celestina*», *Ce,* I, 1 (mayo de 1977), 6-12.

— «Lyric Tradition in Non-Lyrical Genres», en *Studies in Honor of Lloyd A. Kasten,* Madison, Hispanic Seminary of Medieval Studies, 1975, 39-52.

— «Symbolic equivalence in *La Celestina:* a postcript», *Ce,* II, I (mayo de 1978), 25-30.

— «The Text-Book Mishandled: Andreas Capellanus and the opening scene of *La Celestina*», *Neophilologus,* XLI (1961A), 218-221.

DUNN, Peter N., «Pleberio's World», *PMLA,* XCI (1976), 406-419.

EATON, Katherine, «The Character of Lucrecia in *La Celestina*», *AION-SR,* XV (1973), 213-225.

EESLEY, Anne, «Four Instances of "¡Confessión!" in *Celestina*», *Ce,* VII, 2 (noviembre de 1983), 17-19.

ERNOUF, Anita Bonilla, «Proverbs and Proverbial Phrases in *La Celestina*», Columbia University, tesis inédita, 1970.

FAULHABER, Charles, «The Hawk in Melibea's Garden», *HR,* XLV (1977), 435-450.

FERRE, Rosario, «Celestina en el tejido de la "cupiditas"», *Ce,* VIII, 1 (mayo de 1983), 3-16.

FERRECCIO PODESTÁ, Mario, «Un caso textual aleccionador: *zurrío (La Celestina,* aucto XIX)», *Boletín de la Facultad de Filología* (Santiago de Chile), XXII (1971), 37-44.

— «La formación del texto de *La Celestina*», *AUC,* CXXIII, 136 [1965], 89-122.

FINCH, Patricia S., «Religion as Magic in the *Tragedia Policiana*», *Ce*, III, 2 (noviembre de 1979), 19-24.

— «The Uses of the Aside in *Celestina*», *Ce*, VI, 2 (noviembre de 1982), 19-24.

FLIGHTNER, James A., «Pleberio», *H*, XLVII (1964), 79-81.

FOLCH JOU, Guillermo, GARCÍA DOMÍNGUEZ, Pedro y MUÑOZ CALVO, Sagrario, «La Celestina: ¿hechicera o boticaria?», *Actas*, 163-167.

FORCADAS, Alberto M., «"Mira a Bernardo" es alusión con sospecha», *Ce*, III, 1 (mayo de 1979), 11-18.

— «"Mira a Bernardo" y el "judaísmo" de *La Celestina*», *BFE*, 46-49 (1973), 27-45.

— «Otra solución a "lo de tu abuela con el ximio" (Aucto I de *La Celestina)*», *RoN*, XV (1973-1974), 587-591.

— «Sobre las fuentes históricas de "... eclipse ay mañana, etc." y su posible incidencia en acto I de *Celestina*», *Ce*, VII, 1 (mayo de 1983), 29-37.

FOULCHÉ-DELBOSC, Raymond, «Observations sur *La Celestina*», *RH*, VII (1900), 28-80; *RH*, IX (1902), 171-199; *RH*, LXXVIII (1930), 54-99 (con Adolphe Coster).

FRAKER, Charles, «Declamation and the *Celestina*», *Ce*, IX, 2 (noviembre de 1985), 47-64.

— «The Importance of Pleberio's Soliloquy», *RF*, LXXVIII (1966), 515-529.

FRANK, Rachel, «Four Paradoxes in the *Celestina*», *RR*, XXXVIII (1947), 53-68.

FUENTES DE AYNAT, J. M., «La botica de la Celestina», *Medicamenta: Edición para el farmacéutico*, V, 44 (1951), 267-268.

GARCI-GÓMEZ, Miguel, «"Amor imperuio" o "amor improuo" *(La Celestina*, I, 94)», *Ce*, IV, 2 (noviembre de 1980), 3-8.

— «"Eras e Crato médicos": identificación e interpretación», *Ce*, V, I (mayo de 1982), 9-14.

— «"Huevos asados"; afrodisiaco para el marido de Celestina», *Ce*, V, I (mayo de 1981), 23-34.

GELLA ITURRIAGA, José, «Refranes de *La Celestina*», *Actas*, 245-268.

GERDAY, Jacqueline, «Le caractère des *rameras* dans *La Celestina*, de la *Comedie* a la *Tragicomedie:* à propos d'une hypothese de María Rosa Lida de Malkiel», *Revue des Langues Vivantes*, XXXIII (1967), 185-204.

— «Le remaniement formel des actes primitifs dans *La Celestina* de 1502», AION-SR, X (1968), 175-182.

GERLI, E. Michael, «"Mira a Bernardo": alusión "sin sospecha"», *Ce*, I, 2 (noviembre de 1977), 7-10.

— «Calisto's Hawk and the Image of a Medieval Tradition», *Romania*, CIV (1983), 83-101.

GIFFORD, D. J., «Magical Patter: the place of verbal fascination in *La Celestina*», *Studies in Honour of P. E. Russell*, 30-37.

GILLET, Joseph E., «"Comedor de huevos" (?) *(Celestina:* Aucto I)», *HR* (1956), 144-147.

— «Spanish "fantasía" for "presunción"», en *Studia philologica et litteraria in honorem Leo Spitzer,* Berna, Francke Verlag, 1958, 211-225.

GILMAN, Stephen, «A Generation of Conversos», *RPh,* XXXIII (1979-1980), 87-101.

— «Matthew V: 10 in Castilian Jest and Earnest», en *Studia hispanica in honorem Rafael Lapesa,* I, Madrid, Gredos, 1972, 257-265; trad. en *«La Celestina»: arte y estructura,* 351-362.

— «Mollejas el ortelano», en *Estudios dedicados a James Homer Herriott,* Madison, University of Wisconsin Press, 1966, 103-107.

GILMAN, Stephen y RUGGERIO, Michael J., «Rodrigo de Reinosa and *La Celestina*», *RF,* LXXIII (1961), 255-284.

GOLDBERG, Harriet, «The Several Faces of Ugliness in Medieval Castilian Literature», *Cor,* VII (1978-1979), 80-92.

GOLDMAN, Peter B., «A New Interpretation of "comedor de huevos asados"», *RF,* LXXVII (1965), 363-367.

GREEN, Otis H., «*Celestina,* Auto I: "Minerua con el can"», *NRFH,* VII (1953), 470-474.

— «The *Celestina* and the Inquisition», *HR,* XV (1947), 211-216.

— «Did the "World" "Create" Pleberio?», *RF,* LXXVII (1965), 108-110.

— «La furia de Melibea», *Clavileño,* 20 (abril, 1953A), 1-3.

— «"Lo de tu abuela con el ximio" *(Celestina:* Auto I)», *HR,* XXIV (1956), 1-12.

— «On Rojas' Description of Melibea», *HB,* XIV (1946), 254-256.

GRISMER, Raymond L. y HELLER, J. L., «Seneca in the Celestinesque Novel», *HR,* XII (1944), 27-48.

GULSTAD, Daniel E., «Melibea's Demise: the death of courtly love», *Cor,* VII (1978-1989), 71-80.

HALLIBURTON, Lloyd, «Symbolic Implications of the *cadenilla* in *La Celestina:* unity, disunity and death», *RoN*, XXXII (1981-1982), 94-97.

HANDY, Otis, «The Rhetorical and Psychological Defloration of Melibea», *Ce*, VII, 1 (mayo de 1983), 17-27.

HERRIOTT, James Homer, «Fernando de Rojas as Author of Act I of *La Celestina*», *Studia Hispanica in Honorem Rafael Lapesa*, I, Madrid, Gredos, 1972, 295-311.

HEUGAS, Pierre, *«La Celestina,* ¿novela dialogada?», en *Seis lecciones sobre la España en los Siglos de Oro (literatura e historia), Homenaje a Marcel Bataillon*, Sevilla, Universidad, 1981, 161-177.

— «Variation sur un portrait: de Mélibée a Dulcinée», *BH*, LXII (1969), 5-30.

HIMELBLAU, Jack, «A Further Contribution to the ironic vision in the *Tragicomedia*», *RoN*, IX (1967-1968), 310-313.

HOOK, David, «"Andar a caça de perdizes con bueyes"», *Ce*, VIII, 1 (mayo de 1984), 47-48.

— «"Fons curarum, fluvius lachrymarum": three variations upon a petrarchan theme (Christine de Pisan, Fernando de Rojas and Fray Luis de Granada)», *Ce*, VI, 1 (mayo de 1982), 1-7

— «The Genesis of the *Auto de Traso*», *JHP*, III (1978-1979), 107-120.

— «"¿Para quién edifiqué torres?": a footnote to Pleberio's lament», *FMLS*, XIV (1978), 25-31.

— «Pármeno's "Falso Boezuelo" Again», *Ce*, IX, 1 (mayo de 1985), 39-42.

JONES, R. O., «Isabel la Católica y el amor cortés», *RL*, XXI (1962), 55-64.

JOSET, Jacques, «Buen amor en las literaturas hispánicas posteriores a Juan Ruiz», en *Estudios dedicados a Emilio Alarcos Llorach,* II, Oviedo, Universidad, 1978, 355-371.

KASSIER, Theodore L., *«Cancionero* Poetry and the *Celestina:* from metaphor to reality», *Hispanófila*, 56 (enero de 1976), 1-28.

KRAUSE, Anna, «Deciphering the Epistle-Preface to the *Comedia de Calisto y Melibea*», *RR*, XLIV (1953), 89-101.

LEGGE, M. Dominica, «Toothache and Courtly Love», *French Studies*, IV (1950), 50-54.

LIDA DE MALKIEL, María Rosa, «El ambiente concreto de *La Celestina*», en *Estudios dedicados a James Herriott*, Madison, University of Winconsin Press, 1966A, 145-165.

— «Datos para la leyenda de Alejandro en la Edad Media castellana», *RPh*, XV (1961-1962); también en *La tradición clásica en España*, Barcelona, Ariel, 1975, págs. 165 y ss.

— «De Centurio al Mariscal de Turena: fortuna de una frase de *La Celestina*», *HR*, XXVII (1959), 150-166.

— «La dama como obra maestra de Dios», *RPh*, XXVIII (1974-1975), 267-324; en *Estudios sobre la literatura española del siglo XV*, Madrid, Porrúa Turanzas, 1977, 129-290.

— «Dido y su defensa en la literatura española», *RFH*, IV (1942), 209-252, 313-382; reed. por Yakov Malkiel *como Dido en la literatura española: su retrato y su defensa*, Londres, Tamesis, 1974.

— «El fanfarrón en el teatro del Renacimiento», *RPh*, XI (1957-1958), 268-291; reproducido en *Estudios de literatura española y comparada*, Buenos Aires, EUDEBA, 1966, 173-202.

— «La hipérbole sagrada en la poesía castellana del siglo XV», *RFH*, VIII (1949), 121-130; en *Estudios sobre la literatura española del siglo XV*, Madrid, Porrúa Turanzas, 1977, 290-324.

LIHANI, John, «The Intrinsic and Dramatic Values of Celestina's Gold Chain», en *Studies in Honor of Gerald E. Wade*, ed. S. Bowman y otros, Madrid, Porrúa Turanzas, 1979, 151-165.

MACDONALD, Inez, «Some Observations on the *Celestina*», *HR*, XXII (1954), 264-281.

MADARIAGA, Salvador de, «Discurso sobre Melibea», *Sur*, LXXVI (enero de 1941), 38-69; reproducido en *Mujeres españolas*, Madrid, Espasa-Calpe, 1972, 51-90.

MALDONADO DE GUEVARA, Francisco, «La casa de Celestina», *ACer*, VII (1958), 287-289.

MARTÍ-IBÁÑEZ, Félix, «The Medico-Pharmaceutical Art of *La Celestina:* a study of a fifteenth-century Spanish sorceress and "dealer in love"», *International Record of Medicine and General Practice Clinics*, CLXIX (1956), 233-249.

MARTÍNEZ, Salvador, «Cota y Rojas», *HR*, XLVIII (1980), 37-55.

MARTÍNEZ RUIZ, Juan y ALBARRACÍN NAVARRO, Joaquina, «Farmacopea en *La Celestina* y un manuscrito árabe de Ocaña», *Actas*, 409-425.

McMULLAN, Susan J., «The World Picture in Spanish Literature», *AION-SR,* XIII (1971), 27-105.

McPHEETERS, D. W., «The Corrector Alonso de Proaza and *La Celestina», HR,* XXV (1956), 13-25.

— «The Element of Fatality in the *Tragicomedia de Calisto y Melibea», Sym,* VIII (1954), 331-335.

MELE, Eugenio, «Un *villancico* de *La Celestina* populare in Italia nel cinquecento», *Goirnale storico della letteratura italiana,* CVI (1935), 258-291.

MENDELOFF, Henry, «"Sharing" in La *Celestina», Thes,* XXXII (1977), 173-177.

MENÉNDEZ PIDAL, Ramón, «Una nota a *La Celestina», RFE,* IV (1917), 50-51.

MILLE Y GIMÉNEZ, Juan, «Acerca de la génesis de *La Celestina», RH,* LXV (1925), 140-141.

MORALES, Rafael, «Otro escenario más para *La Celestina», CuL,* VII (1950), 221-231.

MORGAN, Erica, «Rhetorical Technique in the Persuasion of Melibea», *Ce,* III, 2 (noviembre de 1979), 7-18.

MORÓN ARROYO, Ciriaco, «Sobre el diálogo y sus funciones literarias», *HR,* XLI (1973), 275-284.

NEPAULSINGH, Colbert, «The Rhetorical Structure of the Prologues to the *Libro de Buen Amor* and the *Celestina», BHS,* LI (1974), 325-334.

OLSON, Paul R., «An Ovidian Conceit in Petrarch and Rojas», *MLN,* LXXXI (1966), 217-221.

OROL PERNAS, Antonio, «Las monedas en la época de *La Celestina», Actas,* 427-432.

OROZCO DÍAZ, Emilio, *«La Celestina:* hipótesis para una interpretación», *Ínsula,* 124 (marzo de 1957), 1, 10.

— «El huerto de Melibea (para el estudio del tema del jardín en la poesía del siglo XV)», en *Paisaje y sentimiento de la naturaleza en la poesía española,* Madrid, Ediciones de Centro, 1968, 83-103.

PARKER, Margaret A., «The Transmission and Treatment of Mythological Material in Some Medieval Spanish Texts», University of London, tesis inédita, 1978.

PHILLIPS, Katherine K., «Ironic Foreshadowing in *La Celestina», KRQ,* XXI (1974), 469-482.

RANK, Jerry R., «The Use of *Dios* and the Concept of God in *La Celestina*», *RCEH*, V (1980-1981), 75-91.

READ, M. K., «Fernando de Rojas' Vision of the Birth and Death of Language», *MLN*, XCIII (1978), 163-175.

— «The Rhetoric of Social Encounter: *La Celestina* and the Renaissance philosophy of language», en *The Birth and Death of Language: Spanish literature and linguistics 1300-1700*, Potomac, Maryland, Studia Humanitatis, 1983, 70-96.

REYNOLDS, J. J., «"La moça que esperaua al ministro" *(Celestina III)*», *RoN*, V (1963-1964), 200-202.

RICO, Francisco, «Brujería y literatura», en *Brujología: Ponencias y comunicaciones del Primer Congreso Español de Brujología (San Sebastián, septiembre de 1972)*, Madrid, Seminarios y Ediciones, 1975, 97-117.

RIPOLL, Carlos, «El planto de Pleberio: aproximación estilística», en *«La Celestina» a través del decálogo y otras notas sobre la literatura de la edad de oro*, Nueva York, Las Américas, 1969, 167-187.

RIQUER, Martín de, «Fernando de Rojas y el primer acto de *La Celestina*», *RFE*, XLI (1957), 373-395.

RODRÍGUEZ-PUÉRTOLAS, Julio, «El linaje de Calisto», *Hispanófila*, XII, 33 (1968), 1-6; reproducido en *De la Edad Media a la edad conflictiva: estudios de literatura española*, Madrid, Gredos, 1972, 209-216.

ROUND, Nicholas G., «Conduct and Values in *La Celestina*», *Studies in Honour of P. E. Russell*, 38-52.

— «The Medieval Reputation of the *Proverbia Senecae:* a partial survey based on recorded manuscripts», *Proceedings of the Royal Irish Academy*, LXII (1972), 103-151.

ROZEMOND, J. J., «"Eclipse ay mañana, la puente es llevada...": dos notas sobre la fecha de *Celestina*», *Ce*, VI, 2 (noviembre de 1982), 15-18.

RUIZ, Higinio y BRAVO-VILLASANTE, Carmen, «Talavera de la Reina (1479-1498), ¿lugar de acción de *La Celestina*?», *AEM*, III (1966), 553-562.

RUIZ RAMÓN, F., «Notas sobre la autoría del Acto I de *La Celestina*», *HR*, XLII (1974), 431-435.

RUSSELL, P. E., «Estudios jurídicos de Fernando de Rojas», *Temas*, 323-340.

—   «La magia como tema integral de *La Celestina*», en *Studia philologica: homenaje a Dámaso Alonso*, III, Madrid, Gredos, 1963, 337-354; reproducido en *Temas*, 241-276.

—   «The *Celestina comentada*», en *Medieval Hispanic Studies Presented to Rita Hamilton*, ed. A. D. Deyermond, Londres, Tamesis, 1976, 175-193; reproducido como «El primer comentario crítico de *La Celestina*: cómo un legista del siglo XVI interpreta la *Tragicomedia*», *Temas*, 293-321.

SENIFF, D. P., «"El falso bozuelo con su blando cencerrar": or the "Pantomime Ox Revisted"», *Ce*, XI, 2 (mayo de 1985), 43-45.

SERRANO PONCELA, Segundo, «El secreto de Melibea», *CA*, XVII, 100 (1958), 488-510.

SERRANO Y SANZ, M., «Noticias biográficas de Fernando de Rojas, autor de *La Celestina* y del impresor Juan de Lucena», *RABM*, VI (1902), 245-299.

SEVERIN, Dorothy Sherman, «Aristotle's *Ethics* and *La Celestina*», *Cor*, X (1981), 54-58.

—   «Cota, his Imitator, and *La Celestina*», *Ce*, IV, I (mayo de 1980), 3-8.

—   «"El falso bozuelo", or the Partridge and the Pantomime Ox», *Ce*, IV, 1 (mayo de 1980), 31-33.

—   «Humour in *La Celestina*», *RPH*, XXXII (1978-1979), 274-291.

SHIPLEY, George A., «Authority and Experience in *La Celestina*», *BHS*, LXII (1985), 95-111.

—   «Bestiary References in Fernando de Rojas', *La Celestina* (1499): the ironic undermining of authority», sumario en *Cor*, II, 2 (primavera de 1975), 22-33.

—   «Concerting through Conceit: unconventional uses of conventional sickness images in *La Celestina*», *MLR*, LXX (1975A), 324-332.

—   «Functions of Imagery in *La Celestina*», Harvard, conferencia inédita, 1968.

—   «"El natural de la raposa": un proverbio estratégico de *La Celestina*», *NRFH*, XXIII (1974), 35-64.

—   «"Non erat hic locus": the disconcerted reader in Melibea's garden», *RPh*, XXVII (1973-1974), 286-303.

—   «"¿Qual dolor puede ser tal...?" A Rhetorical Strategy for Containing Pain in *La Celestina*», *MLN*, XC (1975), 143-153.

—   «Usos y abusos de la autoridad del refrán en *La Celestina*», *Actas*, 231-244.

SISTO, David T., «The String in the Conjuration of *La Celestina* and Doña Barbara», *RoN*, I (1959-1960), 50-52.

SLETSJÖE, Leif, «Sobre el tópico de los ojos verdes», en *Strenae: estudios de filología e historia dedicados al Profesor Manuel García Blanco*, Acta Salmanticensia, XVI, Salamanca, 1962, 445-459.

SNOW, Joseph T., «Celestina's Claudina», en *Hispanic Studies in Honour of Alan D. Deyermond: a North American tribute*, ed. John S. Miletich, Madison, Wisconsin, Hispanic Seminary of Medieval Studies, 1986, 257-277.

SORENSEN, J. E., «La escena inicial de *La Celestina:* la iglesia de Martín de Riquer vs. tradición literaria», *Tropos*, VI, 1 (1977), 47-55.

SPITZER, Leo, «Zur *Celestina*», *ZRP*, L (1930), 237-240.

STAMM, James R., «"El plebérico coraçón": Melibea's heart», *Ce*, III, 2 (noviembre de 1979), 3-6.

— «De "huerta" a "huerto": elementos lírico-bucólicos en *La Celestina*», *Actas*, 81-88.

SZERTICS, Joseph, «Notas sobre un caso de ironía trágica en *La Celestina*», *RoN*, XI (1969-1970), 629-632.

THOMPSON, B. Bussell, «Misogyny and Misprint in *La Celestina*, Act I», *Ce*, I, 2 (noviembre de 1977), 21-28.

TROTTER, G. D., «The *Coplas de las comadres* of Rodrigo de Reynosa and *La Celestina*», *Studia Philologica: homenaje a Dámaso Alonso*, III, Madrid, Gredos, 1963, 527-539.

— «Sobre "La furia de Melibea" de Otis H. Green», *Clavileño* (enero-febrero de 1954), 55-56.

TRUESDELL, William D., «Pármeno's Triple Temptation: *Celestina*, Act I», *H*, LVIII (1975), 267-276.

TURANO, Leslie, «Aristotle and the Art of Persuasion in *Celestina*», University of London, Westfield College, tesis inédita, 1985; reseñada en *Medieval Hispanic Research Seminar Newsletter*, I, Londres, Westfield College, 1985, 3.

VALLE LERSUNDI, F. del, »Documentos referentes a Fernando de Rojas», *RFE*, XII (1925), 385-396.

— «Testamento de Fernando de Rojas, autor de *La Celestina*», *RFE*, XVI (1929), 366-388.

VARELA, José Luis, «Dos notas celestinescas», *La palabra y la llamada*, Madrid, Prensa Española, 1967, 17-33.

VECCHIO, Frank B., «Sempronio y el debate feminista del siglo XV», *RoN,* IX (1967-1968), 320-324.

VERMELEYEN, A., «Una huella de la liturgia mozárabe en el Auto I *de La Celestina*», *NRFH,* XXXII (1983), 325-329.

WARDROPPER, Bruce W., «Pleberio's Lament for Melibea and the Medieval Elegiac Tradition», *MLN,* LXXIX (1964), 140-152.

WEINER, Jack, «Adam and Eve Imagery in *La Celestina*», *Papers on Language and Literature,* V (1969), 389-396.

WEST, Geoffrey, «The Unseemliness of Calisto's Toothache», *Ce,* III, 1 (mayo de 1979), 3-10.

WHINNOM, Keith, «Diego de San Pedro's Stylistic Reform», *BHS,* XXXVII (1960), 1-15.

— «Dr. Severin, the Partridge, and the Stalking Horse», *Ce,* IV, 2 (noviembre de 1980), 23-25.

— «"El plebérico corazón" and the Authorship of Act I of *Celestina*», *HR,* XLV (1977), 195-199.

— «Interpreting *La Celestina:* The motives and the personality of Fernando de Rojas», en *Studies in Honour of P. E. Russell,* 53-68.

— «"La Celestina" "The Celestina", and L1 Interference in L2», *Ce,* IV, 2 (noviembre de 1980), 19-21.

— «The Relationship of the Early Editions of the *Celestina*», *ZRP,* LXXXII (1966), 22-40.

WISE, David O., «Reflections of Andreas Capellanus' *De reprobatio amoris* in Juan Ruiz, Alfonso Martínez, and Fernando de Rojas», *Hispania,* LXIII (1980), 506-513.

YNDURÁIN, Francisco, «Una nota a *La Celestina*», *RFE,* XXXVIII (1954), 278-281.

La Celestina

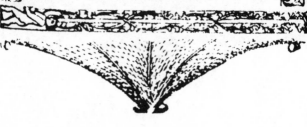

Libro de Calixto y Melibea y de la puta vieja Celestina.

*Tragi*comedia de Calisto y Melibea

nuevamente revista y emendada con addición de los argumentos de cada un auto en principio [a]. La qual contiene demás de su agradable y dulce estilo muchas sentencias filosofales y avisos muy necessarios para mancebos mostrándoles los engaños que están encerrados en sirvientes y alcahuetas[1].

---

[a] S1501: con sus argumentos nuevamente añadidos

[1] Seguimos el texto de la *Comedia* (Toledo, 1500), aunque se aceptan algunas de las revisiones de la *Tragicomedia* (Valencia, 1514). La edición de Zaragoza (1507) se abre con el *incipit...* («Síguese...»), mas carece de los *argumentos* que encabezan cada uno de los actos, a excepción del «argumento de toda la obra» que, sin embargo, falta en la edición burgalesa de la *Comedia* (1499).

El autor a un su amigo[2]

Suelen los que de sus tierras absentes se fallan considerar de qué cosa aquel lugar donde parten mayor inopia o falta padezca[a] para con la tal servir a los conterráneos, de quien en algún tiempo beneficio recebido tienen; y viendo que legítima obligación a investigar lo semijante me compelía[b] para pagar las muchas mercedes de vuestra libre liberalidad recebidas[3], asaz vezes retraýdo en mi cámara, acostado sobre mi propia mano, echando mis sentidos por ventores y my juyzio a bolar, me venía a la memoria no sólo la necessidad que nuestra común patria tiene de la presente obra por la muchedumbre de galanes y enamorados mancebos que posee, pero aun en particular vuestra mesma persona, cuya juventud de amor ser presa se me representa aver visto y dél cruelmente lastimada, a causa de le faltar defensivas armas para resistir sus fuegos, las quales hallé esculpidas en estos papeles, no fabricadas en las grandes herrerías de Milán, mas en los claros ingenios de doctos varones castellanos formadas. Y como mirasse su primor, su sotil artificio, su fuerte y claro metal, su modo y manera de lavor, su estilo elegante, jamás en nuestra castellana lengua visto ni oýdo, leýlo tres o quatro vezes, y tantas quantas más lo leýa, tanta más necessidad me ponía de releerlo y tanto más me agradava, y en su processo nuevas

---

[a] S1501: padesce
[b] T1500: complía

[2] Texto de la *Comedia* (Toledo, 1500), junto a revisiones de la *Tragicomedia* (Valencia, 1514). La carta falta asimismo al frente de la *Comedia* de Burgos, 1499.
[3] Al parecer, el amigo al que Rojas se dirige fue también su protector.

sentencias sentía^c. Vi no sólo ser dulce en su principal ystoria o ficción toda junta, pero aun de algunas sus particularidades salían delectables fontezicas de filosophía, de otros agradables donayres, de otros avisos y consejos contra lisongeros y malos sirvientes y falsas mugeres hechizeras[4]. Vi que no tenía su firma del autor, *el qual, según algunos dizen, fue Juan de Mena, e según otros, Rodrigo Cota*^d[5], pero quienquier que fuese, es digno de recordable memoria por la sotil invención, por la gran copia de sentencias entrexeridas que so color de donayres tiene. Gran filósofo era. Y pues él con temor de detractores y nocibles lenguas más aparejadas a reprehender que a saber inventar, *quiso celar e encubrir*^e su nombre, no me culpéys si en el fin baxo que le^f pongo, no expresare el mío[6]. Mayormente que, siendo jurista yo, aunque obra discreta, es agena de mi facultad[7], y quien lo supiese diría que no por recreación de mi principal estudio, del qual yo más me precio, como es la verdad, lo fiziesse, antes distraýdo de los derechos, en esta nueva lavor me entremetiesse. Pero aunque no acierten, sería pago de mi osadía. Asimismo pensarían que no quinze días de unas vacaciones, mientra mis socios en sus tierras, en aca-

---

^c S1501: tenía

^d *Com.:* y era la causa que estava por acabar

^e *Com.:* c(i)elo

^f S1500: lo

[4] Las normas de la crítica literaria de Rojas son morales, filosóficas y estéticas. Whinnom *[Studies:* 53-68], en un intento de definir los fines y la personalidad de Fernando de Rojas, sugiere que posiblemente era joven, pedante, celoso de la clase nobiliaria y consciente de la importancia de su obra.

[5] La mayor parte de los especialistas parecen inclinados a aceptar la afirmación de Rojas de que el primer acto es obra de un autor desconocido y de que él añadió los quince restantes *(vid.,* por ejemplo, Krause [1953]). Riquer [1957] y Faulhaber [1977] estudian las discrepancias existentes entre este acto y el resto de la obra.

[6] ... *no expresaré el mío.* Sin embargo, lo dejará asomar en los versos acrósticos que aparecen más abajo, como el editor Alonso de Proaza advertirá al lector en las estrofas puestas por él al final de la obra.

[7] Semejantes disculpas en torno a la falta de relación entre una obra de ficción y el mundo profesional del autor pertenecen, sin duda, al *topos* retórico de la *captatio benevolentiae* practicado por autores de comedias humanísticas del siglo xv, como advierte ya Lida de Malkiel [1962: 241] y comenta por extenso Russell *[Temas:* 325-326].

barlo me detoviesse, como es lo cierto[8]; pero aun más tiempo y menos accepto. Para desculpa de lo qual todo, no sólo a vos, pero a quantos lo leyeren, offrezco los siguientes metros. E por que conoscáys donde comiençan mis maldoladas razones [y acaban las de antiguo auctor], *acordé que todo lo del antiguo auctor fuesse sin división en un aucto o cena incluso, hasta el segundo aucto, donde dize: 'Hermanos míos', etc.*[g]. Vale[9].

El autor, escusándose de su yerro en esta obra que escrivió, contra sí arguye y compara[10]

1. El silencio escuda y suele encobrir
    la[s] falta[s] de ingenio y *torpeza de*[a] lenguas;
    blasón que es contrario, publica sus menguas
    a[l] qu*ien* mucho habla sin mucho sentir.
    Como [la] hormiga que dexa de yr
    holgando por tierra con la provisión,
    jactóse con alas de su perdición;
    lleváronla en alto, no sabe dónde yr.

---

[g] *Com.:* en la margen hallaréys una cruz, y es en fin de la primera cena (S1501: el fin)

[a] *Com.:* las torpes

[8] *... de unas vacaciones.* La afirmación de Rojas de haber concluido la obra durante un corto periodo de vacaciones es algo difícil de creer, aunque no se puede excluir totalmente. Gilman [1972/1978: 232-234] llama la atención sobre los estatutos de la Universidad de Salamanca que describen los periodos de vacaciones. Nepaulsingh [1974] considera que el espacio de tiempo señalado por Rojas no es real, sino una concesión al tópico retórico de la *confutatio.*

[9] Teniendo en cuenta la similitud entre las fuentes utilizadas, se puede pensar que la primera parte del Acto II sea obra también del primer autor *(vid.* notas al Acto II). El recurso de señalar con una cruz el margen del escrito parece haber sido rechazado por razones editoriales, y esta cruz pudiera haber aparecido en otro lugar que no fuera el final del primer auto que ahora tenemos.

[10] Texto de la edición de Toledo (1500) con revisiones de la de Valencia (1514). Estos versos faltan en las ediciones de Burgos (1499) y de Zaragoza (1507). De acuerdo con Nepaulsingh [1974], tanto el prefacio epistolar como las presentes octavas corresponden a la categoría del *accesus,* esquema retórico usado para analizar los libros.

PROSIGUE

2. El ayre gozando ageno y estraño,
   rapina es ya hecha de aves que buelan;
   fuerte más que ella, por cevo la llevan;
   en las nuevas alas estava su daño[11].
   Razón es que aplique a[b] mi pluma este engaño,
   no *despreciando a*[c] los que *me* argugen,
   assí que a mí mismo mis alas destruyen,
   nublosas y flacas, nascidas de ogaño.

PROSIGUE

3. Donde ésta gozar pensaba volando,
   o yo *de screvir*[d] cobrar más honor,
   del[o] uno [y] *del*[e] otro nació disfavor;
   ella es comida y a mí están cortando
   reproches, revistas y tachas. Callando
   obstara y[f] los daños de invidia y murmuros;
   insisto remando, y[g] los puertos seguros
   atrás quedan todos ya quanto más ando[12].

PROSIGUE

4. Si bien *queréys ver*[gg] mi limpio motivo,
   a quál se endereça[h] de aquestos estremos,

---

[b] S1501: aplique mi
[c] *Com.:* dissimulando con
[d] *Com.:* aquí escriviendo
[e] *Com.:* lo
[f] S1501: y a
[g] *Com.:* viasí navegando
[gg] *Com.:* discernéys
[h] S1501: adereça

[11] Aunque muy a menudo los autores recurren en sus *exordia* a los *exempla* tomados de la naturaleza *(vid.* Curtius [1953: 139-142]), esta imagen de la hormiga que intenta volar con sus nuevas alas y es comida por las aves es poco frecuente, Bataillon [1961: 211].
[12] La imagen del autor como el que parte hacia un peligroso viaje por mar corresponde al popular tópico retórico de la falsa modestia, ampliamente acogido en la Edad Media *(vid.* Curtius [1953: 127-131]). Castro Guisasola [1924: 159] cree reconocer aquí un recuerdo del *Laberinto* de Mena, c. 298: «cansada ya toma los puertos seguros».

con qual participa, quién rige sus remos,
Apolo, Diana o Cupido altivo[i],
buscad bien el fin de aquesto que escrivo,
o del principio leed su argumento;
leeldo [y] veréys que, aunque dulce cuento,
amantes, que os muestra salir de cativo[13].

COMPARACIÓN

5. Como el[j] doliente que píldora amarga
   o la[k] rescela o no puede tragar,
   métenla dentro del dulce manjar,
   engáñase el gusto, la salud se alarga[14],
   desta manera mi[l] pluma se embarga,
   imponiendo dichos lascivos, rientes,
   atrae los oýdos de penadas gentes,
   de grado escarmientan y arrojan su carga.

BUELVE A SU PROPÓSITO

6. *Estando cercado de dubdas y*[m] antojos,
   Compuse[n] tal fin quel principio desata;
   acordé[o] [de] dorar con oro de lata
   lo más fino *tíbar*[p] que vi[q] con *mis*[r] ojos,

---

  i *Com.:* amor ya aplazible o desamor esquivo (S1501: amor aplazible)
  j *Com.:* al
  k *Com.:* huye o
  l S1501: la
  m *Com.:* Este mi desseo, cargado de
  n *Com.:* compuso
  o *Com.:* acordó
  p *Com.:* oro
  q *Com.:* vio
  r *Com.:* sus

---

13 Bataillon [1961] intenta explicar *La Celestina* como obra didáctica; uno
de los argumentos que esgrime son estas declaraciones explícitas del autor en
los versos introductorios y en los prólogos. Para Bataillón la moral cristiana
domina toda la obra y los elementos que entran en conflicto con ella no deben ser tomados en mucha consideración.

14 Tópico clásico de la literatura didáctica medieval. Cfr. B. B. Ashcom,
«Notes on the *Comedia:* a New Edition of a Vélez de Guevara Play», *HR*, XXX
(1962), 231-239, especialmente 236.

y encima de rosas sembrar mill abrojos.
Suplico, pues suplan discretos mi falta;
teman grosseros y en obra tan alta,
o vean y callen o no den enojos.

PROSIGUE DANDO RAZONES POR QUÉ SE MOVIÓ A ACABAR ESTA OBRA

7. Yo vi en Salamanca la obra presente[15];
    movíme [a] acabarla por estas razones;
    es la primera, que estó en vacaciones[16],
    la otra, *inventarla persona prudente*[s],
    y es la final ver la más gente
    buelta y mesclada en vicios de amor;
    estos amantes les pornán temor
    a fiar de alcahueta ni *falso*[t] sirviente.

8. Y así que esta obra *en el proceder*[u]
    fue tanto breve, quanto muy sutil;
    vi que portava sentencias dos mill;
    en forro de gracias, lavor de plazer.
    No hizo Dédalo *cierto a mi ver*[v]
    alguna más prima entretalladura,
    si fin diera en esta su propia escriptura
    Cota o Mena con su gran saber[w][17].

9. Jamás [yo] no *vide en lengua romana*[x],
    después que me acuerdo, ni nadie la vido,
    obra de estilo tan alto y sobido
    en tusca ni griega ni en[y] castellana.

---

[s] *Com.:* que oý su inventor ser cierta
[t] *Com.:* de mal
[u] *Com.:* a mi flaco entender
[v] *Com.:* en su officio y saber
[w] corta: un grande hombre y de mucho valer
[x] *Com.:* sino Terenciana (S1501: vi Terencia; T1500: omite yo) *Y*
[y] *Com.:* en lengua común, vulgar castellana

[15] Para la documentación sobre la vida de Rojas como estudiante en Salamanca, *vid.* Gilman [1972/1978: 267-353].
[16] *está en vacaciones*. Por segunda vez, Rojas hace mención al ocio vacacional y al hecho de haber encontrado el primer acto.
[17] Otra vez sugiere Rojas los nombres de Cota y Mena como posibles autores de su primer auto, en una revisión del texto para la *Tragicomedia*.

No *trae*[z] sentencia de donde no mana
loable a su autor y eterna memoria,
al qual jesuchristo reciba en su gloria
por su passión sancta que a todos nos sana[18].

AMONESTA A LOS QUE AMAN QUE SIRVAN A DIOS Y DEXEN LAS MALAS [aa] COGITACIONES Y VICIOS DE AMOR

10. Vosotros, *los* que amáys, tomad este enxemplo[19],
     este fino arnés con que os defendáys;
     bolved ya las riendas por que n'os perdáys;
     load siempre a Dios visitando su templo.
     Andad sobre aviso; no seáys[bb] dexemplo
     de muertos y bivos y proprios culpados;
     estando en el mundo yazéys sepultados;
     muy gran dolor siento quando esto contemplo.

FIN

11. [Olvidemos los vicios que así nos prendieron;
     no confiemos en vana esperança.
     Temamos aquél que espinas y lança,
     açotes y clavos su sangre vertieron.
     La su santa faz herida escupieron;
     vinagre con hiel fue su potación;
     a cada santo lado[cc] consintió un ladrón.
     Nos lleve, le ruego, con los que[dd] creyeron][20].

12. *O damas, matronas, mancebos, casados,*
     notad bien la vida que aquéstos hizieron;

---

[z]   *Com.:* tiene
[aa] *Com.:* vanas
[bb] S1501: seáys en
[cc] S1501: costado
[dd] S1501: quel

[18] La figura de Jesucristo y su Pasión no son mencionadas ni una sola vez a lo largo de toda la obra. Quizás Rojas intentó aquí salvar este desequilibrio.
[19] *La Celestina* se caracteriza como un *exemplum* dilatado y, según se afirma en la estrofa final, como un *speculum* de la vida humana.
[20] Esta estrofa de la *Comedia* se omite en la *Tragicomedia* y se refunde como la primera de las estrofas finales del autor.

tened por espejo su fin qual hubieron,
a otro que amores dad vuestros cuydados.
Limpiad ya los ojos, los ciegos errados,
virtudes sembrando con casto bivir,
a todo correr devéys de huyr,
no os lance Cupido sus tiros dorados[21].

---

[21] Esta nueva estrofa de la *Tragicomedia*, según el texto de la edición valenciana (1514), llama la atención sobre el carácter didáctico de la obra con menos sutileza que en los versos anteriores; se percibe un cierto tono nervioso en este empeño de Rojas de insistir sobre su supuesto propósito convencional, tanto aquí como en el nuevo prólogo.

[Prólogo]²²

Todas las cosas ser criadas a manera de contienda o batalla, dize aquel gran sabio Eráclito en este modo: 'Omnia secundum litem fiunt'²³. Sentencia a mi ver digna de perpetua y recordable memoria. Y como sea cierto que toda palabra del hombre sciente esté preñada, desta se puede dezir que de muy hinchada y llena quiere rebentar, echando de sí tan crescidos ramos y hojas, que del menor pimpollo se sacaría harto fruto entre personas discretas²⁴. Pero como mi pobre saber no baste a más de roer sus secas cortezas de los dichos de aquellos que por claror de sus ingenios merescieron ser aprovados, con lo poco que de allí alcançare, satisfaré al propósito deste perbreve (pró)logo. Hallé esta sentencia corroborada por aquel gran orador y poeta laureado, Francisco Petrarcha, diziendo: 'Sine lite atque offensione ni(hi)l genuit natura parens': Sin lid y offensión ninguna cosa engendró la natura, madre de todo. Dize más adelante: 'Sic est enim, et sic propemodum universa testantur: rapido stelle obviant firmamento; contraria invicem

---

²² Texto de la edición de Valencia (1514). Falta en la de Zaragoza (1507). En su mayoría este prólogo procede del prefacio del Libro II del *De remediis utriusque fortunae* de Petrarca. *Vid.* Castro Guisasola [1924: 117-121] y Deyermond (1961: 52-57). Los decisivos cotejos textuales muestran la estrecha conexión del prólogo con su fuente. Por su parte, Nepaulsingh [1974] intenta explicar todo este prólogo como ejercicio retórico claramente dividido en *sententia, exordium* y argumento.

²³ Petrarca, *De remediis* II, A 2-3: «... illud Heracliti: Omnia secundum litem fieri».

²⁴ Desde «Y como sea cierto...» hasta aquí Rojas intercala un pasaje del diálogo 114 del mismo *De remediis*, II, para volver luego al prefacio con una cita textual del autor italiano. *Vid.* Castro Guisasola [1924: 117-118].

elementa confligunt; terrae tremunt; maria fluctuant; aer quatitur; crepant flamme; bellum immortale venti gerunt; tempora temporibus concertant; secum singula nobiscum omnia.' Que quiere decir: 'En verdad assí es, y assí todas las cosas desto dan testimonio: las estrellas se encuentran en el arrebatado firmamento del cielo, los adversos elementos unos con otros rompen pelea, tremen las tierras, ondean los mares, el ayre se sacude, suenan las llamas, los vientos entre sí traen perpetua guerra, los tiempos con tiempos contienden y litigan entre sí, uno a uno y todos contra nosotros.' El verano vemos que nos aquexa con calor demasiado, el invierno con frío y aspereza, assí que este nos paresce revolución temporal, esto con que nos sostenemos, esto con que nos criamos y bevimos, si comiença a ensobervecerse más de lo acostumbrado, no es sino guerra. Y quanto se ha de temer, manifiéstase por los grandes terremotos y torvellinos, por los naufragios y encendios, assí celestiales como terrenales, por la fuerça de los aguaduchos, por aquel bramar de truenos, por aquel temeroso ímpetu de rayos, aquellos cursos y recursos de las nuves, de cuyos abiertos movimientos, para saber la secreta causa de que proceden, no es menor la dissención de los filósofos en las escuelas, que de las ondas en la mar. Pues entre los animales ningún género carece de guerra: pesces, fieras, aves, serpientes, de lo qual todo una especie a otra persigue. El león al lobo, el lobo la cabra, el perro la liebre y, si no paresciese conseja de tras el fuego, yo llegaría más al cabo esta cuenta[25]. El elefante, animal tan poderoso y fuerte, se espanta y huye de la vista de un suziuelo ratón, y aun de sólo oýrle toma gran temor. Entre las serpientes el vajarisco crió la natura tan ponçoñoso y conquistador de todas las otras, que con su silvo las asombra y con su venida las ahuyenta y disparze, con su vista las mata. La bívora, reptilia o serpiente enconada, al tiempo del concebir, por la boca de la hembra metida la cabeça del macho y ella con el gran dulçor apriétale tanto que le mata, y quedando preñada, el primer

---

[25] Rojas inserta su propia exclamación en medio de la traducción de Petrarca. Con *conseja tras el fuego* se refiere al cuento o patraña ya viejo. Recordemos la obra atribuida a Santillana que con el titulo de *Refranes que dizen las viejas tras el fuego* se publicó en 1508.

hijo rompe las yjares de la madre, por do todos salen y ella muerta queda; él quasi como vengador de la paterna muerte[26]. ¿Qué mayor lid, qué mayor conquista ni guerra que engendrar en su cuerpo quien coma sus entrañas? Pues no menos dissensiones naturales creemos haver en los pescados, pues es cosa cierta gozar la mar de tantas formas de pesces, quantas la tierra y el ayre cría de aves y animalias y muchas más. Aristóteles y Plinio cuentan maravillas de un pequeño pece llamado Echeneis, quanto sea apta su propriedad para diversos géneros de lides. Especialmente tiene una que si allega a una nao o carraca, la detiene, que no se puede menear aunque vaya muy rezio por las aguas, de lo cual haze Lucano mención[27], diziendo: 'Non pupim retinens, Euro tendente rudientis, / In mediis Echeneis aquis.' 'No falta allí el pece dicho Echeneis, que detiene las fustas, quando el viento Euro estiende las cuerdas en medio de la mar.' ¡Oh natural contienda, digna de admiración, poder más un pequeño pece que un gran navío con toda su fuerça de los vientos! Pues si[28] discurrimos por las aves y por sus menudas enemistades, bien affirmaremos ser todas las cosas criadas a manera de contienda. Las más biven de rapina, coma halcones y águilas y gavilanes. Hasta los grosseros milanos insultan dentro en nuestras moradas los domésticos pollos y debaxo las alas de sus madres los vienen a caçar. De una ave llamada Rocho, que nace en el índico mar de oriente, se dize ser de grandeza jamás oýda y que lleva sobre su pico fasta las nuves no sólo un hombre o diez, pero un navío cargado de todas sus xarcías y gente. Y como los míseros navegantes estén assí suspensos en el ayre, con el meneo de su buelo caen y reciben crueles muertes. ¿Pues qué diremos entre los hombres a quien todo lo sobredicho es subjeto? ¿Quién explanará sus

---

[26] La imagen de la serpiente asociada con el amor y la muerte a lo largo de todo el texto ha sido profundamente estudiada por Deyermond [1978].

[27] Rojas interrumpe aquí su traducción de Petrarca para interpolar un pasaje de Hernán Núñez, *Glosa sobre las Trezientas de Mena*, 242: «Allí es mezclada gran parte de echino. Lucano: 'Non puppim retinens euro tendente rudentes in mediis echeneis aquis', que quiere dezir: No falta allí el pez dicho *echeneis* que detiene las fustas en metad del mar, quando el viento *euro* estiende las cuerdas. Deste pez dize Plinio en el nono libro de la hystoria natural... Aristotiles escrive...» *Vid.* Deyermond [1961: 56-57] y, antes, Castro Guisasola [1924: 120].

[28] Rojas reanuda de nuevo la adaptación de Petrarca.

guerras, sus enemistades, sus embidias, sus aceleramientos y movimientos y descontentamientos? ¿Aquel mudar de trajes, aquel derribar y renovar edificios y otros muchos affectos diversos y variedades que desta nuestra flaca humanidad nos provienen?[29]. Y pues es antigua querella y visitada de largos tiempos[30], no quiero maravillarme si esta presente obra ha seýdo instrumento de lid o contienda a sus lectores para ponerlos en differencias, dando cada uno sentencia sobre ella a sabor de su voluntad. Unos dezían que era prolixa, otros breve, otros agradable, otros escura; de manera que cortarla a medida de tantas y tan differentes condiciones a solo Dios pertenesce. Mayormente[31] pues ella con todas las otras cosas que al mundo son, van debaxo de la vandera desta notable sentencia, 'que aun la mesma vida de los hombres, si bien lo miramos, desde la primera edad hasta que blanquean las casas, es batalla'. Los niños con los juegos, los moços con las letras, los mancebos con los deleytes, los viejos con mill especies de enfermedades pelean y estos papeles con todas las edades. La primera los borra y rompe, la segunda no los sabe bien leer, la tercera, que es la alegre juventud y mancebía, discorda. Unos les roen los huessos que no tienen virtud, que es la hystoria toda junta, no aprovechándose de las particularidades, haziéndola cuento de camino; otros pican los donayres y refranes comunes, loándolos con toda atención, dexando passar por alto lo que haze más al caso y utilidad suya. Pero aquellos para cuyo verdadero plazer es todo, desechan el cuento de la hystoria para contar, coligen la suma para su provecho, ríen lo donoso, las sentencias y dichos de philósophos guardan en su memoria para trasponer en lugares convenibles a sus autos y propósitos[32]. Assí que quando diez personas se juntaren a oír esta comedia en

---

[29] Para la hostilidad del hombre medieval hacia lo que modernamente calificaríamos de «Progreso», *vid.* Lewis [1955: 15-17].

[30] Rojas vuelve a abandonar su traducción del prefacio petrarquesco para dejar asomar su preocupación por la recepción de la obra al considerar que dos lectores jamás se podrán poner de acuerdo sobre *La Celestina*.

[31] Desde *Mayormente* hasta *las edades* Rojas inserta su último extracto del prefacio al Libro II del *De remediis* de Petrarca. *Vid.* Castro Guisasola [1924: 120-121].

[32] Debemos dudar de la sinceridad del consejo de Rojas si consideramos que la mayor parte de sus aforismos están puestos en boca de personajes corruptos y con propósitos cuando menos cuestionables.

quien quepa esta differencia de condiciones, como suele acaescer[33], ¿quién negará que aya contienda en cosa que de tantas maneras se entienda? Que aun los impressores han dado sus punturas, poniendo rúbricas o sumarios al principio de cada auto, narrando en breve lo que dentro contenía; una cosa bien escusada según lo que los antiguos escriptores usaron[34]. Otros han litigado sobre el nombre, diziendo que no se avía de llamar comedia, pues acabava en tristeza, sino que se llamase tragedia. El primer autor quiso darle denominación del principio, que fue plazer, y llamóla comedia. Yo viendo estas discordias, entre estos estremos partí agora por medio la porfía y llaméla tragicomedia[35]. Assí que viendo estas contiendas, estos díssonos y varios juyzios, miré a donde la mayor parte acostava y hallé que querían que alargasse en el proceso de su deleyte destos amantes[36], sobre lo qual fuy muy importunado, de manera que acordé, aunque contra mi voluntad, meter segunda vez la pluma en tan estraña lavor y tan agena de mi facultad[37], hurtando algunos ratos a mi principal estudio, con otras horas destinadas para recreación, puesto que no han de faltar nuevos detractores a la nueva adición[38].

---

[33] Más evidencias de cómo veía Rojas la presentación de su obra; véanse también las estrofas finales de Proaza.

[34] Gilman [1956/1974: 327-335], intenta demostrar a través de un examen analítico del contenido que Rojas realmente escribió los argumentos de los actos adicionales, pero no así los de la *Comedia*, obra seguramente de los impresores.

[35] Menéndez Pelayo [1947: 48] piensa que el origen de esta denominación se encuentra en el *Amphitrion* de Plauto. Castro Guisasola [1924: 51-53] cree, más bien, que Rojas tomó el término de la dedicatoria con que Carlos Verardo encabezó la obra *Fernandus Servatus* (1493): «potest enim haec nostra, ut Amphitruonem suum Plautus apellat, Tragicocomedia nuncupari, quia personarum dignitas et Regiae majestatis impia illa violatio ad Tragediam, jucundus vero exitus rerum ad comediam pertinere videantur». Para las posibles causas de la elección de este género híbrido, *vid.* el análisis de Severin [1978-1979].

[36] Gilman [1972/1978: 370-390] discute los motivos que llevan a Rojas a permitir a los amantes otra noche de «deleyte».

[37] Rojas repite este *topos* de humildad, que ya aparece en la «Carta a un su amigo».

[38] Significativamente, Rojas pone punto final a sus extensos preámbulos con una nota de resignación no exenta de un cierto resentimiento.

Síguese[1]

la Comedia o *Tragicomedia* de Calisto y Melibea, compuesta en reprehensión de los locos enamorados que, vencidos en su desordenado apetito, a sus amigas llaman y dizen ser su dios. Assimismo hecho[a] en aviso de los engaños de las alcahuetas y malos y lisonjeros sirvientes.

Argumento

Calisto fue de noble linage, de claro ingenio, de gentil disposición, de linda criança dotado de muchas gracias, de stado mediano. Fue preso en el amor de Melibea, muger moça muy generosa, de alta y sereníssima sangre, sublimada en próspero estado, una sola heredera a su padre Pleberio, y de su madre Alisa muy amada[2]. Por solicitud del pungido Calis-

---

[a] *Com.:* fecha

[1] Tanto el «Síguese...» como el argumento general aparecen en la *Comedia* de 1500 (texto: Zaragoza, 1507). El argumento del primer acto se encuentra en la edición burgalesa de 1499, pero falta en la de Zaragoza de 1507 (texto: Toledo, 1500). Bataillon [1961] basa su defensa del didactismo de la obra en esta afirmación inicial, interpretación que han rechazado posteriores críticos por considerarla excesivamente simplista. Martínez [1980: 40] compara el argumento con el principio del *Diálogo entre el amor y un viejo* de Rodrigo Cota; *vid.*, sin embargo, Severin [1980].

[2] La descripción de Calisto recuerda a Castro Guisasola [1924: 168] el Proemio del *Bías contra fortuna* de Santillana: «Fue Bias... de noble prosapia e linaje... de vulto fermoso... de claro e sotil ingenio.» A pesar de estas declaraciones explícitas sobre el excelente linaje de los dos enamorados, se ha especulado mucho sobre el posible origen converso de uno de los dos protagonistas. *Vid.*, en particular, Garrido Pallardó [1957]; Orozco Díaz [1957]; Serrano Poncela [1958]; Rodríguez Puértolas [1972] y Martínez Miller [1978], cuya teoría es que tanto Melibea como Pármeno son conversos. Rechazan esta teoría Custodio [1958] y Bravo-Villasante [1959]. Todas estas explicaciones buscan impedimentos para la boda de los amantes. Otra hipótesis se basaría en la utilización por los autores de la concepción amorosa del «amor cortés». Recordemos los precedentes del obstáculo imaginario en la novela sentimental española. Por ejemplo, el único impedimento existente entre los protago-

to, vencido el casto propósito della, enterveniendo Celestina, mala y astuta mujer, con dos servientes del vencido Calisto, engañados y por ésta tornados desleales, presa su fidelidad con anzuelo de codicia y de deleyte, vinieron los amantes y los que les[b] ministraron en amargo y desastrado fin. Para comienço de lo qual dispuso el[c] adversa Fortuna lugar oportuno donde a la presencia de Calisto se presentó la deseada Melibea.

---

[b] *Com.:* los
[c] S1501: la

nistas del *Arnalte y Lucenda* de Diego de San Pedro es la rusticidad de Arnalte y su incumplimiento de las normas refinadas del amor cortés, circunstancias duplicadas aquí por Calisto.

Melibea   Calisto

Argumento del primer auto desta comedia

Entrando CALISTO[a] *una huerta empos dun falcon suyo, halló ý*[b] *a* MELIBEA, *de cuyo amor preso, començóle de hablar; de la qual rigorosamente despedido, fue para su casa muy sangustiado. Habló con un criado suyo llamado* SEMPRONIO, *el qual, después de muchas razones, le endereçó a una vieja llamada Celestina, en cuya casa tenía el mesmo criado una enamorada llamada* ELICIA, *la qual, viniendo* SEMPRONIO *a casa de* CELESTINA *con el negocio de su amo, tenía a otro consigo llamado* CRITO, *al qual escondieron. Entretanto que* SEMPRONIO *estava*[c] *negociando con* CELESTINA, CALISTO *stava*[d] *razonando con otro criado suyo, por nombre* PÁRMENO; *el qual razonamiento dura hasta que llega* SEMPRONIO *y* CELESTINA *a casa de* CALISTO. PÁRMENO *fue conoscido de* CELESTINA, *la qual mucho le dize de los fechos y conoscimiento de su madre, induziéndole a amor y concordia de* SEMPRONIO.

CALISTO, MELIBEA, SEMPRONIO, CELESTINA,
ELICIA, CRITO, PÁRMENO[3]

CALISTO. En esto veo, Melibea, la grandeza de Dios.
MELIBEA. ¿En qué, Calisto?

---

[a] S1501: en
[b] S1501: aý
[c] B1499, S1501: está
[d] B1499, S1501: está

[3] Los argumentos de los diferentes actos faltan en la edición de Zaragoza de 1507. Se toma como base la de Toledo de 1500 (Valencia, 1514, para los actos añadidos). Se han propuesto varias posibilidades sobre el lugar en el que se desarrolla la primera escena. Riquer [1957] cree que el encuentro se

CALISTO. En dar poder a natura que de tan perfecta hermosura te dotasse, y hazer a mí, inmérito, tanta merced que verte alcançasse, y en tan conveniente lugar, que mi secreto dolor manifestarte pudiesse. Sin duda, incomparablemente es mayor tal galardón que el servicio, sacrificio, devoción y obras pías que por este lugar alcançar yo tengo a Dios offrecido [ni otro poder mi voluntad humana puede cumplir][4]. ¿Quién vido en esta vida cuerpo glorificado de ningún hombre como agora el mío? Por cierto, los gloriosos santos que se deleytan en la visión divina no gozan más que yo agora en el acatamiento tuyo. Mas, o triste, que en esto deferimos, que ellos puramente se glorifican sin temor de caer de tal bienaventurança, y yo, misto, me alegro con recelo del esquivo tormento que tu absencia me ha de causar[5].

producía en una iglesia y que Rojas decidió cambiar el escenario por un jardín, Truesdell [1975] sugiere una puesta en escena abstracta para el primer encuentro. Para un resumen de estos varios argumentos y una interpretación de cómo Rojas cambió el plan del autor primitivo, *vid.* Faulhaber [1977] y Sorensen [1977]. Para el simbolismo del halcón, *vid.* Gerli [1983].

[4] Castro Guisasola [1924: 168-169] sugiere la estrofa 15 del Planto de Pantasilea («Venus, de tanto servicio / que te fize atribulada, / de oración e sacrificio *i* ¿qué galardón he sacado?») como fuente de las palabras iniciales de Calisto.

[5] El primer parlamento de Calisto fue considerado por Spitzer [1930] como un lugar común medieval, en respuesta a Castro que, a su vez, lo interpretó como típicamente renacentista. Green [1964: 11, 76-77] señala el punto de vista medieval de la naturaleza como vicaria de Dios. Los comentaristas parecen haberse puesto de acuerdo en que Calisto es, por lo menos en los primeros actos, una parodia del amante cortés. Fue primero puesto de relieve por Frank [1947: 53-68], aunque el estudio más completo se encuentra en Martin [1972: 71-134]. Para el tratamiento del tema del amor cortés a lo largo de toda la obra, *vid.* Aguirre [1962] y Mac Donald [1954]. Deyermond [1961A] ha notado la influencia del tratado *De amore* de Andreas Capellanus en este primer parlamento y sospecha que la contestación de Melibea, que no sigue la misma pauta, no sería más que un elemento de comicidad. Green [1953: 1-3], por su parte, cree que la furia de Melibea esta provocada por la desobediencia de Calisto a las reglas del amor cortés (falta de humildad, exteriorización de los sentimientos de la dama), mientras que Trotter [1954: 55-56] prefiere no situar el pasaje dentro de esta tradición y subraya que la reacción de Melibea obedece a imperativos del argumento. La curiosa autodenominación de Calisto como «misto» parece recordar el concepto de *amor mixtus* como opuesto al de *amor purus*. Burke [1977] ve en esto una referencia a la composición del cuerpo, como mezcla de los cuatro elementos. *Vid.,* asimismo, Wise [1980]. Lida de Malkiel [1949; 1962: 367-369; 1974-1975] discutió el uso por Calisto de la hipérbole blasfema mientras que Green

MELIBEA. ¿Por gran premio tienes éste, Calisto?

CALISTO. Téngolo por tanto, en verdad, que si Dios me diesse en el cielo la silla sobre sus santos, no lo ternía por tanta felicidad.

MELIBEA. Pues, ¡aún más ygual galardón te daré yo, si perseveras!⁶.

CALISTO. ¡O bienaventuradas orejas mías que indignamente tan gran palabra avéys oýdo!

MELIBEA. Más desventuradas de que me acabes de oýr, porque la paga será tan fiera qual [la] meresce tu loco atrevimiento, y el intento de tus palabras [Calisto] ha seýdo *como* de ingenio de tal hombre como tú aver^e de salir para se perder en la virtud de tal mujer como yo. ¡Vete, vete de aý, torpe! que no puede mi paciencia tolerar que haya subido en coraçón humano conmigo el ilícito amor comunicar su deleyte.

CALISTO. Yré como aquel contra quien solamente la adversa Fortuna⁷ pone su studio con odio cruel.

¡Sempronio, Sempronio, Sempronio! ¿Dónde está este maldicto?

SEMPRONIO. Aquí stoy, señor, curando destos cavallos.

CALISTO. Pues, ¿cómo sales de la sala?

SEMPRONIO. Abatióse el girifalte y vínele a endereçar en el alcándara.

CALISTO. ¡Ansí los diablos te ganen!, ansí por infortunio arrebatado perezcas, o perpetuo intolerable tormento consi-

---

^e Z: avié

[1963: I, 11-19] señala que el protagonista contraviene la ética cristiana, pero sin caer en la blasfemia. Lo cierto es que la Inquisición no tocó el texto de *La Celestina* hasta 1640, y aun entonces sólo tachó cincuenta renglones *(vid.* Green [1974: 211-261]).

⁶ Aquí Melibea parece hacer un uso sarcástico de uno de los elementos primordiales del amor cortés, el del galardón o prenda de amor que premia la devoción del amante.

⁷ Para el tópico de la fortuna en la obra, *vid.* Berndt [1963: 117-118].

gas, el qual en grado inconparable*mente* a la penosa y desastrada muerte que spero traspassa[8f]. ¡Anda, anda, malvado!, abre la cámara y endereça la cama.

SEMPRONIO. Señor, luego hecho es.

CALISTO. Cierra la ventana y dexa la tiniebla acompañar al triste y al desdichado la ceguedad. Mis pensamientos tristes no son dignos de luz. ¡O bienaventurada muerte aquella que desseada a los afligidos viene![9]. ¡O si viniéssedes agora, *Crato y Galieno*[g], médicos, sentiríades mi mal. ¡O piedad *celestial*[h], inspira en el plebérico[i] coraçón[10], por que sin esperança de

---

[f] Z: traspase
[g] *Com.:* Eras y Grato
[h] *Com.:* de silencio
[i] Z: Pleberio

[8] La mentira de Sempronio es transparente incluso para Calisto, y las imprecaciones de éste son, como es frecuente en la obra, trágicamente irónicas, ya que anuncian la muerte del criado y la suya misma. Para el significado de *abatir*se, arrojarse de su percha, *vid.* Drysdall [1972: 589-592].
[9] De acuerdo con Castro Guisasola [1924: 102], la fuente de este aforismo se encuentra en Boecio, *De consolatione philosophiae* I, 1, metr. I, vv. 13-14: «Mors hominum felix, quae es nec dulcibus annis / inserit, et moestis saepe vocata venit!» Las reminiscencias de Boecio sólo se encuentran en este primer acto, lo que nos vuelve a confirmar la diferente autoría de esta parte de la obra. La *Celestina comentada* empieza en este punto.
[10] Otra indicación de la diversa autoría del primer acto se encuentra en esta frase problemática: «Eras y Grato médicos... o piedad de silencio» que lee la *Comedia*. La lectura reconstruida debe referirse a Erasístrato, médico de Seleuco Nicator («¡O piedad de Seleuco!»), que fue llamado para curar al hijo del rey, víctima de una locura de amor. Seleuco fue tenido como modelo de piedad al ceder su propia esposa a su hijo por encontrarse éste perdidamente enamorado de su madrastra (la historia se encuentra en Valerio Máximo, *Dictorum factorumque memorabilium exempla* V, 7, ex. 1). Riquer [1957] supone que Rojas no entendió la referencia en el manuscrito del antiguo autor y cambió la lectura del original, empeorándolo al corregirlo para la *Tragicomedia*. Para un punto de vista opuesto, *vid.* Herriott [1972] y Garci-Gómez [1982: 9-14], que identifica un *Heras medicus* en el *Epigrama* VI de Marcial. Ruiz Ramón [1974: 431-435] se basa en la expresión «plebérico coraçón» para sostener la autoría de Rojas en este primer acto. *Vid.,* asimismo, Whinnom [1977: 195-199]. «Plebério» haría claramente referencia al corazón de Pleberio según la *Celestina comentada*, 14r. *(vid.,* también, Stamm [1979: 3-6]).

salud no embíe el spíritu perdido con el desastrado Píramo y de la desdichada Tisbe![11].

SEMPRONIO. ¿Qué cosa es?

CALISTO. ¡Vete de aý! No me hables, si no quiçá, ante del tiempo de mi raviosa[j] muerte, mis manos causarán tu arrebatado fin.

SEMPRONIO. Yré, pues solo quieres padecer tu mal.

CALISTO. ¡Ve con el diablo!

SEMPRONIO. No creo segun pienso, yr conmigo el que contigo queda.

(¡O desventura, o súbito mal! ¿Quál fue tan contrario acontescimiento que ansí tan presto robó el alegría deste hombre, y lo que peor es, junto con ella el seso? ¿Dexarle he solo, o entraré allá? Si le dexo matarse ha; si entro allá, matarme ha[12]. Quédese, no me curo. Más vale que muera aquél a quien es enojosa la vida, que no yo, que huelgo con ella. Aunque por ál no desseasse bivir sino por ver [a] mi Elicia, me devería guardar de peligros. Pero si se mata sin otro testigo, yo quedo obligado a dar cuenta de su vida. Quiero entrar. Mas puesto que entre, no quiere consolación ni consejo. Assaz es señal mortal no querer sanar. Con todo quiérole dexar un poco desbrave, madure, que oýdo he dezir que es peligro

---

[j] Z: de raviosa

[11] Aunque Castro Guisasola [1924: 73] indica a Ovidio, *Metamorfosis,* IV, como fuente de esta referencia a Píramo y Tisbe, es indudable que la historia de los desdichados amantes era conocidísima en la Edad Media.

[12] Castro Guisasola [1924: 86] identifica la incertidumbre y cobardía de Sempronio (desarrolladas plenamente por Rojas más adelante) con las del esclavo Davo de la *Andria* de Terencio (I, III): «Nec quid agam certum est: Pamphilumne adjutem an auscultem, seni. Si illum relinquo, hujus vitae timeo; sin opitulor, hujus minas...», fuente que rechaza Lida de Malkiel [1962: 129], que no encuentra semejanzas de contenido, sino únicamente formales. El carácter cobarde e inconstante de Sempronio también aparece aquí, rasgo que desarrolla Rojas en el auto XII.

abrir o apremiar las postemas duras, porque más se enconan[13].
Esté un poco, dexemos llorar al que dolor tiene[14], que las lágrimas y sospiros mucho desenconan el coraçón dolorido[k].
Y aun si delante me tiene, más conmigo se encenderá, que el
sol más arde donde puede reverberar[15]. La vista a quien objeto
no se antepone cansa[16] y quando aquél es cerca, agúzase. Por
esso quiérome soffrir un poco, si entretanto se matare, muera.
Quiçá con algo me quedaré que otro no [lo] sabe, con que
mude el pelo malo. Aunque malo es esperar salud en muerte
ajena[17]. Y quiçá me engaña el diablo, y si muere, matarme han,
y yrán alla la soga y el calderón[18]. Por otra parte, dizen los sabios que es grande descanso a los afligidos tener con quien
puedan sus cuytas llorar, y que la llaga interior más empece[19].
Pues en estos extremos en que stoy perplexo, lo más sano es

---

[k] Z: condolorido

[13] Shipley ha estudiado las imágenes relacionadas con la enfermedad en su
tesis inédita «Functions of Imagery in *La Celestina*» (Harvard, 1968), parte de
la cual se ha publicado en [1975A], aunque aquí trata específicamente de los
actos IV y X. La *Celestina comentada*, fol. 15 r.-v., sugiere a Séneca como una
de las posibles fuentes de toda esta sabiduría médica.
[14] Aunque esta forma no se encuentra documentada, la idea es fuente de
muchos refranes. En Francisco del Rosal *(Refranes,* Ms. de la Real Academia,
1560) y en Mal Lara *(Philosofía vulgar,* 1568) encontramos «Bueno es al afligi-
do llorar, para descansar».
[15] Proverbio.
[16] Según Castro Guisasola [1924: 25], este dicho se inspira en el de Aristóteles, *De caelo et mundo, cap.* VIII: «visus enim, longe sese extendens, laxatur
ob imbecillitatem». Recordemos que Aristóteles es fuente tan sólo del Acto I
y del principio del Acto II. De otro lado, Juan de Valdés en su *Diálogo de la
lengua,* alaba el empleo del vocablo «objecto» por el autor de *La Celestina* y
cita este pasaje.
[17] «Mal axeno no pone consuelo», Correas, 528b. «Esperar salud en muerte axena, se condena», Correas, 150a. «Esperar salud en muerte ajena no es
cosa buena», del Rosal, Mal Lara. «Quien espera salud en muerte ajena, no
la logra, y se condena», *ídem.*
[18] *«Echar la soga tras el caldero* es, perdida una cosa, echar a perder el resto.
Está tomado del que yendo a sacar agua al pozo se le cayó dentro el caldero,
y de rabia y despecho, echó también la soga con que le pudiera sacar, atando
a ella un garabato o garfio.» Covarrubias, 522b. Para el uso del refrán en la
Tragicomedia, vid. Ernouf [1970]; Gella Iturriaga *[Actas:* 245-268] y Shipley
[Actas: 231-244].
[19] Castro Guisasola [1924: 180] señala la similitud entre estas palabras y las
de la estrofa 21 del *Diálogo entre el amor y un viejo* de Rodrigo Cota: «Qu'el furor

94

entrar y sofrirle y consolarle, porque si possible es sanar sin arte ni aparejo, más ligero es guarecer por arte y por cura.)

CALISTO. ¡Sempronio!

SEMPRONIO. ¿Señor?

CALISTO. Dame acá el laúd.

SEMPRONIO. Señor, vesle aquí.

CALISTO. ¿Quál dolor puede ser tal,
        que se yguale con mi mal?

SEMPRONIO. Destemplado está esse laúd[20].

CALISTO. ¿Cómo templará el destemplado? ¿Cómo sentirá el armonía aquel que consigo está tan discorde, aquel *en*[1] quien la voluntad a la razón no obedece? Quien tiene dentro del pecho aguijones, paz, guerra, tregua, amor, enemistad, injurias, peccados, sospechas, todo a una causa[21]. Pero tañe y canta la más triste canción que sepas.

SEMPRONIO. Mira Nero de Tarpeya
        a Roma cómo se ardía;

---

[1] *Com.:* a

qu'es encerrado / do se encierra más empesce». La *Celestina comentada*, fol. 15v., atribuye el dicho a Séneca, aunque es indudable que el aforismo pertenece a la sabiduría popular. Cota es uno de los candidatos a la paternidad del primer acto y el mismo Rojas lo sugiere en la «Carta del autor a un su amigo». Las atribuciones a Cota vienen desde antiguo y llegan hasta hoy. Martínez [1980] afirma que el escritor puede ser el autor de los primeros dieciséis actos de la *Comedia* original *(vid.*, sin embargo, Severin [1980]). En su edición del poema de Cota, Aragone (págs. 48-54) coteja pasajes paralelos del *Diálogo* y *La Celestina*, y concluye que podemos probar una influencia, pero no la autoría del Acto I. Marciales [1985] también cree que Cota es el autor.

[20] La dudosa calidad del canto de Calisto es una cuestión objeto de finas ironías en numerosas ocasiones a lo largo de la obra *(vid.* el estudio de Shipley [1975]). La glosa de Calisto al dicho de Sempronio sugiere que la música de las esferas y la armonía celestial están fuera de tono.

[21] Castro Guisasola [1924: 84] y la *Celestina comentada*, 15v., señalan las similitudes entre este pasaje y la descripción del amor a principio del *Eunuco* terenciano, I, 1: «Quae res in se neque consilium neque modum / Habet ullum, eam consilio regere non potes. / In amore haec insunt vitia: injuriae / Suspiciones, inimicitiae, induciae, / Bellum, pax rursum.»

gritos dan niños y viejos
y él de nada se dolía[22].

CALISTO. Mayor es mi fuego, y menor la piedad de quien yo agora digo.

SEMPRONIO. (No me engaño yo, que loco está este mi amo.)

CALISTO. ¿Qué estás murmurando, Sempronio?

SEMPRONIO. No digo nada.

CALISTO. Di lo que dizes; no temas[23].

SEMPRONIO. Digo que ¿cómo puede ser mayor el fuego que atormenta un bivo que el que quemó tal ciudad y tanta multitud de gente?

CALISTO. ¿Cómo? Yo te lo diré; mayor es la llama que dura ochenta años que la que en un día passa, y mayor la que mata un ánima que la que quemó[m] cient mil cuerpos. Como de la aparencia a la existencia, como de lo bivo a lo pintado, como de la sombra a lo real, tanta diferencia ay del fuego que dizes al que me quema. Por cierto si el de purgatorio es tal, más querría que mi spíritu fuesse con los de los brutos animales que por medio de aquél yr a la gloria de los santos.

SEMPRONIO. (Algo es lo que digo; a más ha de yr este hecho. No basta loco, sino herege.)

CALISTO. ¿No te digo que hables alto quando hablares? ¿Qué dizes?

SEMPRONIO. Digo que nunca Dios quiera tal, que es especie de heregía lo que agora dixiste.

CALISTO. ¿Por qué?

---

[m] *Com.:* quema

[22] Para la popularidad del cantarcillo (del que sólo disponemos de textos posteriores), *vid.* Berndt Kelley [1966].

[23] *... no temas.* La curiosidad de Calisto en este pasaje es comparable, según Castro Guisasola [1924: 88-89], con la del viejo Simón del *Andria* de Terencio III, VI: «—Dav. ... Est quod succenseat tibi. —*Sim.* Quidnam est? —Puerile est —Quid est? —Nihil —Quim, dic quid est? —Ait, nimium parce; ...» Observemos, además, que aquí se encuentra el primero de los «apartes». Para el uso de esta técnica, *vid.* Finch [1982].

SEMPRONIO. Porque lo que dizes contradize la christiana religión.

CALISTO. ¿Qué a mí?

SEMPRONIO. ¿Tú no eres christiano?

CALISTO. ¿Yo? Melibeo só, y a Melibea adoro, y en Melibea creo, y a Melibea amo[24].

SEMPRONIO. Tú te lo dirás. Como Melibea es grande, no cabe en el corazón de mi amo, que por la boca le sale a borbollones. No es más menester; bien sé de qué pie coxqueas; yo te sanaré.

CALISTO. Increýble cosa prometes.

SEMPRONIO. Antes fácil. Que el comienço de la salud es conocer hombre la dolencia del enfermo[25].

CALISTO. ¿Quál consejo puede regir lo que en sí no tiene orden ni consejo?

SEMPRONIO. (¡Ha, ha, ha! ¿Éste[n] es el fuego de Calisto: éstas son sus congoxas?[26]. Como si solamente el amor contra él assestara sus tiros. ¡O soberano Dios, quán altos son tus misterios[27], quánta premia pusiste en el amor, que es necessaria turbación en el amante! Su límite pusiste por maravilla. Paresce al amante que atrás queda; todos passan, todos rompen, pungidos y esgarrochados[28] como ligeros toros, sin freno saltan por

---

[n] *Com.:* Esto

[24] Green [1947] señala que esta deificación de Melibea fue el primer objetivo de la Inquisición que, naturalmente, tachó el pasaje en su censura en 1640. Indudablemente, estamos ante un lugar común de la poesía amorosa que ya arranca de la poesía provenzal. *Vid.* Spitzer [1930], Lida de Malkiel [1949; 1974-1975] y Varela [1967]. Por la reacción de Sempronio podríamos pensar que el autor del Acto I intenta burlarse de los extremos a los que lleva el amor cortés.

[25] Aforismo inspirado, según el anónimo autor de la *Celestina comentada*, 16r., en la Epístola XIX de Séneca.

[26] Según Castro Guisasola [1924: 85], estas palabras de Sempronio podrían estar inspiradas en las del viejo Simón de la *Andria* de Terencio, I, I: «At, at! hoc illud est, / Hinc illas lacrymae, haec illa est misericordia.»

[27] Tomado de San Pablo, *Romanos*, XI, 33.

[28] Castro Guisasola [1924: 170] considera que uno de los versos de los *Decires* de Juan Alfonso de Baena pudieron inspirar estas palabras: «Como toro en barreras / es corrido et garrochado.»

las barreras. Mandaste al hombre por la mujer dexar el padre y la madre. Agora no sólo aquello, mas a ti y a tu ley desamparan[29], como agora Calisto. Del qual no me maravillo, pues los sabios, los santos, los profetas por él te olvidaron.)

CALISTO. ¡Sempronio!

SEMPRONIO. ¿Señor?

CALISTO. No me dexes.

SEMPRONIO. (De otra temple está esta gayta.)

CALISTO. ¿Qué te paresce de mi mal?

SEMPRONIO. Que amas a Melibea.

CALISTO. ¿Y no otra cosa?

SEMPRONIO. Harto mal es tener la voluntad en un solo lugar cativa.

CALISTO. Poco sabes de firmeza.

SEMPRONIO. La perseverancia en el mal no es constancia mas dureza o pertinacia la llaman en mi tierra. Vosotros los filósophos de Cupido llamalda como quisiéredes.

CALISTO. Torpe cosa es mentir el° que enseña a otro, pues que tú te precias de loar a tu amiga Elicia.

SEMPRONIO. Haz tú lo que bien digo y no lo que mal hago.

CALISTO. ¿Qué me repruevas?

SEMPRONIO. Que sometes la dignidad del hombre a la imperfeción de la flaca mujer[30].

° *Com.:* al

[29] Como ya señaló Menéndez Pelayo y puntualiza Castro Guisasola [1924: 176], la fuente de estas palabras puede ser el Tostado, quien en su *Tractado... por el qual se prueba... cómo al hombre es necessario amar* afirma: «Por ésta [la mujer] dejará al ome el padre suyo e la madre suya. E... non solamente lo que él nos amonestó fazemos, mas allende por muger a nos mesmos muchas veces menospreciamos.» El mandato procede del *Génesis*, II, 24: «Quamobrem relinquet homo patrem suum, et matrem, et adhaerebit uxori suae: et erunt duo in carne una. Erat autem uterque nudus, Adam scilicet et uxor eius: et non erubescebant.»

[30] Este tópico aristótelico se encuentra ampliamente desarrollado más abajo por Sempronio. El personaje de Sempronio ha sido demasiado simplificado como misógino (Matulka [1931/1974: 35-37]) o como analítico e inde-

CALISTO. ¿Mujer? ¡O grossero! ¡Dios, Dios!

SEMPRONIO. ¿Y assí lo crees, o burlas?

CALISTO. ¿Que burlo? Por dios la creo, por dios la confesso, y no creo que hay[p] otro soberano en el cielo aunque entre nosotros mora[31].

SEMPRONIO. (¡Ha, ha, ha! ¿Oýstes qué blasfemia? ¿Vistes qué ceguedad?)

CALISTO. ¿De qué te ríes?

SEMPRONIO. Ríome, que no pensava que havía peor invención de peccado que en Sodoma[32].

CALISTO. ¿Cómo?

SEMPRONIO. Porque aquéllos procuraron abbominable uso con los ángeles no conoscidos, y tú con el que confiessas ser Dios.

CALISTO. ¡Maldito seas! Que hecho me has reýr, lo que no pensé ogaño.

SEMPRONIO. ¿Pues qué? ¿Toda tu vida avías de llorar?

CALISTO. Sí.

SEMPRONIO. ¿Por qué?

CALISTO. Porque amo a aquélla ante quien tan indigno me hallo, que no la espero alcançar.

SEMPRONIO. (¡O pusillánime, o fi de puta! ¡Qué Nembrot, que magno Alexandre; los quales no sólo del señorío del mundo, mas del cielo se juzgaron ser dignos!)[33].

---

[p] Z: haya

pendiente (Barbera [1962]). Análisis más sutiles de su antifeminismo (que tiene tras de sí una larga tradición) pueden encontrarse en Lida de Malkiel [1962: 594-602] y Vecchio [1967-1968].

[31] Castro Guisasola [1924: 70] señala la similitud de estas palabras con las que dirige Leandro a Hero en la *Epístola de Hero* ovidiana (v. 66): «Vera loqui liceat: quam sequor ipsa dea est.»

[32] Referencia al *Génesis*, XIX, 4: Lot recibe a los enviados angélicos en su casa y antes de que éstos se acuesten, los hombres de Sodoma cercan la casa y llamando a Lot le preguntan: «Ubi sunt viri, qui introierunt ad te nocte? Educ illos huc cognoscamus eos?»

[33] Alejandro representó el pecado del orgullo en la Edad Media (*vid.* Lida

CALISTO. No te oý bien esso que dixiste. Torna, dilo, no procedas.

SEMPRONIO. Dixe que tú, que tienes más coraçón que Nembrot ni Alexandre, desesperas de alcançar una mujer, muchas de las quales en grandes estados constituýdas se sometieron a los pechos y resollos de viles azemileros, y otras a brutos animales. ¿No has leýdo de Pasife con el toro, de Minerva con el can?[34].

CALISTO. No lo creo, hablillas son.

SEMPRONIO. Lo de tu abuela con el ximio, ¿hablilla fue? Testigo es el cuchillo de tu abuelo[35].

CALISTO. ¡Maldito sea este necio, y qué porradas dize!

SEMPRONIO. ¿Escozióte? Lee los yestoriales, estudia los filósofos, mira los poetas. Llenos están los libros de sus viles y malos enxemplos, y de las caýdas que levaron los que en algo, como tú, las reputaron. Oye a Salomón do dize que las muje-

---

de Malkiel [1961-1962/1975]), de la misma forma que Nemrod, constructor de la torre de Babel (Génesis, X, 8: «... ipse coepit esse potens in terra»).

[34] Ovidio pudo ser una de las fuentes para la historia de la reina Pasifae, madre del minotauro. En su Ars amandi, I, 269, el poeta latino, al dar su primer consejo al enamorado, trae también en su apoyo el ejemplo de Pasifae (vid. Castro Guisasola [1924: 67]. El asunto había sido ya cantado por Virgilio, Eneida, I, 6. En cambio, no se sabe de tradición alguna donde rastrear esta extraña relación de Minerva con un can. Green [1953] cree que debe tratarse de una errata y corrige por Minerva con Vulcán, el herrero deforme. Riquer [1957] cree que éste puede ser otro ejemplo de copia errónea por parte de Rojas del manuscrito original del acto I. Thompson [1977] considera, en cambio, que el error es provocado, lo que apoyaría su teoría de que Sempronio es una parodia del misógino.

[35] Como ha estudiado Green [1956], se trata de un chiste enraizado en el humor tradicional que relaciona al mono con el apetito sexual (vid. también Bershas [1978]). Su influencia literaria ha sido trazada por Armistead y Silverman [1973]. Se han hecho ingeniosos intentos para conectar el ximio con los supuestos antecedentes judíos de Calisto (Rodríguez Puértolas [1972] y Forcadas [1973]). Ya Menéndez Pelayo [1947: 277] y Cejador [1913: 46] consideraban este pasaje como una posible venganza del judío converso que se cebaba en la difamación de la limpieza de sangre de un mancebo parecido a Calisto. Un resumen de otros argumentos de este tipo lo encontramos en Burke [1976-1977].

res y el vino hazen a los hombres renegar[36]. Conséjate con Séneca y verás en qué las tiene. Escucha al Aristóteles, mira a Bernardo[37]. Gentiles, judíos, christianos y moros, todos en esta concordia están. Pero lo dicho y lo que dellas dixiere no te contezca error de tomarlo en común; que muchas ovo y ay santas, virtuosas y notables cuya resplandesciente corona quita el general vituperio. Pero destas otras, ¿quién te contaría sus mentiras, sus tráfagos, sus cambios, su liviandad, sus lagrimillas, sus alteraciones, sus osadías?[38]. Que todo lo que piensan osan sin deliberar: sus dessimulaciones, su lengua, su engaño, su olvido, su desamor, su ingratitud, su inconstancia, su testimoniar, su negar, su rebolver, su presunción, su vanagloria, su abatimiento, su locura, su desdén, su sobervia, su subjeción, su parlería, su golosina, su luxuria y suziedad, su miedo, su atrevimiento, sus hechizerías, sus enbaymientos, sus escarnios, su deslenguamiento, su desvergüença, su alcahuetería. Considera qué sesito está debaxo de aquellas grandes y delgadas tocas, qué pensamientos so aquellas gorgueras, so aquel fausto, so aquellas largas y autorizantes ropas, qué imperfición, qué alvañares debaxo de templos pintados[39]. Por ellas es dicho: arma

[36] Forcadas [1979] señala que esta cita del *Eclesiástico* (XIX, 2) («Vinum et mulieres apostatare facium sapientes») es un lugar común notablemente usado por el Tostado en su *Tratado de cómo al omne es necesario amar.*

[37] Esta lista de nombres parece estar inspirada en uno de los capítulos del *Corbacho* de Alfonso Martínez de Toledo (I, 17, «Cómo los letrados pierden el saber por amar»); en él se relatan los casos de los «sabidores» sometidos a la perversidad de las mujeres. En cuanto a Bernardo, parece referirse a Mosén Benart de Cabrera, consejero de Pedro el Ceremonioso, rey de Aragón, atrapado en una red y a la vista de todos mientras intentaba entrar por la ventana de su amante. Algunos comentaristas han pensado en una referencia a San Bernardo, como Forcadas [1979], quien ya en 1973 intentaba identificar este Bernardo con los «bernardos», viendo en ello un ataque a la cristiandad. En contra de la identificación con el santo, *vid.* Gerli [1977].

[38] Este pasaje puede estar inspirado en uno similar del *Corbacho* (I, 18): «... la muger que mal usa e mal es, non solamente avariciosa es fallada, mas aun enbidiosa, maldiziente, ladrona, golosa, en sus dichos non constante, cuchillo de dos tajos... superviosa, vanagloriosa, mentirosa... parlera... luxuriosa»; Castro Guisasola [1924: 174].

[39] Este aforismo proviene seguramente de algún libro de leyes o un compendio. Castro Guisasola [1924: 40] ve un recuerdo de una máxima que atribuye a Sócrates Dióegenes Laercio, *De vita philosophorum:* «Mulier speciosa et pulchra templum est super cloacam aedificatum.»

del diablo, cabeça de peccado, destrución de paraýso[40]. ¿No, has rezado en la festividad de San Juan, do dize: [las mugeres y el vino hazen (a) los hombres renegar do dize:] ésta es la mujer, antigua malicia que a Adam echó de los deleytes de paraýso, ésta el linaje humano metió en el infierno; a ésta menospreció Helías propheta, etc.?[41].

CALISTO. Di pues, esse Adam, esse Salomón, esse David, esse Aristóteles, esse Vergilio, essos que dizes, como se sometieron a ellas, ¿soy más que ellos?

SEMPRONIO. A los que las vencieron querríaq que remedasses, que no a los que dellas fueron vencidos. Huye de sus engaños. ¿Sabes qué hazen? Cosas, que es difficil entenderlas. No tienen modo, no razón, no intención. Por rigor encomiençan el ofrecimiento que de sí quieren hazer[42]. A los que meten por los agujeros, denuestan en la calle; conbidan, despiden, llaman, niegan, señalan amor, pronuncian enemiga, ensáñanse presto, apazíguanse luego, quieren que adevinen lo que quieren[43]. ¡O qué plaga, o qué enojo, o qué fastío es conferir con ellas, más de aquel breve tiempo, que aparejadas sonr a deleyte!

CALISTO. ¿Vees? Mientras más me dizes y más inconvenientes me pones, más las quiero. No sé qué se es.

---

q Z: querría
r *Com.:* son aparejados

[40] *Vid.* A. Vermeleyen [1983]. Según Castro Guisasola [1924: 110], estas palabras no son más que la traducción de Orígenes *Homiliae in diversos,* VII *(Super Matthei,* cap. 15): «Ecce mulier, caput peccati, arma diaboli, expulsio paradisi.»
[41] Como indican el anónimo autor de la *Celestina comentada,* 26r., y Castro Guisasola [1924: 110], se trata de la traducción de un pasaje de San Pedro Crisólogo, *Sermones,* 127: «Haec est mulieris antiqua malitia, quae Adam eiecit de paradisi deliciis..., haec humanum genus misit in infernum..., hoc malum fugit Elías propheta.»
[42] Basado en Ovidio, *Ars amandi,* I, 543 y ss.: «Forsitan et primo veniet tibi littera tristis / Quaeque roget ne te sollicitare velts. / Quod rogat illa timet; quos non rogat optat ut instes, / Insequere et voti postmodo compos eris» *(vid.* Castro Guisasola [1924: 68]).
[43] Una posible fuente, según Castro Guisasola [1924: 171], puede ser Hernán Mexía, *Coplas sobre los defectos de las condiciones de las mujeres,* 37: «Pedirán porque les pidan; / quando hazen bien, destruyen; / quando se acuerdan, olvidan; / quando despiden, conbidan; / quando dilatan, concluyen...»

SEMPRONIO. No es este juyzio para moços, según veo, que no se saben a razón someter; no se saben administrar. Miserable cosa es pensar ser maestro el que nunca fue discípulo[44].

CALISTO. Y tú, ¿qué sabes? ¿Quién te mostró esto?

SEMPRONIO. ¿Quién? Ellas, que desque se descubren, ansí pierden la vergüença, que todo esto y aún más a los hombres manifiestan. Ponte pues en la medida de honrra; piensa ser más digno de lo que te reputas. Que cierto, peor estremo es dexarse hombre caer de su merescimiento, que ponerse en más alto lugar que deve[45].

CALISTO. Pues ¿quién yo para esso?

SEMPRONIO. ¿Quién? Lo primero eres hombre y de claro ingenio, y más, a quien la natura dotó de los mejores bienes que tuvo, conviene a saber: hermosura, gracia, grandeza de miembros, fuerça, ligereza, y allende desto, fortuna medianamiente partió contigo lo suyo en tal quantidad que los bienes que tienes de dentro con los de fuera resplandecen[46]. Porque sin los bienes de fuera, de los quales la fortuna es señora,

---

[44] Según Castro Guisasola [1924: 101] (y antes la *Celestina comentada*, 27v.), la fuente es Boecio, *De scholarium disciplina*, II: «De eorum (scholarium) subjectione erga magistros breviter est ordiendum; quoniam, qui se non novit subjici, non novit se administrari; miserum est enim eum esse magistrum, qui nunquam se novit esse discipulum», aunque no se descarta el recuerdo del antiguo refrán castellano: «antes quieres ser maestro que discípulo», que ya encontrábamos en el *Libro de buen amor*, 427ab, en las recriminaciones del Amor al Arcipreste: «Quisiste ser maestro ante que disçíplo ser, / e non sabes la manera cómo es de aprender.»

[45] Estas palabras de Sempronio recuerdan a Castro Guisasola [1924: 26] otras de Aristóteles, *Ethica*, IV, 9, donde explica los dos vicios opuestos a la magnanimidad: «Qui demisso parvoque animo est..., ipse se iis fraudat quae meretur... Superbi autem... perinde quasi digni sint, res amplas et honoratas conantur ac suscipiunt... Magis autem animi magnitudini adversatur humilitas et demissio animi quam elatio et superbia.»

[46] Parece estar inspirado en la división tripartita de Aristóteles en *Ethica*, I, VIII: «Cum igitur bona treis in parteis sint distributa, aliaque externa, alia animi, alia corporis» y en *Magna moralia*, I, III: «Sunt siquidem bonorum alia in animo, ut virtutes; alia in corpore, ut sanitas, pulchritudo; alia externa, opulentia, dominatus, honor» (*vid.* Castro Guisasola [1924: 26] y Spitzer [1930]). Para la oposición *bienes propios* versus *bienes ajenos* como la cruz moral de *La Celestina, vid.* Round, *Studies in Honour of P. E. Russell*, 38-52.

a ninguno acaesse en esta vida ser bienaventurado, y más, a constellación de todos eres amado.

CALISTO. Pero no de Melibea, y en todo lo que me has gloriado, Sempronio, sin proporción ni comparación se aventaja Melibea. Miras la nobleza y antigüedad de su linaje, el grandíssimo patrimonio, el excelentíssimo ingenio, las resplandecientes virtudes, la altitud y ineffable gracia, la soberana hermosura, de la qual te ruego me dexes hablar un poco, por que aya algún refrigerio. Y lo que te dixere será de lo descobierto, que si de lo occulto yo hablarte sopiera, no nos fuera necessario altercar tan miserablemente estas razones.

SEMPRONIO. (¡Qué mentiras y qué locuras dirá agora este cativo de mi amo!)

CALISTO. ¿Cómo es esso?

SEMPRONIO. Dixe que digas, que muy gran plazer avré de lo oýr. (¡Assí te medre Dios, como me será agradable esse sermón!)[47].

CALISTO. ¿Qué?

SEMPRONIO. Que assí me medre Dios, como me será gracioso de oýr.

CALISTO. Pues porque ayas plazer, yo lo figuraré por partes mucho por estenso.

SEMPRONIO. (¡Duelos tenemos! Esto es tras lo que yo andava. De passarse avrá ya esta importunidad.)

CALISTO. Comienço por los cabellos. ¿Vees tú las madexas del oro delgado que hilan en Aravia? Más lindas son y no replandeçen menos; su longura hasta el postrero assiento de sus pies; después crinados y atados con la delgada cuerda, como ella se los pone, no ha más menester para convertir los hombres en piedras[48].

---

[47] Estas murmuraciones de Sempronio recuerdan a Castro Guisasola [1924: 86-87] las de Davo en el *Andria* de Terencio, III, IV: «—*Chremes.* Gnatam ut det oro, vixque id exoro. —*Davo.* Occidi! —*Chremes.* Hem? Quid dixisti? —*Davo.* Optime, inquam, factum.»

[48] El retrato físico de Melibea encaja perfectamente en el canon medieval

SEMPRONIO. (¡Más en asnos!)

CALISTO. ¿Qué dizes?

SEMPRONIO. Dixe que essos tales no serían cerdas de asno.

CALISTO. ¡Veed qué torpe y qué comparación!

SEMPRONIO. (¿Tu cuerdo?)

CALISTO. Los ojos verdes[49], rasgados, las pestañas luengas, las cejas delgadas y alçadas, la nariz mediana, la boca pequeña, los dientes menudos y blancos, los labrios colorados y grossezuelos, el torno del rostro poco más luengo que redondo, el pecho alto, la redondeza y forma de las pequeñas tetas, ¿quién te la podría figurar? Que se despereza el hombre quando las mira. La tez lisa, lustroza, el cuero suyo escureçe la nieve, la color mezclada, qual ella la escogió para sí.

SEMPRONIO. (¡En sus treze está este necio!)

CALISTO. Las manos pequeñas en mediana manera, de dulce carne acompañadas, los dedos luengos, las uñas en ellos largas y coloradas, que pareçen rubíes entre perlas. Aquella proporción que veer yo no pude, no sin dubda por el bulto de fuera juzgo incomparablemente ser mejor que la que Paris juzgó entre las tres diosas[50].

---

de belleza *(vid.* Michalski [1964]). Green [1946] ha señalado que la descripción de la protagonista cae dentro del concepto medieval de *Natura naturans* y relaciona las palabras iniciales de Calisto, «en dar poder a natura de que tan perfecta hermosura te dotase», con esta *amplificatio* que nos da ahora el enamorado. *Amplificatio* que casa exactamente con la tradición retórica, pues el mismo amante nos avisa de que está procediendo en el orden adecuado: «Comienço por los cabellos...» Gilman [1972/1978: 332-333] encuentra una fuente más directa en la descripción que de Helena se realiza en la *Crónica troyana*, de la que sólo se aparta en dos ocasiones: Melibea tiene *labrios grosezuelos* en vez de delgados y *uñas coloradas* en lugar de uñas de marfil. Para un examen de las descripciones físicas de Melibea a lo largo de toda la obra, *vid.* Heugas [1969]. La referencia de Calisto a la facultad de convertir a los hombres en piedra parece una referencia fortuita a la maligna Medusa; en cambio, la corrección de Sempronio recuerda a Apuleyo convertido en asno.

[49] Los ojos verdes como rasgo de belleza femenina, que no aparecen en la descripción de Helena, parecen provenir de la tradición francesa; de cómo Rojas pudo llegar a conocerla, *vid.* Sletsjöe [1962].

[50] La mención al juicio de Paris anuncia ya el desastre; los celos de Minerva y Juno ayudaron a destruir Troya. Paris otorgó la manzana de oro a Venus

SEMPRONIO. ¿Has dicho?

CALISTO. Quan brevemente[s] pude.

SEMPRONIO. Puesto que sea todo esso verdad, por ser tú hombre, eres más digno.

CALISTO. ¿En qué?

SEMPRONIO. En que ella es imperfecta, por el qual defeto dessea y apetece a ti y a otro[t] menor que tú. ¿No as leýdo el filósofo do dize: ansí como la materia apetece a la forma, ansí la mujer al varón?[51].

CALISTO. O triste, ¿y quándo veré yo esso entre mí y Melibea?

SEMPRONIO. Possible es, y aún que la aborrezcas quanto agora la amas; podrá ser alcançándola, y viéndola con otros ojos, libres del engaño en que agora estás.

CALISTO. ¿Con qué ojos?

SEMPRONIO. Con ojos claros.

CALISTO. Y agora, ¿con qué la veo?

SEMPRONIO. Con ojos de allinde, con que lo poco parece mucho y lo pequeño grande. Y por que no te desesperes, yo quiero tomar esta empresa de complir tu desseo.

CALISTO. ¡O, Dios te dé lo que desseas! Que glorioso me es oýrte, aunque no espero que lo as de hazer.

SEMPRONIO. Antes lo haré cierto.

---

[s] Z: brevamente
[t] Z: y otro

como la diosa más bella, ya que ella le había prometido la mujer más hermosa del mundo, Helena. Sobre el tópico de la fatalidad en *La Celestina*, *vid.* Phillips [1974] y McPheeters [1954].
[51] Palabras tomadas de Aristóteles, el «filósofo» por antonomasia (cfr. Diego de Valera, *Epístolas,* SBE, XV, 165, núm. 55: «En todos los lugares donde es escripto el Philósopho syn nombrar propio nombre se entiende por Aristóteles por excelencia»). Esta doctrina aristótelica se encuentra en *Política,* I, 5, y *De anima,* III, y, expresamente, en *Physica,* I, 9: «Materia appetit formas rerum, ut femina virum, turpe honestum.» Se trata, de todas maneras, de un principio de derecho sostenido por San Pablo, *Ad Corinthios,* y acogido y difundido con gran éxito por la literatura; Castro Guisasola [1924: 24-25].

CALISTO. Dios te consuele. El jubón de brocado que ayer vestí, Sempronio, vístelo tú.

SEMPRONIO. Prospérete Dios por éste (y por muchos más que me darás. De la burla yo me llevo lo mejor; con todo, si destos aguijones me da, traérgela he hasta la cama. Bueno ando; házelo esto que me dio mi amo, que sin merced, imposible es obrarse bien ninguna cosa).

CALISTO. No seas agora negligente.

SEMPRONIO. No lo seas tú, que impossible es hazer siervo diligente el amo perezoso[52].

CALISTO. ¿Cómo as pensado de hazer esta piedad?

SEMPRONIO. Yo te lo diré. Días ha grandes que conozco en fin desta vezindad una vieja barbuda que se dize Celestina, hechizera, astuta, sagaz en quantas maldades hay. Entiendo que passan de cinco mil virgos los que se han hecho y desecho por su autoridad en esta cibdad. A las duras peñas promeverá y provocará a luxuria, si quiere[53].

---

[52] La *Celestina comentada*, 32r, atribuye estas palabras a Jenofonte: «Es dicho de Xenofón filósofo, *Dial. de la Economía*, cap. X: A la verdad es una cosa dificultosa que... siendo el señor torpe y perezoso sea el siervo diligente», aunque la idea quizá le llegaría a Rojas a través de Diógenes Laercio u otro compendio. Existe incluso un viejo refrán castellano al respecto: «El amo imprudente hace al mozo negligente.»

[53] Según Bonilla y San Martín [1906], esta primera descripción de Celestina aparece ya esbozada en el *Corbacho*, II, 13, cuando el Arcipreste nos habla de las «viejas paviotas... malditas de Dios o de sus santos...! Quántas preñadas fazen mover, por la vergüenza del mundo...» Lida de Malkiel [1962: 521] recuerda aquí un pasaje de la comedia romana *Poenulus*, V, 290, donde se dice, en elogio de una ramera: «non illa mulier lapidem silicem subigere ut se amet potest». En cuanto al origen del nombre del personaje Celestina, se barajan varias teorías. Ya el anónimo autor de la *Celestina comentada*, 32r., decía: «El autor compuso este nombre de una palabra latina que es *scelere* que quiere decir traición o maldad.» Bonilla y San Martín [1906] señaló que el origen había que buscarlo en un pasaje del *Tristán de Leonís*, cap. LII: «... quando Lançarote fue partido de la doncella, ella se aparejó con mucha gente, e fuesse con ella su tía Celestina». Lida de Malkiel [1962: 567] advirtió que en el *Tristán* lo de «tía Celestina» es uno de los retoques debidos al impresor, Juan de Burgos, que estampó la obra en 1501. Según Romero y Sarráchaga [1959], el nombre procede de la Peña Celestina, roca escarpada sabre el Tormes. Abrams [1972-1973] defiende la teoría de Corominas, que deriva el nombre del latín *caelestis*.

CALISTO. ¿Podríala yo hablar?

SEMPRONIO. Yo te la traeré hasta acá; por esso, aparéjate. Seyle gracioso, seyle franco; estudia, mientras voy yo, a le dezir tu pena, tan bien coma ella te dará el remedio.

CALISTO. ¿Y tardas?

SEMPRONIO. Ya voy; quede Dios contigo.

CALISTO. Y contigo vaya. ¡O todopoderoso, perdurable Dios, tú que guías los perdidos, y los reyes orientales por el estrella precedente a Bethleén truxiste y en su patria los reduxiste, húmilmente te ruego que guíes a mi Sempronio, en manera que convierta mi pena y tristeza en gozo, y yo indigno meresca venir en el desseado fin.

CELESTINA. ¡Albricias, albricias, Elicia: Sempronio, Sempronio!

ELICIA. (¡Ce, ce, ce!

CELESTINA. ¿Por qué?

ELICIA. Porque está aquí Crito.

CELESTINA. ¡Mételo en la camarilla de las escobas, presto: dile que viene tu primo y mi familiar!

ELIDIA. Crito, ¡retráhete aý; mi primo viene, perdida soy!

CRITO. Plázeme; no te congoxes)[54].

SEMPRONIO. Madre bendita[55], ¡qué desseo traygo! Gracias a Dios que te me dexo ver.

CELESTINA. Hijo mío, rey mío, turbado me as; no te puedo hablar. Torna y dame otro abraço. ¿Y tres días podiste estar sin vernos? ¡Elicia, Elicia, cátale aquí!

---

[54] El episodio de Crito y Elicia le trae a Castro Guisasola [1924: 175] reminiscencias del diálogo ente el colérico celoso con su mujer en el *Corbacho* (III, 8). Sin embargo, una vez cotejados los dos textos nada hace pensar en una relación directa.

[55] Sobre el tópico «madre Celestina», *vid.* Hawking [1967] y Blouin [1976].

ELICIA. ¿A quién, madre?

CELESTINA. *A* Sempronio.

ELICIA. Ay, triste, ¡qué saltos me da el coraçón! ¿Y qué es dél?

CELESTINA. Vesle aquí, vesle; yo me l*e*[u] abraçaré, que no tú.

ELICIA. ¡Ay, maldito seas, traydor! Postema y landre te mate y a manos de tus enemigos mueras y por crímenes[v] dignos de cruel muerte en poder de rigurosa justicia te veas, ¡ay, ay![56].

SEMPRONIO. ¡Hy, hy, hy! ¿Qué as, mi Elicia? ¿De qué te congoxas?

ELIDA. Tres días ha que no me ves ¡Nunca Dios te vea; nunca Dios te consuele ni visite! ¡Guay de la triste que en ti tiene su esperança y el fin de todo su bien!

SEMPRONIO. Calla, señora mía; ¿tú piensas que la distancia del lugar es poderosa de apartar el entrañable amor, el fuego que está en mi coraçón? Do yo vo, conmigo vas, conmigo estás; no te aflijas, ni me atormentes más de lo que yo he padecido[57]. Mas di, ¿qué passos suenan arriba?

ELICIA. ¿Quién? Un mi enamorado.

SEMPRONIO. Pues créolo.

ELICIA. ¡Alahé, verdad es! Sube allá y verl*o*[w] has.

SEMPRONIO. Voy.

CELESTINA. ¡Andacá, dexa essa loca, que [ella] es liviana y turbada de tu absencia! Sácasla agora de seso; dirá mil locuras. Ven y hablemos; no dexemos passar el tiempo en balde.

---

[u] *Com.:* lo

[v] Z: y crímenes

[w] *Com.:* le

[56] La muerte de Sempronio es de nuevo anunciada; quizás estas palabras de Elicia pudieron sugerir a Rojas el trágico final del criado.

[57] La *Celestina comentada*, 33r., y Castro Guisasola [1924: 85] sugieren como fuente las palabras de Querea a su amada Tais en el *Eunuco* de Terencio, I, II: «Dies noctesque me ames, me desideres, / me speres, me te oblectes, mecum tota sis.»

SEMPRONIO. Pues, ¿quién está arriba?

CELESTINA. ¿Quiéreslo saber?

SEMPRONIO. Quiero.

CELESTINA. Una moça, que me encomendó un frayle.

SEMPRONIO. ¿Qué frayle?

CELESTINA. No lo procures.

SEMPRONIO. Por mi vida, madre, ¿qué frayle?

CELESTINA. ¿Porfías? El ministro, el[x] gordo.

SEMPRONIO. ¡O desventurada, y qué carga espera!

CELESTINA. Todo lo levamos; pocas mataduras has tú visto en la barriga.

SEMPRONIO. Mataduras no, mas petreras, sí[58].

CELESTINA. ¡Ay, burlador!

SEMPRONIO. Dexa si soy burlador; muéstramela.

ELICIA. ¡Ha, don malvado! ¿Verla quieres? ¡Los ojos se te salten, que no basta a ti una ni otra! ¡Anda, veela, y dexa a mí para siempre!

SEMPRONIO. Calla, dios mío; ¿y enójaste? Que no la quiero ver a ella ni a mujer nascida. A mi madre quiero hablar, y quédate a Dios.

ELICIA. ¡Anda, anda, vete, desconoscido, y está otros tres años que no me buelvas a ver!

SEMPRONIO. Madre mía, bien ternás confiança y creerás que no te burlo. Toma el manto y vamos, que por el camino sabrás lo que si aquí me tardasse en dezir[te], impidiría tu provecho y el mío.

CELESTINA. Vamos Elicia, quédate a Dios; cierra la puerta. ¡Adiós, paredes!

---

[x] Z: en

[58] *Vid.* nota 24 al Acto III. El fraile ahora imaginario aparecerá más adelante como real. Drysdall [1972-1973] sugiere que, verdaderamente, Elicia puede estar «entreteniendo» a un cura. *Petreras* quizá se refiera a las escoraciones dejadas por los pretales en la barriga de las bestias por el mucho roce. Aquí se referiría a las marcas provocadas por un intenso juego sexual.

SEMPRONIO. ¡O madre mía! Todas cosas dexadas aparte, solamente sey attenta y ymagina en lo que te dixere, y no derrames tu pensamiento en muchas partes, que quien junto en diversos lugares le pone, en ninguno lo^y tiene, sino por caso determina lo cierto. [Y] quiero que sepas de mí lo que no has oýdo, y es que jamás pude, después que mi fe contigo puse, dessear bien de que no te cupiesse parte.

CELESTINA. Parta Dios, hijo, del suyo contigo, que no sin causa lo hará, siquiera porque has piedad desta pecadora de vieja. Pero di, no te detengas, que la amistad que entre ti y mí se affirma no ha menester preámbulos ni correlarios ni aparejos para ganar voluntad[59]. Abrevia y ven al hecho, que vanamente se dize por muchas palabras lo que por pocas se puede entender[60].

SEMPRONIO. Assí es. Calisto arde en amores de Melibea; de ti y de mí tiene necessidad. Pues juntos nos ha menester, juntos nos aprovechamos, que conocer el tiempo y usar el hombre de la oportunidad haze los hombres prósperos[61].

CELESTINA. Bien has dicho; al cabo estoy; basta para mí mecer el ojo. Digo que me alegro destas nuevas, como los cirurjanos de los descalabrados; y como aquéllos dañan en los principios las llagas, y encarescen el prometimiento de la salud, ansí entiendo yo hazer a Calisto. Alargarle he la certinidad del remedio, porque como dizen, el esperança luenga aflige el coraçón[62], y quanto él la perdiere, tanto gela prometé. ¡Bien me entiendes!

---

^{y} *Com.:* le

[59] La *Celestina comentada,* 34v., cree que este dicho de Celestina pudiera haber sido sugerido por un aforismo atribuido a Sócrates por Laercio: «Cum amicis breves orationes, longas amicitias, habere oportet.»

[60] La *Celestina comentada,* 34v., afirma, quizá de forma aventurada, que éste es un principio legal. Para este precepto retórico en España, *vid.* Whinnom [1960].

[61] Según Castro Guisasola [1924: 39], la sentencia es un eco tardío del célebre apotegma de Pítaco «Nosca tempus».

[62] La fuente se encuentra *en Proverbios,* XIII: «Spes quae differt affligit ani-

SEMPRONIO. Callemos, que a la puerta estamos, y como dizen, las paredes han oýdos[63].

CELESTINA. Llama.

SEMPRONIO. Tha, tha, tha.

CALISTO. ¡Pármeno!

PÁRMENO. ¿Señor?

CALISTO. ¿No oyes, maldito sordo?

PÁRMENO. ¿Qué es, señor?

CALISTO. A la puerta llaman; corre.

PÁRMENO. ¿Quién es?

SEMPRONIO. Abre a mí y a esta dueña.

PÁRMENO. Señor, Sempronio y una puta vieja alcoholada davan aquellas porradas.

CALISTO. ¡Calla, calla, malvado, que es mi tía; corre, corre, abre! Siempre lo vi que por fuyr hombre de un peligro, cae en otro mayor[64]. Por encubrir yo este hecho de Pármeno, a quien amor o fidelidad o temor pusieran freno, caý en indignación désta que, no tiene menor poderío en mi vida que Dios.

PÁRMENO. ¿Por qué, señor, te matas? ¿Por qué, señor, te congoxas? ¿Y tú piensas que es vituperio en las orejas désta el nombre que la llamé? No lo creas, que ansí se glorifica en lo[z] oýr, como tú quando dizen: «Diestro cavallero es Calisto.» Y demás, desto es nombrada, y por tal título conoscida. Si entre cient mugeres va y alguno dize «¡Puta vieja!», sin ningún empacho luego buelve la cabeça y responde con alegre cara. En los combites, en las fiestas, en las bodas, en las confradías, en los mortuorios, en todos los ayuntamientos de gentes, con ella passan tiempo. Si passa por los perros, aquello suena su ladrido; si está cerca las aves, otra cosa no can-

---

[z] Burgos, 1499, Toledo, 1500: le

mam.» Pero ya en tiempo de Rojas se trataba de un refrán castellano que se encuentra, por ejemplo, en Correas *(Celestina comentada*, 35r., y Castro Guisasola [1924: 145]).

[63] «Las matas han ojos y las paredes oídos», Mal Lara. «Las paredes han oídos y los monjes oxos»; «Las paredes tienen orexas i oxos», Correas, 211b.

[64] «Los tontos huyendo de un peligro dan en otro», Correas, 225a.

tan; si cerca los ganados, balando lo pregonan; si cerca las bestias, rebuznando dizen: «¡Puta vieja!»; las ranas de los charcos otra cosa no suelen mentar. Si va entre los herreros, aquello dizen sus martillos; carpinteros y armeros, herradores, caldereros, arcadores, todo officio de instrumento forma en el ayre su nombre[65]. Cántanla los carpinteros, péynanla los peynadores, texedores; labradores en las huertas, en las aradas, en las viñas, en las segadas con ella passan el afán cotidiano; al perder en los tableros, luego suenan sus loores. Todas cosas que son hazen, a doquiera que ella está, el tal nombre representan[aa]. ¡O qué comedor de huevos assados era su marido![66]. Qué quieres más, sino que, si una piedra topa con otra, luego suena «¡Puta vieja!».

CALISTO. Y tú, ¿cómo lo sabes y la conosces?

PÁRMENO. Saberlo has. Días grandes son passados que mi madre, mujer pobre, morava en su vezindad, la qual rogada por esta Celestina, me dio a ella por serviente, aunque ella no me conosce, por lo poco que la serví y por la mudança que la edad ha hecho.

[aa] Z: representa

[65] Aunque se había negado la utilización de Petrarca como fuente por el autor del primer acto, Gilman [1956/1974: 266] cree ver aquí un recuerdo del *De remediis,* en el pasaje en el que el italiano nos describe un largo catálogo de ruidos desagradables: «... y también los tristes cantares con que los cardadores y peinadores halagan sus trabajos, y la desabrida música de los arcadores y tejedores, y los roncos soplidos de los fuelles de los herreros y el agudo son de sus martillos» *(Epistolaris praefatio,* F. Madrid, fol. 1xxxi). Deyermond [1961] rechaza esta idea, señalando que el propósito de ambos pasajes es completamente diferente. Por otra parte, las enumeraciones de este tipo no son un procedimiento particular de Petrarca, sino que se encuentra también en las *Etymologiae* de San Isidoro. Nótese, de paso, que Gilman no cita la fuente original, sino la versión española de Francisco Madrid, lo que remarca mejor las semejanzas. Pero véase la segunda edición de Deyermond, pág. vii.

[66] Goldman [1965] señala la costumbre judía de comer huevos en los funerales de algún familiar y cree que Rojas pudo corregir una hipotética primera lectura *encomendador de güevos* sugerida por Gillet [1956] y que es la que da la traducción romana de la *Tragicomedia. Encomendador de güevos asados* es sinónimo de "cornudo". Cfr. Correas: «Tiene el vulgo hablilla y opinión que, encomendando los huevos que se ponen a asar a un cornudo, no se quebrarán.» Garci-Gómez [1981] cree que se alude a un posible efecto afrodisiaco de los huevos asados sobre el marido de Celestina.

CALISTO. ¿De qué la sirvías?

PÁRMENO. Señor, yva a la plaça y traýale de comer y acompañávala; suplía en aquellos menesteres que mi tierna fuerça bastava. Pero de aquel poco tiempo que la serví, recogía la nueva memoria lo que la vieja[bb] no ha podido quitar. Tiene esta buena dueña al cabo de la cibdad, allá cerca de las tenerías, en la cuesta del río, una casa apartada, medio caýda, poco compuesta y menos abastada[67]. Ella tenía seys officios, conviene [a] saber: labrandera, perfumera, maestra de hazer afeytes y de hazer virgos, alcahueta y un poquito hechizera. Era el primero officio cobertura de los otros, so color del qual muchas moças destas sirvientes entravan en su casa a labrarse y a labrar camisas y gorgueras y otras muchas cosas. Ninguna venía sin torrezno, trigo, harina, o jarro de vino y de las otras provisiones que podían a sus amas hurtar; y aún otros hurtillos de más qualidad allí se encubrían. Assaz era amiga de studiantes y despenseros y moços de abades. A éstos vendía ella aquella sangre innocente de las cuytadillas, la qual ligeramente aventuravan en esfuerço de la restitución que ella les prometía. Subió su hecho a más: que por medio de aquellas, comunicava con las más encerradas, hasta traer a execución su propósito, y aquestas en tiempo honesto, como estaciones, processiones de noche, missas del gallo, missas del alva, y otras secretas devociones[68]. Muchas encubiertas vi entrar en su casa; tras ellas hombres des-

---

[bb] *Com.:* vejez

[67] La crítica ha intentado identificar y localizar la casa de Celestina y encontrar un escenario real para la *Tragicomedia*. Maldonado de Guevara [1958] sugiere Salamanca; Morales [1950: 221-223] y Ruiz y Bravo-Villasante [1967] prefieren Talavera y señalan que *las tenerías* podría ser el nombre de un barrio al final de la ciudad, junto al río. Criado de Val [1963: 45-47] se inclina por Toledo o Salamanca.

[68] En la descripción del laboratorio, la primera lista es de sustancias de origen animal y vegetal para la fabricación de perfumes. Sigue la composición del laboratorio, para pasar a los productos que sirven para limpiar y blanquear la piel; agentes aclaradores del cabello, cosméticos para la cara y esencias para el baño, muchas de las cuales tienen también un valor medicinal. La fuente principal para esta descripción pueden ser las *Coplas de las comadres* de Rodrigo de Reinosa, compuestas en los primeros años de la década de 1480 *(vid.* Gilman y Ruggerio [1961]). El *Diálogo entre el amor y un viejo* de Rodrigo Cota incluye una enumeración de afeites femeninos (cc. 31-34) que según Castro Guisaso-

calços, contritos, y reboçados, desatacados, entravan allí a llorar sus peccados. ¡Qué tráfagos, si piensas, traýa! Hazíase física de niños; tomava estambre de unas casas; dávalo a hilar en otras, por achaque de entrar en todas. Las unas, «¡Madre acá!», las otras, «¡Madre acullá! ¡Cata la vieja! ¡Ya viene el ama!» de tod*as*^{cc} muy conoscida. Con todos estos affanes, nunca passava sin missa ni bíspras ni dexava monasterios de frayles ni de monjas; esto porque allí hazía ella sus aleluyas y conciertos. Y en su casa hazía perfumes, falsava estoraques, menjuí, ánimes, ámbar, algalia, polvillos, almizcles, mosquetes. Tenía una cámara llena de alambiques, de redomillas, de barrilejos de barro, de vidrio, de arambre, de estaño, hechos de mil faciones; hazía solimán, afeyte cosido, argentadas, bujelladas, cerillas, llanillas, unturillas, lustres, lucentores, clarimientes, alvalines y otras aguas de rostro, de rassuras de gamones, de corteza, de spantalobos, de taraguntia, de hieles, de agraz, de mosto, destillad*os* y açucarad*os*^{dd}. Adelgasava los cueros con çumos de limones, con turvino, con tuétano de corço y de garça, y otras confaciones. Sacaba agua[s] para oler, de rosas, de azaar, de jasmín, de trébol, de madreselv*i*a y clavellinas, mosquata*da*s y almizcladas, polvorizadas con vino. Hazía lexías para enruviar, de sarmientos, de carrasca, de centeno, de maurrubios, con salitre, con alumbre y millifolia y otras diversas cosas. Y los untes y mantecas que tenía, es fastío de dezir: de vaca, de osso, de cavallos y de camellos, de culebra y de conejo, de vallena^{ee}, de garça, y de alcaraván, y de gamo, y de gato montés, y de texón, de harda, de herizo, de nutria. Aparejos para baños, esto es una maravilla; de las yervas y raýzes que

---

^{cc} *Com.:* todos
^{dd} *Com.:* destilladas y açucaradas
^{ee} Z: vellana

la [1924: 179] recuerda muy de cerca la descripción del laboratorio de la alcahueta. También Juan de Mena en su *Laberinto de Fortuna* describe el laboratorio de una vieja bruja. Martínez Ruiz y Albarracín Navarro *[Actas:* 209-259] estudian un texto árabe y aljamiado del siglo XV para deducir algunos de los usos médicos de los brebajes preparados por Celestina (ya Fuentes de Aynat [1951] concluía definitivamente que Celestina tenía como oficio el de farmacéutica). *Vid.,* también, Martí Ibáñez [1956] y Folch Jou *et al. [Actas:* 163-167]. Para un glosario de términos, *vid.* Laza Palacios [1958].

tenía en el techo de su casa colgadas; mançanilla y romero, malvaviscos, culantrillo, coronillas, flor de saúco[ff] y de mostaza, spliego y laurel blanco, tortarosa y gramonilla, flor salvaje y higueruela, pico de oro y hojatinta. Los azeytes que sacava para el rostro no es cosa de creer: de storaque, y de jazmín, de limón, de pepitas, de violetas, de benjuy[gg] de alfócigos, de piñones, de granillo, de açufayfes, de neguilla, de altramuces, de arvejas, y de carillas, y de yerva paxarera; y un poquillo de bálsamo tenía ella en una redomilla que guardava para aquel rascuño que tiene por las narizes. Esto de los virgos, unos hazía de bexiga y otros curava de punto. Tenía en un tabladillo, en una caxuela pintada, *unas* agujas delgadas y peligeros, y hilos de seda encerados, y colgadas allí raízes de hojaplasma y fuste sanguino, cebolla albarrana y cepacavallo. Hazía con esto maravillas: que, quando vino por aquí el embaxador francés, tres vezes vendió por virgen una criada que tenía.

CALISTO. ¡Assí pudiera ciento!

PÁRMENO. ¡Sí, santo Dios! Y remediava por caridad muchas huérfanas y erradas que se encomendavan a ella. Y en otro apartado tenía para remediar amores y para se querer bien: tenía huessos de coraçón de ciervo, lengua de bívora, cabeças de codornizes, sesos de asno, tela de cavallo[hh], mantillo de niño, hava morisca, guija marina, soga de ahorcado, flor de yedra, spina de erizo, pie de texón, granos de helecho; la piedra del nido del águila, y otras mil cosas[69]. Venían a ella

---

[ff] Z: sauce
[gg] *Com., Trag.:* menjuy
[hh] Z: tela cavallo de

[69] La última lista de Pármeno se refiere a los útiles de brujería de Celestina, todos destinados a fabricar conjuros para conseguir éxito en los asuntos amorosos. Los huesos del corazón de un ciervo eran usados en los filtros amorosos. La lengua de la serpiente y la cabeza de la codorniz servían para atraer a los amantes (la codorniz, según la tradición, era un animal lujurioso, mientras que la serpiente estaba asociada inmediatamente al jardín del Edén); el cerebro del asno se usaba, presumiblemente, para aturdir al amante; la «tela» de caballo se identifica con el *hippomanes,* parte de la frente de un potro nacido, que, pulverizada, servía luego como afrodisiaco *(Celestina comentada,* 38r.); en cuanto al *mantillo de niño,* Devoto [1962] ha explicado que se refiere a una fina membrana, que cubre al recién nacido y que, además de traer suerte, tenía poderes extraordinarios; las judías moriscas parecían tener un efecto afro-

muchos hombres y mujeres, y a unos demandava el pan do mordían, a otros, de su ropa; a otros, de sus cabellos, a otros, pintava en la palma letras con açafrán; a otros, con bermellón, a otros dava unos coraçones de cera, llenos de agujas quebradas, y a otras cosas en barro y en plomo fechas, muy espantables a ver. Pintava figuras, dezía palabras en tierra. ¿Quién te podrá dezir lo que esta vieja hazía? Y todo era burla y mentira[70].

CALISTO. Bien está, Pármeno; déxalo para más oportunidad. Assaz soy de ti avisado; téngotelo en gracia. No nos detengamos, que la necessidad deshecha la tardança. Oye, aquélla viene rogada; spera más que deve. Vamos, no se indigne. Yo temo y el temor reduze la memoria y a la providencia despierta[71]. ¡Sus! vamos, proveamos; pero ruégate, Pármeno, la embidia

---

disiaco y con la *quija marina* se está refiriendo al imán; la cuerda del ahorcado es improbable que estuviera asociada a pociones amorosas, pero formaba parte de actividades relacionadas con la magia negra; la púa del erizo se usaba para traspasar las imágenes de cera a las que se hace referencia más abajo; el pie de tejón libraba del mal de ojo; las semillas de helecho tenían poderes anticonceptivos y afrodisiacos; la piedra del nido de un águila se decía que aliviaba los dolores del alumbramiento; las letras pintadas en la mano con azafrán iban, según la creencia de la época, derechas al corazón y, finalmente, las imágenes de cera atravesadas por agujas rotas sirven para deshacerse de un enemigo mediante una enfermedad o la muerte.

[70] *todo era burla y mentira*. Se ha supuesto que estas palabras son una declaración inequívoca del autor por boca de Pármeno, de un escepticismo fundamental que atañe no sólo a los supuestos poderes mágicos de Celestina, sino a las artes mágicas en general *vid.*, por ejemplo, Bataillon [1961: 66-67]). Russell, en un importante artículo sobre el tema *[Temas:* 256-258], intentó contrarrestar esta opinión: a pesar del aparente menosprecio del joven criado por las actividades de la hechicera, es precisamente él quien va a ser corrompido por la vieja, por lo tanto este comentario podría ser interpretado como un caso más de la ironía dramática de que está llena de obra. Por otra parte, las palabras de Pármeno tienen semejanza con lo que dicen sobre el asunto los tratadistas de la época; Castañeda, hablando de los magos explica: «se burlan del mundo, y son burlados por Satanás», Fernández de Villegas escribe al tratar de los hechizos: «que todo es burla, y si algo desto les parece a ellas, es que el diablo lo obra en su fantasía dellas». Puede así leerse la frase de Pármeno con el sentido de que, por mentirosa que sea Celestina, en general, por ser su profesión la de hechicera, es ella la víctima de las burlas del padre de la mentira.

[71] Según la *Celestina comentada*, 38v., y Castro Guisasola [1924: 96], estas palabras proceden de las *Epístolas de Séneca a Lucilio*, V: «Infirmi animi est pati non posse divitias... timoris enim tormentum memoria reducit, providencia antici-

de Sempronio, que en esto me sirve y complaze; no ponga impedimiento en el remedio de mi vida; que si para él hovo jubón, para ti no faltará sayo. No pienses que tengo en menos tu consejo y aviso que su trabajo y obra, como lo spiritual sepa yo que precede a lo corporal. Y [que] puesto que las bestias corporalmente trabajen más que los hombres, por esso son pensadas y curadas, pero no amigas de ellos. En [la] tal diferencia serás conmigo en respecto de Sempronio, y so secreto sello, postpuesto el dominio, por tal amigo a ti me concede.

PÁRMENO. Quéxome, *señor* [Calisto], de la dubda de mi fidelidad y servicio, por los prometimientos y amonestaciones tuyas. ¿Quándo me viste, señor, embidiar, o por ningún interesse ni resabio tu provecho estorcer?

CALISTO. No te escandalizes, que sin dubda tus costumbres y gentil criança en mis ojos ante todos los que me sirven están. Mas como en caso tan arduo, do todo mi bien y vida pende, es necessario prover, proveo a los contescimientos, comoquiera que creo que tus buenas costumbres sobre buen natural florescen, como el buen natural sea principio del artificio. Y no más, sino vamos a ver la salud.

CELESTINA. (Passos oygo; acá descienden; haz, Sempronio, que no lo oyes. Escucha y déxame hablar lo que a ti y a mi *me*[ii] conviene.

SEMPRONIO. Habla.)

CELESTINA. No me congoxes, ni me importunes, que sobrecargar el cuydado es aguijar al animal congoxoso[72]. Ansí sientes la pena de tu amo Calisto, que paresce que tú eres él y él tú, y que los tormentos son en un mismo subjecto. Pues cree que yo no vine acá por dexar este pleyto indeciso o morir en la demanda.

[ii] *Com.:* a mí Z: a me; V1514: a mí me

pat.» Grismer y Heller [1944: 27-48] han señalado que mientras que este préstamo en el acto I (y algún otro al comienzo del II) procede de las epístolas de Séneca, en el resto de la obra la fuente son los *Proverbia* pseudosenequianos.

[72] «A la bestia cargada, el sobornal la mata», Mal Lara. «A borrica arrodillada, no doblarle la carga», F. del Rosal.

118

CALISTO. Pármeno, detente. ¡Ce!, escucha qué hablan éstos; veamos en qué bivimos. ¡O notable mujer, o bienes mundanos, indignos de ser posseýdos de tan alto coraçón. ¡O fiel y verdadero Sempronio! ¿Has visto, mi Pármeno? ¿Oýste? ¿Tengo razón? ¿Qué me dizes, rincón de mi secreto y consejo y alma mía?[73].

PÁRMENO. Protestando mi innocencia en la primera sospecha, y cumpliendo con la fidelidad, porque te me concediste, hablaré; óyeme, y el affecto no te ensorde, ni la esperança del deleyte te ciegue. Tiémplate y no te apressures, que muchos con cobdicia de dar en el fiel, yerran el blanco[74]. Aunque soy moço, cosas he visto assaz, y el seso y la vista de las muchas cosas demuestran la esperiencia. De verte o de oýrte descender por la escalera, parlan lo que éstos fingidamente han dicho, en cuyas falsas palabras pones el fin de tu desseo[75].

SEMPRONIO. (Celestina, ruynmente suena lo que Pármeno dize.

CELESTINA. Calla, que para la mi santiguada, do vino el asno vendrá el albarda[76]; déxame tú a Pármeno, que yo te le haré uno de nos, y de lo que oviéremos, démosle parte: que los bienes, si no son communicados no son bienes. Ganemos todos, partamos todos, holguemos todos. Yo te le traeré manso y benigno a picar el pan en el puño, y seremos dos a dos y, como dizen, tres al mohíno)[77].

---

[73] Estas palabras de Calisto recuerdan a Castro Guisasola [1924: 85] otras de Querea dirigidas al siervo de su hermano en el *Eunuco* terenciano, V, IX: «O Parmeno mi! o mearum voluptatum omnium / inventor, inceptor, scin, me in quibus sim gaudiis?»

[74] Son muchos los refranes acerca de la imperfección que ocasiona la prisa.

[75] La suspicacia de Pármeno puede ponerse, según Castro Guisasola [1924: 87], frente a la del viejo Simón del *Andria* de Terencio, II, I: «—Glic. Juno, Lucina, fer opem, serva me obsecro! —Sim. Hui, tam cito? Ridiculum postquam ante ostium me audivit stare, approperat...»

[76] «Qui leva o bayo non leixa a sela», Alfonso X, *Antología* (ed. Solalinde), Madrid, Clásica Española, 1922-1925, II, 118.

[77] «Quien de mano ajena come el pan, come a la hora que se lo dan», Mal Lara. *Tres al mohíno* «"Mohíno, por el asno, que de ordinario son mohínos y pardillos... y "tres al mohíno" es subir tres en él, con que irá muy cargado y con trabajo. De aquí se traslada m. a significar el enfadado y disgustado...

CALISTO. ¡Sempronio!

SEMPRONIO. ¿Señor?

CALISTO. ¿Qué hazes, llave de mi vida? Abre. ¡O Pármeno, ya la veo; sano soy, bivo soy! ¡Mira[s] qué reverenda persona, qué acatamiento! Por la mayor parte, por la filosomía es conoscida la virtud interior[78]. ¡O vejez virtuosa, o virtud envejecida! ¡O gloriosa esperança de mi desseado fin! ¡O fin de mi deleytosa esperança! ¡O salud de mi passión, reparo de mi tormento, regeneración mía, vivificación de mi vida, resurreción de mi muerte. Desseo llegar a ti, cobdicio besar essas manos llenas de remedio. La indignidad de mi persona lo enbarga. Dende aquí adoro la tierra que huellas y en reverencia tuya *la* beso.

CELESTINA. (Sempronio, ¡de aquéllas bivo yo! Los huessos que yo roý, piensa este necio de tu amo de darme a comer! Pues ál le sueño; al freýr lo verá[79]; dile que cierre la boca y comence abrir la bolsa; que de las obras dubdo, quanta más de las palabras. Xo, que te striego, asna coxa[80]. Más avías de madrugar.

PÁRMENO. ¡Guay de orejas que tal oyen! Perdido es quien tras perdido anda[81]. ¡O Calisto desventurado, abatido, ciego! Y en tierra está adorando a la más antigua [y] puta tierra, que fregaron sus espaldas en todos los burdeles. Deshecho es,

---

y la frase, cuando se aúnan muchos contra uno: "son tres al mohíno"», Correas, 511a. «Este refrán tuvo origen de los que cada día acontece cuando juegan quatro, cada uno para sí, y algunos dellos perdiendo se amohína, los demás se hazen a una y cargan sobre él», Covarrubias, 809. Sobre el tópico de «los bienes no comunicados no son bienes», *vid.* Mendeloff [1977].

[78] Estas exclamaciones parecen mostrar alguna influencia del *Diálogo entre el amor y un viejo* (*vid.* Aragone [1961], Martínez [1980] y Severin [1980]). Según la *Celestina comentada*, 40r., proceden del *Ecclesiástico*, XIX.

[79] «Al freír lo verán. Dizen que un carbonero, vaciando el carbón en una casa, se llevaba hurtada la sartén escondida; y preguntándoles si era bueno el carbón, encareciéndolo por tal, dixo: "Al freír lo verán"», Correas, 40b. El mismo cuentecillo, con variantes, se encuentra en Covarrubias y en Timoneda.

[80] «¡Xo, que te estrego, burra de mi suegro! ¡Xo, que te estreno, burra o hixa de mi suegro!», Correas, 303b.

[81] «Perdido es quien tras perdido anda», Correas, 465a.

vencido es, caýdo es; no es capaz de ninguna redención ni consejo ni esfuerço)[82].

CALISTO. ¿Qué dezía la madre? Parésceme que pensava que le ofrescía palabras por escusar gualardón.

SEMPRONIO. Assí lo sentí.

CALISTO. Pues ven conmigo; trae las llaves, que yo sanaré su dubda.

SEMPRONIO. Bien harás, y luego vamos, que no se deve dexar crescer la yerva entre los panes, ni la sospecha en los coraçones de los amigos, sino limpiarla luego con el escardilla de las buenas obras.

CALISTO. Astuto hablas. Vamos y no tardemos.

CELESTINA. Plázeme, Pármeno, que avemos avido oportunidad para que conozcas el amor mío contigo, y la parte que en mí, inmérito, tienes. Y digo inmérito por lo que te he oýdo dezir, de que no hago caso; porque virtud nos amonesta sufrir las tentaciones y no dar mal por mal[83]. Y especial quando somos tentados por moços y no bien instrutos en lo mundano, en que con necia lealtad pierdan a sí y a sus amos, como agora tú a Calisto. Bien te oý, y no pienses que el oýr con los otros exteriores sesos mi vejez aya perdido. Que no sólo lo que veo, oyo y cognozco, mas aun lo intrínsico con los intellectuales ojos penetro. Has de saber Pármeno, que Calisto anda de amor quexoso; y no lo juzgues por esso por flaco, que el amor impervio todas las cosas vence[84]. Y sabe,

[82] Castro Guisasola [1924: 85] sugiere como fuente de estas palabras el *Eunuco*, de Terencio, I, II: «Labascit, victus uno verbo: quam cito!», pronunciadas también por un criado viendo ceder la fortaleza de su amo.

[83] *Virtud non amonesta suffrir las tentaciones.* Castro Guisasola [1924: 109] señala la analogía de estas palabras con el dicho de la *Epístola* de Santiago, I, 2: «Beatus vir qui suffert tentationem», mientras que el *No dar mal por mal*, aunque es frase proverbial en español, se halla en San Pedro y San Pablo (San Pedro, *Epístola*, I, 39; San Pablo, *Epístola a los romanos*, XII, 17): «Ne quis alicui malum pro malo reddat».

[84] Traducción del «Omnia vincit amor» de Virgilio, *Églogas*, X, LXIX. *Impervio*, del latín *impervius*, aquí con el sentido de "inaccesible" *(vid.* Criado de

si no sabes, que dos conclusiones son verdaderas. La primera, que es forçoso el hombre amar a la mujer y la mujer al hombre. La segunda, que el que verdaderamente ama es necessario que se turbe con la dulçura del soberano deleyte, que por el hazedor de las cosas fue puesto, porque el linaje de los hombres *se* perpetuasse sin lo qual peresceria[85]. Y no sólo en la humana especie, mas en los pesces, en las bestias, en las aves, en las reptilias y en lo vegetativo, algunas plantas han este respecto, si sin interposición de otra cosa en poca distancia de tierra están puestas, en que ay determinación de hervolarios y agricultores, ser machos y hembras. ¿Qué dirás a esto, Pármeno? ¡Neciuelo, loquito, angelico, perlica, simplezico! ¿Lobitos en tal gestico? Llégate acá, putico, que no sabes nada del mundo ni de sus deleytes. ¡Mas rabia mala me mate, si te llego a mí, aunque vieja! Que la boz tienes ronca, las barvas te apuntan; mal sosegadilla deves tener la punta de la barriga.

PÁRMENO. ¡Como cola de alacrán!

CELESTINA. Y aún peor, que la otra muerde sin hinchar, y la tuya hincha por nueve meses.

PÁRMENO. ¡Hy hy, hy!

CELESTINA. ¿Ríeste, landrezilla, hijo?

PÁRMENO. Calla, madre, no me culpes, ni me tengas, aunque moço, por insipiente. Amo a Calisto porque le devo fidelidad por criança, por beneficios, por ser dél honrrado y bien tratado, que es la mayor cadena que el amor del servidor al servicio del señor prende, quanto lo contrario aparta. Véole

---

Val [1977: 3-5]); según Garci-Gómez [1980: 3-8], Glebe leerse "amor improuo". Para un análisis detallado del proceso de subversión de Pármeno por parte de la vieja Celestina (cambios en el decoro del estilo, agresiones carnales, argumentos intelectuales con ofertas más materiales, etc.), *vid.* Gilman [1956/1974: 110-121]. Truesdell [1975] señala cómo Celestina va tentando progresivamente al joven criado con el mundo, el diablo y la carne.

[85] Estas dos conclusiones son, como indicó Menéndez Pelayo [1947: 350-351] y luego Castro Guisasola [1924: 176], del Tostado en el *Tractado que fizo... por el qual se prueba... cómo al hombre es necessario amar.* Desde «y no sólo» hasta «machos y hembras» pudo haber sido influido por el *Diálogo* de Cota (Martínez [1980], Severin [1980]).

perdido y no ay cosa peor que yr tras desseo sin esperança de buen fin; y especial, pensando remediar su hecho tan árduo y defícil con vanos consejos y necias razones de aquel bruto Sempronio, que es pensar sacar aradores a pala de açadón[86]. No lo puedo soffrir; ¡dígolo y lloro!

CELESTINA. Pármeno, ¿tú no vees que es necedad o simpleza llorar por lo que con llorar no se puede remediar?[87].

PÁRMENO. Por esso lloro, que si con llorar fuesse possible traer a mi amo el remedio, tan grande sería el plazer de la tal esperança, que de gozo no podría llorar. Pero assí, perdida ya *toda* la esperança, pierdo el alegría y lloro.

CELESTINA. Llora[ra]s sin provecho, por lo que llorando estorvar no podrás, ni sanar lo presumas. ¿A otros no ha acontescido esto, Pármeno?

PÁRMENO. Sí, pero a mi amo no le querría[jj] doliente.

CELESTINA. No lo es, mas aunque fuesse doliente, podría sanar.

PÁRMENO. No curo de lo que dizes, porque en los bienes mejor es el acto que la potencia, y en los males[kk] mejor la potencia que el acto. Assí que mejor es ser sano que poderlo ser, y mejor es poder ser doliente que ser enfermo por acto; y por tanto es mejor tener la potentia en el mal que el acto[88].

[jj] Z: quería
[kk] Z: malos

[86] *Arador:* "ácaro diminuto, parásito del hombre y causante de la sarna". «Sacar el arador con pala y azadón. No se saca arador con pala de azadón», Correas, 273a.
[87] Aforismo de Solón «Ego magis ploro quod da(m) num meum irrevocabile video», de acuerdo con Laercio, *De vita et sent. philos.*, I *(Celestina comentada,* 42v., Castro Guisasola [1924: 41]).
[88] La fuente última de esta disquisición metafísica sobre el acto y la potencia es Aristóteles, *Metaphysica,* IX: «Quod autem (in bonis) melior ac praestantior quam ipsa boni potentia, actus sit, ex his patebit: queacumque enim secundum posse dicuntur, idem est potens contraria: ut quod dicitur posse sanum esse, idem est etiam aegrotans, et simul eadem potentia est sanum et aegrotum esse... Actus igitur melior (in bonis). Necesse autem est etiam in malis finem et actum deteriorem potentia esse.» Obsérvese que Pármeno no omite siquiera el ejemplo del sano y del enfermo; Castro Guisasola [1924: 27].

CELESTINA. ¡O malvado, como que no se te entiende! ¿Tú no sientes su enfermedad? ¿Qué has dicho hasta agora; de qué te quexas? Pues burla o di por verdad lo falso, y cree lo que quisieres, que él es enfermo por acto, y el poder ser sano es en mano desta flaca vieja.

PÁRMENO. ¡Mas, desta flaca puta vieja!

CELESTINA. ¡Putos días vivas, vellaquillo! ¿Y cómo te atreves?[89].

PÁRMENO. ¡Como te conozco!

CELESTINA. ¿Quién eres tú?

PÁRMENO. ¿Quién? Pármeno, hijo de Alberto tu compadre; que estuve contigo un *poco tiempo*[ll] que te me dio mi madre, quando moravas a la cuesta del río cerca de las tenerías.

CELESTINA. ¡Jesú, Jesú, Jesú! ¿Y tú eres Pármeno, hijo de la Claudina?

PÁRMENO. ¡Alahé, yo!

CELESTINA. ¡Pues fuego malo te queme, que tan puta vieja era tu madre como yo! ¿Por qué me persigues, Parmenico? ¡Él, es, él es, por los santos de Dios!; allégate a mí, ven acá, que mil açotes y puñadas[mm] te di en este mundo y otros tantos besos. ¿Acuérdaste quando dormías a mis pies, loquito?

PÁRMENO. Sí, en buena fe; y algunas vezes aunque era niño, me subías a la cabecera y me apretavas contigo, y porque olías a vieja, me huía de ti.

CELESTINA. ¡Mala landre te mate; y cómo lo dize el desvergüençado! Dexadas burlas y passatiempos, oye agora, mi hijo, y escucha, que aunque a un fin soy llamada, a otro soy venida, y maguera que contigo me haya hecho de nuevas, tú eres la causa. Hijo, bien sabes cómo tu madre, que Dios haya, te me

---

[ll]   *Com.:* mes
[mm]   Z: puñados

[89] Castro Guisasola [1924: 87] recuerda frente a este diálogo otro del *Andria* de Terencio, III, II: «—*Dav.* ... Qui istaec tibi incidit suspicio? —*Sim.* Qui? Quia te noram.» Notemos que Celestina no responde con cara alegre al sentir el epíteto «puta vieja» en contra de lo que antes había indicado Pármeno.

dio biviendo tu padre, el qual, como de mí te fuiste, con otra ansia no murió sino con la incertedumbre de tu vida y persona, por la cual absencia algunos años de su vejez suffrió angustiosa[nn] y cuy*da*dosa vida. Y al tiempo que della passó, embió por mí y en su secreto te me encargó y me dixo sin otro testigo, sino Aquel que es testigo de todas las obras y pensamientos y los coraçones y entrañas escudriña[90], al qual puso entre él y mí, que te buscasse y llegasse y abrigasse, y quando de complida edad fuesses, tal que en tu bivir supiesses tener manera y forma, te descubriesse adónde dexó encerrada tal copia de oro y plata que basta más que la renta de tu amo Calisto. Y porque gelo prometí y con mi promessa levó descanso, y la fe es de guardar, más que a los bivos, a los muertos, que no pueden hazer por sí, en pesquisa y siguimiento tuyo yo he gastado assaz tiempo y quantías, hasta agora que ha plazido a Aquel que todos los cuytados tiene y remedia las justas peticiones y las piadosas obras endereça, que te hallasse aquí donde solos ha tres días que sé que moras. Sin dubda dolor he sentido, porque has por tantas partes vagado y peregrinado que ni has avido provecho ni ganado debdo ni amistad. Que como Séneca dize, los peregrinos tienen muchas posadas y pocas amistades, porque en breve tiempo con ninguno [no] pueden firmar amistad. Y el que está en muchos cabos [no] está en ninguno. Ni puede aprovechar el manjar a los cuerpos que en comiendo se lança, ni hay cosa que más la sanidad impida, que la diversidad y mudança y variación de los manjares. Y nunca la llaga viene a cicatrizar en la qual muchas melezinas se tientan, ni convalesce la planta que muchas vezes es traspuesta, y no ay cosa tan provechosa que en llegando aproveche[91]. Por tanto, mi hijo, dexa los ímpetus de la juventud y tórnate con la dotrina de tus mayores a la razón. Reposa en alguna parte. ¿Y dónde mejor que en mi voluntad, en mi ánimo, en mi consejo, a quien tus pa-

---

[nn] Z: angustia

[90] Quizá reminiscencia de *Sabiduría*, I, 6: «Renum illius testis est Deus, et cordis illius scrutator est verus.» *Celestina comentada*, 43v., y Castro Guisasola [1924: 106].

[91] Castro Guisasola [1924: 95], siguiendo la *Celestina comentada*, 44r., da con la cita de Séneca; se trata del comienzo de la segunda de las *Epístolas* de Seneca a Lucilio: «De mutatione locorum et multiplicium librorum lectione vitanda».

dres te remetieron? Y yo ansí como verdadera madre tuya, te digo, so las maldiciones, que tus padres te pusieron si me fuesses inobediente, que por el presente sufras y sirvas a éste tu amo que procuraste, hasta en ello aver otro consejo mío. Pero no con necia lealtad, proponiendo firmeza sobre lo movible, como son estos señores deste tiempo. Y tú gana amigos que es cosa durable; ten con ellos constancia; no bives en flores; dexa los vanos prometimientos de los señores, los quales deshechan la sustancia de sus sirvientes con huecos y vanos prometimientos. Como la sanguijuela saca la sangre, desagradescen, injurian, olvidan servicios, niegan galardón. ¡Guay de quien en palacio envejece![92], como se scrive de la probática piscina[93], que de ciento que entravan sanava uno. Estos señores deste tiempo más aman assí que a los suyos, y no yerran; los suyos ygualmente lo deven hazer. Perdidas son las mercedes, las manificencias, los actos nobles. Cada uno destos cativan y mezquinamente procuran su interesse con los suyos. Pues aquéllos no deven menos hazer, como sean en facultades menores, sino vivir a su ley[94]. Dígolo, hijo Pármeno, porque éste tu amo, como dizen, me paresce rompenecios. De todos se quiere servir sin merced. Mira bien, créeme. En su casa cobra amigos, que es el mayor precio mundano[95]; que con él no pienses tener amistad, como por la diferencia de los estados o condiciones pocas vezes contezca. Caso es offrecido, como sabes, en que todos medremos, y tú por el presente te remedies. Que lo ál que te he dicho, guardado te está a su tiempo. Y mucho te aprovecharás siendo amigo de Sempronio.

---

[92] Castro, *Glosarios,* registra «Pobre muere quien en palacio vejeze». E. O'Kane [1959: 91] encuentra en los *Romancea proverbiorum* (siglo XIV): «Qui en cort embellesse / en pallar muere.»

[93] *San Juan,* V, 2 y ss. Pasaje sobre la piscina de Betzata, donde Jesús curó al enfermo.

[94] Celestina combina aquí el tópico del lamento por el pasado perdido con técnica satírica *(vid.,* para la herencia de la sátira en la Edad Media, Mann [1973]). La descripción que la vieja hace de Calisto nos lo sitúa como representante de la nueva clase burguesa, tema estudiado en profundidad por Maravall [1964].

[95] Quizá recuerdo de la sentencia de Jenofonte, *Memorabilia,* II, IV: «Amicos omnium bonorum maximum dicunt esse», Castro Guisasola [1924: 38].

PÁRMENO. Celestina, todo tremo *en*[oo] oyrte; no sé qué haga; perplexo está. Por una parte, téngote, por madre; por otra a Calisto por amo. Riqueza desseo, pero quien torpemente sube a lo alto, más aína cae que subió[96]. No querría bienes mal ganados.

CELESTINA. Yo sí. A tuerto o a derecho, nuestra casa hasta el techo[97].

PÁRMENO. Pues yo con ellos no biviría contento y tengo por honesta cosa la pobreza alegre. Y aún más te digo, que no los que poco tienen son pobres, mas los que mucho desean[98]. Y por esto, aunque más digas, no te creo en esta parte. Querría passar la vida sin embidia, los yermos y aspereza sin temor, el sueño sin sobresaltos, las injurias con respuesta, las fuerças sin denuesto, las premias con resistencia.

CELESTINA. ¡O hijo!, bien dizen que la prudencia no puede ser sino en los viejos[99]; y tú mucho moço eres[pp].

PÁRMENO. Mucho segura es la mansa pobreza[100].

CELESTINA. Mas di, como mayor < Marón >, que la fortuna ayuda a los osados[101] y demás desto, ¿quién es que tenga

---

[oo] *Com.:* de
[pp] *Com.:* eres moço

[96] Dicho pseudosencquiano, que se convirtió pronto en un refrán muy usado: «Quien torpemente subió méis presto cae que subió.» «Quien torpemente subió más torpemente cayó»; Correas, 342.
[97] «A tuerto o a derecho, aiude Dios a los nuestros. A tuerto o derecho, aiude Dios a nuestro concejo. A tuerto o a derecho, nuestra casa hasta el techo." Reprehenden estos tres refranes a los que quieren más su interés que la justicia y lo justo», Correas, 24b.
[98] El autor acude de nuevo a la segunda epístola de Séneca: «Hodiernum hoc est quod Epicurum nactus sum... Honesta, inquit, res est laeta paupertas... Non qui parum habet, sed qui plura cupit, paupert est», Castro Guisasola [1924: 96] y *Celestina comentada*, 47r.-v. Según Deyermond [1961: 38], Rojas lo pudo tomar no directamente de Séneca, sino a través de alguna de las numerosas colecciones de *sententiae*.
[99] *Job*, XII, 12: «In antiquis est sapientia et in multo tempore prudentia», Castro Guisasola [1924: 104].
[100] Menéndez Pelayo [1947: 350] y luego Castro Guisasola [1924: 162] observan en este dicho la huella de Juan de Mena, *Laberinto de Fortuna*, 220: «O vida segura, la mansa pobreza, / dádiva santa desagradesçida: / rica se llama, no pobre vida, / del que se contenta bibir sin riqueza.»
[101] Proverbio virgiliano muy popularizado («audentes fortuna juvat», *Enei-*

bienes en la república que escoja bivir sin amigos? Pues, loado Dios, bienes tienes ¿y no sabes que has menester amigos para los conservar? Y no pienses que tu privança con este señor te haze seguro, que quanto mayor es la fortuna, tanto es menos segura. Y por tanto en los infortunios el remedio es a los amigos. ¿Y a dónde puedes ganar mejor este debdo, que donde las tres maneras de amistad concurren, conviene a saber, por bien y provecho y deleyte? Por bien: mira la voluntad de Sempronio conforme a la tuya, y la gran similitud que tú y él en la virtud tenéys. Por provecho: en la mano está, si soys concordes. Por deleyte: semejable es, como seáys en edad dispuestos para todo linaje de plazer, en que más los moços que los viejos se juntan, assí como para jugar, para vestir, para burlar, para comer y bever[102], para negociar amores junctos de compaña. ¡O, si quisiesses, Pármeno, qué vida gozaríamos! Sempronio ama a Elicia, prima de Areúsa.

PÁRMENO. ¿De Areúsa?

CELESTINA. De Areúsa.

PÁRMENO. ¿De Areúsa, hija de Eliso?

CELESTINA. De Areúsa, hija de Eliso.

PÁRMENO. ¿Cierto?

CELESTINA. Cierto.

PÁRMENO. Maravillosa cosa es.

CELESTINA. ¿Pero bien te paresce?

PÁRMENO. No cosa mejor[103].

---

da, III, 57). La *Comedia* y las primeras ediciones de la *Tragicomedia* leen *mayor* en lugar de *Marón* (P. Virgilius Maro); sólo las ediciones salmantinas de 1570, 1575 y 1590 traen la corrección, lo que indica que la errata es antigua, quizá otro posible error de Rojas al copiar el manuscrito original del acto I. *Vid.*, para la *collatio*, Herriott [1964: 249].

[102] La *Celestina comentada*, 49r., sugiere que esta división de las tres formas de amistad procede de Aristóteles, *Ethica*, VIII. Para una posible influencia doctrinal de esta obra a lo largo de toda *La Celestina, vid.* Severin [1981: 58], y la tesis doctoral inédita de Leslie Turano [1985].

[103] Este rápido diálogo entre el incrédulo Pármeno y Celestina recuerda a Castro Guisasola [1924: 87-88] otro de Terencio en su *Heautontimorume-*

CELESTINA. Pues tu buena dicha quiere, aquí está quien te la dará.

PÁRMENO. Mi fe, madre, no creo a nadie.

CELESTINA. Estremo es creer a todos y yerro no creer a ninguno[104].

PÁRMENO. Digo que te creo pero no me atrevo; dexame.

CELESTINA. O mezquino, de enfermo coraçón es no poder sofrir el bien[105]. Da Dios havas a quien no tiene quixadas[106]. ¡O simple!, dirás que adonde ay mayor entendimiento ay menor fortuna y donde más discreción, allí es menor la fortuna[107]; dichas son.

PÁRMENO. O Celestina, oýdo he a mis mayores que un enxemplo de luxuria o avaricia mucho mal haze, y que con aquellos deve hombre conversar que le hagan mejor, y aquellos dexar a quien él mejores piensa hazer[108]. Y Sempronio, en su enxemplo, no me hará mejor, ni yo a él sanaré su vicio. Y puesto que yo a lo que dizes me incline, sólo yo querría saberlo, porque a lo menos por el enxemplo fuesse oculto el pecado. Y si hombre vencido del deleyte va contra la virtud, no se atreva a la honestad.

---

nos, III, I: «—Mic. Abi domum ac deos comprecare ut uxorem accersas: abi. —Esch. Quid? jamne uxorem... —Jam. Jam? Jam quantum potest... —Mened. Ubinam es quaeso? —Chrem. Apud me domi. —Meus gnatus? —Sic est. —Venit? Certe. —Clinia meux venit? —Dixi.» Finalmente, Celestina da con la debilidad moral de Pármeno.

[104] El refrán se encuentra literalmente en Correas, 153b, aunque el origen último parece ser Séneca, Epístolas, III: «Utrumque enim vitium est et omnibus credere et nulli»; Castro Guisasola [1924: 96], Celestina comentada, 50r.

[105] Castro Guisasola [1924: 96-97] y la Celestina comentada, 50r., piensan otra vez en Séneca como posible fuente, concretamente en un pasaje de la quinta epístola: «Infirmi animi est pati non posse divitias... timoris enim tormentum memoria reducit, providentia anticipat.»

[106] «Dio Dios almendras a quien no tiene muelas»; Correas, 325b.

[107] Según Castro Guisasola [1924: 30], estas palabras concuerdan con las de Aristóteles, Morales, I, 8: «Ubi mens plurima ac ratio ibi fortunas minimum, ubi plurima fortuna ibi mens perexigua.»

[108] Reminiscencia, según Castro Guisasola [1924: 97] y la Celestina comentada, 50v., de la Epístola VII de Séneca: «Unum exemplum aut luxuriae aut avaritiae multum mali facit... cum his versare qui te meliorem facturi sunt: illos admitte quos tu potes facere meliores.»

Celestina. Sin prudencia hablas que de ninguna cosa es alegre possessión sin compañía[109]; no te retrayas ni amargues, que la natura huye lo triste y apetece lo delectable[110]. El deleyte es con los amigos en las cosas sensuales, y especial en recontar las cosas de amores y comunicarlas. «Esto hize, esto otro me dixo; tal donayre passamos, de tal manera la tomé, assí la besé, assí me mordió, assí la abracé, assí se allegó. ¡O qué habla, o qué gracia, o qué juegos, o qué besos! Vamos allá, bolvamos acá, ande la música, pintemos los motes, cantemos[qq] canciones, invenciones, justemos; ¿qué cimera sacaremos o qué letra? Ya va ala missa, mañana saldrá, rondemos su calle, mira su carta[rr], vamos de noche, tenme el escala, aguarda a la puerta. ¿Cómo te fue? Cata el cornudo; sola la dexa. Dale otra buelta, tornemos allá»[111]. Y para esto Pármeno ¿ay deleyte sin compañía? Alahé, alahé, la que las sabe las tañe[112]. Este es el deleyte, que lo ál, mejor lo hazen los asnos en el prado.

Pármeno. No querría, madre, me combidasses a consejo con amonestación de deleyte, como hizieron los que, caresciendo de razonable fundamento, opinando hizieron sectas embueltas en dulce veneno para captar y tomar las voluntades de los flacos y con polvos de sabroso affecto cegaron los ojos de la razón.

Celestina. ¿Qué es razón, loco? ¿Qué es affecto, asnillo? La discreción, que no tienes, lo determina, y de la discreción,

---

[qq] *Com.:* canten

[rr] Z: *cara*

[109] Recuerdo de Séneca, *Epistola* VI: «Nullius boni sine socio jucunda possesio» *(vid.* Castro Guisasola [1924: 97] y *Celestina comentada,* 51v.).
[110] Estas palabras concuerdan con las de Aristóteles, *Ethica,* VIII, VI: «Dolorem natura fugit, et voluptatem sequitur maxime», Castro Guisasola [1924: 30] y *Celestina comentada,* 52r.
[111] Según Cejador [1913: 107], seguido después por Castro Guisasola [1924: 174], este pasaje presenta reminiscencias del *Corbacho,* I, 18: «los amadores, si son hombres de estado y calidad... se van alabando por plazas y cantones: tu feziste esto, yo fize esto; tú amas tres, yo amo quatro...; primo, pues, acompáñame a la mía, acompañarte he a la tuya; que para bien amar se requieren dos amigos de compañía».
[112] «Qui la sabe, la tanya», J. de Lucena, *Vida beata* (SBE, 29), 150. «El que las sabe, las atañe; el que no, sílbalas y vase», Correas, 234.

mayor es la prudencia[113]. Y la prudencia no puede ser sin esperimiento, y la esperiencia no puede ser más que en los viejos[114]. Y los ancianos somos llamados padres, y los buenos padres bien aconsejan a sus hijos, y especial yo a ti, cuya vida y honra más que la mía desseo. ¿Y quándo me pagarás tú esto? Nunca, pues a los padres y a los maestros no puede ser hecho servicio ygualmente[115].

PÁRMENO. Todo me recelo, madre, de recebir dudoso consejo.

CELESTINA. ¿No quieres? Pues dezirte he lo que dize el sabio. Al varón que con dura cerviz al que le castiga menosprecia, arrebatado quebrantamiento le verná, y sanidad ninguna le conseguirá[116]. Y assí, Pármeno, me despido de ti y deste negocio.

PÁRMENO. (Ensañada está mi madre; dubda tengo en su consejo; yerro es no creer y culpa creerlo todo[117]. Más humano es confiar, mayormente en esta que interesse promete, a do provecho no pueda allende de amor conseguir. Oýdo he que deve hombre a sus mayores creer. Ésta, ¿qué me aconseja? Paz con Sempronio. La paz no se deve negar, que bienaventurados son los pacíficos, que hijos de Dios serán llamados[118]. Amor

---

[113] Proverbio.

[114] Probablemente esta sentencia proviene de Aristóteles, *Ethica*, VI, IX: «In rebus singularibus prudentia vertitur, quarum cognitio experientia comparatur: adolescens autem experientiam rerum non habet, quippe quam tempores longinquitas allatura»; *Celestina comentada*, 52v., y Castro Guisasola [1924: 30]. De todas maneras, se trata de una idea bastante trivial y se podrían encontrar otros antecedentes, incluso en el mismo Aristóteles, *Política*, VIII.

[115] La fuente es, en último término, la *Ethica* (VIII, XVI) de Aristóteles: «In honoribus iis, quos diis inmortalibus et parentibus habere solemus, nemo est qui honorem iis dignum tribuere possit.» Rojas nombra con los padres a los maestros mientras que Aristóteles se refiere a los dioses inmortales; *Celestina comentada*, 53r., y Castro Guisasola [1924: 31].

[116] El sabio es Salomón. Del *Libro de los Proverbios*, XXIX, 1, proviene la sentencia: «Viro, qui corripientem dura cervice contemnit, repentinus ei superveniet interitus, et aum sanitas non sequetur»; *Celestina comentada*, 54r.; Castro Guisasola [1924: 106].

[117] Recuerdo de Publilio Siro, o el pseudo-Séneca: «Vitium est omnia credere, vitium nihil credere», Castro Guisasola [1924: 100].

[118] San Mateo, 5, 9: «Beati pacifici, quoniam filii Dei vocabuntur», Cejador [1913: 109] y Castro Guisasola [1924: 108].

no se deve rehuyr. Caridad a los hermanos; interesse pocos le apartan. Pues quiérola complazer y oýr.) Madre, no se deve ensañar el maestro de la ignorancia del discípulo, sino raras vezes por la sciencia, que es de su natural comunicable, y en pocos lugares se podría infundir. Por esso perdóname, háblame; que no sólo quiero oýrte y creerte, mas en singular merced recebir tu consejo. Y no me lo agradescas, pues el loor y las gracias de la ación más al dante que no al recibiente se deven dar[119]. Por esso, manda, que a tu mandado mi consentimiento se humilla.

CELESTINA. De los hombres es errar, y bestial es la porfía[120]; por ende, gózome, Pármeno, que ayas limpiado las turbias telas de tus ojos y respondido al reconoscimiento, discreción y ingenio sotil de tu padre, cuya persona, agora representada en mi memoria, enternezce los ojos piadosos, por do tan abundantes lágrimas vees derramar. Algunas vezes duros propósitos, como tú, defendía, pero luego tornava a lo cierto. En Dios y en mi ánima, que en veer agora lo que as porfiado y como a la verdad eres reduzido, no paresce sino que bivo le tengo delante. ¡O qué persona, o qué hartura, o qué cara tan venerable! Pero callemos, que se acerca Calisto, y tu nuevo amigo Sempronio, con quien tu conformidad para más oportunidad dexo. Que dos en un coraçón biviendo son más poderosos de hazer y de entender[121].

CALISTO. Dubda traygo, madre, según mis infortunios, de hallarte biva. Pero más es maravilla, según el deseo, de cómo llego bivo. Recibe la dádiva pobre de aquel que con ella la vida te ofrece.

---

[119] La fuente puede ser, de nuevo, Aristóteles, *Ethica,* IV, I: «Gratia ac laus multo etiam magis dantem, ac non eum qui accipit, sequitur»; Castro Guisasola [1924: 31] y *Celestina comentada,* 54r.

[120] Proverbio.

[121] Idea tomada de *Aristóteles, Ethica,* VIII: «Atque duo cum una carpunt iter; alter abundat. Consilio quod saepe comes non explicat alter. Ambo enim agendi atque intelligendi majorem habent faccultatem», Castro Guisasola [1924: 29].

CELESTINA. Como en el oro muy fino labrado por la mano del sotil artífice la obra sobrepuja a la materia[122], assí se aventaja a tu magnífico dar la gracia y forma de tu dulce liberalidad. Y sin dubda la presta dádiva su effecto ha doblado, porque la que tarda el prometimiento muestra negar y arrepentirse del don prometido.

PÁRMENO. (Qué le dio, Sempronio?

SEMPRONIO. Cient monedas en[ss] oro.

PÁRMENO. ¡Hy, hy, hy!

SEMPRONIO. ¿Habló contigo la madre?

PÁRMENO. Calla, que sí.

SEMPRONIO. Pues, ¿cómo estamos?

PÁRMENO. Como quisieres, aunque estoy espantado.

SEMPRONIO. Pues calla, que yo te haré espantar dos tanto.

PÁRMENO. ¡O Dios, no hay pestilencia más efficaz que el enemigo de casa para empecer!)[123].

CALISTO. Ve agora, madre, y consuela tu casa; y después ven y[tt] consuela la mía, y luego.

CELESTINA. Quede Dios contigo.

CALISTO. Y él te me guarde.

Argumento del segundo auto[a]

Partida CELESTINA *de* CALISTO *para su casa, queda* CALISTO *hablando con* SEMPRONIO, *criado suyo, al qual, como quien en alguna esperença puesto está, todo aguijar le paresce tardança. Embía de*

[ss] *Com.:* de
[tt] Burgos 1499, Z: ven consuela
[a] T1500

[122] Estas palabras de Celestina recuerdan al anónimo autor de *la Celestina comentada*, 56r., la descripción de la hermosura del palacio del sol en las *Metamorfosis*, II, V, de Ovidio: «materiam superabat opus», Castro Guisasola [1924: 72].

[123] La influencia aquí, según Castro Guisasola [1924: 102], es de Boecio, *De consolatione philosophiae*, III, 5: «Quae vero pestis efficacior ad nocendum quam familiaris inimicus?» Para una estimación del valor de las cien monedas (quizá cien doblas), *vid.* Orol Pernas [*Actas:* 427-432].

sí a SEMPRONIO *a solicitar a* CELESTINA *para el concebido negocio.*
Quedan entretanto CALISTO *y* PÁRMENO *juntos razonando.*

CALISTO, SEMPRONIO, PÁRMENO

CALISTO. Hermanos míos, cient monedas di a la madre;
¿hize bien?

SEMPRONIO. ¡Ay, si hizieste bien! Allende de remediar tu
vida, ganaste muy gran honrra. ¿Y para qué es la fortuna favorable y próspera sino para servir a la honrra, que es el mayor de los mundanos bienes?[1]. Que esto es premio y galardón de la virtud[2]. Y por esso la damos a Dios, porque no
tenemos mayor cosa que le dar; la mayor parte de la qual
consiste en la liberalidad y franqueza. A ésta los duros tesoros comunicables la escurecen y pierden, y la magnificencia
y liberalidad la ganan y subliman. ¿Qué aprovecha tener lo
que se niega aprovechar? Sin dubda te digo que es mejor el
uso de las riquezas que la possessión dellas[3]. ¡O qué glorioso
es el dar! ¡O qué miserable es el recebir! Quanto es mejor el
acto que la possessión, tanto es más noble el dante que el recibiente. Entre los elementos el fuego, por ser más activo es
más noble, y en las speras puesto en más noble lugar[4]. Y di-

---

[1] El discurso de Sempronio que encabeza este acto podría ser debido al
mismo autor del primer acto, ya que muchas de las sentencias del criado en
este alegato sobre la honra son de Aristóteles y Boecio, fuentes ampliamente
manejadas en el acto anterior.
[2] Estas palabras están tomadas de Aristóteles, *Ethica*, IV, III: «Praemium
enim virtutis est honor et tribuitur viris bonis... (externorum autem bonorum) maximum ponimus id quod et diis tribuimus, qualis... honos est», Castro Guisasola [1924: 31]. Lo mismo repite Aristóteles en otros lugares. La
Celestina comentada, 58v., señala como fuente la *Ethica*, VIII, XVI.
[3] Siguiendo a Castro Guisasola [1924: 32], este pasaje puede estar inspirado en las *Morales* de Aristóteles, I, III: «Usus magis est petendus quam possesio... hoc modo quorum et possessio est et usus, permelior sit usus et magis
expetendus possesione est.»
[4] La idea parece pertenecer también a Aristóteles, quien la expresa en *De
anima*, II y *Metereologica*, I, II: «id quod caeteris corporibus eminet esse ignem
censemus». Casaneo en su *Catalog. glor. mund.*, XII, 12, trae palabras idénticas:
«Demum ignem supremo constituit loco, ut qui elementorum omnium maxime sit agitabilis..., reliquaque naturae dignitate», Castro Guisasola [1924: 32].

zen algunos que la nobleza es una alabança que proviene de los merescimientos y antigüedad de los padres. Yo digo que la agena luz nunca te hará claro si la propria no tienes[5]. Y por tanto no te estimes en la claridad de tu padre, que tan magnífico fue, sino en la tuya; y ansí se gana la honrra, que es el mayor bien de los que son fuera de hombre. De lo qual no el malo, mas el bueno, como tú, es digno que tenga perfecta virtud. Y aun [más] te digo que la virtud perfecta no pone que sea hecho con digno honor[6]. Por ende goza de aver seýdo ansí magnífico y liberal, y de mi consejo tórnate a la cámara y reposa, pues que tu negocio en tales manos está depositado. De donde ten por cierto, pues el comienço llevo bueno, el fin será muy mejor[7]. Y vamos luego, porque sobre este negocio quiero hablar contigo más largo.

CALISTO. Sempronio, no me paresce buen consejo quedar yo acompañado, y que vaya sola aquella que busca el remedio de mi mal; mejor será que vayas con ella y la aquexes; pues sabes que de su diligencia pende mi salud, de su tardança mi pena, de su olvido mi desesperança. Sabido eres; fiel te

Este lugar fue muy transitado: cfr. H. Pérez de Oliva, *Diálogo de la dignidad del hombre*, (Madrid, Editora Nacional, 1982), 43: «Las cosas que son de valor, estas puso (la naturaleza) en lugares seguros do no fuesen offendidas...: mirad donde puso el fuego por ser el más noble de los elementos.» Para un estudio de los elementos de la Naturaleza y su lugar en las esferas y la imagen medieval del mundo en general, *vid.* Lewis [1964], McMullan [1971] y Rico [1986].

[5] Según la *Celestina comentada*, 59r., y Castro Guisasola [1924: 102], se trata de una reminiscencia de Boecio, *De consolatione philosophiae*: «Videtur namque nobilitas quaedam de meritis veniens laus parentum... Quare splendidum te, si tuam non habes, aliena claritudo non efficit.» Gilman [1956/1974: 269-270] cree que estas observaciones, aunque no tomadas directamente de Petrarca, revelan claramente el modo en que Rojas aprovechaba sus ideas y cita un pasaje del diálogo *De origine generosa* incluido en el *De remediis* donde el italiano hace algunas indicaciones sobre la nobleza, el honor y la generosidad que presentan algún paralelismo con las que da el criado. Deyermond [1961] había rechazado, sin embargo, esta fuente.

[6] Palabras tomadas de Aristóteles, *Ethica*, IV, III: «Honos est enim bonorum maximum sed externorum... Virtute enim undique perfecta et absoluta nullus honos satis dignus potest esse», Castro Guisasola [1924: 33].

[7] Castro Guisasola [1924: 170] cita un verso de Diego de Burgos, *Triunfo del Marqués de Santillana*, 133 («A buenos principios dio mejores fines») como fuente de esta frase. El anónimo autor de la *Celestina comentada*, 60v., nos señala que la idea era un lugar común en textos legales.

siento; por buen criado te tengo; haz de manera que en sólo verte ella a ti, juzgue la pena que a mí queda y fuego que me atormenta, cuyo ardor me causó no poder mostrarle la tercia parte desta mi secreta enfermedad, según tiene mi lengua y sentido ocupados y consumidos. Tú, como hombre libre de tal passión, hablarla has a rienda suelta.

SEMPRONIO. Señor, querría yr por complir tu mandado; querría quedar por aliviar tu cuytado, tu temor me aquexa, tu soledad me detiene. Quiero tomar consejo con la obediencia, que es yr y dar priessa a la vieja. ¿Mas cómo yré?, que en viéndote solo, dizes desvaríos de hombre sin seso, sospirando, gemiendo, maltrobando, holgando con lo escuro, desseando soledad, buscando nuevos modos de pensativo tormento[8], donde, si perseveras, o de muerto o loco no podrás escapar, si siempre no te acompaña quien te allegue plazeres, diga donayres, tanga canciones alegres, cante romances, cuente ystorias, pinte motes, finja cuentos, juegue a naypes, arme mates, finalmente que sepa buscar todo género de dulce passatiempo para no dexar trasponer tu pensamiento en aquellos crueles desvíos que recebiste de aquella señora en el primer trance de tus amores.

CALISTO. ¿Cómo, simple, no sabes que alivia la pena llorar la causa? ¿Quánto es dulce a los tristes quexar su passión? ¿Quánto descanso traen consigo los quebrantados sospiros? ¿Quánto relievan y disminuyen los lagrimosos gemidos el dolor? Quantos scrivieron consuelos no dizen otra cosa[9].

---

[8] Calisto muestra los típicos síntomas del que sufre de melancolía y locura de amor. Jerónimo de Mondragón en su *Censura de la locura* (1598), ed. A. Vilanova (Barcelona, 1953: 176), dice que la gran tristeza y la preocupación del enamorado secan los huesos, consumen las carnes, perturban el espíritu, trastornan la memoria y causan otros serios perjuicios. Según Green [1963/1969: 149], Calisto padece un ataque de la enfermedad llamada *hereos*, propia de los enamorados y a la que estaban expuestos los amantes dotados de un corazón aristocrático y grande. *Vid.*, también, Scott C. Osborn, «Heroical Love in Dryden's Heroic Drama», *PMLA*, LXXIII [1958: 480-490, esp. 481]. Sempronio toma cartas en el asunto y decide curar a su amo, buscando alivio a esa pasión devoradora con dos recursos decididamente desorbitados: una alcahueta y la magia, como fuerza auxiliar.

[9] Como señala Castro Guisasola [1924: 72], existe una posible influencia de *Las Tristes* de Ovidio (4, 3, 37, 8) en estas palabras de Calisto: «Fleque meos

SEMPRONIO. Lee más adelante. Buelve la hoja. Hallarás que dizen que fiar en lo temporal y buscar materia de tristeza que es ygual género de locura[10]. Y aquel Macías, ýdolo de los amantes, del olvido porque le olvidava se quexa[11]. En el contemplar ésta *es* la pena de amor; en el olvidar el descanso. Huye de tirar coces al aguijón[12]; finge alegría y consuelo y serlo ha; que muchas veces la opinión trae las cosas donde quiere, no para que mude la verdad, pero para moderar nuestro sentido y regir nuestro juyzio[13].

CALISTO. Sempronio, amigo, pues tanto sientes mi soledad, llama a Pármeno *y* quedará conmigo, y daquí adelante sey como sueles leal. Que en el servicio del criado está el galardón del señor[14].

PÁRMENO. Aquí estoy, Señor[15].

CALISTO. Yo no, pues no te veýa. No te partas della, Sempronio, ni me olvides a mí, y ve con Dios. Tú, Pármeno, ¿qué

---

casus: est quadem flere voluptas, / expletur lacrymis egeriturque dolor.» Así también había llorado Fiammetta, como señala Berndt [1963: 37]: «Ma cert'io amo meglio li miei dolori che cotal vendetta...» De todas maneras, en la España del siglo XV los tratados de consolación para combatir el desorden social eran bastante conocidos.

[10] La fuente cambia ahora radicalmente y de nuevo el autor se acoge al *De remediis* de Petrarca, cuya importancia ya hemos visto en el nuevo prólogo añadido a la *Tragicomedia*. Estas palabras han sido tomadas del libro segundo, 24B 10: «Nam et incassum niti est tristiciae materiam aucupari: par dementia est», Castro Guisasola [1924: 121] y Deyermond [1961: 61].

[11] Macías, poeta gallego de principios del siglo XV y conocido con el nombre de «El enamorado», fue un mártir de amor en la tradición portuguesa, gallega y castellana del amor cortesano. Su amor imposible y furioso por una dama casada y su supuesta muerte a manos del marido celoso lo convirtieron en el símbolo del amante infeliz.

[12] Frase proverbial en las literaturas latina y castellana *(vid.* O'Kane [1956: 44]). El origen, según la *Celestina comentada,* 61v.-62, y Castro Guisasola [1924: 109], es bíblico, procede de los *Hechos de los Apóstoles,* IX, 5: «Durum est tibi contra stimulum calcitrare.»

[13] Estas palabras proceden de Petrarca, *De remediis,* II, 90D, 9-10: «Finge solacium parere: solacium erit. Opinio rem quocunque vult trahit: non ut verum mutet, sed ut iudicium regat et sensibus moderetur», Castro Guisasola [1924: 121] y Deyermond [1961: 62].

[14] Proverbio.

[15] Pármeno ha asistido a la conversación sin que su amo se diera cuenta, desaire que tendrá que pagar. *Vid.* Beltrán [1980].

te parece de lo que oy ha passado? Mi pena es grande, Melibea alta, Celestina sabia y buena maestra de estos negocios. No podemos errar. Tú me la as aprovado con toda tu enemistad. Yo te creo, que tanta es la fuerça de la verdad que las lenguas de los enemigos trae *a su mandar*[b16]; assí que, pues ella es tal, más quiero dar a ésta cient monedas que a otra cinco.

PÁRMENO. (¿Ya [las] lloras? Duelos tenemos. En casa se avrán de ayunar estas franquezas.)

CALISTO. Pues pido tu parecer, seyme agradable, Pármeno; no abaxes la cabeça al responder. Mas como la embidia es triste, la tristeza sin lengua, puede más contigo su voluntad que mi temor. ¿Qué dixiste, enojoso?

PÁRMENO. Digo, señor, que yrían mejor empleadas tus franquezas en presentes y servicios a Melibea, que no dar dineros a aquella que yo conozco, y lo que peor es, hazerte su cativo.

CALISTO. ¿Cómo, loco, su cativo?

PÁRMENO. Porque a quien dizes el secreto, das tu libertad[17].

CALISTO. Algo dize el necio; pero quiero que sepas que quando hay mucha distancia del que ruega al rogado, o por gravedad de obediencia, o por señorío de estado, o esquividad de género, como entre esta mi señora y mí, es necessario intercessor o medianero que suba de mano en mano mi mensaje hasta los oídos de aquella a quien yo segunda vez hablar tengo por impossible, y pues que assí es, dime si lo hecho apruevas.

PÁRMENO. (¡Apruévelo el diablo!)

CALISTO. ¿Qué dizes?

PÁRMENO. Digo, señor, que nunca yerro vino desacompañado, y que un inconveniente es causa y puerta de muchos.

CALISTO. El dicho yo le apruevo; el propósito no entiendo.

---

[b] *Com.:* sí

[16] Esta sentencia tiene como fuente el *Index* de las obras de Petrarca: «Tanta est veri vis ut linguas saepe hostium ad se trahat» *(De Remediis,* I, 13). *Vid.* Deyermond [1961: 145].

[17] «Di tu secreto a tu amigo, e serás su cativo», Santillana, *Refranes,* 199. «A quien dices tu secreto, das tu libertad y estás sujeto», Correas, 16.

PÁRMENO. Señor, porque perderse el otro día el neblí[18] fue causa de tu entrada en la huerta de Melibea a le buscar; la entrada causa de la veer y hablar; la habla engendró amor; el amor parió tu pena; la pena causará perder tu cuerpo y *el* alma y hazienda. Y lo que más dello siento es venir a[c] manos de aquella trotaconventos, después de tres vezes emplumada[19].

CALISTO. ¡Asi, Pármeno, di más desso, que me agrada! Pues mejor me parece quanta más la desalavas; cumpla conmigo y emplúmenla la quarta; dessentido eres; sin pena hablas; no te duele donde a mí, Pármeno.

PÁRMENO. Señor, más quiero que ayrado me reprehendas porque te do enojo, que arrepentido me condenes porque no te di consejo, pues perdiste el nombre de libre quando cativaste la voluntad[20].

CALISTO. ¡Palos querrá[d] este vellaco! Di, mal criado, ¿por qué dizes mal de lo que yo adoro? Y tú ¿qué sabes de honrra?

---

[c] Z: en
[d] Z: querría

[18] Es la primera vez que se hace mención en el texto a la pérdida del halcón, causante del encuentro de los dos amantes. McPheeters [1954] cree que el animal perdido que lleva al galán, en su búsqueda, al encuentro con la dama es una señal de mal agüero, suposición que es rechazada por Lida de Malkiel [1962: 260]. Barbera [1970] cree ver en el hecho una referencia irónica al amor carnal, mientras que Weinberg [1971] dice que se alude al acto de rapiña. Bagby y Carroll [1971] analizan la figura del halcón como símbolo del destino desde Rojas hasta Shakespeare.

[19] La ley de causa y efecto aquí expresada podría muy bien remontarse, en último extremo, a Aristóteles, pero el filósofo ha dejado de ser fuente importante en el segundo acto. La predicción de Pármeno, como las que hacen otros personajes a lo largo de la obra, resulta exacta. Para el encadenamiento causa efecto, *vid.* Berndt [1963: 161-163]. Por otra parte, Stamm *[Actas*: 81-88] ha señalado cómo aquí, por primera vez, se menciona la *huerta* de Melibea como localización de la primera escena del primer acto. La *huerta* se convierte más tarde en *huerto*, marco ideal para el encuentro de los dos amantes. En cuanto al término trotaconventos, aparece antes en Juan Ruiz (c. 441) y en el Arcipreste de Talavera, pero existía ya en el uso común, por lo que no indica necesariamente familiaridad con estos dos textos *(vid.* Whinnom [1967: 7-9]).

[20] Rojas acude aquí a otra fuente no usada por el autor del primer acto. Estas palabras de Pármeno siguen muy de cerca otras de Diego de San Pedro en su *Cárcel de amor*: «Más queremos que ayrado nos reprehendas, porque te dimos enojo, que no que arrepentido nos condenes, porque no te dimos consejo», Castro Cuisasola [1924: 183].

Dime, ¿qué es amor? ¿En qué consiste buena criança? Que te me vendes por discreto, ¿no sabes que el primer escalón de locura es creerse ser sciente?[e][21]. Si tú sintiesses mi dolor, con otra agua rociarías aquella ardiente llaga que la cruel frecha de Cupido me ha causado[22]. Quanto remedio Sempronio acarrea con sus pies, tanto apartas tú con tu lengua, con tus vanas palabras; fingiéndote fiel, eres un terrón de lisonja, bote de malicias, el mismo mesón y aposentamiento de la embidia; que por disfamar la vieja a tuerto o a derecho, pones en mis amores desconfiança, *sabiendo*[f] que esta mi pena y flutuoso dolor no se rige por razón, no quiere avisos, caresce de consejo; y si alguno se le diere, tal que no aparte ni desgozne lo que sin las entrañas no podrá despegarse. Sempronio temió su yda y tu quedada; yo quíselo todo, y assí me padezco *el trabajo de* su absencia y tu presencia; valiera más solo que mal acompañado[23].

PÁRMENO. Señor, flaca es la fidelidad que temor de pena la convierte en lisonja, mayormente con señor a quien dolor y afficción priva y tiene ajeno de su natural juyzio; quitarse ha el velo de la ceguedad; passarán estos momentáneos fuegos; conozcerás mis agras palabras ser mejores para matar este fuerte cáncre que las blandas de Sempronio que lo cevan, atizan tu fuego, abivan tu amor, encienden tu llama, añaden astillas que tenga que gastar, hasta ponerte en la sepultura.

CALISTO. ¡Calla, calla, perdido! Estó yo penando y tú filosofando; no te spero más. Saquen un cavallo; límpienle mucho; aprieten bien la cincha, por que si passare por casa de mi señora y mi Dios.

PÁRMENO. ¡Moços! No ay moço en casa; yo me lo avré de hazer, que a peor vernemos desta vez que ser moços despuelas. ¡An-

[e] Z: creerse sciente

[f] *Com.:* pues sábe(te)

[21] Préstamo del *Index* de las obras de Petrarca *(De remediis*, I, 12): «Sapientem se credere primus ad stulticiam gradus est: proximus, profiteri», Deyermond [1961: 144].

[22] La *Celestina comentada*, 66r., menciona un verso del *Andria*, II, I, de Terencio como fuente de estas palabras: «Tu si hic sis, aliter sentias.»

[23] «Más vale solo que mal acompañado», Correas, 452.

140

dar, passe! Mal me quieren mis comadres, etc.[24]. Rehincháys, don cavallo? ¿No basta un celoso en casa, o baruntas a Melibea?[25].

CALISTO. ¿Viene esse cavallo? ¿Qué hazes, Pármeno?

PÁRMENO. Señor, vesle aquí, que no está Sosia en casa.

CALISTO. Pues ten esse estribo; abre más essa puerta; y si viniere Sempronio con aquella señora, di que esperen, que presto será mi buelta.

PÁRMENO. Mas nunca sea; ¡allá yrás con el diablo! A estos locos decildes lo que les cumple, no os podrán ver. *Por mi ánima, que si agora le diessen una lançada en el calcañal, que saliessen más sesos que de la cabeça. Pues anda, que a mi cargo, que Celestina y Sempronio te espulguen.* ¡O desdichado de mí!; por ser leal padezco mal. Otros se ganan por malos, yo me pierdo por bueno. El mundo es tal; quiero yrme al[g] hilo de la gente, pues a los traydores llaman discretos, a los fieles necios[26]. Si [yo] creyera a Celestina con sus seys dozenas de años acuestas, no me maltratara Calisto. Mas esto me porná escarmiento daquí adelante con él. Que si dixere comamos, yo tanbién; si quisiere derrocar la casa, aprovarlo; si quemar su hazienda, yr por huego[27]. Destruya, rompa, quiebre, dañe; dé a alcahuetas lo suyo, que mi parte me cabrá. Pues dizen, a río buelto ganancia de pescadores. ¡Nunca más perro a[l] molino![28].

[g] Z: *a*

[24] «Mal me quieren mis comadres, porque digo las verdades», Santillana, *Refranes*, 413. «Mal me quieren mis vecinas, porque digo las mentiras; bien me quieren mis vecinas, porque las digo las mentiras», Correas, 444.

[25] Las interpolaciones más importantes del texto empiezan aquí. Gilman [1956/1974] las ha estudiado en profundidad para concluir que Rojas es el autor tanto de las interpolaciones como de los autos II-XXI. *Vid.,* asimismo, Gerday [1968].

[26] Barón Palma [1976] sugiere que el verdadero carácter de Pármeno se manifiesta en esta rebelión hacia su amo. Desde luego, el ofrecimiento que Celestina le ha hecho de Areúsa ha tenido su efecto, y la imperdonable conducta de Calisto justifica, en último término, la actitud del criado. Morón [1973] ve sólo un cambio estereotipado en el carácter de Pármeno; para él todos los personajes son tipos fijos.

[27] La *Celestina comentada*, 67v., y Castro Guisasola [1924: 84] creen reconocer en estas palabras una reminiscencia de Terencio, *Eunuco*, II, II: «Quidquid dicunt, laudo; id rursum si negant, laudo id quoque, negat quis, nego, ait, aio.»

[28] «Va el río del todo buelto e allý es la ganancia de los pescadores», *Corbacho*,

Argumento del tercero auto[a]

SEMPRONIO *vase a casa de* CELESTINA, *a la qual reprende por la tardança. Pónense a buscar qué manera tomen en el negocio de* CALISTO *con* MELIBEA. *En fin sobreviene* ELICIA. *Vase* CELESTINA *a casa de* PLEBERIO. *Queda* SEMPRONIO *y* ELICIA *en casa.*

SEMPRONIO, CELESTINA, ELICIA

SEMPRONIO. ¡Qué spacio lleva la barbuda; menos sosiego tragan sus pies a la venida![1]. A dineros pagados, braços quebrados[2]. ¡Ce, señora Celestina, poco as aguijado!

CELESTINA. ¿A qué vienes, hijo?

SEMPRONIO. Este nuestro enfermo no sabe qué pedir; de sus manos no se contenta; no se le cueze el pan. Teme tu negligencia; maldize su avaricia y cortedad porque te dio tan poco dinero.

CELESTINA. No es cosa más propia del que ama que la impaciencia; toda tardança les es tormento[3]; ninguna dilación les agrada. En un momento querrían[b] poner en effecto sus cogitaciones; antes las querrían[c] ver concluýdas que empeçadas. Mayormente estos novicios *amantes,* que contra qualquiera señuelo[d] buelan sin deliberación, sin pensar el daño

---

[a] T1500
[b] Z: querían
[c] Z: querían
[d] Z: señuela

II, IV. «A río vuelto, ganancia de pescadores», Correas, 22. «*Nunca más perro al molino.* Dicen esto las gentes escarmentadas de lo que mal les sucedió, semejanza de un perro que fue a lamer al molino, y le apalearon», Correas, 322.

[1] Este soliloquio de Pármeno le recuerda a Castro Guisasola [1924: 87] uno de Cremes en el *Formio* de Terencio, V, I: «Virum bonum eccum Parmenonen incidere / Video: vide ut otiosus it, si Diis placet...»

[2] «A dineros tomados, braços quebrados», Santillana, *Refranes,* 8. «A dineros pagados, brazos cansados», Correas, 9.

[3] Deyermond [1961: 75] sugiere un posible préstamo de Petrarca, *Bucolicum carmen,* Égloga V, 32: «omnis mora torquet amantem».

quel cevo de su desseo trae mezclado en su exercicio y nego-
ciación para sus personas y sirvientes.

SEMPRONIO. ¿Qué dizes de sirvientes? Parece por tu razón
que nos puede venir a nosotros daño deste negocio y que-
marnos con las centellas que resultan deste fuego de Calisto.
¡Aun al diablo daría yo sus amores! Al primer desconcierto
que vea en este negocio no como más su pan; más vale perder lo servido, que la vida por cobrallo; el tiempo me dirá
qué haga[4]; que primero que cayga del todo dará señal, como
casa que se acuesta[5]. Si te pareçe, madre, guardemos nuestras
personas de peligro. Hágase lo que se hiziere. Si la oviere,
ogaño, si no, a otro año, si no, nunca. Que no ay cosa tan
difícile de sufrir en sus principios que el tiempo no la ablande y haga comportable[6]. Ninguna llaga tanto se sintió que
por luengo tiempo no afloxasse su tormento, ni plazer tan
alegre fue que no le amengüe su antigüedad. El mal y el bien,
la prosperidad y adversidad, la gloria y pena, todo pierde con
el tiempo la fuerça de su acelerado principio. Pues los casos
de admiración, y venidos con gran desseo, tan presto como
passados, olvidados[7]. Cada día vemos novedades y las oýmos
y las passamos y dexamos[e] atrás. Diminúyelas el tiempo; há-
zelas contingibles. ¿Qué tanto te maravillarías si dixiessen: la
tierra tembló, a otra semejante cosa que no olvidasses luego?
Assí como: elado está el río, el ciego vee ya, muerto es tu pa-

---

[e] Z: dexemos

[4] Proverbio documentado también en el *Arnalte y Lucenda* de Diego de
San Pedro, Castro Guisasola [1924: 185].

[5] Reminiscencia de un verso de Juan de Mena, *Coplas contra los pecados
mortales*, 4: «Como casa envejecida, / cuyo cimiento se acuesta, / que amena-
za y amonesta / con señales su caída», Castro Guisasola [1924: 162].

[6] Para una comparación entre la alabanza que hace Sempronio de la fuerza
del olvido y las reminiscencias de la vida de Celestina con la de Claudina,
vid. Severin [1970: 2-9] y Gilman [1979-1980]. En cuanto a los «casos de admiración» que señala Sempronio, han servido a parte de la crítica para tratar
de fechar la *Comedia* o, al menos, el inicio de su composición, según una hipotética referencia a hechos realmente ocurridos en la época. *Vid.*, para todos
estos acercamientos, López Morales [1976: 67] y Forcadas [1983]. Rozemond
[1982] añade sucesos más exactos ocurridos entre 1480 y 1490.

[7] Según Castro Guisasola [1924: 162], esta idea está tomada de los *Proverbios* del Marqués de Santillana, 62.

dre, un rayo cayó, ganada es Granada[f], el rey entra hoy, el turco es vencido, eclipse ay mañana, la puente es llevada, aquél es ya obispo, a Pedro robaron, Ynés se ahorcó, [Cristóval fue borracho][g]. ¿Qué me dirás, sino que a tres días passados o a la segunda vista no ay quien dello se maraville? Todo es assí, todo passa desta manera, todo se olvida, todo queda atrás. Pues assí será este amor de mi amo: quanto más fuerte andando, tanto más diminuyendo. *Que la costumbre luenga amansa los dolores, afloxa y deshaze los deleytes, desmengua las maravillas*[8]. Procuremos provecho mientra pendiere la contienda; y si a pie enxuto le pudiéremos remediar, lo mejor mejor es; y si no, poco a poco le soldaremos el reproche o menosprecio de Melibea contra él. Donde no, más vale que pene el amo que no que peligre el moço.

CELESTINA. Bien as dicho; contigo stoy. Agradado me as; no podemos errar. Pero todavía hijo, es necessario que el buen procurador ponga de su casa algún trabajo, algunas fingidas razones, algunos sofísticos actos; yr y venir a juyzio, aunque reciba malas palabras del juez. Siquiera por los presentes que lo vieren no digan que se gana holgando el salario. Y assí verná cada una a él con [su] pleyto, y a Celestina con sus amores.

SEMPRONIO. Haz a tu voluntad, que no será este el primero negocio que as tomado a cargo.

CELESTINA. ¿El primero, hijo? Pocas virgines, a Dios gracias, has tu visto en esta ciudad que hayan abierto tienda a vender, de quien yo no haya sido corredora de su primer hilado. En nasciendo la mochacha, la hago scrivir en mi registro, y *esto* para *que yo sepa*[h] quántas se me salen de la red. ¿Qué pensavas, *Sempronio*? ¿Havíame[i] de mantener del viento? ¿Heredé otra[j] herencia? ¿Tengo otra casa o viña? Conóscesme otra hazienda, más deste

---

  [f] Z: Granada y
  [g] S1501
  [h] *Com.:* saber
  [i] Z: que havíame
  [j] Z: para

  [8] Interpolación tomada del *Index* de las obras de Petrarca *[Epístolas familiares*, 69A]: «Consuetudo longior rerum miracula extenuat: dolores lenit: et minuit voluptates», Deyermond [1961: 146].

officio de que como y bevo, de que visto y calço? En esta ciudad nascida, en ella criada, manteniendo honrra, como todo el mundo sabe, ¿conoçida, pues, no soy? Quien no supiere mi nombre y mi casa, tenle[k] por estrangero[9].

SEMPRONIO. Dime, madre ¿qué passaste con mi compañero Pármeno quando sobí con Calisto por el dinero?

CELESTINA. Díxele el sueño y la soltura, y cómo ganaría más con nuestra[l] compañía que con las lisonjas que dize a su amo, cómo biviría siempre pobre y baldonado si no mudava el consejo; que no se hiziesse santo a tal perra vieja como yo. Acordéle quién era su madre, por que no menospreciasse mi officio; porque queriendo de mí dezir mal, tropeçasse primero en ella.

SEMPRONIO. ¿Tantos días ha que le conosces, madre?

CELESTINA. Aquí está Celestina que le vido nascer y le ayudó a criar. Su madre y yo, uña y carne. Della aprendí todo lo mejor que sé de mi officio. Juntas comiémos, juntas durmiémos, juntas aviémos nuestros solazes, nuestros plazeres, nuestros consejos y conciertos. En casa y fuera, como dos hermanas. Nunca blanca gané en que no toviesse su mitad. Pero no bivía yo engañada, si mi fortuna quisiera que ella me durara. ¡O muerte, muerte, a[m] quántos privas de agradable compañía, a quántos desconsuela tu enojosa visitación! Por uno que comes con tiempo, cortas mil en agraz[10]. Que siendo ella biva, no fueran estos mis passos desacompañados. Buen siglo aya, que leal amiga y buena compañera me fue.

---

[k] Z: ten

[l] Z: nuestro

[m] Z: o

[9] El orgullo que Celestina siente por su estilo de vida será una característica recurrente. *Corredora de su primer hilado*. La alcahueta se refiere a su habilidad para «remendar» virgos. En cuanto a la famosa casa de Celestina, Maldonado de Guevara [1958] (que toma como fuente de información a Amatus Lusitanus, *Index Dioscorides*, 1536) nos dice que ya les era mostrada a forasteros curiosos en Salamanca en vida de Rojas.

[10] Esta exclamación contra la muerte encaja dentro de una larga tradición, *vid.* Berndt [1963: 92-98]. No es de excluir cierta referencia al lesbianismo en estos recuerdos de Celestina de su vida con Claudina.

Que jamás me dexó hazer cosa en mi cabo, estando ella presente. Si yo traía el pan, ella la carne; si yo ponía la mesa, ella los manteles. No loca, no fantástica[11], ni presumptuosa como las de agora. En mi ánima, descubierta se yva hasta el cabo de la cibdad con su jarro en la mano, que en todo el camino no oyé peor de: Señora Claudina. Y aosadas que otra[n] conosció peor el vino y qualquier mercaduría. Quando pensava que no era llegada, era de buelta. Allá la conbidavan según el amor todos la tenían. Que jamás volvía sin ocho o diez gustaduras[o] un açumbre en el jarro y otro en el cuerpo. Assí la[p] fiavan dos o tres arrobas en veces, como sobre una taça de plata. Su palabra era prenda de oro en quantos bodegones avía. Si ývamos por la calle dondequiera que ovíssemos sed, entrávamos en la primera taverna. Luego mandava echar medio[q] açumbre para mojar la boca. Mas a mi cargo que no le quitaron la toca por ello, sino quanto la rayavan en su taja, y andar adelante. Si tal fuesse agora su hijo, a mi cargo que tu amo quedasse sin pluma y nosotros sin quexa. Pero yo le haré de mi hierro, si bivo; yo le contaré en el número de los míos.

SEMPRONIO. ¿Cómo has pensado hacerlo, que es un traydor?

CELESTINA. A esse tal dos alevosos[12]. Haréle aver a Areúsa; será de los nuestros. Darnos ha lugar a tender las redes sin enbaraço por aquellas doblas de Calisto.

SEMPRONIO. ¿Pues crees que podrás alcançar algo de Melibea? ¿Ay algún buen ramo?

CELESTINA. No ay çurujano que a la primera cura juzgue la herida[13]. Lo que yo al presente veo te diré. Melibea es hermosa, Calisto loco y franco; ni a él penará gastar, ni a mí andar. Bulla moneda y dure el pleyto lo que durare[14]. Todo lo puede

---

[n] Z: otro
[o] Z: gastaduras
[p] *Trag.:* le
[q] Z: media

[11] *fantástica,* sinónimo de *presumptuosa. Vid.* Gillet [1958].
[12] «A un traidor, dos alevosos», Correas, 2.
[13] Para las imágenes relacionadas con la enfermedad en *La Celestina, vid.* Shipley [1975A].
[14] Proverbio.

el dinero: las peñas quebranta, los ríos passa en seco[15]; no ay lugar tan alto que un asno cargado de oro no le suba[16]. Su desatino y ardor[r] bastar perder a sí y ganar[s] a nosotros. Esto he sentido; esto he calado; esto sé dél y della; esto es lo que nos á de aprovechar. A casa voy de Pleberio; quédate a Dios. Que aunque esté brava Melibea, no es ésta, si a Dios ha plazido, la primera a quien yo he hecho perder el cacarrear. Coxquillosicas son todas, mas después que una vez consienten la silla en el envés del lomo, nunca querrían[t] holgar: por ellas queda el campo; muertas sí, cansadas, no[17]. Si de noche caminan, nunca querrían que amanesciesse; maldizen los gallos porque anuncian el día, y el relox porque da tan apriessa. *Requieren las cabrillas y el norte, haziéndose strelleras; ya quando ven salir el luzero del alva, quiéreseles salir el alma. Su claridad les escurece el coraçón.* Camino es, hijo, que nunca me harté de andar; nunca me vi cansada, y aun assí vieja como soy. Sabe Dios mi buen desseo; quánto más éstas que hirven sin fuego. Catívanse del primer abraço; ruegan a quien rogó; penan por el penado; házense siervas de quien eran señoras; dexan el mando y son mandadas. Rompen paredes, abren ventanas, fingen enfermedades. A los cherriaderos quiçios de las puertas hazen con azeytes usar su officio sin ruido. No te sabré dezir lo mucho que obra en ellas aquel dulçor que les queda de los primeros besos de quien aman. Son enemigas [todas] del medio, contino están posadas en los estremos[18].

SEMPRONIO. No te entiendo essos términos, madre.

---

[r] Z: arador
[s] Z: sí, ganar
[t] Z: querían

[15] Estas palabras sobre el poder del dinero se insertan dentro de un feliz tópico medieval. Basta acordarse del *enxiemplo* del Arcipreste de Hita sobre «la propiedat qu'el dinero ha», 490-512.
[16] El refrán es muy antiguo y conocido («Un asno cargado de oro sube ligero por una montaña», Correas, 312), pero, según Deyermond [1961: 59], estas palabras son un préstamo de Petrarca, *De remediis*, I, 35: «Nullum inexpugnabilem locum esse: in quem assellus onustus auro possit ascendere.»
[17] Para la utilización de imágenes relacionadas con el mundo animal, *vid.* Rowland [1974: 105].
[18] Palabras que presentan reminiscencias de Petrarca, *De remediis*, I, 94: «Semper enim alterum extremorum tenet (populus), medium vero numquam», Castro Guisasola [1924: 122].

CELESTINA. Digo que la mujer o ama mucho a aquel de quien es requerida, o le tiene grande odio[19]. Assí que si al querer despiden, no pueden tener las[u] riendas al desamor. Y con esto que sé cierto, voy más consolada a casa de Melibea que si en la mano la toviesse. Porque sé que aunque al presente la ruegue, al fin me ha de rogar; aunque al principio me amenaze, al cabo me ha de halagar. Aquí llevo un poco de hilado en esta mi faltriquera, con otros aparejos que conmigo siempre traygo para tener causa de entrar donde mucho no só conoscida la primera vez: assí como gorgueras, garvines, franjas, rodeos, tinazuelas, alcohol, alvayalde y solimán, [hasta] agujas y alfileres; que tal ay, que tal quiere[20], por que donde me tomare la boz me alle apercebida para les echar cevo o requerir de la primera vista.

SEMPRONIO. Madre, mira bien lo que hazes, porque quando el principio se yerra, no puede seguirse[v] buen fin[21]. Piensa en su padre; que es noble y esforçado, su madre celosa y brava, tú la misma sospecha. Melibea es única a ellos; faltándoles ella, fáltales todo el bien; en pensallo tiemblo; no vayas por lana y vengas sin pluma[22].

CELESTINA. ¿Sin pluma, hijo?

SEMPRONIO. O emplumada, madre, que es peor.

CELESTINA. ¡Alahé, en mal hora a ti he yo menester para compañero, aun si quisieses avisar a Celestina en su officio! Pues quando tú naçiste ya comía yo pan con corteza; para adalid eres bueno, cargado de agüeros y recelo.

---

[u] Z: les

[v] Z: seguirle

[19] Se trata de uno de los *Proverbios de Séneca* reunidos por Publilio Siro: «Aut amat aut odit mulier; nihil est tertium», Castro Guisasola [1924: 99]. Fernando de Rojas utilizará fuentes pseudosenequistas, mientras que el autor del primer acto acudirá directamente a las *Epistolae*. Para la popularidad del pseudo-Séneca en la Edad Media, *vid.* Round [1972].

[20] Proverbio.

[21] «Parvus error in principio, in fine fit maximus» *(De caelo et mundo,* I, 33) *[LH].*

[22] El refrán castellano es «ir por lana y volver trasquilado», Correas, 149. La alteración de Sempronio es deliberada, para poderse permitir el siguiente juego de palabras que no es apreciado por Celestina.

SEMPRONIO. No te maravilles, madre, de mi temor, pues es común condición humana que lo que mucho se dessea jamás se piensa ver concluýdo[23], mayormente que en este caso temo tu pena y mía. Desseo provecho; querría que este negocio oviesse buen fin, no por que saliesse mi amo de pena, mas por salir yo de lazería. Y assí miro más inconvenientes con mi poca esperiencia que no tú como maestra vieja.

ELICIA. ¡Santiguarme quiero, Sempronio; quiero hazer una raya en el agua! ¿Qué novedad es ésta, venir oy acá dos vezes?

CELESTINA. Calla, bova, déxale, que otro pensamiento traemos en que más nos va. Dime, ¿está desocupada la casa? ¿Fuése la moça que esperava al[w] ministro?[24].

ELICIA. Y aun después vino otra y se fue.

CELESTINA. ¿Sí, que no embalde?

ELICIA. No, en buena fe, ni Dios lo quiera, que aunque vino tarde, más vale a quien Dios ayuda, etc.[25].

CELESTINA. Pues sube presto al sobrado alto de la solana y baxa acá el bote del azeyte serpentino que hallarás colgado del pedaço de *la* soga que traxe del campo la otra noche quando llovía y hazía escuro, y abre el arca de los lizos, y hazia[x] la mano derecha hallarás un papel scrito con sangre de murciélago debaxo de aquel ala de drago a que sacamos ayer las uñas. Mira no derrames el agua de mayo que me traxieron a confacionar.

ELICIA. Madre, no está donde dizes; jamás te acordas a cosa que guard*es*[y].

---

[w] Z: el

[x] Z: yazia

[y] *Com.:* guardas

[23] Proverbio.
[24] Reminiscencia del acto I, donde Crito era la «moça» *(vid.* Reynolds [1963-64]). Drysdall [1972-1973] sugiere que Elicia tuvo dos invitados en la ausencia de Celestina. *Vid.* nota 58 al acto I.
[25] «Más vale a quien Dios ayuda, que al que mucho madruga», Correas, 450.

CELESTINA. No me castigues, por Dios, a mi vejez; no maltrates, Elicia. No enfinjas porque stá aquí Sempronio, ni te sobervezcas[z], que más me quiere a mí por consejera que a ti por amiga, aunque tú le ames mucho. Entra en la cámara de los ungüentos y en la pelleja del gato negro donde te mandé meter los ojos de la loba, le hallarás, y baxa la sangre del cabrón, y unas poquitas de las barvas que tú le cortaste[26].

ELICIA. Toma, madre, veslo aquí. Yo me subo, y Sempronio, arriba.

CELESTINA. Conjúrote, triste Plutón, señor de la profundidad infernal[27], emperador de la corte dañada, capitán sobervio de los condenados ángeles, señor de los súlfuros fuegos que los hervientes étnicos montes manan, governador y veedor de los tormentos y atormentadores de las pecadoras ánimas, *regidor de las tres furias, Tesífone, Megera, y Aleto, administrador de todas las cosas negras del regno de Stige y Dite, con todas sus lagunas y sombras infernales, litigioso caos, mantenedor de las bolantes harpías, con toda la otra compañía de espantables y pavorosas ydras*[28]. Yo, Celestina, tu más conoscida clíentula, te conjuro por la virtud y fuerça destas bermejas letras, por la sangre de aquella noturna ave con que están scritas, por la gra-

---

[z] S1501; *Trag.:* ensobervezcas

[26] Estos nuevos materiales de magia negra habían sido pasados por alto por Pármeno en su anterior descripción del laboratorio de la vieja. Barrick [1977] señala que los pelos de la barba del macho cabrío pueden simbolizar el poder sobre el demonio y eran probablemente obtenidos en un *sabbat* de brujas. En la misa negra de Celestina la sangre del cabrón sustituye al vino de la comunión.

[27] El *triste Plutón* aparece también en la conjura profética de la bruja del *Laberinto* de Juan de Mena, 241, como ya indicaron Foulché-Delbosc y Menéndez Pelayo. Sin embargo, Riquer ha señalado que los términos del conjuro se acercan mucho a los utilizados en un caso histórico descubierto por él en los documentos de un juicio de la Inquisición *(vid.* Rico [1975]).

[28] Según Castro Guisasola [1924: 143], esta parte añadida del conjuro celestinesco proviene de la *Fiameta*, VI, 12 (trad. cast. de 1496), que trata de «las maldiciones que sobre la nueva amiga echaba Diamenta»: «¡O Thesifone infernal furia! ¡O Megera! ¡O Alecto! tormentadoras de las tristes ánimas... y las pavorosas ydras... o qualquier otro pueblo de las negras cosas de Dite. ¡O dioses de los inmortales reynos de Estygie! Y vos Arpias... ¡O sombras infernales! ¡O eterno Cahos! ¡O tinieblas de toda la luz enemigas! Ocupad las adúlteras casas.»

vedad de aquestos nombres y signos que en este papel se contienen, por la áspera ponçoña de las bívoras de que este azeyte fue hecho, con el qual unto este hilado[29]; vengas sin tardança a obedeçer mi voluntad y en[aa] ello te embolvas, y con ello estés sin un momento te partir, hasta que Melibea con aparejada oportunidad que haya lo compre, y con ello de tal manera quede enredada que quanta más lo mirare, tanto más su coraçón se ablande a conceder mi petición. Y se le abras y lastimes de*l* crudo[bb] y fuerte amor de Calisto, tanto que despedida toda honestidad, se descubra a mí y me galardone mis passos y mensaje; y esto hecho pide y demanda de mí a tu voluntad. Si no lo hazes con presto movimiento, ternásme por capital enemiga; heriré con luz tus cárceres tristes y escuras[30]; acusaré cruelmente tus continuas mentiras; apremiaré con mis ásperas palabras tu horrible nombre, y otra y otra vez te conjuro [y], assí confiando en mi mucho poder, me parto para allá con mi hilado, donde creo te llevo ya embuelto.

Argumento del quarto auto[a]

CELESTINA, *andando por el camino, habla consigo misma fasta llegar a la puerta de* PLEBERIO, *onde halló a* LUCRECIA, *criada de* PLEBERIO. *Pónese con ella en razones. Sentidas por* ALISA, *madre de* MELIBEA, *y sabido que es* CELESTINA, *fázela entrar en casa. Vie-*

[aa] Z: voluntad, en
[bb] Z: lastimes crudo
[a] T1500

[29] Russell [Temas: 241-761 señala cómo Melibea va a ser víctima *de la phila-captio,* práctica de hechicería mediante la cual se provocaba en la mente de la víctima del hechizo una violenta pasión hacia una persona determinada. Con este fin sigue Russell se introduce el tema del conjuro en la *Tragicomedia. El* papel más importante en todo el conjuro lo cumple el aceite serpentino que es derramado sobre la madeja de hilado. Este líquido posee una fuerza diabólica especial debido a la tradicional afición del demonio a disfrazarse de serpiente. Será bajo el pretexto de vender hilado cómo la vieja intentará entrar en casa de Melibea, ganando así el control sobre su voluntad. Para el uso de la hilaza y el hilado en la magia, *vid.* Sisto [1959-1960].

[30] En estas palabras parece encontrarse un préstamo directo de Juan de Mena, *Laberinto,* 251: «e con mis palabras tus fondas cavernas / de luz subitánea te las feriré», Castro Guisasola [1924: 160].

152

ne un mensajero a llamar a ALISA. *Vase.* Queda CELESTINA *en casa con* MELIBEA *y le descubre la causa de su venida.*

CELESTINA, LUCRECIA, ALISA, MELIBEA

CELESTINA. Agora que voy sola, quiero mirar bien lo que Sempronio ha temido[b] deste mi camino, porque aquellas cosas que bien no son pensadas, aunque algunas veces hayan buen fin, comúnmente crían desvariados effectos. Assí que la mucha speculación nunca carece de buen fruto[1]. Que, aunque yo he dissimulado con él, podría ser que, si me sintiessen en estos passos de parte de Melibea, que no pagasse con pena que menor fuesse que la vida; o muy amenguada quedasse, quando matar no me quisiessen, manteándome o açotándome cruelmente. Pues amargas cient monedas serían éstas. ¡Ay, cuytada de mí, en qué lazo me he metido! que por me mostrar solícita y esforçada pongo mi persona al tablero. ¿Qué haré, cuytada, mezquina de mí, que ni el salir afuera es provechoso, ni la perseverancia careçe de peligro? ¿Pues yré, o tornarme he? ¡O dubdosa y dura perplexidad!, no sé quál escoja por más sano. En el osar, manifiesto peligro, en la covardía, denostada pérdida. ¿Adónde yrá el buey que no are?[2]. Cada camino descubre sus dañosos y hondos barrancos. Si con el hurto soy tomada, nunca de muerta o encoroçada falto, a bien librar. Si no voy, ¿qué dirá Sempronio? ¿Que todas éstas eran mis fuerças, a saber y esfuerço, ardid y ofrescimiento, astucia y solicitud? Y su amo Calisto, ¿qué dirá? ¿qué hará, qué pensará?[c] sino que

---

[b] Z: tenido
[c] Z: hará, pensará

[1] Proverbio.
[2] «¿A do irá el buey que no are? A la carnicería» «¿A dó irá el buey que no are, pues que arar sabe?», Correas, 9. Esta aparente crisis de ansiedad de la vieja camino de la casa de Celestina ha sido interpretada por parte de la crítica como una indicación de que sus poderes mágicos son «burla y mentira». Russell [*Temas*: 241-276], en cambio, piensa que no es más que un modo para, artísticamente, ensanchar y humanizar la personalidad de la vieja. Esta teme que el intento de *philocaptio* urdido contra Melibea sea descubierto y teme sufrir los castigos que reservaba la ley a los condenados por hechicería. Rojas, al parecer, quiere demostrar a sus lectores, por boca de la vieja hechicera, que no es posible jamás tener una confianza absoluta en el demonio.

ay nuevo engaño en mis pisadas, y que yo he descubierto la celada por haver más provecho desta otra parte, como sofística prevaricadora. O si no se le ofrece pensamiento tan odioso, dará bozes como loco, diráme en mi cara denuestos raviosos; proporná mil inconvenientes que mi deliberación presta le puso, diziendo: Tú, puta vieja, ¿por qué acrecentaste mis passiones con tus promesas? Alcahueta falsa, para todo el mundo tienes pies, para mí, lengua; para todos obra, para mí palabras; para todos remedio; para mí, pena; para todos esfuerço, para mí te faltó; para todos luz, para mí tiniebla; pues, vieja traydora, ¿por qué te me offreciste? que tu offrecimiento me puso esperança; la esperança dilató mi muerte; sostuvo mi bivir; púsome título de hombre alegre; pues no aviendo effecto, ni tú careçerás de pena, ni yo de triste desesperación[3]. ¡Pues triste yo, mal acá, mal acullá, pena en ambas partes! Quando a los estremos falta el medio, arrimarse el hombre al más sano es discreción[4]. Más quiero offender a Pleberio que enojar a Calisto. Yr quiero, que mayor es la vergüença de quedar por covarde que la pena cumpliendo como osada lo que prometí. Pues jamás al esfuerzo desayuda[d] la fortuna[5]. Ya veo su puerta; en mayores afrentas me he visto. ¡Esfuerça, esfuerça, Celestina!, no desmayes, que nunca faltan rogadores para mitigar las penas. Todos los agüeros se adereçan favorables, o yo no sé nada desta arte: quatro hombres que he topado, a los tres llaman Juanes y los dos son cornudos. La primera palabra que oý por la calle fue de achaque de amores; nunca he tropeçado como otras vezes. *Las piedras parece que se apartan y me hazen lugar que passe; ni me estorvan las haldas, ni siento cansación en andar; todos me saludan.* Ni perro me ha ladrado, ni ave negra he visto, tordo ni cuervo ni otras noturnas[6]. Y lo mejor de todo es que veo a

---

[d] *Com.:* desayudó

[3] Celestina es una experta en la construcción del discurso imaginario dentro de otro discurso. Como Gilman [1956/1974: 37-42] ha señalado, la vida de Celestina, como todas las vidas de la obra (fijémonos que más adelante Calisto desarrollará esta misma técnica), está dedicada al diálogo.

[4] Proverbio.

[5] «Al hombre osado, la fortuna le da la mano», Correas, 32.

[6] Celestina anota toda una serie de buenos presagios camino de casa de Melibea. Gilman [1972/1978: 351] cree que Rojas pudo basarse en la *Repro-*

Lucrecia a la puerta de Melibea. Prima es de Elicia; no me será contraria.

LUCRECIA. ¿Quién es esta vieja que viene haldeando?

CELESTINA. Paz sea en esta casa[7].

LUCRECIA. Celestina, madre, seas bienvenida: ¿quál Dios te traxo por estos barrios no acostumbrados?

CELESTINA. Hija, mi amor, desseo de todos vosotros traerte[e] encomiendas de Elicia[f], y aun ver a tus señoras, vieja y moça. Que después que me mudé al otro barrio, no han sido de mí visitadas.

LUCRECIA. ¿A esso sólo saliste de tu casa? Maravíllome de ti, que no es éssa tu costumbre, ni sueles dar passo sin provecho.

CELESTINA. ¿Más provecho quieres, bova, que complir hombre sus desseos?[8]. Y tanbién, como a las viejas nunca nos fallecen necessidades, mayormente a mí, que tengo de mantener hijas ajenas, ando a vender un poco de hilado[g].

LUCRECIA. Algo es lo que yo digo; en mi seso estoy, que nunca metes aguja sin sacar reja. Pero mi señora la vieja urdió una tela; tiene necessidad dello, tú de venderlo. Entra y spera aquí, que no os desabenirés.

ALISA. ¿Con quién hablas, Lucrecia?

---

[e] Z: traer
[f] Z: Alicia
[g] Z: un poco hilado

vación de superticiones de Pedro Ciruelo, al advertir la coincidencia entre estas palabras de Celestina y los agüeros descritos por Ciruelo (el encuentro con aves nocturnas, el tropezar, el perro, etc.). En cuanto al hecho de que Celestina no dé ninguna muestra de cansancio y se mueva con tal rapidez, en opinión de Russell *[Temas: 264]*, se debe al hecho de la presencia diabólica en la madeja de hilo.

[7] Castro Guisasola [1924: 108] cree ver que aquí una parodia del precepto bíblico «Intrantes autem in domum salutate eam dicentes: Pax huic domui» *(San Mateo,* X, 5, 12), palabras que, como refrán castellano, figuran por dos veces en el *Vocabulario* de Correas. Véase también *Celestina comentada,* 78v.

[8] La *Celestina comentada,* 78v.-79r., y Castro Guisasola [1924: 84], señalan como fuente de estas palabras a Terencio, *Andria,* IV, V: «Paululum interesse censes, ex animo omnia / Ut fert natura facias, an de industria?»

LUCRECIA. Señora, con aquella vieja de la cuchillada que solía bivir aquí en las tenerías a la cuesta del río.

ALISA. Agora lo conozco menos. Si tú me das a entender lo incógnito por lo menos conozcido, es coger agua en cesto[9].

LUCRECIA. ¡Jesú, señora, más conoscida es esta vieja que la ruda![10], no sé cómo no tienes memoria de la que empicotaron por hechizera, que vendía las moças a los abades y descasava mil casados.

ALISA. ¿Qué officio tiene? Quiçá por aquí la conoceré mejor.

LUCRECIA. Señora, perfuma tocas, haze solimán, y otros treynta officios; conosce mucho en yervas, cura niños, y aun algunos la llaman la vieja lapidaria.

ALISA. Todo esso dicho no me la da a conocer. Dime su nombre si le sabes.

LUCRECIA. ¿Si le sé, señora? No ay niño ni viejo en toda la cibdad que no le sepa; ¿avíale yo de ignorar?

ALISA. Pues, ¿por qué no le dizes?

LUCRECIA. He vergüença.

ALISA. ¡Anda, boya, dile, no me indignes con tu tardança!

LUCRECIA. Celestina, hablando con reverencia, es su nombre[11].

ALISA. ¡Hy, hy, hy! Mala landre te mate si de risa puedo estar, viendo el desamor que deves de tener a essa vieja que su nombre has vergüença nombrar; ya me voy recordando della. Una buena pieça; no me digas más. Algo me verná a pedir; di que suba.

LUCRECIA. Sube, tía.

---

[9] *«Como coger agua en cesto, A trabajo perdido»*, Correas, 597.

[10] «Es yerba conocida [la ruda], y aunque de grave olor, tiene muchos provechos en sí; y por el mucho uso della y ser tan común, dezimos de alguna persona ser más conocida que la ruda», Covarrubias.

[11] Lucrecia siente miedo al pronunciar el nombre de Celestina por su asociación con el diablo. El que una cicatriz cruce la cara de la alcahueta es también signo diabólico.

CELESTINA. Señora buena, la gracia de Dios sea contigo y con la noble hija; mis passiones y enfermedades han impedido mi visitar tu casa como era razón, mas Dios conoce mis limpias entrañas, mi verdadero amor, que la distancia de las moradas no despega el *amor*[h] de los coraçones[12]; assí que lo que mucho desseé la necessidad me lo ha hecho complir. Con mis fortunas adversas otras, me sobrevino mengua de dinero; no supe mejor remedio que vender un poco de hilado que para unas toquillas tenía allegado; supe de tu criada que tenías dello necessidad. Aunque pobre, y no de la merced de Dios; veslo aquí, si dello y de mí te quieres servir.

ALISA. Vezina honrrada, tu razón y offrecimiento me mueven a compassión, y tanto que quisiera cierto más hallarme[i] en tiempo de poder complir tu falta, que menguar tu tela. Lo dicho te agradezco; si el hilado es tal, serte ha bien pagado.

CELESTINA. ¿Tal, señora? Tal sea mi vida y mi vejez y la de quien parte quisiere de mi jura, delgado como el pelo de la cabeça, ygual rezio como cuerdas de vihuela, blanco como el copo de la nieve, hilado todo por estos pulgares, aspado y adereçado; veslo aquí en madexitas; tres monedas me davan ayer por la onça, assí goze desta alma peccadora.

ALISA. Hija Melibea, quédese[j] esta mujer honrrada contigo, que ya me parece que es tarde para yr a visitar a mi hermana, su mujer de Cremes, que desde ayer no la he visto, y tanbién que viene su paje a llamarme, que se le arrezió desde un rato acá el mal.

CELESTINA. (Por aquí anda el diablo aparejando oportunidad, arreziando el mal a la otra. *Ea, buen amigo, tener rezio, agora es mi tiempo o nunca; no la dexes; llévamela de aquí a quien digo*)[13].

ALISA. ¿Qué dizes, amiga?

---

[h] *Com.:* querer
[i] Z: hablarme
[j] Z: quédele

[12] Proverbio.
[13] Si el diablo no le está prestando ayuda a Celestina en estos momentos, Alisa puede ser acusada de estupidez casi criminal (Gilman [1972/1978: 251]). Según Russell [*Temas:* 263], el comportamiento de la madre de Melibea, a pesar

CELESTINA. Señora, que maldito sea el diablo y mi pecado porque en tal tiempo ovo de crescer el mal de tu hermana que no avrá para nuestro negocio oportunidad. ¿Y qué mal es el suyo?

ALISA. Dolor de costado, y tal que, segun del moço supe que quedava, temo no sea mortal. Ruega tú, vezina, por amor mío, en tus devociones por su salud a Dios.

CELESTINA. Yo te prometo, señora, en yendo de aquí me vaya por estos monesterios donde tengo frayles devotos míos y les dé el mismo cargo que tu me das[14]. Y demás desto, ante que me desayune, dé quatro bueltas a mis cuentas.

ALISA. Pues Melibea, contenta a la vezina en todo lo que razón fuere darle por el hilado. Y tú, madre, perdóname, que otro día se verná en que más nos veamos.

CELESTINA. Señora, el perdón sobraría donde el yerro falta[15]; de Dios seas perdonada, que buena compañía me queda. Dios la dexe gozar su noble juventud y florida moçedad, que es [el] tiempo en que más plazeres y mayores deleytes se alcançarán[k]. Que a la mi fe, la vegez no es sino mesón de enfermedades, posada de pensamientos, amiga de renzillas, congoxa continua, llaga incurable, manzilla de lo passado, pena de lo presente, cuydado triste de lo porvenir, vezina de la muerte, choça sin rama[l] que se llueve por cada parte, cayado de mimbre que con poca carga se doblega[16].

MELIBEA. ¿Por qué dizes, madre, tanto mal de lo que todo el mundo con tanta efficacia gozar y ver dessea?

---

[k] Z: alcançará; S1501, *Trag.:* alcançan
[l] Z: ramo

de los avisos de Lucrecia, sólo es explicable como consecuencia de una influencia sobrenatural; y así lo reconocerá Celestina inmediatamente.

[14] La ironía es claramente intencionada. Rojas hace referencia a los frailes devotos que ya aparecían en el acto I.

[15] Proverbio.

[16] Los argumentos filosóficos con que Celestina se acerca a Melibea se basan, en su mayor parte, en el *De remediis* de Petrarca. La ironía de Celestina está tomada del discurso de la Razón en el diálogo petrarquesco *(vid.* Deyermond [1961: 81-82]). Para la técnica retórica de Celestina, *vid.* Morgan (1979) y Fraker [1985]. Gifford *[Studies:* 30-37] señala el uso por parte de Celestina del discurso rítmico, lo que permite darle algún respiro a Melibea.

CELESTINA. Dessean harto mal para sí; dessean harto trabajo; dessean Llegar allá, porque llegando biven^m, y el bivir es dulce[17] y biviendo envejecen. Assí que el niño dessea ser moço, y el moço viejo, y el viejo más, aunque con dolor; todo por bivir. Porque, como dizes, biva la gallina con su pepita[18]. Pero quién te podrá contar, señora, sus daños, sus inconvenientes, sus fatigas, sus cuydados, sus enfermedades, su frío, su calor, su descontentamiento, su rinzilla, su pesadumbre; aquel arrugar de cara, aquel mudar de cabellos su primera y fresca color, aquel poco oýr, aquel debilitado ver, puestos los ojos a la sombra, aquel hondimiento de boca, aquel caer de dientes, aquel carecer de fuerça, aquel flaco andar, aquel spacioso comer[19]. Pues, ¡ay, ay, señora!, si lo dicho viene acompañado de pobreza, allí verás callar todos los otros trabajos quando sobra la gana y falta la provisión, que jamás sentí peor ahito que de hambre.

MELIBEA. Bien conozco que *hablas* de la feria según te va en ella[20], assí que otra canción *dirán* los ricos^n.

CELESTINA. Señora hija, a cada cabo ay tres leguas de mal quebranto[21]; a los ricos se les va [la bienaventuranza], la gloria y

---

^m Z: bivan
^n *Com.:* dize cada uno... le... cantarán

[17] «... vivire, quo nihil est dulcius», etc. (Petrarca, *Epístolas familiares,* XV, 1) *[LH].*
[18] «Conviene que consyenta a la muger ser gallo e él que sea gallina con pepita», *Corbacho,* I, xxxviii. «Viva la gallina y viva con su pepita», Correas, 310.
[19] Según Deyermond [1961: 58], este pasaje es un préstamo del *De remediis,* I, 2: «Siste si potes tempus: poterit forsan et forma consistere... Cadet flava caesaries: reliquiae albescent: teneras genas et serenam frontem squalentes arabunt rugae: laetas oculorum faces et lucida sydera moesta teget nubes: leve dentium ebur ac candidum scaber situs obducet atque atteret ut non colore tamen sed tenore alio sint: recta cervix atque agiles humeri curvescent: guttur lene crispabitur: aridas manus et recurvos pedes suspiceris tuos non fuisse. Quid multa? Veniet dies quo te in speculo non agnoscas: et haec omnia quae abesse multum extimas: ne quid improvisis monstris attonitus...»
[20] «Cada uno dize de la feria como le va en ella», Santillana, *Refranes,* 155. Así también en Correas, 327.
[21] «A cada cabo hay tres leguas de quebranto», Correas, 14. «En cada cabo hay dos leguas de mal quebranto», *ídem,* 119.

descanso por otros alvañales de assechanças que no se parecen, ladrillados por encima con lisonjas[22]. *Aquel es rico que está bien con Dios; más segura cosa es ser menospreciado que temido*[23]. *Mejor sueño duerme el pobre que no el que tiene de guardar con solicitud lo que con trabajo ganó y con dolor á de dexar. Mi amigo no será simulado y el del rico sí. Yo soy querida por mi persona; el rico por su hazienda. Nunca oye verdad; todos le hablan lisonjas a sabor de su paladar; todos le han embidia. Apenas hallarás un rico que no confiese que le sería mejor estar en mediano estado o en honesta pobreza. Las riquezas no hazen rico, mas ocupado, no hazen señor, mas mayordomo. Más son los posseýdos de las riquezas que no los que las posseen. A muchos traxo la muerte, a todos quitaron el plazer*[o] *a las buenas costumbres, y ninguna cosa es más contraria. ¿No oýste dezir: «Dormieron su sueño los varones de las requezas, y ninguna cosa hallaron en sus manos»?*[24]. Cada rico tiene una dozena de hijos y nietos que no rezan otra oración, no otra petición, sino rogar a Dios que le saque de [en] medio *dellos*[p]*;* no veen la hora que tener a él so la tierra y lo suyo entre sus manos[25] y darle a poca costa su *morada*[q] para siempre.

MELIBEA. Madre, [pues que assí es], gran pena ternás por la edad que perdiste. ¿Querrías bolver a la primera?[26].

---

[o] V1514: a todos quita el plazer y

[p] Z: dellas

[q] *Com.:* casa

[22] Según Deyermond [1961: 82], Rojas aquí toma prestada la técnica petrarquista de pregunta-respuesta del *De remediis.*

[23] «Aquel es rrico que está bien con Dios», *Seniloquium* (ed. F. Navarro Santín, *RABM,* X [1904], 434-447), 55.

[24] En esta interpolación se unen seis pasajes del *De remediis* (I, 53) de Petrarca: «Vix divitem invenias qui non sibi melius fuisse in mediocritate vel honesta etiam paupertate fateatur... Habes rem quaesitu difficilem: custoditu anxiam: amissu flebilem... Servatae non te divitem sed occupatum: non dominum facient sed custodem... viri divitiarum quam divitiae virorum... Multis mortem attulere divitiae: requiem fere omnibus abstulere... Dormierunt somnum suum et nihil invenerunt omnes viri divitiarum in manibus suis», Deyermond [1961: 69].

[25] Aquí Rojas parece parafrasear a Juan de Mena, *Pecados mortales,* 67: «Y tus parientes cercanos / desean de buena guerra / a ti tener so la tierra / y a lo tuyo entre sus manos», Castro Guisasola [1924: 162].

[26] Con esta pregunta de la joven se retorna la técnica retórica del *De remediis;* Deyermond [1961: 82].

CELESTINA. Loco es, señora, el caminante que, enojado del trabajo del día, quisiese bolver de comienço la jornada para tornar otra vez âquel[r] lugar. Que todas aquellas cosas cuya possessión no es agradable, más vale posseellas que esperallas, porque más cerca está el fin de ellas quanta más andado[s] del comienço. No ay cosa más dulce ni graciosa al muy cansado quel mesón. Assí que, aunque la moçedad sea alegre, el verdadero viejo no la dessea, porque el que de razón y seso carece, quasi otra cosa no ama sino lo que perdió[27].

MELIBEA. Siquiera por bivir más, es bueno dessear lo que digo.

CELESTINA. Tan presto, señora, se va el cordero como el carnero[28]; ninguno es tan viejo que no pueda bivir un año, ni tan moço que hoy no pudiesse morir. Assí que en esto poco ventaja nos leváys[29].

MELIBEA. Espantada me tienes con lo que has hablado; indicio me dan tus razones que te aya visto otro tiempo. Dime, madre, ¿eres tú Celestina, la que solía morar a las tenerías, cabe el río?

CELESTINA. [Señora], hasta que Dios quiera.

MELIBEA. Espantada me tienes con lo que has hablado; indivan embalde[30]. Assí goze de mí, no te conociera sino por esta señaleja de la cara. Figúraseme que eras hermosa; otra pareces; muy mudada estás.

---

[r] S1501: a aquel
[s] Z: andando

[27] El pasaje procede de Petrarca, *De remediis,* II, 83: «Amens viator est qui labore viae exhaustus velit ad initium remeare. Nihil fessis gratius hospitio... Et quis sanae mentis vel quod fieri optaverit factum doleat: nisi male se optasse sentiat vel quod neque omitti neque sine multo labore agi poterat actum esse non gaudeat?... Stultus enim nihil pene amat nisi quod perdidit», Deyermond [1961: 62]. El uso de la misma fuente tanto en el texto antiguo como en las interpolaciones nos sirve como prueba circunstancial para asegurar la autoría de Rojas en las adiciones.
[28] Así en Correas, 411. En Foulché-Delbosc, *Cancionero,* II, 670: «Más presto se van los corderos que los carneros.»
[29] Tomado del *Index* de las obras de Petrarca (*De remediis,* I, 110): «Nemo tam iuvenis qui non possit hodie mori», Deyermond [1961: 43].
[30] «Los años no [se] van de balde», Correas, 202.

LUCRECIA. (¡Hy, hy, hy! Mudada está el diablo; hermosa era con aquel su Dios os salve que traviessa la media cara)[31].

MELIBEA. ¿Qué hablas, loca? ¿Qué es lo que dizes? ¿De qué te ríes?

LUCRECIA. De cómo no conoscías a la madre [en tan poco tiempo en la filosomía de la cara.

MELIBEA. No es tan poco tiempo dos años, y más que la tiene arrugada].

CELESTINA. Señora, ten tú el tiempo que no ande, terné yo forma que no se mude. ¿No has leýdo que dizen: Verná día que en el espejo no te conoscas?[32] Pero también yo ennecí temprano, y paresco de doblada edad. Que ansí goze esta alma pecadora y tú desse cuerpo gracioso, que de quato hijas que parió mi madre yo fui la menor. Mira cómo no soy vieja como me juzgan.

MELIBEA. Celestina, amiga, yo he holgado mucho en verte y conoscerte; también hasme dado plazer con tus razones. Toma tu dinero y vete con Dios, que me parece que no deves[t] aver comido.

CELESTINA. ¡O angélica ymagen, o perla preciosa, y cómo te lo dizes! Gozo me toma en verte hablar; ¿y no sabes que por la divina boca fue dicho, contra aquel infernal tentador, que no de sólo pan biviriemos?[33u] Pues assí es, que no el sólo comer mantiene. Mayormente a mí, que me suelo estar uno y dos días negociando encomiendas ajenas ayuna, salvo hazer por los buenos, morir por ellos; esto tuve siempre, querer más[v] trabajar

[t] Z: devéys

[u] *Com.*, V1514: biviremos

[v] Z: me

[31] Otra vez Lucrecia menciona la cuchillada de Celestina. *Vid.* nota 11 de este mismo acto.

[32] Tomado de Petrarca, *De remediis*, I, 2: «Veniet dies quo te in speculo non agnoscas», Deyermond [1961: 58]. Notemos aquí la vanidad de Celestina que nos resulta, cuando menos, inesperada.

[33] Como señala el autor de la *Celestina comentada*, 88r., se trata de una referencia a *San Lucas*, IV, 4: «No in solo pane vivit homo.» La exclamación «¡O angélica ymagen!» muestra la influencia del pseudo-Cota *El Viejo, el Amor y la Hermosa (vid.* Martínez [1980] y Severin [1980]).

sirviendo a otros, que holgar contentando a mí. Pues si tu me das licencia, diréte la necessitada causa de mi venida, que es otra que la que hasta agora as oýdo, y tal que todos perderíamos en me tornar en balde sin que la sepas.

MELIBEA. Di, madre, todas tus necessidades, que si yo las pudiere remediar, de muy buen grado lo haré por el passado conoscimiento y vezindad, que pone obligación a los buenos.

CELESTINA. ¿Mías, señora? Antes ajenas, como tengo dicho. Que las mías de mi puerta adentro, me las passo sin que las sienta la tierra, comiendo quando puedo, beviendo quando lo tengo. Que con mi pobreza jamás me faltó, a Dios gracias, una blanca para pan y un quarto para vino, después que embiudé, que antes no tenía yo cuydado de lo buscar, que sobrado estava un cuero en mi casa y uno lleno y otro vazío. Jamás me acosté sin comer una tostada en vino y dos dozenas de sorvos, por amor de la madre, tras cada sopa. Agora, como todo cuelga de mí, en un jarrillo mal pegado me lo traen, que no cabe dos açumbres. *Seys vezes al día tengo de salir, por mi pecado, con mis canas a cuestas, a le henchir a la taverna. Mas no muera yo de muerte hasta que me vea con un cuero o tinagica de mis puertas adentro. Que en mi ánima no ay otra provisión, que como dizen, pan y vino anda camino que no moço garrido:* Así que donde no ay varón, todo bien fallece. Con mal está el huso quando la barva no anda de suso[34]. Ha venido esto, señora, por lo que dezía de las ajenas necessidades y no mías.

MELIBEA. Pide lo que querrás, sea para quien fuere.

CELESTINA. Donzella graciosa y de alto linage, tu suave habla y alegre gesto, junto con el aparejo de liberalidad que muestras con esta pobre vieja, me dan osadía a te lo dezir. Yo dexo un enfermo a la muerte, que con sola una palabra de tu noble boca salida, que [le] lleve metida en mi seno, tiene por fe que sanará, según la mucha devoción tiene en tu gentileza.

---

[34] «Pan y vino andan camino, que no mozo ardido», Correas, 382. «Guay del huso cuando la barba no anda de susos», Santillana, *Refranes*, 343. «¡Guay del huso, que la barba no anda de suso!», Correas, 300.

MELIBEA. Vieja honrrada, no te entiendo, si más no declaras tu demanda. Por una parte me alteras y provocas a enojo; por otra me mueves a compassión; no te sabría bolver respuesta conveniente, según lo poco que he sentido de tu habla. Que yo soy dichosa, si de mi palabra ay necessidad para salud de algún christiano. Porque hazer beneficio es semejar a Dios, y *más que el que haze beneficio le recibe cuando es a persona que le merece*[35]. Y[w] el que puede sanar al que padece, no lo haziendo le mata[36], assí que no cesses tu petición por empacho ni temor.

CELESTINA. El temor perdí mirando, señora, tu beldad, que no puedo creer que embalde pintasse Dios unos gestos más perfetos que otros, más dotados de gracias, más hermosas faciones, sino que hazerlos almazén de virtudes, de misericordia, de compassión, ministros de sus mercedes y dádivas, como a ti. [Y], pues como todos seamos humanos, nascidos para morir, y sea cierto que no se puede dezir nascido el que para sí solo nasció[37]. Porque sería semejante a los brutos animales, en los quales aún ay algunos piadosos, como se dize del unicornio, que se humilla a qualquiera donzella. *El perro con todo su ímpetu y braveza, quando viene a morder, si se le echan en el suelo no haze mal; esto de piedad*[38]. Pues las aves, ninguna cosa el gallo come que no participe y llame las gallinas a comer dello[39]. *El pelícano rompe el*

---

[w] *Com.:* el que le da le recibe; quando a persona digna dél le hace; y demás desto, dizen que...

[35] Se trata de una reminiscencia del *Index* de Petrarca *(De rebus memorandis*, III, 11): «Beneficium dando accepit qui digno dedit», Deyermond [1961].

[36] Nos encontramos ante una de las sentencias de los *Proverbios de Séneca* de Publilio Siro: «Qui succurrere perituro potest, cum non succurrit occidit», Castro Guisasola [1924: 100].

[37] Aunque la fuente original de este aforismo es Platón («Non nobis solum nati sumus», *Celestina comentada*, 90v., y Castro Guisasola [1924: 40]), Rojas lo tomó, sin duda, de uno de sus libros de leyes o aforismos.

[38] Rojas usa aquí, en contra de su costumbre, una fuente aristotélica. Se trata de la *Retórica*, II, III: «Quod autem ira statim cesset in eos, qui se humiliter et demisse gerunt, declarant etiam canes, qui prostratos non mordent», Castro Guisasola [1924: 33].

[39] Ynduráin [1954] intenta relacionar este pasaje sobre el gallo con un poema latino del siglo XIII, el *Poema del gallo,* donde se equiparan la misión del párroco como cuidador de las almas y la del gallo, protector de las gallinas. El pasaje del pelícano aparece traspuesto en V1514 al final de la siguien-

pecho por dar a sus hijos a comer de sus entrañas. Las cigüeñas mantie-
nen otro tanto tiempo a sus padres viejos en el nido, quanto ellos le die-
ron cevo siendo pollitos[40]. *Pues tal conoscimiento dio la natura a los*
animales y aves[x], ¿por qué los hombres havemos de ser más crueles? ¿Por qué no daremos parte de nuestras gracias y personas a
los próximos? Mayormente quando están embueltos en secretas enfermedades, y tales que, donde está la melezina, salió la
causa de la enfermedad[41].

MELIBEA. Por Dios, [que] sin más dilatar me digas quién es
esse doliente, que de mal tan perplexo se siente que su passión y remedio salen de una misma[y] fuente.

CELESTINA. Bien ternás, señora, noticia en esta cibdad de
un cavallero mancebo, gentilhombre de clara sangre, que llaman Calisto[z].

MELIBEA. ¡Ya, ya, ya, buena vieja, no me digas más! No passes adelante. ¿Esse es el doliente por quién has hecho tantas
promissas en tu demanda, por quién has venido a buscar la
muerte para ti, por quién has dado tan dañosos passos? Des-
vergonçada[aa] barbuda, ¿qué siente esse perdido que con tanta
passión vienes? De locura será su mal. ¿Qué te parece? Si me
hallaras sin sospecha desse loco, con qué palabras me entravas.
No se dize en vano que el más empecible miembro del mal
hombre o muger es la lengua[42]. Quemada seas, alcahueta falsa,
hechizera, enemiga de honestidad, causadora de secretos

---

[x]   Z: ... a comer dello. ¿Por qué los hombres...?
[y]   Z: un mismo
[z]   Z: El pelícano... aves
[aa] Z: desvergonçado

te intervención de Celestina. Lo mismo hace Ordóñez en su traducción italiana de 1506. Véase la edición de Marciales [1985: I, 331-333].

[40] Rojas aprovecha su interpolación para introducir más saber popular sobre el bestiario. *Vid.* Shipley [primavera de 1975].

[41] Olson [1966] ve una fuente vernácula petrarquista para esta imagen, el
Canzoniere. Shipley [1975A] estudia las imágenes relacionadas con la enfermedad en este acto y en el acto X, y concluye viendo una cierta complicidad
en la actitud de Melibea. Las imágenes de la enfermedad son transferidas de
Calisto a Melibea en este acto.

[42] Ahora Melibea usa a Petrarca *(De remediis,* I, 9) contra Celestina. Para el
aspecto negativo de la lengua, véase Read [1978; 1983].

yerros. ¡Jesú, Jesú, quítamela, Lucrecia, de delante, que me fino, que no me ha dexado gota de sangre en el cuerpo! Bien se lo merece esto y más quien a estas tales da oýdos[bb]. Por cierto, si no mirasse a mi honestidad, y por no publicar su osadía desse atrevido, yo te hiziera, malvada, que tu razón y vida acabaran en un tiempo[43].

CELESTINA. (En hora mala acá vine si me falta mi conjuro. ¡Ea, pues bien sé a quien digo! *¡Ce, hermano, que se va todo a perder!*)[44].

MELIBEA. ¿Aún hablas entre dientes delante mí para acrecentar mi enojo y doblar tu pena? ¿Querrías condenar mi honestidad por dar vida a un loco, dexar a mí triste por alegrar a él, y llevar tú el provecho de mi perdición, el galardón de mi yerro? ¿Perder y destruýr la casa y honrra de mi padre por ganar la de una vieja maldita como tú? ¿Piensas que no tengo sentidas tus pisadas y entendido tu dañado mensaje? Pues yo te certifico que las albricias que de aquí saques, no sean sino estorvarte de más offender a Dios, dando fin a tus días. Respóndeme, traydora, ¿cómo osaste tanto hazer?

CELESTINA. Tu temor, señora, tiene ocupada mi desculpa. Mi inocencia me da osadía, tu presencia me turba en verla yrada[cc], y lo que más siento y me pena es recebir enojo sin razón ninguna. Por Dios, señora, que me dexes concluyr mi dicho, que ni él quedará culpado, ni yo condenada. Y verás cómo es todo más servicio de Dios, que passos deshonestos, más para dar salud al enfermo que para dañar la fama al médico. Si pensara, señora, que tan de ligero avías de conjeturar de lo passado nocibles sospechas, no bastara tu licencia para me dar osadía a hablar en cosa que a Calisto ni a otro hombre tocasse.

MELIBEA. ¡Jesú, no oyga yo mentar más esse loco saltaparedes, fantasma de noche, luengo como cigüeña, figura de para-

---

[bb] Z: oýdas
[cc] S1501, *Trag.*: ayrada

[43] Según Castro Guisasola [1924: 183-184], estas palabras son casi transposición de otras de Diego de San Pedro en su *Cárcel de amor*: «si, como eres de Spaña, fueras de Macedonia, tu razonamiento e tu vida acabaran a un tiempo».
[44] Notemos que Rojas utiliza esta interpolación para enfatizar la presencia satánica en el encuentro con Melibea.

166

miento malpintado, sino aquí me caeré muerta! Este es el quel otro día me vido y començó a desvariar conmigo en razones, haziendo mucho del galán. Dirásle, buena vieja, que si pensó que ya era todo suyo y quedava por él el campo, porque holgué más de consentir sus necedades que castigar su yerro, quise más dexarle por loco que publicar su [grande] atrevimiento. Pues avísale que se aparte deste propósito y serle ha sano. Si no, podrá ser que no aya comprado tan cara habla en su vida. Pues sabe que no es vencido sino el que se cree serlo[45], y yo quedé bien segura y él ufano. De los locos es estimar a todos los otros de su calidad[46], y tú tórnate con su mesma razón, que respuesta de mí otra no avrás, ni la esperes, que por demás es ruego a quien no puede aver misericordia[47]. Y da gracias a Dios, pues tan libre vas desta feria. Bien me avían dicho quién tú eras y avisado de tus propiedades, aunque agora no te conoscía.

CELESTINA. (Más fuerte estava Troya, y aun otras más bravas he yo amansado; ninguna tempestad mucho dura)[48].

MELIBEA. ¿Qué dizes, enemiga? Habla que te pueda oýr. ¿Tienes desculpa alguna para satisfazer mi enojo y escusar tu yerro y osadía?

CELESTINA. Mientra viviere tu yra más dañará mi descargo; que estás muy rigurosa y no me maravillo, que la sangre nueva poco calor ha menester para hervir[49].

MELIBEA. ¿Poco calor? Poco lo puedes llamar, pues quedaste tú biva y yo quexosa sobre tan gran atrevimiento. ¿Qué palabra podías tú querer para esse tal hombre que a mí bien me estuviesse? Responde, pues dizes que no as concluýdo, *y* quiçá pagarás lo passado.

[45] Palabras tomadas del *Index* de las obras de Petrarca *(De remediis,* II, 73): «Victus non est nisi qui se victum credit», Deyermond [1961: 144].

[46] *Eclesiastés,* X: «Stultus... quam ipse insipiens sit, omnes stultos aestimat» *(Celestina comentada,* 93v., Castro Guisasola [1924: 106]), tomado, quizá, a través de Petrarca, *Index (De remediis,* II, 125): «Stulti omnes secundum se alios estimant»; *vid.* Deyermond [1961: 144].

[47] «Por demás es el ruego a quien no puede haber misericordia ni mover el duelo», Correas, 397.

[48] De nuevo se acude al *Index* petrarquiano *(De remediis,* II, 90): «Tempestas nulla durat», Deyermond [1961: 145].

[49] Proverbio.

CELESTINA. Una oración, señora, que le dixeron que sabías de Santa Polonia para el dolor de las muelas[50]. Assimesmo tu cordón, que es fama que ha tocados [todas] las reliquias que ay en Roma y Hierusalem[51]. Aquel cavallero que dixe, pena y muere dellas; ésta fue mi venida, pero pues en mi dicha estava tu ayrada respuesta, padézcase él su dolor en pago de buscar tan desdichada mensajera. Que pues en tu mucha virtud me faltó piedad, también me faltará agua si a la mar me embiara[52]. *Pero ya sabes que el deleyte de la vengança dura un momento; el de la misericordia para siempre*[53].

MELIBEA. Si esso querías, ¿por qué luego no me lo espressaste? ¿Por qué me lo dixiste *por tales*[dd] palabras?[54].

CELESTINA. Señora, porque mi linpio motivo me hizo creer que aunque en *otras qualesquier*[ee] lo propusiera, no se avía de sospechar mal; que si faltó el devido preámbulo, fue porque la verdad no es necessario abundar de muchas colores[55]. Compassión de su dolor, confiança de tu magnificencia, ahogaron en mi boca *al principio* la espressión de la causa. Y pues conoçes,

---

[dd] *Com.:* en tan pocas
[ee] *Com:* menos

[50] La infortunada Santa Apolonia es la abogada del dolor de muelas, pues su martirio incluyó la extracción de todos sus dientes. Para las implicaciones amorosas del dolor de muelas, *vid.* Legge [1950] y West [1979].
[51] Para el grupo de imágenes asociado con el hilo y el cordón, *vid.* Deyermond [1977], Blouin [1976] y Férre [1983]. De Armas [1975] cree que es real la alusión religiosa de Celestina acerca del cordón; alude a que Melibea no hubiera debido abandonar su cordón a causa de su importancia religiosa. De todas maneras, bien se podría tratar de una simple referencia irónica. El mismo autor ya se había referido a los poderes de Melibea como curandera [1971].
[52] «Si a la mar va, agua no topa», O'Kane [1959: 155].
[53] Del *Index* de las obras de Petrarca *(De remediis,* I, 101): «Ultionis momentanea delectatio est: misericordias, sempiterna», Deyermond [1961: 147].
[54] Baldwin [1967-1968] pone en tela de juicio la necesidad del cambio que hace aquí Rojas cuando convierte la *Comedia* en la *Tragicomedia* ("en tan pocas palabras" en vez de "tales"). En efecto, aquí Melibea reprende a Celestina por no efectuar su demanda de un modo claro.
[55] Tomado del *Index* de las obras de Petrarca *(Epístolas familiares,* 12): «Non oportet veritatem rerum fictis adumbrare coloribus», Deyermond [1961: 145]. Celestina se está refiriendo a los colores de la retórica. Para una teoría general de la retórica en la obra, *vid.* Murphy [1974].

señora, que el dolor turba, la turbación desmanda y altera la lengua, la qual avía de star siempre atada con el seso, por Dios, que no me culpes. Y si él otro yerro ha hecho, no redunde en mi daño, pues no tengo otra culpa sino ser mensajera del culpado; no quiebre la soga por lo más delgado[56]. No *semejes*[ff] la telaraña que no muestra su fuerça sino contra los flacos animales[57]. No paguen justos por pecadores[58]. Imita la divina justicia que dixo: El ánima que pecare, aquella misma muera; a la humana, que jamás condena al padre por el delicto del hijo, ni al hijo por el del padre[59]. Ni es, señora, razón que su atrevimiento acarree mi perdición, aunque según su merecimiento no ternía en mucho que fuesse él el delinquente y yo la condenada. Que no es otro mi officio sino servir a los semejantes. Desto vivo, y desto me arreo. Nunca fue mi voluntad enojar a unos por agradar a otros, aunque ayan dicho a tu merced en mi absencia otra cosa. Al fin, señora, a la firme verdad el viento del vulgo no la empeçe[60]. *Una sola soy en este limpio trato; en toda la cibdad, pocos tengo descontentos. Con todos cumplo, los que algo me mandan como si toviesse veynte pies y otras tantas manos.*

MELIBEA. *No me maravillo, que un solo maestro de vicios dicen que basta para corromper un gran pueblo*[61]. Por cierto, tantos *y tales*[gg]

[ff] *Com.:* seas

[gg] *Com.:* tantos

[56] «Siempre quiebra la soga por lo más delgado», Correas, 262.

[57] Este concepto de *Anacharsis* parece haber sido transmitido a Rojas a través de Petrarca *(De rebus memorandis,* III, iii, 56), aunque sin necesidad de haber acudido directamente al texto; Deyermond [1961: 40]. La misma imagen se encuentra en el *Laberinto* de Juan de Mena, 82: «Como las telas que dan las arañas / las leyes presentes no sean atales / que prenden los flacos viles animales / y muestran en ellos sus lánguidas sañas.»

[58] «Pagar justos por pecadores», Correas, 385.

[59] La sabiduría bíblica (Ezequiel XVIII, 20: «Anima quae peccaverit, ipsa morietur: filius non portabit iniquitatem patris et pater non portabit iniquitatem filii...», *Celestina comentada,* 94v.), Castro Guisasola [1924: 106].

[60] Reminiscencia del *Index* de las obras de Petrarca *(De vita solitaria,* II, 79: «Veritatem solidam vulgaris aura non concubit», Deyermond [1961: 145]. «No populo satis est» *(Epístolas familiares,* 65), Deyermond [1961: 147].

[61] Eco del *Index* de las obras de Petrarca: «Voluptatis magister unus in magno populo satis est» *(Epístolas familiares,* 65), Deyermond [1961: 147].

loores me han dicho de tus *falsas* mañas que no sé si crea que pedías oración.

CELESTINA. Nunca yo la reze, y si la rezare, no sea oýda, si otra cosa de mí se saque, aunque mil tormentos me diessen.

MELIBEA. Mi passada alteración[hh] me impide a reýr de tu desculpa, que bien sé que ni juramiento ni tormento te *hará*[ii] dezir verdad, que no es en tu mano.

CELESTINA. Eres mi señora, téngote de callar; hete yo de servir; hasme tú de mandar; tu mala palabra será bíspera de una saya.

MELIBEA. Bien la[jj] has merecido.

CELESTINA. Si no la[kk] he ganado con la lengua, no la he perdido[ll] con la intención.

MELIBEA. Tanto affirmas tu ignorancia que me hazes creer lo que puede ser. Quiero, pues, en tu dubdosa desculpa tener la sentencia en peso, y no disponer de tu demanda al savor de la ligera interpretación. No tengas en mucho ni te maravilles de mi passado sentimiento, porque concurrieron dos cosas en tu habla, que qualquiera dellas era bastante para me sacar de seso: nombrarme esse tu cavallero, que conmigo se atrevió a hablar, y también pedirme palabra sin más causa[mm]; fue no se podía[nn] sospechar sino daño para mi honrra. Pero pues todo viene de buena parte, de lo passado aya perdón; que en alguna manera es aliviado mi coraçón, viendo que es obra pía y santa sanar los apassionados y enfermos[62].

[hh] Z: alteración
[ii] *Com.:* torcerá a
[jj] Z: lo
[kk] lo
[ll] Z: perdida
[mm] Z: cosa
[nn] Z: podría

[62] Heugas [1973: 363-393] señala cómo Celestina juega con la naturaleza básica de las mujeres tal y como era entendida en la época, explotando así su «condición vergonzosa... piadosa... obsequiosa». Ayerbe-Chaux [1978] muestra que la tentación de Melibea sigue la triple tentación de la tradición cristiana.

CELESTINA. Y tal enfermo, señora. Por Dios, si bien le conociesses, no le juzgasses por el que as dicho y mostrado con tu yra. En Dios y en mi alma, no tiene hiel; gracias, dos mil; en franqueza, Alexandre; en esfuerço, Hétor; gesto, de un rey; gracioso, alegre; jamás reyna en él tristeza. De noble sangre, como sabes; gran justador. Pues verle armado, un sant Jorge. Fuerça y esfuerço, no tuvo Hércules tanta; la presencia y faciones, disposición, desemboltura, otra lengua avía menester para las contar; todo junto semeja ángel del cielo. Por fe tengo que no era tan hermoso aquel gentil Narciso que se enamoró de su propria figura quando se vido en las aguas de la fuente[63]. Agora, señora, tiénele derribado una sola muela que jamás cessa [de] quexar.

MELIBEA. ¿Y qué tanto tiempo ha?

CELESTINA. Podrá ser, señora, de veynte y tres años, que aquí está Celestina que le vido nascer y le tomó a los pies de su madre.

MELIBEA. Ni te pregunto esso ni tengo necessidad de saber su edad, sino qué tanto ha que tiene el mal.

CELESTINA. Señora, ocho días, que parece que ha un año en su flaqueza. Y el mayor remedio que tiene es tomar una vihuela y tañe tantas canciones y tan lastimeras que no creo que fueron otras las que compuso aquel emperador y gran músico Adriano de la partida del ánima, por sufrir sin desmayo la ya vezina muerte[64]. Que aunque yo sé poco de música, parece que haze aquella vihuela hablar, pues si acaso, canta, de mejor gana se paran las aves a le oýr, que no aquel antico de quien se dize que movía los árboles y piedras con su canto. Siendo éste nascido no alabaran a Orfeo[65]. Mira, señora,

---

[63] Después del catálogo tópico de virtudes heroicas, la comparación con Narciso anuncia el final desastroso.

[64] Del *Index* de las obras de Petrarca *(Epístolas familiares,* 110): «Adrianus Imperator tam vehementer musis intendebat: ut ne vicina morte lentesceret: versiculos de animae discessu aedidit»», Deyermond [1961: 40].

[65] De nuevo se puede notar la ironía, ya que las aptitudes musicales de Calisto no habían sido igualmente apreciadas por Sempronio. *Antico (Antioco* en la *Celestina comentada)* pudiera ser un error del impresor por *Anfieo = Anfión (vid.* Marciales [1975: 75; 1985; II, 93]), y de hecho algunas ediciones

si una pobre vieja como yo, si se hallara dichosa en dar la vida a quien tales gracias tiene. Ninguna mujer le ve que no alabe a Dios que assí le pintó; pues si le habla acaso, no es más señora de sí de lo que él ordena. Y pues tanta razón tengo, juzga, señora, por bueno mi propósito, mis passos saludables y vazíos de sospecha.

MELIBEA. ¡O quánto me pesa con la falta de mi paciencia!, porque siendo él ignorante y tú innocente, havés padescido las alteraciones de mi ayrada lengua. Pero la mucha razón me relieva de culpa, la qual tu habla sospechosa causó. En pago de tu buen sufrimiento quiero complir tu demanda y darte luego mi cordón[66]. Y porque para screvir la oración no avrá tiempo sin que venga mi madre, si esto no bastare, ven mañana por ella muy secretamente.

LUCRECIA. (¡Ya, ya, perdida es mi ama! Secretamente quiere que venga Celestina; fraude ay; ¡más le querrá dar que lo dicho!)[67]

MELIBEA. ¿Qué dizes, Lucrecia?

LUCRECIA. Señora, que baste lo dicho, que es tarde.

MELIBEA. Pues, madre, no le des parte de lo que passó a esse cavallero, porque no me tenga por cruel o arrebatada o deshonesta.

LUCRECIA. (No miento yo, que mal va este hecho.)

CELESTINA. Mucho me maravillo, señora Melibea, de la dubda que tienes de mi secreto; no temas, que todo lo sé sofrir y encubrir. Que bien veo que tu mucha sospecha echó, como

---

de la época así lo corrigieron. Deyermond [1961: 41-42] cree que para esta posible referencia a Anfión y las referencias de arriba a Anacarsis (acto IV) y en el acto vigesimoprimero a Anaxágoras, Rojas toma como punto de partida el *Index* de Petrarca, aunque este pasaje en particular parece tener como fuente precisa el texto de *Epístolas familiares*, VIII: «... nec fabulam Orphei vel Amphionis interseram: quorum ille baeluas immanes: hic arbores ac laxa cantu movisse: et quocunque vellet duxisse...».

[66] El intercambio del hilo por el cordón supone un paso más en el proceso de la *philocaptio*.

[67] Lucrecia nota la complicidad de Melibea en la intriga.

suele, mis razones a la más triste parte[68]. Yo voy con tu cordón tan alegre que se me figura que está diziéndole allá su coraçón de merced que nos heziste y que le tengo de allar aliviado.

MELIBEA. Más haré por tu doliente, si menester fuere, en pago de lo sofrido.

CELESTINA. (Más será menester y más harás, y aunque no se te agradezca.)

MELIBEA. ¿Qué dizes, madre, de agradecer?

CELESTINA. Digo, señora, que todos lo agradescemos y serviremos, y todos quedamos obligados; que la paga más cierta es, quando más la tienen de complir.

LUCRECIA. (¡Trastócame essas palabras!

CELESTINA. ¡Hija Lucrecia, ce!; yrás a casa y darte he una lexía con que pares essos cabellos más que *el* oro; no lo digas a tu señora. Y aun darte he unos polvos para quitarte esse olor de la boca que te huele un poco. Que en el reyno no lo sabe hazer otro[oo] sino yo, y no ay cosa que peor en la mujer parezca.

LUCRECIA. *¡O, Dios te dé buena vejez que más necessidad tenía de todo esse*[pp] *que de comer!*[69].

CELESTINA. *¿Pues por qué murmuras contra mí; loquilla? Calla, que no sabes si me avrás menester en cosa de más importancia; no provoques a yra a tu señora, más de lo que ella ha estado; déxame yr en paz.)*

MELIBEA. ¿Qué le dizes[qq], madre?

CELESTINA. Señora, acá nos entendemos.

---

oo B1499 -otri; S1501, V1514: otre

pp V1541: esso

qq Z: ¿qué dizes, madre?

[68] Rojas se aparta ahora de Petrarca para acudir a los *Proverbios de Séneca* de Publilio Siro: «Ad tristem partem strenua est suspicio», Castro Guisasola [1924: 99].

[69] Eaton [1973] señala la complicidad de Lucrecia en el engaño de Melibea y desestima la opinión de María Rosa Lida que cree en la honestidad de la criada.

MELIBEA. Dímelo, que me enojo quando, yo presente, se habla cosa de que no aya parte.

CELESTINA. Señora, que te acuerde la oración para que la mandes screvir, y que aprenda de mí a tener mesura en el tiempo de tu yra. En la qual yo usé lo que se dize, que del ayrado es de apartar por poco tiempo, del enemigo por^{rr} mucho[70]. Pues tú, señora, tenías yra con lo que sospechaste de mis palabras, no enemistad. Porque aunque fueran las que tú pensavas, en sí no eran malas, que cada día ay hombres penados por mujeres y mujeres por hombres, y esto obra la natura y la natura ordenóla Dios, y Dios no hizo cosa mala. Y assí quedava mi demanda, comoquiera que fuesse en sí loable, pues de tal tronco procede, y yo libre de pena. Más razones destas te diría sino porque la prolixidad es enojosa al que oye y dañosa al que habla[71].

MELIBEA. En todo as tenido buen tiento, assi en el poco hablar en mi enojo como con el mucho sofrir.

CELESTINA. Señora, sofríte^{ss} con temor porque te ayraste con razón, porque con la yra morando poder no es sino rayo[72]. Y por esto passé tu rigurosa habla hasta que su almazén oviesse gastado.

MELIBEA. En cargo te es esse cavallero.

CELESTINA. Señora, más merece, si algo con mi ruego para él he alcançado, con la tardança lo he dañado. Yo me parto para él si licencia me das.

MELIBEA. Mientra más aýna la ovieras pedido, más de grado la ovieras recabdado; vé con Dios, que ni tu mensaje me ha traído provecho ni de tu yda me puede venir daño.

---

^{rr} Z: enemigo mucho
^{ss} Z: sofrirte

[70] El origen de esta sentencia puede ser uno de los *Proverbios de Séneca:* «Iratum breviter vites, inimicum diu», Castro Guisasola [1924: 100].
[71] Se trata de uno de los lugares comunes de la retórica.
[72] De nuevo Rojas acude a los *Proverbios de Séneca:* «Fulmen est ubi cum potestate habitat iracundia», Castro Guisasola [1924: 100].

Argumento del quinto auto[a]

Despedida CELESTINA *de* MELIBEA, *va por la calle hablando consigo misma entre dientes. Llegada a su casa, halló* [b] *a* SEMPRONIO, *que le* [c] *aguardava* [1]. *Ambos van hablando hasta llegar a casa de* CALISTO *y, vistos por* PÁRMENO, *cuéntalo a* CALISTO *su amo, el qual le mandó abrir la puerta.*

CELESTINA, SEMPRONIO, PÁRMENO, CALISTO

CELESTINA. ¡O rigurosos trances, o cuerda[d] osadía, o gran sufrimiento! Y qué tan cercana estuve de la muerte, si mi[e] mucha astucia no rigera con el tiempo las velas de la petición. ¡O amenazas de donzella brava, o ayrada donzella! ¡O diablo a quien yo conjuré, cómo compliste tu palabra en todo lo que te pedí! En cargo te soy; assí amansaste la cruel hembra con tu poder y diste tan oportuno lugar a mi habla quanto quise, con la absencia de su madre. O vieja Celestina, ¿vas alegre? Sábete que la meytad está hecha quando tienen buen principio las cosas[2]. ¡O serpentino azeyte, o blanco hilado, cómo os aparejastes todos en mi favor! ¡O yo rompiera todos mis atamientos hechos y por hazer, ni creyera en yervas ni piedras ni en palabras! Pues alégrate, vieja, que más sacarás deste pleyto que de quinze virgos que renovaras. ¡O malditas haldas, prolixas y largas, cómo me estorváys de allegar adonde han de reposar mis nuevas! ¡O buena fortuna, cómo ayudas a los osados y a los tímidos eres contraria. Nunca huyendo huy*e* la muerte al covarde![3]. ¡O quántas

---

[a] T1500
[b] B1499: habló
[c] B1499, S1501: la
[d] B 1499: cruda
[e] S1501, Z: si mucha

[1] Como podemos apreciar, en el argumento se comete un error, ya que Sempronio y Celestina se encuentran en la calle.
[2] «Dimidium facti qui coepit habet» (Horacio, *Epíst.*, I, 2, 40) *[LH]*.
[3] Recuerdo del verso virgiliano «Audentes fortuna juvat», *Eneida*, X, 284 *(Celestina comentada*, 100r.). *Nunca huyendo...* Se copia casi textualmente un

175

erraran en lo que yo he acertado! ¿Qué hizieran en tan fuerte estrecho estas nuevas maestras de mi officio sino responder algo a Melibea por donde se perdiera quanto yo con buen callar he ganado? Por esto dizen quien las sabe las tañe, y que es más cierto médico el sperimentado que el letrado, y la esperiencia y escarmiento haze los hombres arteros[4], y la vieja, como yo, que alce sus haldas al passar del vado, como maestra. ¡Ay cordón, cordón! yo te haré traer por fuerça, si bivo, a la que no quiso darme su buena habla de grado.

SEMPRONIO. O yo no veo bien, o aquélla es Celestina[5]. ¡Válala el diablo, haldear que trahe! Parlando viene entre dientes.

CELESTINA. ¿De qué te santiguas[f], Sempronio? Creo que en verme[6].

SEMPRONIO. Yo te lo diré; la raleza de las cosas es madre de la admiración; la admiración concebida en los ojos desciende al ánimo por ellos; el ánimo es forçado descobrillo por estas esteriores señales[7]. ¿Quién jamás te vido por la calle, abaxada la cabeça, puestos los ojos en el suelo, y no mirar a ninguno como agora? ¿Quién te vido hablar entre dientes por las calles y venir aguijando, como quien va a ganar beneficio? Cata que todo esto novedad es para se maravillar quien te conoçe. Pero esto dexado, dime, por Dios, con qué vienes; dime si tenemos hijo o hija. Que desde que dio la una, te spero aquí, y no he sentido mejor señal que tu tardança.

CELESTINA. Hijo, essa regla de bovos no es siempre cierta, que otra hora me pudiera más tardar y dexar allá las narizes,

---

    f Z: fatigas

verso de Juan de Mena, *Laberinto de Fortuna*, 149: «Fuyendo no fuye la muerte al cobarde», Castro Guisasola [1924: 163].

    [4] *... las tañe, vid.* acto I, nota 112. «De los escarmentados se fazen los arteros», *Historia Troyana* (ed. Menéndez Pidal, en *Tres poetas primitivos*, Espasa-Calpe, 1948, etc.), 19.

    [5] Castro Guisasola [1924: 87] sugiere aquí reminiscencia del *Andria* de Terencio.

    [6] Sempronio se persigna, posiblemente asociando la figura de Celestina con el diablo.

    [7] Tópico de la *admiratio*, tornado del *Index* de las obras de Petrarca: «Admiratio in animum descendit per oculos», Deyermond [1961: 40].

y otras dos, y narizes y lengua. Y assí que, mientra más tardasse, más caro me costasse.

SEMPRONIO. Por amor mío, madre, no passes de aquí sin me lo contar.

CELESTINA. Sempronio, amigo, ni yo me podría parar; ni el lugar es aparejado. Vente conmigo delante Calisto; oyrás maravillas. Que será de[s]florar mi embaxada comunicándola con muchos. De mi boca quiero que sepa lo que se ha hecho; que aunque ayas de aver alguna partezilla del provecho, quiero yo todas las gracias del trabajo.

SEMPRONIO. ¿Partezilla, Celestina? Mal me parece esso que dizes[8].

CELESTINA. Calla, loquillo, que parte o partezilla, quanto tú quisieres te daré. Todo lo mío es tuyo; gozémonos y aprovechémonos, que sobre el partir nunca reñiremos. Y tanbién sabes tú quanta más necessidad tienen los viejos que los moços, mayormente tú que vas a mesa puesta.

SEMPRONIO. Otras cosas he menester más de comer.

CELESTINA. ¿Qué, hijo? Una dozena de agujetas, y un torce para el bonete, y un arco para andarte de casa en casa tirando a páxaros y aojando páxaras a las ventanas. *Mochachas, digo, bovo, de las que no saben bolar, que bien me entiendes. Que no ay mejor alcahuete para ellas que un arco, que se puede entrar cada uno hecho moxtrenco como dizen: en achaque de trama*[9]. ¡Más ay, Sempronio, de quien tiene de mantener honrra y se va haziendo vieja como yo!

SEMPRONIO. (¡O lisonjera vieja; o vieja llena de mal; o cobdiciosa y avarienta garganta! También quiere a mí engañar como a mi amo por ser rica. Pues mala medra tiene, no le

---

[8] Por primera vez se insinúa el conflicto de la avaricia que más tarde desencadenará la caída y muerte de Celestina, Sempronio y Pármeno *(vid.* Halliburton [1981-1982]). Para la relación de los diferentes personajes con los siete pecados capitales, *vid.* Clarke [1968].

[9] «En achaque trama ¿viste acá a nuestra ama?», Correas, 110. La interpolación le debe haber parecido necesaria al autor, quizás por ser jerga estudiantil. *Hecho moxtrenco,* "sin pedir permiso".

arriendo la ganancia; que quien con modo torpe sube en alto, más presto cae que sube[10]. ¡O qué mala cosa es de conocer el hombre; bien dizen que ninguna mercaduría ni animal es tan diffícil! Mala vieja falsa es ésta; el diablo me metió con ella. Más seguro me fuera huyr desta venenosa bívora que tomalla[11]. Mía fue la culpa. Pero gané harto, que por bien o mal no negará la promessa.)

CELESTINA. ¿Qué dizes, Sempronio? ¿Con quién hablas? ¿Viénesme royendo las haldas? ¿Por qué no aguijas?

SEMPRONIO. Lo que vengo diziendo, madre *Celestina*[g], es que no me maravillo que seas mudable, que sigas el camino de las muchas. Dicho me avías que differirías este negocio. Agora vas sin seso por dezir a Calisto quanto passa. ¿No sabes que aquello es en algo tenido que es por tiempo desseado[12], y que cada día que él penasse era doblarnos el provecho?

CELESTINA. El propósito muda el sabio; el necio persevera[13]. A nuevo negocio nuevo consejo se requiere[14]. No pensé yo, hijo Sempronio, que assí me respondiera mi buena fortuna. De los discretos mensajeros es hazer lo que el tiempo quiere[15], assí que la calidad de lo hecho no puede encobrir tiempo dissimulado. Y más, que yo sé que tu amo, según lo que dél sentí, es liberal y[h] algo antojadizo; más dará en un día de buenas nuevas que en ciento que ande pena[n]do y yo yendo y vi-

---

g *Com.:* mía

h Z: y si

[10] «Quo sublimior sedes, eo gravior casus», etc. (Petrarca, *De remediis*, I, 107) *[LH]*.

[11] Toda esta exclamación está inspirada en el *De remediis*. Rojas debió de tomarla directamente del *Index*, donde se hallan las frases casi seguidas bajo la entrada *animal:* «animal nullum: nulla merx difficilior cognitu quam homo», «Animalia venenosa tutius est vitare quam capere», Castro Guisasola [1924: 139] y Deyermond [1961: 41]. Para la serpiente, véase Deyermond [1978].

[12] Proverbio.

[13] «El consejo muda el viejo y porfía el necio», Correas, 95.

[14] De acuerdo con Castro Guisasola [1924: 60], este proverbio es un eco del ciceroniano «Ad novos casus temporum, novorum consiliorum rationes» *(Pro lege Manilia,* XX).

[15] Proverbio.

niendo. Que los acelerados y súpitos plazeres crían alteración, la mucha[i] alteración estorva el deliberar[16]. Pues ¿en qué podrá parar el bien sino en bien[17], y el alto mensaje sino en luengas albricias? ¡Calla, bovo, dexa hazer a tu vieja!

SEMPRONIO. Pues dime lo que passó con aquella gentil donzella; dime alguna palabra de su boca, que por Dios, assí peno por sabella como *a* mi amo penaría[18].

CELESTINA. ¡Calla, loco, altérasete la complessión! Yo lo veo en ti que querrías más estar al sabor que al olor deste negocio. Andemos presto, que estará loco tu amo con mi mucha tardança.

SEMPRONIO. Y aun sin ella se lo está.

PÁRMENO. ¡Señor, señor!

CALISTO. ¿Qué quieres, loco?

PÁRMENO. A Sempronio y a Celestina veo venir cerca de casa, haziendo paradillas de rato en rato, *y quando están quedos, hazen rayas en el suelo can el spada.* No sé qué sea.

CALISTO. ¡O desvariado, negligente! Veslos venir, ¿no puedes *baxar*[j] corriendo a abrir la puerta? ¡O alto Dios, o soberana deidad! ¿Con qué vienen? ¿Qué nuevas traen? Que *tan grande*[k] ha sido su tardança que ya más esperava su venida que el fin de mi remedio. ¡O mis tristes oýdos, aparejaos a lo que os viniere, que en su boca de Celestina está agora aposentado el alivio o pena de mi coraçón! ¡O si en sueños se passasse este poco tiempo, hasta ver el principio y fin de su habla! Agora tengo por cierto que es más penoso al delinquente esperar la cruda y capital sen-

---

[i] Z: la alteración
[j] *Com.:* deçir
[k] *Com.:* tanta

[16] Proverbio.
[17] Proverbio.
[18] El repentino interés de Sempronio por Melibea es un motivo que reaparece en el banquete en casa de Celestina y provocará el enfado de Elicia.

tencia que el acto de la ya sabida muerte[19]. ¡O espacioso Pármeno, manos de muerto! Quita ya essa enojosa aldava; entrará essa honrrada dueña, en cuya lengua está mi vida.

CELESTINA. ¿Oyes, Sempronio? De otro temple anda nuestro amo; bien difieren estas razones a las que oýmos a Pármeno y a él la primera venida; de mal en bien me parece que va. No ay palabra de las que dize que no vale a la vieja Celestina más que una saya.

SEMPRONIO. Pues mira que entrando hagas que no ves a Calisto y hables algo bueno.

CELESTINA. Calla, Sempronio, que aunque aya aventurado mi vida, más mereçe Calisto y su ruego y tuyo, y más mercedes espero yo dél.

Argumento del sexto auto[a]

Entrada CELESTINA *en casa de* CALISTO *con grande afficíón y desseo,* CALISTO *le pregunta de lo que le ha acontescido con* MELIBEA. *Mientras ellos están hablando,* PÁRMENO, *oyendo fablar a* CELESTINA *de su parte contra* SEMPRONIO, *a cada razón le pone un mote reprendiéndolo* SEMPRONIO. *En fin la vieja* CELESTINA *le descubre todo lo negociado y un cordón de* MELIBEA. *Y despedida de* CALISTO, *vase para su casa y con ella* PÁRMENO.

CALISTO, CELESTINA, PÁRMENO, SEMPRONIO

CALISTO. ¿Que dizes, señora y madre mía?

CELESTINA. O mi señor Calisto, ¿y aquí estás? O mi nuevo amador de la muy hermosa Melibea, y con mucha razón, ¿con qué pagarás a la vieja que hoy ha puesto su vida al tablero por tu servicio? ¿Quál mujer jamás se vido en tan estrecha

---

[a] T1500

[19] Posible reminiscencia del v. 82 de la *Epistola Ariadnae* de Ovidio: «Morsque minus poenae quam mora mortis habet» *(Celestina comentada,* 104r., y Castro Guisasola [1924: 69]).

afrenta como yo? Que en tornallo a pensar se menguan[b] y vazían todas las venas de mi cuerpo de sangre; mi vida diera por menor precio que agora daría este manto raído y viejo.

PÁRMENO. (Tú dirás lo tuyo; entre col y col lechuga[1]; sobido as un escalón; más adelante te spero a la saya. Todo par(a) ti y no nada de que puedas dar parte. Pelechar quiere la vieja; tú me sacarás a mí verdadero, y a mi amo loco. No le pierdas palabra, Sempronio, y verás como no quiere pedir dinero, porque es divisible.

SEMPRONIO. Calla, hombre desesperado, que te matará Calisto si te oye.)

CALISTO. Madre mía, o abrevia tu razón, o toma esta spada y mátame.

PÁRMENO. (Temblando está el diablo como azogado; no se puede tener en sus pies; su lengua le querría prestar para que hablasse presto. No es mucha su vida; luto avremos de medrar destos amores.)

CELESTINA. ¿Spada, señor, o qué? Spada mala mate a tus enemigos y a quien mal te quiere, que yo la vida te quiero dar con buena sperança que traygo de aquella que tú más amas.

CALISTO. ¿Buena esperança, señora?

CELESTINA. Buena se puede dezir, pues queda abierta puerta para mi tornada, y antes me recibirá a mí con esta saya rota que a otra con seda y brocado.

PÁRMENO. (Sempronio, cóseme esta boca, que no lo puedo sofrir; encaxado[c] ha la saya.

SEMPRONIO. ¡Callarás, por Dios, o te echaré dende con el diablo! Que si anda rodeando su vestido haze bien, pues tiene dello necessidad, que el abad de do canta, de allí viste[2].

---

[b] Z: amenguan
[c] Z: encaxada

[1] «Entre col y col, lechuga; ansí plantan los hortelanos», Correas, 127.
[2] «El abad, donde canta, ende yanta», Santillana, *Refranes*, 278. «El abad de do canta, de allí yanta», Correas, 76. Rojas se entretiene irónicamente en este juego de palabras.

PÁRMENO. Y aun viste como canta. Y esta puta vieja querría en un día por tres passos desechar todo el pelo malo quanto[d] en cinquenta años no ha podido medrar.

SEMPRONIO. ¿Y todo esso es lo que te castigó y el conoçimiento que os teníades y lo que te crió?

PÁRMENO. Bien sofriré *yo* más que pida y pele, pero no todo para su provecho.

SEMPRONIO. No tiene otra tacha sino ser codiciosa; pero déxala varde sus paredes, que despúes vardará las nuestras o en mal punto nos conoçió.)

CALISTO. Dime, por Dios, señora, ¿qué hazía? ¿Cómo entraste? ¿Qué tenía vestido? ¿A qué parte de casa estava? ¿Qué cara te mostró al principio?

CELESTINA. Aquella cara, señor, que suelen los bravos toros mostrar contra los que lançan las agudas frechas en el coso, la que los monteses puercos contra los sabuesos que mucho los aquexan.

CALISTO. ¿Y a éstas llamas señales de salud? Pues ¿quáles serían mortales? No por cierto la misma muerte, que aquella alivio sería en tal caso deste mi tormento que es mayor y duele más.

SEMPRONIO. (¿Éstos son los fuegos passados de mi amo? ¿Qué es esto? No ternía este hombre sofrimiento para oýr lo que siempre ha desseado.

PÁRMENO. ¿Y que calle yo, Sempronio? Pues si nuestro amo te oye, tan bien te castigará a ti como a mí.

SEMPRONIO. ¡O mal fuego te abrase, que tú hablas en daño de todos y yo a ninguno offendo! ¡O intollerable pestilencia y mortal te consuma, rixoso, imbidioso, maldito! ¿Toda esta es la amistad que con Celestina y conmigo avías concertado? ¡Vete de aquí a la mala ventura!)

CALISTO. Si no quieres, reyna y señora mía, que desespere y vaya mi ánima condenada a perpetua pena oyendo estas cosas, certifícame brevemente si *no* ovo buen fin tu demanda gloriosa

---

[d] Z: en quanto

y la cruda y rigurosa muestra de aquel gesto angélico y matador, pues todo esso más es señal de odio que de amor.

CELESTINA. La mayor gloria que al secreto officio del[e] abeja se da, a la qual los discretos deven ymitar, es que todas las cosas por ella tocadas convierte en mejor[f] de lo que son[3]. Desta manera me he avido con las çahareñas razones y esquivas de Melibea; todo su rigor traygo convertido en miel, su yra en mansedumbre, su acceleramiento en sossiego. Pues ¿a qué piensas que yva allá la vieja Celestina, a quien tú demás de tu merecimiento, magníficamente galardonaste? sino âblandar[g] su saña, a sofrir su accidente, a ser escudo de tu absencia, a recebir en mi manto los golpes, los desvíos, los menosprecios, desdenes, que muestran aquéllas en los principios de sus requerimientos de amor, para que sea después en más tenida su dádiva. Que a quien más quieren, peor hablan, y si assí no fuesse, ninguna differencia avría entre las públicas, que aman, a las escondidas donzellas, si todas dixiessen sí a la entrada de su primer requerimiento, en viendo que de alguno eran amadas. Las quales, aunque están abrasadas y encendidas de bivos fuegos de amor, por su honestidad muestran un frío esterior, un sossegado vulto, un aplazible desvío, un costante ánimo y casto propósito, unas palabras agras que la propia lengua se maravilla del gran sofrimiento suyo, que la hazen forçosamente confessar el contrario de lo que sienten[4]. Assí que para que tú descanses y tengas reposo, mientra te contare por estenso el processo de mi habla y la causa que tuve para entrar, sabe que el fin de su razón [y habla] fue muy bueno.

CALISTO. Agora, señora, que me as dado seguro para que ose esperar todos los rigores de la respuesta, di quanto man-

[e] B1499: de la
[f] Z: mejorar
[g] S1501: a ablandar

[3] Tomado del *Index* de las obras de Petrarca *(Epístolas familiares)*: «Apes in inventionibus sunt imitandae», «Apibus nulla esset gloria nisi in aliud et in melius inventa converterent», Castro Guisasola [1924: 141], Deyermond [1961: 41]. *Vid.* Shipley [primavera de 1975].
[4] Celestina le traza a Calisto una descripción de las «escondidas donzellas» completamente diferente a la que le hizo a Sempronio en el acto III.

dares y como quisieres, que yo estaré atento. Ya me reposa el coraçón; ya descansa mi pensamiento; ya reciben las venas y recobran su perdido sangre, ya he perdido temor; ya tengo alegría. Subamos, si mandas, arriba. En mi cámara me dirás por estenso lo que aquí he sabido en suma.

CELESTINA. Subamos, señor.

PÁRMENO. *(¡O santa María, y qué rodeos busca este loco por huyr de nosotros para poder llorar a su plazer con Celestina de gozo, y por descubrirle mil secretos de su liviano y desvariado apetito; por preguntar y responder seys vezes cada cosa sin que esté presente quien le pueda dezir que es prolixo! Pues mándote yo, desatinado, que tras ti vamos.)*

CALISTO. *Mira, señora, qué hablar trae Pármeno, cómo se viene santiguando de oýr lo que has hecho de tu gran diligencia*[5]. *Spantado está. Por mi fe, señora Celestina, otra vez se santigua. Sube, sube, sube, y* assiéntate, señora, que de rodillas quiero escuchar tu suave respuesta. Y dime luego, la causa de tu entrada, ¿qué fue?

CELESTINA. Vender un poco de hilado, con que tengo caçadas más de treynta de su estado, si a Dios ha plazido, en este mundo, y algunas mayores.

CALISTO. Esso será de cuerpo, madre, pero no de gentileza[h], no de estado, no de gracia y discreción, no de linaje, no de presumción con merescimiento, no en virtud, no en habla.

PÁRMENO. (Ya escurre eslabones el perdido; ya se desconciertan sus badajadas. Nunca da menos de doze; siempre está hecho relox de mediodía. Cuenta, cuenta, Sempronio, que estás[i] desbavado oyéndole a él locuras y a ella mentiras.

SEMPRONIO. Maldiziente[j] venenoso, ¿por qué cierras las orejas a lo que todos los del mundo las aguzan, hecho serpiente que huye la boz del encantador?[6]. Que sólo por ser de

---

[h] Z: gentilezas
[i] Z: estoy
[j] T1500, S1501, V1514: O maldiziente

[5] Pármeno se santigua al percatarse de los poderes de Celestina, como hizo Sempronio en el acto IV.
[6] La imagen es un recuerdo del Salmo LVII: «Furor illius secundum similitudinem serpentis, sicut aspidis surdae et obturantis aures, quae non exaudiet

amores estas razones, aunque mentiras, las avías de escuchar con gana.)

CELESTINA. Oye, señor Calisto, y verás tu dicha y mi solicitud qué obraron, que en començando yo a vender y poner en precio mi hilado, fue su madre de Melibea llamada para que fuesse a visitar una hermana suya enferma. Y como le fue[se] necessario absentarse, dexó en su lugar a Melibea para...[7].

CALISTO. ¡O gozo sin par, o singular oportunidad, o oportuno tiempo! ¡O quién estuviera allí debaxo de tu manto, escuchando qué hablaría sola aquélla en quien Dios tan estremadas gracias puso!

CELESTINA. ¿Debaxo de mi manto, dizes? ¡Ay, mesquina, que fueras visto por treynta agujeros que tiene, si Dios no le mejora!

PÁRMENO. (Sálgame fuera, Sempronio, ya no digo nada; escúchatelo tú todo. Si este perdido de mi amo no midiesse con el pensamiento quántos passos ay de aquí a casa de Melibea y contemplasse en su gesto y considerasse cómo estaría aviniendo el hilado, todo el sentido puesto y ocupado en ella, él vería que mis consejos le eran más saludables que estos engaños de Celestina.)

CALISTO. ¿Qué es esto, moços? Estó yo escuchando atento, que me va la vida; vosotros susuráys como soléys, por hazerme mala obra y enojo. Por mi amor, que calléys; morirés de plazer con esta señora, según su buena diligencia. Di, señora, ¿qué heziste quando te viste sola?

CELESTINA. Recebí, señor, tanta alteración[k] de plazer que qualquiera que me viera me lo conosciera en el rostro[8].

---

[k] Z: altercación

vocem incantantum et benefici incantantis sapienter», *Celestina comentada*, 107r., Castro Guisasola [1924: 105].

[7] Calisto interrumpe a Celestina.

[8] Reminiscencia de Juan de Mena, *Pecados mortales*, c. 27: «Alteróme de manera / la su disforme vysión / que mi grande alteración / cualquiera la conosciera», Castro Guisasola [1924: 163].

CALISTO. Agora la recibo yo, quanto más quien ante sí contemplava tal ymagen. Enmudescerías con la novedad incogitada.

CELESTINA. Ante me dio más osadía a hablar lo que quise verme sola con ella. Abrí mis entrañas, díxele mi embaxada, cómo penavas tanto por una palabra de su boca salida en favor tuyo para sanar un tan gran dolor. Y como ella estuviesse suspensa, mirándome, espantada del nuevo mensaje, escuchando hasta ver quién podía ser el que assí por necessidad de su palabra penava o a quién pudiesse sanar su lengua, en nombrando tu nombre, atajó mis palabras; diose en la frente una gran palmada como quien cosa de grande espanto oviesse oýdo, diziendo que cessasse mi habla y me quitasse delante si no quería[1] hazer a sus servidores verdugos de mi postremería, *agravando mi osadía, llamándome hechizera, alcahueta, vieja falsa, barvuda, malhechora, y otros muchos inominiosos nombres con cuyos títulos asombran a los niños de cuna*[9]. *Y empós desto, mil amortescimientos y desmayos, mil milagros y espantos, turbado el sentido*[10], *bulliendo fuertemente los miembros todos a una parte y a otra, herida de aquella dorada frecha que del sonido de tu nombre le tocó, retorciendo el cuerpo, las manos enclavijadas como quien se despereza, que parecía que las despedaçava, mirando con los ojos a todas partes, coceando con los pies el suelo duro. Y yo a todo esto arrinconada, encogida, callando, muy gozosa con su ferocidad; mientra más vascava, más yo me alegrava, porque más cerca estava el rendirse y su caýda. Pero entretanto que gastava aquel espumajoso almazén su yra*[11]*, yo no dexava mis pensamientos estar vagos ni ociosos, de manera que tove tiempo para salvar lo dicho*[m].

---

[1]   *Com.:* quería no

[m]   *Com.:* Yo, que en este tiempo no dexava mis pensamientos vagos ni ociosos, viendo quanto almazén gastava su yra, agravando mi osadía, llamándome hechizera, alcahueta, vieja falsa, y otros muchos ignominiosos nombres con cuyos títulos se asombran los niños, tove lugar de salvar lo dicho.

[9]   Castro Guisasola [1924: 168] cree ver aquí un recuerdo de Santillana, *Bías contra fortuna*, c. 1: «O me piensas espantar / bien como a niño de cuna.»

[10]   Ésta grotesca distorsión de la reacción de Melibea ante los requerimientos de la vieja parece una parodia del topos de los síntomas de amor.

[11]   Castro Guisasola [1924: 165] observa ciertas reminiscencias entre esta frase y la copla 99 de los *Pecados mortales* de Juan de Mena: «Con paciencia muy prudente / la Razón se refrenó / hasta que yra gastó / su palabra e accidente.»

CALISTO. Esso me di, señora madre. Que yo he rebuelto en mi juyzio mientra te escucho y no he hallado desculpa que buena fuesse ni conveniente con que lo dicho se cubriesse ni colorasse sin quedar terrible sospecha de tu demanda. Porque conozca tu mucho saber, que en todo me pareces más que muger, que como su respuesta tú prenosticaste, preveýste con tiempo tu réplica. ¿Qué más hazía aquella tusca Adeleta cuya fama, siendo tú biva, se perdiera? La qual tres días ante [de] su fin prenunció la muerte de su viejo marido y de dos hijos que tenía[12]. Ya creo lo que *se dize*[n], que el género[o] flaco de las hembras es más apto para las prestas cautelas que *el* de los varones[13].

CELESTINA. ¿Qué, señor? Dixe que tu pena era mal de muelas y que la palabra que della querría era una oración que ella sabía, muy devota, para ellas.

CALISTO. ¡O maravillosa astucia, o singular muger en su officio, o cautelosa hembra, o melezina presta, o discreta en mensages! ¿Quál humano seso bastara a pensar tan alta manera de remedio? De cierto creo, si nuestra edad alcançara aquellos passados Eneas y Dido, no trabajara tanto Venus para atraher a su hijo el amor de Elisa, haziendo tomar a Cupido ascánica forma para la engañar; antes por evitar prolixidad, pusiera a ty por medianera[14]. Agora doy por bienempleada mi muerte,

---

[n] *Com.:* dines

[o] Z: generoso

[12] De nuevo se recurre al *Index* de las obras de Petrarca, esta vez a la entrada *Adelecta*: «Adelecta ex nobili tuscorum sanguine femina: tam astrorum studio quam magicis artibus venturi praescia: tam viro quam natis diem mortis tribus versiculis praenunciavit.» Como indica Deyermond [1961: 39-40], Rojas tuvo que conocer el texto original *(De rebus memorandis,* IV, iv, 9), porque sólo aquí se hace mención a los dos hijos de la profetisa. Estas palabras de Calisto podrían interpretarse como un irónico aviso sobre la trágica suerte que correrá Celestina; notemos que la vieja se refiere a menudo a los dos criados llamándolos «hijos».

[13] Proverbio.

[14] El origen último de la historia es Virgilio, *Eneida,* I, vv. 661 y ss., como ya señaló el comentador anónimo de la *Celestina comentada,* 109r., y Castro Guisasola [1924: 65]. Dido se enamora de Cupido bajo la forma de Ascanio. Para la relación de *La Celestina* con el mito de Dido, *vid.* Leube [1969: 275-286] y Lida de Malkiel [1942/1974]. Calisto realiza su alabanza de Celestina conjugando el topos hiperbólico con el de la brevedad.

puesta en tales manos, y creeré que si mi desseo no oviere effecto qual querría, que no se pudo obrar más, según natura, en mi salud. ¿Qué os parece, moços? ¿Qué más se pudiera pensar? ¿Ay tal mujer nascida en el mundo?

CELESTINA. Señor, no atajes[p] mis razones; déxame dezir, que se va haziendo noche; ya sabes quien malhaze aborrece claridad[15] y, yendo a mi casa, podré haver algún mal encuentro.

CALISTO. ¿Qué, qué? Sí, que hachas y pajes ay que te acompañen.

PÁRMENO. (¡Sí, sí, por que no fuercen a la niña! Tú yrás con ella, Sempronio, que ha temor de los grillos que cantan con lo escuro.)

CALISTO. ¿Dizes algo, hijo Pármeno?

PÁRMENO. Señor, que yo y Sempronio será bueno que la acompañemos hasta su casa, que haze mucho escuro.

CALISTO. Bien dicho es; después será. Procede en tu habla y dime qué más passaste. ¿Qué te respondió a la demanda de la oración?

CELESTINA. Que la daría de su grado.

CALISTO. ¿De su grado? ¡[O] Dios mío, qué alto don!

CELESTINA. Pues más le pedí.

CALISTO. ¿Qué, mi vieja honrrada?

CELESTINA. Un cordón que ella trae contino ceñido, diziendo que era provechoso para tu mal porque avía tocado muchas reliquias.

CALISTO. Pues ¿qué dixo?

CELESTINA. Dame albricias; dizértelo he.

CALISTO. ¡O por Dios, toma toda esta casa y quanto en ella ay, y dímelo o pide lo que querrás!

CELESTINA. Por un manto que tú des a la vieja, te dará en tus manos el mesmo que en su cuerpo ella traýa.

---

[p] Z: atajas

[15] San Juan, 3, 20: «Qui male agit, odit lucem», *Celestina comentada*, 109v., y Castro Guisasola [1924: 109].

CALISTO. ¿Qué dizes de manto? Y^q saya y quanto yo tengo.

CELESTINA. Manto he menester y éste terné yo en harto; no te alargues más. No pongas sospechosa dubda en mi pedir, que dizen que offrecer mucho al que poco pide es especie de negar[16].

CALISTO. Corre, Pármeno, llama a mi sastre y corte luego un manto y una saya de aquel contray que se sacó para frisado.

PÁRMENO. (¡Assí, assí, a la vieja todo porque venga cargada de mentiras como abeja, y a mí que me arrastren! Tras esto anda ella oy todo el día con sus rodeos.)

CALISTO. ¡De qué gana va el diablo! No ay cierto tan malservido hombre como yo, manteniendo moços adevinos, reçongadores, enemigos de mi bien. ¿Qué vas, vellaco, rezando? Embidioso, ¿qué dizes? Que no te entiendo. Ve donde te mando presto y no me enojes, que harto basta mi pena para me acabar, que tanbién avrá para ti sayo en aquella pieça.

PÁRMENO. No digo, señor, otra cosa sino que es tarde para que venga el sastre.

CALISTO. ¿No digo yo que adevinas? Pues quédese para mañana. Y tú, señora, por amor mío te sufras, que no se pierde lo que se dilata. Y mándame mostrar aquel santo cordón que tales miembros fue digno de ceñir. Gozarán mis ojos con todos los otros sentidos, pues juntos han sido apassionados. Gozará mi lastimado coraçón, aquel que nunca recibió momento de plazer después que aquella señora conoció. Todos los sentidos le llagaron; todos acorrieron a él con sus esportillas de trabajo; cada uno le lastimó quanto más pudo: los ojos en vella, los oýdos en oýlla, las manos en tocalla.

CELESTINA. ¿Qué la has tocado, dizes? Mucho me espantas.

CALISTO. Entre sueños, digo.

CELESTINA. ¿En sueños?

^q S1501, V1514: Manto y

[16] Palabras tomadas de Petrarca, *Epístolas familiares*, 101: «Scimus ergo: quia petenti modicum inmensa porrigere: species est negandi.» *Vid.* Deyermond [1961: 73].

CALISTO. En sueños la veo tantas noches que temo no me acontezca como a Alcibíades [o a Sócrates], que [el uno] soñó que se veýa embuelto en el manto de su amiga y otro día matáronle, y no ovo quien le alçasse de la calle ni cubriesse sino ella con su manto [el otro v(e)ía que le[r] llamavan por nombre y murió dende a tres días][17]. Pero en vida o en muerte, alegre me sería vestir su vestidura.

CELESTINA. Assaz tienes pena, pues quando los otros reposan en sus camas, preparas tú el trabajo para sofrir otro día. Esfuérçate, señor, que no hizo Dios a quien desmampararasse[18]. Da espacio a tu desseo; toma este cordón, que, si yo no me muero, yo te daré a su ama.

CALISTO. ¡O nuevo huésped, o bienaventurado cordón, que tanto poder y merescimiento toviste de ceñir aquel cuerpo que yo no soy digno de servir! ¡O nudos de mi passión, vosotros enlazastes mis desseos! Dezíme si os hallastes presentes en la desconsolada respuesta de aquella a quien vosotros servís y yo adoro, y por más que trabajo noches y días, no me vale ni aprovecha.

CELESTINA. Refrán viejo es: quien menos procura, alcança más bien[19]. Pero yo te haré procurando conseguir lo que siendo negligente no avrías. Consuélate, señor, que en una hora no se ganó Çamora[20]. Pero no por esso desconfiaron los combatientes.

CALISTO. ¡O desdichado, que las cibdades están con piedras cercadas y a piedras, piedras las vencen! Pero esta mi señora tiene el coraçón de azero; no ay metal que con él pueda; no ay tiro que le melle. Pues poned scalas en su muro;

---

[r] T1500: se

[17] Los *exempla* sobre Alcibíades y Sócrates proceden de Petrarca *(De rebus memorandis,* IV, iii, 30), aunque éste los trae en capítulos distintos. Seguramente, Rojas acudió al *Index* a pesar de que, según indica Deyermond [1961: 78-79], la entrada *Sócrates* del *Index* no es suficiente como fuente para el pasaje, por lo que el autor tuvo que tener a mano también el texto original.

[18] «No hizo Dios a quien dessamparase», Covarrubias, 475.

[19] «Quien menos la procura, a veces ha más ventura», Correas, 346.

[20] «No se ganó Zamora en una hora ni Sevilla en un día»; «No se ganó Zamora en una hora ni Roma se fundó luego toda», Correas, 227.

unos ojos tiene con que echa saetas, una lengua [llena] de reproches y desvíos. El assiento tiene en parte que [a] media legua no le pueden poner cerco[21].

CELESTINA. Calla, señor, que el buen atrevimiento de un solo hombre ganó a Troya[22]; no desconfíes, que una mujer puede ganar otra. Paco as tratado mi casa; no sabes bien lo que yo puedo.

CALISTO. Quanto dixeres, señora, te quiero creer, pues tal joya como ésta me truxiste. ¡O mi gloria y ceñidero de aquella angélica criatura, yo te veo y no lo creo![23]. O cordón, cordón, ¿fuísteme tú enemigo?[24]. Dilo cierto; si lo fuiste, yo te perdono, que de los buenos es propio[s] las culpas perdonar[25]. No lo creo, que si fueras contrario, no vinieras tan presto a mi poder, salvo si vienes a desculparte. Conjúrote me respondas por la virtud del gran poder que aquella señora sobre mí tiene.

CELESTINA. Cessa ya, señor, esse devanear, que me[t] tienes cansada[u] de escucharte y al cordón, roto de tratarlo.

CALISTO. O mezquino de mí, que assaz bien me fuera del cielo otorgado que de mis braços fueras hecho y texido y no de seda como eres, porque ellos gozaran cada día de rodear y ceñir con devida reverencia aquellos miembros que tú, sin sentir ni gozar de la gloria, siempre tienes abraçados. ¿O qué secretos avrás visto de aquella excelente ymagen?

---

[s] Z: propia

[t] *Com.*: a mí

[u] Z: cansado

[21] El concepto aquí expresado es un tópico de la poesía cancioneril. Acordémonos, por ejemplo, de uno de los poemas de Jorge Manrique titularlo, precisamente, «Castillo de amor».

[22] *Eneida*, I, donde se cuenta la caída de Troya. El *solo hombre* es Sinón, que engañó a los troyanos sobre la huida de los griegos y sobre el caballo.

[23] «Yo que veo / el contrario, e non lo creo», Santillana, Foulché-Delbosc, *Cancionero*, I, 480a.

[24] Castro Guisasola [1924: 182] señala que aunque el tema del cordón aparece en uno de los poemas de Costana estas palabras recuerdan los versos de otra composición del mismo poeta, «a unos guantes que le dio una señora» (*Cancionero general*, Apéndice, 126): «Como me tratan allí / sé que soys buenos testigos / quiero's preguntar, dezi: ¿Fuésteme nunca enemigos?» Pero F. Rico [1982: 117] nota que Costana debe de ser posterior a *La Celestina*.

[25] Proverbio que la *Celestina comentada*, 111v., atribuye a Séneca.

CELESTINA. Más verás tú y con más sentido, si no lo pierdes hablando lo que hablas.

CALISTO. Calla, señora, que él y yo nos entendemos. O mis ojos, acordaos cómo fuistes causa y puerta por donde fue mi coraçón llagado, y que aquél es visto hazer el daño que da la causa[26]. Acordaos que soys debdores de la salud; remira la melezina que os viene[v] hasta casa.

SEMPRONIO. Señor, por holgar con el cordón, no querrás gozar de Melibea.

CALISTO. ¿Qué, loco, desvariado, atajasolazes, cómo es esto?

SEMPRONIO. Que mucho hablando matas a ti y a los que te oyen. Y assí que perderás la vida o el seso; qualquiera que falte basta para quedarte ascuras. Abrevia tus razones; darás lugar a las de Celestina.

CALISTO. ¿Enójote, madre, con mi luenga razón, o está borracho este moço?

CELESTINA. Aunque no lo esté, deves, señor, cessar tu razón, dar fin a tus luengas querellas, tratar al cordón como cordón por que sepas hazer differencia de habla quando con Melibea te veas; no haga tu lengua yguales la persona y el vestido.

CALISTO. O mi señora, mi madre, mi consoladora; déxame gozar con este mensajero de mi gloria. O lengua mía, ¿por qué te impides en otras razones, dexando de adorar presente la excellencia de quien por ventura jamás verás en tu poder? O mis manos, con qué atrevimiento, con quán poco acatamiento tenéys y tratáys la triaca de mi llaga; ya no podrán empeçer las yervas que aquel crudo caxquillo traýa embueltas en su aguda punta. Seguro soy, pues quien dio la herida, la cura[27]. O tú, señora, alegría de las viejas mujeres, gozo de las moças, descanso de los fa-

[v] Z: vine

[26] «Principio del derecho», *Celestina comentada*, 112r.

[27] «La llaga de amor, quien la hace la sana y quita el dolor», Correas, 281. «Cuando Dios da la llaga, da el remedio que la sana», *ídem*, 133. Según Castro Guisasola [1924: 99], se trata de uno de los *Proverbios de Séneca* de Publilio Siro: «Amoris vulnus sanat idem qui facit»; pero *vid.* F. Rico [1987: 33].

tigados como yo, no me hagas más penado con tu temor que me haze mi vergüença, suelta la rienda a mi contemplación; déxame salir por las calles con esta joya, por que los que me vieren sepan que no ay más bienandante hombre que yo.

SEMPRONIO. No afistoles tu llaga cargándola de más desseo; no es, señor, el solo cordón del que pende tu remedio.

CALISTO. Bien lo conozco, pero no tengo sofrimiento para me abstener de adorar tan alta empresa.

CELESTINA. ¿Empresa? Aquella es empresa que de grado es dada[28], pero ya sabes lo que hizo por amor de Dios, para guareçer tus muelas, no por el tuyo, para cerrar tus llagas. Pero si yo bivo, ella bolverá la hoja.

CALISTO. ¿Y la oración?

CELESTINA. No se me dijo por agora.

CALISTO. ¿Qué fue la causa?

CELESTINA. La brevedad del tiempo; pero quedó que si tu pena no afloxasse, que tornasse mañana por ella.

CALISTO. ¿Afloxar? entonce afloxará mi pena quando su crueldad.

CELESTINA. Assaz, señor, basta lo dicho y hecho; obligada queda según lo que mostró a todo lo que para esta enfermedad yo quisiera pedir según su poder. Mira, señor, si esto basta para la primera vista. Yo me voy; cumple, señor, que si salieres mañana lleves reboçado un paño por que si della fueres visto no acuse de falsa mi petición.

CALISTO. Y aun quatro por su servicio. Pero dime, par Dios, ¿passó más? Que muero por oýr palabras de aquella dulce boca. ¿Cómo fuyste tan osada que, sin la conoscer, te mostraste[w] tan familiar en tu entrada y demanda?

CELESTINA. ¿Sin la conoscer? Quatro años fueron mis vezinas; tratava con ellas, hablava y reýa de día y de noche; mejor me conosce su madre que a sus mismas manos, aunque Melibea se ha hecho grande, muger discreta, gentil.

---

[w] Z: mostrasse
[28] Proverbio.

PÁRMENO. (Ea, mira Sempronio, qué te digo al oýdo.

SEMPRONIO. Dime ¿qué dizes?

PÁRMENO. Aquel atento escuchar de Celestina da materia de alargar en su razón a nuestro amo. Llégate a ella, dale del pie; hagámosle de señas que no espere más, sino que se vaya. Que no hay tan loco hombre nascido que solo, mucho hable.)

CALISTO. ¿Gentil dizes, señora, que es Melibea? Paresce que lo dizes burlando. ¿Ay nascida su par en el mundo? ¿Crió Dios otro mejor cuerpo? Puédense pintar tales faciones, dechado de hermosura? Si hoy fuera biva Helena, por que[x] tanta muerte hovo de griegos y troyanos, o la hermosa Policena, todas obedescerían a esta señora por quien yo peno. Si ella se hallara presente en aquel debate de la mançana con las tres diosas, nunca sobrenombre de discordia le pusieran, porque sin contrariar ninguna todas concedieran y vivieran[y] conformes en que la llevara Melibea[29]. Assí que se llamara mançana de concordia. Pues quantas hoy son nascidas que della tengan noticia, se maldizen, querellan a Dios porque no se acordó dellas quando a esta mi señora hizo. Consumen sus vidas, comen sus carnes con embidia, danles siempre crudos martirios, pensando con artificio ygualar con la perfeción que sin trabajo dotó a ella natura. Dellas, pelan sus cejas con tenazicas y pegones y a cordelejos. Dellas, buscan las doradas yervas, raýzes, ramas y flores para hazer lexías con que sus cabellos semejassen a los della. Las caras martillando, envistiéndolas en diversos matizes, con ungüentos y unturas, aguas fuertes, posturas blancas y coloradas, que por evitar prolixidad no las cuento. Pues la que todo esto halló hecho, mira si meresce de un triste hombre como yo ser servida.

---

[x] *Com.:* quien
[y] Z: vinieran

[29] Castro Guisasola [1924: 171-172] cree ver en estas hiperbólicas comparaciones reminiscencias de la composición de Carvajales «A la princesa de Rosano»: «que si en el templo de Varis / vos falla el ynfante Páris, / no fuera robada Elena... Que si juntas vos mirara, / muy menos se enamorara / Archiles de Polisçena». Polixena era una de las hijas de Príamo, célebre por su belleza.

CELESTINA. (Bien te entiendo, Sempronio; déxale, que él caerá de su asno y acaba)[30][z].

CALISTO. En la que toda la natura se remiró por la hazer perfecta, que las gracias que en todas repartió las juntó en ella; allí hizieron alarde quanto más acabadas pudieron allegarse, por que conosciessen los que la viessen quánta era la grandeza de su pintor. Solo un poco de agua clara con un ebúrneo peyne basta para exceder a las nascidas en gentileza. Éstas son sus armas; con éstas mata y vence; con éstas me cativó; con éstas me tiene ligado y puesto en dura cadena.

CELESTINA. Calla y no fatigues, que más aguda es la lima que yo tengo que fuerte essa cadena que te atormenta; yo la cortaré con ella por que tú quedes suelto. Por ende dame licencia, que es muy tarde, y déjame llevar el cordón, porque *como sabes,* tengo dél necessidad[31].

CALISTO. ¡O desconsolado de mí, la fortuna adversa me sigue junta! Que contigo o con el cordón con entramos quisiera yo estar acompañado esta noche luenga y escura. Pero pues no ay bien complido en esta penosa vida[32], venga entera la soledad[aa]. ¿Moços, moços?

PÁRMENO. Señor.

CALISTO. Acompaña a esta señora hasta su casa, y vaya con ella tanto plazer y alegría quanta conmigo queda tristeza y soledad.

---

[z] B1499: ya acaba. S1501, V1514: y acabará
[aa] Z: entera soledad

[30] El escepticismo de los criados ante el éxtasis de Calisto en posesión del cordón de Melibea intensifica la parodia de aquél como amante cortés. El contraste entre el ajado y superado estilo de Calisto a la hora de alabar a su amada y el rebajamiento de éste por el estilo de los criados con su crudo humor ha sido estudiado por Martin [1972: 103-105]. En esta escena hemos de suponer que Sempronio hace alguna gesticulación a Celestina para que ésta ponga fin al prolijo elogio de su amo, por lo que le responde en un aparte. «*Caer de su burra,* desengañarse de su opinión errónea con el mal suceso», Covarrubias, 261-262.

[31] Presumiblemente Celestina está planeando aplicar sus poderes mágicos sobre el cordón de Melibea, poniendo fin así al cerco mágico inicado en el acto III.

[32] Proverbio.

CELESTINA. Quede, señor, Dios contigo; mañana será mi buelta, donde mi manto y la respuesta vernán a un punto, pues oy no ovo tiempo. Y súfrete, señor, y piensa en otras cosas.

CALISTO. Esso no, que es eregía olvidar aquella por quien la vida me aplaze.

Argumento del séptimo auto[a]

CELESTINA *habla con* PÁRMENO, *induziéndole a concordia y amistad de* SEMPRONIO. *Tráhele* PÁRMENO *a memoria la promessa que le fiziera de le hazer haver a* AREÚSA, *quél mucho amava. Vanse a la*[b] *casa de* AREÚSA. *Queda ay*[c] *la noche* PÁRMENO. CELESTINA *va para su casa; llama a la puerta. Elida le viene abrir*[d], *increpándole su tardança.*

CELESTINA, PÁRMENO, AREÚSA, ELICIA

CELESTINA. Pármeno, hijo, después de las passadas razones no he avido oportuno tiempo para te dezir y mostrar el mucho amor que te tengo, y assimismo cómo de mi boca todo el mundo ha oýdo hasta agora en absencia bien de ti. La razón no es menester repetirla porque yo te tenía por hijo a lo menos cassi adotivo, y así que *tú* ymitavas a*l* natural[e] y tú dasme el pago en mi presencia, pareciéndote mal quanto digo, susurrando y murmurando contra mí en presencia de Calisto. Bien pensava yo que, después que concediste en mi buen consejo, que no avías de tornarte atrás. Todavía me parece que te quedan reliquias vanas, hablando por antojo más que por razón. Desechas el provecho por contentar la lengua. Óyeme si no me has oýdo, y mira que soy vieja y el buen consejo mora en los viejos[1] y de los mançebos es proprio el deleyte. Bien creo que de tu yerro sola

[a] T1500
[b] B1499, S1501: a casa
[c] T1500: ý
[d] S1501: a abrir
[e] Z: hijo y. S1501, V1514: imitaras

[1] Proverbio.

196

la edad tiene culpa. Spero en Dios que *serás mejor para mí de aquí adelante, y mudarás el ruyn propósito con la terna edad, que como dizen, múdanse las costumbres con la mudança del cabello y variación*[2f], digo, hijo, cresciendo y viendo cosas nuevas cada día. Porque la mocedad en sólo lo presente se impide y ocupa a mirar, mas la madura edad no dexa presente ni passado ni porvenir[3]. Si tú tovieras memoria, hijo Pármeno, del passado amor que te tuve, la primera posada que tomaste venido nuevamente a esta cibdad, havía de ser la mía. Pero los moços curáys poco de los viejos; regísvos[g] a sabor de paladar; nunca pensáys que tenéys ni havéys de tener necessidad dellos; nunca pensáys en enfermedades; nunca pensáys que os puede esta florezilla de juventud faltar[h]. Pues mira, amigo, que para tales necessidades como éstas, buen acorro es una vieja conoscida, amiga, madre y más que madre[4]; buen mesón para descansar sano; buen hospital para sanar enfermo, buena bolsa para necessidad, buena arca para guardar dinero en prosperidad, buen fuego de invierno rodeado de assadores; buena sombra de verano; buena taverna para comer y bever. ¿Qué dirás, loquillo, a todo esto? Bien sé que estás confuso por lo que hoy as hablado. Pues no quiero más de ti, que Dios no pide más del pecador, de arrepentirse y emendarse[5]. Mira a Sempronio, yo lo[i] hize hombre de Dios en ayuso; querría que fuéssedes como hermanos, porque estando bien con él, con tu amo y con todo el mundo lo estarías. Mira

---

[f] *Com.:* variarán tus costumbres variando el cabello

[g] Z: regísos

[h] *Com.:* os puede faltar esta florezilla de juventud

[i] *Com.:* le

[2] La interpolación está tomada de Petrarca, *Bucolicum carmen*, VIII, 9, 12: «Propositum mutat sapiens... studium iuvenile senectae / Displicet: et variant curae variant capillo.» *Vid.* Deyermond [1961: 74].

[3] Quizá reminiscencia del *De remediis*, II, 43, de Petrarca: «Adolescentia non nisi quae sub oculis sunt metitur aetas maturior multa circumspicit.» Parece ser que Rojas acudió primero al *Index* de las obras y después amplió directamente sobre el texto *(vid.* Deyermond [1961: 40-41]).

[4] Según Deyermond [1961: 82-83], se trata de un recuerdo del *De remediis*, I, 1.

[5] Tomado del *Libro de Ezequiel*, 33, 2: «Vivo ego, dicit Dominus Deus; nolo mortem impii sed ut convertatur... impius a vita sua at vivat», Castro Guisasola [1924: 106-107], *Celestina comentada*, 116r.

que es bienquisto, diligente, palanciano, buen servidor, gracioso; quiere tu amistad; crecería vuestro provecho dándoos el uno al otro la mano [ni aun avría más privados con vuestro amo que vosotros]. Y pues sabe que es menester que ames si quieres ser amado, que no se toman truchas etc.[6]. Ni te lo deve Sempronio de fuero[j]. Simpleza es no querer amar y esperar*lo ser de otro*[k]; locura es pagar el amistad con odio[7].

PÁRMENO. Madre, [para contigo digo que] mi segundo yerro te confesso, y con perdón de lo passado quiero que ordenes lo porvenir. Pero con Sempronio me parece que es impossible sostenerse mi amistad; él es desvariado, yo malsofrido[8]; concértame essos amigos.

CELESTINA. Pues no era éssa tu condición.

PÁRMENO. A la mi fe, mientras más fuy cresciendo, más la primera paciencia me olvidava; no soy el que solía, y assimismo Sempronio no ay ni tiene en qué me aproveche.

CELESTINA. El cierto amigo en la cosa incierta se conosce; en las adversidades se prueva; entonces se allega y con más desseo visita la casa que la fortuna próspera desamparó. ¿Qué te diré, hijo, de las virtudes del buen amigo? No ay cosa más amada, ni más rara; ninguna carga rehusa. Vosotros soys yguales; la paridad de las costumbres, y la semejança de los coraçones es la que más la sostiene[9]. Cata, hijo mío, que si algo tie-

[j] Z: hurto

[k] *Com., Trag.*: esperar *de* ser amado

[6] «No se toman truchas a bragas enjutas», Correas, 228. «Non se toman truchas a barbas enxutas», Castro, *Glosario*, 220.

[7] Esta sabiduría sobre el amor proviene de dos entradas del *Index* de las obras de Petrarca: «Si vis amari ama», «Sunt qui non amant et amari putant: quo nihil est stultius», Deyermond [1961: 39].

[8] Éste es uno de los pocos casos de cándido autoanálisis a cargo de uno de los personajes de *La Celestina*. En opinión de Marciales [1975: 42], el *para contigo digo que* fue omitido por la *Tragicomedia* porque parodia la fórmula usada para dar inicio a las confesiones.

[9] Para esta homilía encareciendo la amistad, Rojas se dedica a traducir diversas entradas del *Index* de las obras de Petrarca: «Amicus certus in re incerta cernitur», «Amici veri maxime in adversis haerent: et illas domos avidius frequentat quas fortuna deservit», «Amico nihil charius: nihil rarius» y

nes, guardado se te está. Sabe tú ganar más, que aquello ganado lo hallaste; buen siglo haya aquel padre que lo trabajó. No se te puede dar hasta que bivas más reposado y vengas en edad complida.

PÁRMENO. ¿A qué llamas reposado, tía?

CELESTINA. Hijo, a bivir por ti, a no andar por casas ajenas; lo qual siempre andarás mientra no te supieres aprovechar de tu servicio, que de lástima que ove de verte roto pedí hoy manto, como viste, a Calisto; no por mi manto, pero por que, estando el sastre en casa y tú delante sin sayo, te le diesse. Assí que no por mi provecho, como yo sentí que dixiste, mas por el tuyo, que si esperas al ordinario galardón destos galanes, es tal que lo que en diez años sacarás, atarás en la manga. Goza tu moçedad, el buen día, la buena noche, el buen comer y bever. Quando pudieres averlo, no lo dexes; piérdase lo que se perdiere. No llores tú la hazienda que tu amo heredó, que esto te llevarás deste mundo, pues no le tenemos más de por nuestra vida. ¡O hijo mío, Pármeno!, que bien te puedo dezir hijo, pues tanto tiempo te crié. Toma mi consejo, pues sale con limpio desseo de verte en alguna honrra. ¡O quán dichosa me hallaría en que tú y Sempronio estuviéssedes muy conformes, muy amigos, hermanos en todo, viéndoos venir a mi pobre casa a holgar, a verme, y aun a desenojaros con sendas mochachas!

PÁRMENO. ¿Mochachas, madre mía?

CELESTINA. ¡Alahé, mochachas digo, que viejas, harto me só yo! Qual se la tiene Sempronio, y aun sin aver tanta razón, ni tenerle tanta affición como a ti. Que de las entrañas me sale quanto te digo.

PÁRMENO. Señora, no bives engañada.

CELESTINA. Y aunque lo biva, no me pena mucho; que tanbién lo hago por amor de Dios y por verte solo en tierra ajena, y más por aquellos huessos de quien te me encomendó, que tú serás hombre y vernás en [buen] conocimiento [y] verdadero, y dirás «La vieja Celestina bien me consejava».

«Amicitiae causa est morum paritas et similitudo animorum», Deyermond [1961: 39; 143].

199

PÁRMENO. Y aun agora lo siento, aunque soy moço, que aunque hoy viés[1] que aquello dezía, no era porque me pareciesse mal lo que tú hazías. Pero porque vía que le consejava yo lo cierto y me dava malas gracias. Pero de aquí adelante demos tras él. Haz de las tuyas, que yo callaré. Que ya tropecé en no te creer cerca deste negocio con él.

CELESTINA. Cerca deste y de otros tropeçarás y cayrás mientra no tomares mis consejos que son de amiga verdadera.

PÁRMENO. Agora doy por bienempleado el tiempo que siendo niño te serví, pues tanto fruto trae para la mayor edad. Y rogaré a Dios por el alma de mi padre que tal tutriz me dexó, y de mi madre que a tal mujer me encomendó[10].

CELESTINA. No me la nombres, hijo, por Dios, que se me hinchen los ojos de agua. ¿Y tuve yo en este mundo otra tal amiga, otra tal compañera, tal aliviadora de mis trabajos y fatigas? ¿Quién suplía mis faltas? ¿Quién sabía mis secretos? ¿A quién descobría mi coraçón? ¿Quién era todo mi bien y descanso, sino tu madre, más que mi hermana y comadre? ¡O qué graciosa era, o qué desembuelta, limpia, varonil! Tan sin pena ni temor se andava a media noche de cimiterio en cimiterio buscando aparejos para nuestro officio como de día. Ni dexava christianos ni moros ni judíos cuyos enterramientos no visitava. De día los acechava, de noche los desenterrava. Assí se holgava con la noche escura como tú con el día claro. Dezía que aquella era capa de pecadores. ¿Pues maña no tenía con todas las otras gracias? Una cosa te diré por que veas qué madre perdiste, aunque era para callar, pero contigo todo passa. Siete dientes quitó a un ahorcado con unas tenazicas de pelarcejas, mientra yo le descalcé los çapatos. Pues entrar en un cerco[11m], mejor que yo, y con más esfuerço, aunque yo tenía harta buena

---

[1] S1501: veýas. V1514: vías

[m] *Com.*: entrava; Z: cerca

[10] La corrupción de Pármeno por parte de Celestina es ahora completa. La relación que la alcahueta hace de los actos de brujería de la madre de Pármeno no es más que una forma de venganza. *Vid.* Severin [1970: 235].

[11] Alusión al círculo mágico en el que tenía que entrar cualquier hechicera para poder conjurar a los demonios a que se presentasen para recibir sus órdenes. *Vid.* Russell [*Temas:* 259].

fama, más que agora; que por mis pecados, todo se olvidó con su muerte. ¿Qué más quieres? Sino que los mismos diablos la avían miedo; atemorizados y spantados los tenía con las crudas bozes que les dava. Assí era [ella] dellos conoscida como tú en tu casa. Tumbando venían unos sobre otros a su llamado; no la osavan dezir mentira, según la fuerça con que los apremiava. Después que la perdí jamás les oý verdad[12].

PÁRMENO. (No la medre Dios más a esta vieja, que ella me da plazer con estos loores de sus palabras.)

CELESTINA. ¿Qué dizes, mi honrrado Pármeno, mi hijo y más que hijo?

PÁRMENO. Digo que ¿cómo tenía essa ventaja mi madre, pues las palabras que ella y tú dizíades eran todas unas?

CELESTINA. ¿Cómo, y desso te maravillas? ¿No sabes que dize el refrán que mucho va de Pedro a Pedro?[13]. Aquella gracia de mi comadre no la alcançávamos todas. ¿No as visto en los officios unos buenos y otros mejores? Assí era tu madre, que Dios haya, la prima de nuestro officio, y por tal era de todo el mundo conoscida y querida, assi de cavalleros como de clérigos, casados, viejos, moços, y niños. Pues moças y donzellas, assí rogavan a Dios por su[n] vida como de sus mismos padres. Con todos tenía quehazer, con todos hablava; si saliémos por la calle, quantos topávamos eran sus ahijados. Que fue su principal officio partera deziséys años; assí que aunque tú no sabías sus secretos por la tierna edad que avías, agora es razón que los sepas, pues ella es finada y tú hombre.

PÁRMENO. Dime, señora, guando la justicia te mandó prender estando yo en tu casa, ¿teníades mucho conoscimiento?

CELESTINA. ¿Si teniémos[o], me dizes? ¡Como por burla! Juntas lo hezimos, juntas nos sintieron, juntas nos prendieron y

---

[n] Z: por su por
[o] Com., Trag.: teníamos

[12] «De este modo un tanto ambiguo, parece Rojas recordar la doctrina ortodoxa de que el demonio engañaba a las hechiceras y que nadie, ni siquiera ellas, debía suponer que el diablo soliera, ni durante una sesión nigromántica, decir verdades», Russell [Temas: 259].
[13] Literalmente en Correas, 475.

acusaron; juntas nos dieron la pena essa vez, que creo que fue la primera. Pero muy pequeño eras tú; yo me spanto cómo te acuerdas, que es la cosa que más olvidada está en la cibdad. Cosas son que passan por el mundo; cada día verás quien peque y pague[14] si sales a esse mercado.

PÁRMENO. Verdad es, pero del pecado lo peor es la perseverançia, que assí como el primer movimiento no es en mano del hombre, assi el primero yerro, do[nde] dizen que quien yerra y se emienda, etc.[15]

CELESTINA. (Lastimásteme, don loquillo; ¿a las verdades nos andamos? Pues espera, que yo te tocaré donde te duela.)

PÁRMENO. ¿Qué dizes, madre?

CELESTINA. Hijo, digo que sin aquélla prendieron quatro vezes a tu[P] madre, que Dios haya, sola. Y aun la una le levantaron que era bruxa[16], porque la hallaron de noche con unas candelillas cojendo tierra de una encruçijada, y la tovieron medio día en una escalera en[q] la plaça puesta, uno como rocadero pintado en la cabeça. Pero [cosas son que passan]; *no fue nada*; algo han de sofrir los hombres en este triste mundo para sustentar sus vidas *y honrras*. Y mira en qué tan poco lo tuvo con su buen seso, que ni por esso dexó dende en adelante de usar mejor su officio. Esto ha venido por lo que dezías del perseverar en lo que una vez se yerra. En todo tenía gracia, que en Dios y en mi consciencia, aun en aquella escalera estava y pa-

---

[P] Z: vezes tu

[q] Z: a

[14] Alude al dicho «Pagar justos por pecadores».

[15] «Quien yerra y se enmienda, a Dios se encomienda», Correas, 312. Este viejo refrán sigue una serie de preceptos teológicos de segunda mano; Pármeno parece parodiar aquí a un estudiante universitario.

[16] Russell *[Temas:* 330-331] señala que si Claudina fue condenada por bruja, el castigo tendría que haber sido la ejecución, y la presencia del sacerdote que le prometía a la bruja la gloria en el reino de los cielos así parece señalarlo. Sin embargo, el castigo se limita al encorozamiento en una plaza pública. Russell sugiere que la historia de Claudina fue originariamente concebida y escrita como relato de la ejecución de la madre de Pármeno por bruja, habiéndola modificado después Rojas por razones que se ignoran. Notemos, además, que mientras que a Claudina se le aplica el calificativo de bruja, Celestina nunca es denominada así, sino meramente «hechicera» o «encantadora».

recía que a todos los debaxo no tenía en una blanca, según su meneo y presencia. Assí que los que algo son como ella y saben y valen son los que más presto yerran. Verás quién fue Virgilio y qué tanto supo, más ya avrás oýdo como estovo en cesto colgado de una torre mirándole toda Roma. Pero por esso no dexó de ser honrrado ni perdió el nombre de Virgilio[17].

PÁRMENO. Verdad es lo que dizes, pero esso no fue por justicia.

CELESTINA. ¡Calla, bovo! Poco sabes de achaque de yglesia y quánto[r] es mejor por mano de justicia que de otra manera. Sabíalo mejor el cura, que Dios aya, que viniéndola a consolar dixo que la santa scritura tenía que bienaventurados eran los que padecían persecución por la justicia y que aquéllos poseerían el reyno de los cielos[18]. Mira si es mucho passar algo en este mundo por gozar de la gloria del otro, y más que según todos dezían, a tuerto y [a] sinrazón y con falsos testigos y rezios tormentos la hizieron aquella vez confessar lo que no era. Pero con su buen esfuerço, y como el coraçón abezado a sofrir haze las cosas más leves de lo que son, todo lo tuvo en nada. Que mil vezes le oýa dezir; si me quebré el pie, fue por bien[19], porque soy más conocida que antes. Assí que todo esto passó tu buena madre acá, devemos creer que le dará Dios buen pago

---

[r] *Com.*: quando

[17] La historia apócrifa del engaño de Virgilio a cargo de una joven fue muy popular en la Edad Media. La cuenta Juan Ruiz, *Libro de Buen Amor*, 261 y ss., y el Arcipreste de Talavera, *Corbacho*, I, 17. *Vid.* J. Webster Spargo, *Virgil the Necromancer: Studies in Virgilian legends*, Harvard Studies in Comparative Literature (Cambridge, Massachusetts, Harvard University Press, 1934); Comparetti, *Virgilio nel Medio Evo* (Florencia, 2.ª ed., 1937, etc.) y Henry, *Les ouvres d'Adenet le Roi* (Bruselas, Rijksuniversiteit te Gent, 1971), t. V, vol. 2, 661 y ss.

[18] Gilman [1972] ve este pasaje como un ejemplo de la beatitud que caracteriza a la comunidad de judíos conversos. La descripción que Celestina hace del castigo sufrido por Claudina evoca los castigos inquisitoriales. La sugerencia de Celestina de que, según la opinión general, mediante la tortura y el falso testimonio se había obligado a Claudina a «confesar lo que no era», parece referirse a un caso de mala conducta judicial. Russell *[Temas:* 331] sugiere que Rojas aprovechó la ocasión para criticar el modo de proceder de los tribunales al investigar los casos de sospecha da brujería y hechicería.

[19] «Si caí y me quebré el pie, mejor me fue», Correas, 256.

allá, si es verdad lo que nuestro cura nos dixo. Y con esto me consuelo. Pues seýme tú como ella, amigo verdadero, y trabaja por ser bueno, pues tienes a quien parezcas. Que lo que tu padre *te* dexó a buen seguro lo tienes.

PÁRMENO. Bien lo creo, madre, pero querría saber qué tanto es.

CELESTINA. No puede ser agora; verná tu tiempo, como te dixe, para que lo sepas y lo oyas.

PÁRMENO. Agora dexemos los muertos y las herençias [que si poco me dexaron, poco hallaré]. Hablemos en los presentes negocios que nos va más que en traer los passados a la memoria. Bien se te acordará, no ha mucho que me prometiste que me harías aver a Areúsa, quando en mi casa te dixe cómo moría por sus amores.

CELESTINA. Si te lo prometí, no lo he olvidado, ni creas que he perdido con los años la memoria. Que más de tres xaques ha recibido de mí sobre ello en tu absencia[20]. Ya creo que stará bien madura; vamos de camino por casa, que no se podrá scapar de mate, que esto es lo menos que yo por ti tengo de hazer.

PÁRMENO. Yo ya desconfiava de la poder alcançar, porque jamás podía acabar con ella que me esperasse a poderle dezir una palabra. Y como dicen, mala señal es de amor huyr y bolver la cara[21]; sentía en mí gran desfiuza[s] desto.

CELESTINA. No tengo en mucho tu desconfiança, no me conosciendo ni sabiendo como agora que tienes tan de tu mano la maestra destas lavores. Pues agora verás quánto por mi causa vales, quánto con las tales puedo, quánto sé en casos de amor. Anda, passo, ves aquí su puerta. Entremos quedo; no nos sientan sus vezinos. Atiende y espera debaxo desta scalera. Sobiré yo a ver qué se podrá hazer sobre lo hablado, y por ventura haremos más que tú ni yo traemos pensado.

---

[s] *Com., Trag.:* desfuzia

[20] Si la secuencia temporal en *La Celestina* fuera realista, Areúsa no hubiera podido ser recordada a Pármeno por Celestina, ya que, por lo que sabemos, aquél aún no había tenido oportunidad de verla.

[21] Proverbio.

Areúsa. ¿Quién anda aý? ¿Quién sube a tal hora en mi cámara?

Celestina. Quien no te quiere mal, *por* cierto, qu*ien* nunca da passo que no piense en tu provecho; quien tiene más memoria de ti que de sí misma. Una enamorada tuya, aunque vieja.

Areúsa. (¡Válala el diablo a esta vieja, con qué viene como huestantigua[22] a tal hora!) Tía señora, ¿qué buena venida es ésta tan tarde? Ya me desnudava para acostar.

Celestina. ¿Con las gallinas, hija? Assi se hará la hazienda. ¡Andar; passe!ᵗ; otro es el que ha de llorar las necessidades que no tú; yerva pace quien lo cumple[23]; tal vida quienquiera se la querría.

Areúsa. ¡Jesú, quiérome tornar a vestir, que he frío!

Celestina. No harás, por mi vida, sino éntrate en la cama, que desde allí hablaremos.

Areúsa. Así goze de mí, pues que lo he bien menester, que me siento mala hoy todo el día. Assi que necessidad más que vicio me hizo tomar con tiempo las sávanas por faldetas.

Celestina. Pues no estés *assentada*, acuéstate y métete debaxo de la ropa, que pareces serena[24].

Areúsa. Bien me dines, señora tía.

ᵗ Z: passa

[22] *huestantigua* o *estantigua*, «La figura visión que se representa a los ojos... por otro nombre griego le llamamos fantasma», Covarrubias, 563. El comentario parece irónico, en vista de la referencia demoniaca que le precede y de los vínculos de Celestina con el diablo.

[23] Por «Asno pace quien lo cumple», Correas, 98. El uso de este proverbio parece implicar una carga irónica por parte de Celestina.

[24] La comparación de Areúsa con la sirena ha sido estudiada por Shipley [primavera de 1975], quien afirma que la ironía cáustica del autor se encuentra incluso en este complemento, ya que la acción siguiente nos prueba que la imagen es más alusiva: bajo la supervisión de Celestina, la moza desempeña el papel de la sirena atrayendo a Pármeno hacia sí y hacia el control de la alcahueta, y asegurando su posible destrucción.

CELESTINA. ¡Ay cómo huele toda la ropa en bulléndote! ¡Aosadas, que está todo a punto; siempre me pagué de tus cosas y hechos, de tu limpieza y atavío; fresca que estás! ¡Bendígate Dios, qué sávanas y colcha, qué almohadas y qué blancura! Tal sea mi vejez, qual todo me parece perla de oro. Verás si te quiere[u] bien quien te visita a tales horas; déxame mirarte toda a mi voluntad, que me huelgo.

AREÚSA. Passo, madre, no llegues a mí, que me hazes coxquillas y provócasme a reýr, y la risa acresciéntame el dolor.

CELESTINA. ¿Qué dolor, mis amores? ¿Burlaste, por mi vida, conmigo?

AREÚSA. Mal gozo vea de mí si burlo, sino que ha quatro horas que muero de la madre, que la tengo *sobida* en los pechos, que me quiere sacar del mundo. Que no soy tan viciosa como piensas.

CELESTINA. Pues dame lugar, tentaré, que aun algo sé yo deste mal, por mi pecado, que cada una se tiene [o ha tenido] su madre y [sus] çoçobras della.

AREÚSA. Más arriba la siento sobre el estómago.

CELESTINA. ¡Bendígate Dios y el señor Sant Miguel Ángel, y qué gorda y fresca que estás; qué pechos y qué gentileza! Por hermosa te tenía hasta agora, viendo lo que todos podían ver. Pero agora te digo que no ay en la cibdad tres cuerpos tales como el tuyo en quanto yo conozco; no paresce que ayas quinze años. ¡O quién fuera hombre y tanta parte alcançara de ti para gozar tal vista! Por Dios, pecado ganas en no dar parte destas gracias a todos los que bien te quieren. Que no te las dio Dios para que pasassen[v] en balde por la frescor de tu juventud debaxo de seys dobles de paño y lienço[25]. Cata que no seas avarienta de lo que poco te costó; no atesores tu gentileza, pues es de su natura tan comunicable como el dinero. No seas el perro

---

[u] Z: quiero

[v] Z: posassen

[25] El hedonismo de Celestina está calculado para atraer y excitar a Pármeno, que está escuchando abajo. También revela, quizá inadvertidamente, un interés lesbiano por parte de la vieja.

del ortolano[26][w]. Y pues tú no puedes de ti propia gozar, goze quien puede, que no creas que en balde fuiste criada. Que quando nasce ella nasce él, y quando él, ella[27]. Ninguna cosa ay criada al mundo superflua ni que con acordada razón no proveyesse della[x] natura[28]. Mira que es pecado fatigar y dar pena a los hombres podiéndolos remediar.

AREÚSA. *Alahé*[y] agora, madre, y no me quiere ninguno; dame algún remedio para mi mal y no estés burlando de mí.

CELESTINA. Deste tan común dolor todas somos, mal pecado, maestras; lo que he visto a muchas hazer y lo que a mí siempre aprovecha, te diré. Porque como las calidades de las personas son diversas, assí las melezinas hazen diversas sus operaciones y differentes. Todo olor fuerte es bueno, assí como poleo, ruda, axiensos, humo de plumas de perdiz, de romero, de moxquete, de encienço. Recebido[z] con mucha dilingencia, aprovecha y afloxa el dolor y buelve poco a poco la madre a su lugar. Pero otra cosa hallava yo siempre mejor que todas, y ésta no te quiero dezir, pues tan santa te me hazes.

AREÚSA. ¿Qué, por mi vida, madre? Vesme penada y encúbresme la salud.

CELESTINA. Anda, que bien me entiendes. No te hagas bova.

AREÚSA. ¡Ya, ya, mala landre me mate, si te entendía! Pero ¿qué quieres que haga? Sabes que se partió ayer aquel mi amigo con su capitán a la guerra; ¿avía de hazerle ruyndad?

CELESTINA. ¡Verás y qué daño y qué gran ruyndad!

[w] Z: de ortelana
[x] Z: dela
[y] *Com.:* alábame
[z] Z: recebida

[26] «El perro del hortelano ni quiere las manzanas para sí ni para su amo»; «El perro del hortelano, que ni come las berzas ni las deja comer al extraño», Correas, 98.
[27] Proverbio.
[28] Este proverbio ha sido encontrado en varios lugares de las obras de Platón y Aristóteles por Castro Guisasola [1924: 33] (y antes por la *Celestina comentada*, 123r.), pero, sin duda, le llegaría a Rojas a través de algún compendio o texto legal.

AREÚSA. Por cierto, sí sería, que me da todo lo que he menester; tiéneme honrrada; favóreceme y trátame como si fuesse su señora.

CELESTINA. Pero aunque todo esso[aa] sea, mientra no parieres, nunca te faltará este mal [y dolor] que agora, de lo qual él deve ser causa. Y si no crees en dolor, cree en color[29], y verás lo que viene de su sola compañía.

AREÚSA. No es sino mi mala dicha; maldición mala que mis padres me echaron, que no está ya por provar todo esso. Pero dexemos esso, que es tarde, y dime a qué fue tu buena venida.

CELESTINA. Ya sabes lo[bb] que de Pármeno te ove dicho; quéxaseme que aun verle no quieres. No sé por qué, sino porque sabes que le quiero yo bien y le tengo por hijo. Pues por cierto de otra manera miro yo tus cosas, que hasta tus vezinas me parecen bien y se me alegra el coraçón cada vez que las veo, porque sé que hablan contigo.

AREÚSA. No bives, tía señora, engañada.

CELESTINA. No lo sé; a las obras creo, que las palabras de balde las venden dondequiera[30]. Pero el amor nunca se paga sino con puro amor, y las obras con obras[31]. Ya sabes el deudo que ay entre ti y Elicia, la qual tiene Sempronio en mi casa. Pármeno y él son compañeros, sirven a este señor que tú conoces, y por quien tanto favor podrás tener. No niegues lo que tan poco hazer te cuesta. Vosotras parientas, ellos compañeros, mira cómo viene mejor medido que lo queremos. Aquí viene conmigo; verás si quieres que suba.

AREÚSA. ¡Amarga de mí, y si nos ha oýdo!

CELESTINA. No, que abaxo queda. Quiérole hazer subir; reciba tanta gracia que le conozcas y hables y muestres buena

---

[aa] Z: esto
[bb] Z: saber que

[29] La cantidad de chistes de carácter erótico a disposición de Rojas parece limitada; éste que ahora introduce en la interpolación aparece de nuevo más abajo en el texto de la *Comedia*.
[30] Proverbio.
[31] Proverbio.

cara, y si tal paresciere, goze él de ti y tú dél, que aunque él gane mucho, tú no pierdes nada.

AREÚSA. Bien tengo, señora, conoscimiento cómo todas tus razones, éstas y las passadas, se endereçan en mi provecho, pero ¿cómo quieres que haga tal cosa? Que tengo a quien dar cuenta, como has oýdo, y si soy sentida, matarme ha. Tengo vezinas embidiosas; luego lo dirán. Assí que, aunque no aya más mal de perderle, será más que ganaré en agradar al que me mandas.

CELESTINA. Esso que temes yo lo proveý primero, que muy passo entramos.

AREÚSA. No lo digo por esta noche, sino por otras muchas.

CELESTINA. ¿Cómo, y déssas eres? ¿Dessa manera te tratas? Nunca tú harás casa con sobrado. Absente le as miedo; ¿qué harías si estoviesse en la cibdad? En dicha me cabe, que jamás cesso de dar consejos a bovos, y todavía ay quien yerre; pero no me maravillo, que es grande el mundo y pocos los esperimentados. ¡Ay, ay hija, si viesses el saber de tu prima y qué tanto le ha aprovechado mi criança y consejos, y qué gran maestra está! Y aunque no se halla ella mal con mis castigos, que uno en la cama y otro en la puerta, y otro que sospira por ella en su casa se precia de tener. Y con todos cumple, y a todos muestra buena cara, y todos piensan que son muy queridos. Y cada uno piensa que no ay otro y que él solo es el privado, y él solo es el que le da lo que ha menester[32]. Y tú *temes*[cc] que con dos que tengas que las tablas de la cama lo han de descobrir. ¿De una sola gotera te mantienes? No te sobrarán muchos manjares. No quiero arrendar tus exgamochos. Nunca uno me agradó; nunca en uno puse toda mi afición. Más pueden dos, y

---

[cc] *Com.:* piensas

[32] Este pasaje ha sido tomado como evidencia de que Elicia es la más experimentada de las dos mozas, mientras que Areúsa es aún reticente. Lida de Malkiel [1962: 659] sugiere que las dos cambian sus respectivos papeles en el acto XV, totalmente añadido. Sin embargo, Gerday [1967] muestra bastante convincentemente que no se produce tal cambio. La timidez de Areúsa es parcialmente simulada con el fin de asegurar a Pármeno que es exclusivamente suya. Y la habilidad de Elicia se niega con firmeza al final de este acto, ella depende de las habilidades de la vieja alcahueta.

más quatro, y más dan y más tienen, y más ay en qué escoger. No ay cosa más perdida, hija, que el mur que no sabe sino un horado. Si aquél le tapan no avrá donde se esconda del gato. Quien no tiene sino un ojo, mira a quánto peligro anda. Una alma sola ni canta ni llora. Un solo acto no haze hábito. Un frayle solo pocas vezes le encontrarás por la calle. Una perdiz sola por maravilla buela [mayormente en verano]. *Un manjar solo contino presto pone hastío. Una golondrina no haze verano. Un testigo solo no es entera fe*[33]. *Quien sola una ropa tiene presto la envegece.* ¿Qué quieres, hija, deste número de uno? Más inconvenientes te diré dél, que años tengo acuestas. Ten siquiera dos, que es compañía loable [y tal qual es éste], *como tienes dos orejas, dos pies y dos manos, dos sávanas en la cama, como dos camisas para remudar. Y si más quieres, mejor te yrá, que mientra más moros, más ganancia, que honrra sin provecho no es sino como anillo en el dedo. Y pues entramos no caben en un saco*[34], *acoge la ganancia.* Sube, hijo Pármeno.

AREÚSA. ¡No suba, landre me mate, que me fino de empacho! Que no le conozco; siempre ove vergüença dél.

CELESTINA. Aquí estoy yo que te la quitaré y cobriré y hablaré por entramos, que otro tan empachado es él.

PÁRMENO. Señora, Dios salve tu graciosa presencia.

AREÚSA. Gentilhombre, buena sea tu venida.

CELESTINA. Llégate acá; asno. ¿Adónde te vas allá assentar al rincón? No seas empachado, que al hombre vergonçoso el diablo le traxo a[dd] palacio[35]. Oýdme entrambos lo que digo. Ya sa-

dd Z: al

33 Rojas aquí ha ido tejiendo varios viejos refranes: «El mur que no sabe más de un horado, presto le toma el gato», Correas, 106. «Un alma sola, ni canta ni llora»; «Una persona sola ni canta ni llora», Correas, 163. «Un manjar de contino, quita el apetito», Correas, 163. «Una golondrina no hace verano, ni una sola virtud aventurado», Correas, 163. *Un testigo solo no es entera fe.* Viejo proverbio bíblico que se encuentra en San Pedro, *Ad Corintium,* Castro Guisasola [1924: 110].

34 «Mientras más moros, más ganancia», Santillana, *Refranes,* 453. «A más moros, más despojos», Correas, 21. «Honra sin provecho, anillo en el dedo», Correas, 156. «Honra y provecho no caben en un saco, techo, y en cesto», *ibíd.*

35 Literalmente en Covarrubias, 845a.

bes tú, Pármeno amigo, lo que yo te prometí, y tú, hija mía, lo que te tengo rogado. Dexada la difficultad con que me lo as concedido aparte, pocas razones son necessarias, porque el tiempo no lo padesce. Él ha siempre bivido penado por ti. Pues viendo su pena, sé que no lo querrás matar, y aun conozco que él te paresce tal que no será malo para quedarse acá esta noche en casa.

AREÚSA. Por mi vida, madre, que tal no se haga. ¡Jesú, no me lo mandes!

PÁRMENO. (Madre mía, por amor de Dios, que no salga yo de aquí sin buen concierto, que me ha muerto de amores su vista. Ofrécele quanto mi padre te dexó para mí. Dile que le daré quanto tengo. ¡Ea, díselo, que me parece que no me quiere mirar!)

AREÚSA. ¿Qué te dize esse señor a la oreja? ¿Piensa que tengo de hazer nada de lo que pides?

CELESTINA. No dize, hija, sino que se huelga mucho con tu amistad, porque eres^{ee} persona tan honrrada [y] en quien qualquier beneficio cabrá bien. [Y asimismo que, pues que esto por mi intercessión se haze, que él me promete de aquí adelante ser muy amigo de Sempronio y venir en todo lo que quisiere contra su amo en un negocio que traemos entre manos. ¿Es verdad, Pármeno? ¿Prométeslo así como digo?³⁶.

PÁRMENO. Sí, prometo, sin dubda.

CELESTINA. ¡Ha, don ruyn, palabra te tengo, a buen tiempo te así!] Llégate^{ff} acá, negligente, vergonçoso, que quiero ver para quánto eres ante que me vaya. Retóçala en esta cama.

AREÚSA. No será él tan descortés que entre en lo vedado sin licencia.

CELESTINA. ¿En cortesías y licencias estás? No speró más aquí yo, fiadora que tú amanescas sin dolor y él sin color³⁷.

---

^{ee} Z: eras
^{ff} Z: llágate

³⁶ Ésta es la primera afirmación explícita hecha por Celestina a Pármeno de que está complicado en una trama en contra de los intereses de Calisto.
³⁷ Esta broma se omite aquí en la *Tragicomedia* y se encuentra interpolada más arriba. *Vid.* nota 29.

Mas como es un putillo, gallillo, barviponiente, entiendo que en tres noches no se le demude la cresta; déstos me mandavan a mí comer en mi tiempo los médicos de mi tierra quando tenía mejores dientes.

AREÚSA. *Ay, señor mío, no me trates de tal manera; ten mesura por cortesía; mira las canas de aquella vieja honrrada que están presentes; quítate allá, que no soy de aquellas que piensas, no soy de las que públicamente están a vender sus cuerpos por dinero. Assí goze de mí, de casa me salga si hasta que Celestina mi tía sea yda a mi ropa tocas.*

CELESTINA. *¿Qué es esto, Areúsa? ¿Qué son estas estrañezas y esquividad, estas novedades y retraymiento? Parece, hija, que no sé yo qué cosa es esto, que nunca vi estar un hombre con una mujer juntos, y que jamás passé por ello ni gozé de lo que gozas, y que no sé lo que passan y lo que dizen hazen. ¡Guay de quien tal oye como yo! Pues avísote de tanto que fuy errada como tú y tuve amigos, pero nunca el viejo ni la vieja echava de mi lado, ni su consejo en público ni en mis secretos*[38]. *Para la muerte que a Dios devo, más quisiera una gran bofetada en mitad de mi cara; paresce que ayer nascí según tu encobrimiento; por hazerte a ti honesta me hazes a mí necia y vergonçosa y de poco secreto y sin esperiencia y me amenguas en mi officio por alçar a ti en el tuyo. Pues de cossario a cossario no se pierden sino los barrilles*[39]. *Más te alabo yo detrás que tú te stimas delante.*

AREÚSA. *Madre, si erré, aya perdón, y llégate más acá, y él haga lo que quisiere, que más quiero tener a ti contenta que no a mí; antes me quebraré un ojo que enojarte.*

CELESTINA. *No tengo ya enojo, pero dígotelo para adelante.* Quedaos a Dios, *que* voyme *solo porque* me hazes dentera con vuestro besar y retoçar, que aún el sabor[gg] en las enzías me quedó; no le perdí con las muelas.

[gg] Z: labor

[38] Castro Guisasola [1924: 169] señala las analogías entre estas palabras de la vieja y el segundo de los *Proverbios* de Santillana: «Faz que seas enclinado / a conseio e non excludas al vicio / de tu lado.»

[39] Así en Correas, 558. «De corsario a corsario non hay ganancia, synon de muchas puñadas, e... solos los barriles el vençedor alcanza», *Corbacho*, IV, ii, 304. «*De cosario a cosario no se llevan más que los barriles*... aplicase a los que son cosarios en un género de trato y negocios que no se pueden engañar el uno al otro en cosa de mucho momento y precio», Covarrubias, 197.

AREÚSA. Dios vaya contigo.

PÁRMENO. Madre, ¿mandas que te acompañe?

CELESTINA. Sería quitar a un santo por poner en otro; acompáñeos Dios, que yo vieja soy; no he temor que me fuercen en la calle[40].

ELICIA. El perro ladra, ¿si viene este diablo de vieja?

CELESTINA. Tha, tha, *tha.*

ELICIA. ¿Quién es? ¿Quién llama?

CELESTINA. Báxame abrir, hija.

ELICIA. Éstas son tus venidas; andar de noche es tu plazer; ¿porqué lo hazes? ¿Qué larga estada fue ésta, *madre?* Nunca sales para bolver a casa, por costumbre lo tienes. Cumpliendo con uno, dexas ciento descontentos. Que as seýdo hoy buscada del padre de la desposada que levaste el día de pascua al racionero, que la quiere casar daquí a tres días y es menester que la remedies, pues que se lo prometiste, para que no sienta su marido la falta de la virginidad.

CELESTINA. No me acuerdo, hija, por quién dizes.

ELICIA. ¿Cómo no te acuerdas? Desacordada eres, cierto. ¡O cómo caduca la memoria! Pues por cierto tú me dixiste quando la levavas que la avías renovado siete vezes.

CELESTINA. No te maravilles, hija, *que* quien en muchas partes derrama su memoria en ninguna la puede tener[41]. Pero dime si tornará.

ELICIA. ¡Mira si tornará! Tiénete dada un manilla de oro en prendas de tu trabajo ¿y no avía de venir?

CELESTINA. ¿La de la manilla es? Ya sé por quién dizes. ¿Por qué tú no tomavas el aparejo y començavas a hazer algo? Pues

---

[40] «Quitar de un santo para poner en otro», Correas, 348. Según la *Celestina comentada*, 128r., este refrán debe aparecer entre los textos legales de Rojas.

[41] De nuevo, siempre según el comentador anónimo, se trata de un aforismo extraído de un texto legal.

en aquellas tales te avías de abezar y de provar, de quantas vezes me lo as visto hazer. Si no, aí te estarás toda tu vida, hecha bestia sin officio ni renta. Y quando seas de mi edad, llorarás la holgura de agora, que la mocedad ociosa acarrea la vejez arrepentida y trabajosa. Hazíalo yo mejor quando tu abuela, que Dios haya, me mostrava este officio, que a cabo de un año sabía más que ella[42].

ELICIA. No me maravillo, que muchas veces, como dizen, al maestro sobrepuja el buen discípulo. Y no va esto sino en la gana con que se aprende; ninguna sciencia es bienempleada en el que no la tiene affición. Yo le tengo a este officio odio; tú mueres tras ello[43].

CELESTINA. Tú te lo dirás todo; pobre vejez quieres; ¿piensas que nunca has de salir de mi lado?

ELICIA. Por Dios, dexemos enojo, y al tiempo el consejo; ayamos mucho plazer. Mientra hoy toviéremos de comer, no pensemos en mañana. Tanbién se muere el que mucho allega como el que pobremente bive, y el dotor como el pastor, y el papa como el sacristán, y el señor como el siervo, y el de alto linaje como el baxo[44]. Y tú con tu officio como yo sin ninguno; no avemos de vivir para siempre. Gozemos y holguemos, que la vejez[hh] pocos la veen, y de los que la veen ninguno murió de hambre[45]. *No quiero en este mundo sino día y victo y parte en paraýso*[46]. *Aunque los ricos tienen mejor aparejo para ga-*

[hh] Z: viejez

[42] La abuela de Elicia parece haber sido la maestra de Celestina con anterioridad a Claudina.

[43] La poca complacencia de Elida en su trabajo será recalcada de nuevo en los actos añadidos, una vez que ha muerto Celestina.

[44] Se trata del lugar común de la muerte niveladora. Castro Guisasola [1924: 168] encuentra un análogo en los *Proverbios en rimo del sabio Salomón*: «Non fíe en este mundo ca la vida es muy breve; / También se muere el rico como el que mucho deve», pero, como podemos observar, no se encuentra ninguna similitud verbal. El catálogo que sigue puede hacer alusión a la *Danza de la muerte*.

[45] Proverbio.

[46] «Denos Dios día y vito y parte en paraíso», Correas, 282. *«Día y vito*, sinifica passar los días con el sustento parco y moderado, que les responde en latín *in diem vivere,* quando una gana su jornal y esse se come sin poderle sobrar nada para mañana. Está corrompido este término de *diei victus»,* Covarrubias, 467a.

nar la gloria que quien poco tiene; no ay ninguno contento, no ay
quien diga; harto tengo, no hay ninguno que no trocasse mi plazer
por sus dineros. Dexemos cuidados ajenos y acostémonos, que es
hora. *Que más me engordará un buen sueño sin temor que quanto*
tesoro ay en Venecia.

Argumento del octavo auto[a]

La mañana viene. Despierta PÁRMENO. *Despedido de* AREÚSA, *va*
para casa de CALISTO, *su señor. Falló a la puerta a*[b] SEMPRONIO.
Conciertan su amistad. Van juntos a la cámara de CALISTO. *Há-*
llanle hablando consigo mismo. Levantado, va a la yglesia.

PÁRMENO, AREÚSA, SEMPRONIO, CALISTO

PÁRMENO. ¿Amanece, o qué es esto, que tanta claridad
está en esta cámara?

AREÚSA. ¿Qué amanescer?[c]. Duerme, señor, que aun agora
nos acostamos. No he yo pegado bien los ojos, ¿ya avía de
ser de día? Abre, por Dios, essa ventana de tu cabecera y verlo has.

PÁRMENO. En mi seso estó yo señora, que es de día claro,
en ver entrar luz entre las puertas. ¡O traydor de mí, en qué
gran falta he caýdo con mi amo! De mucha pena soy digno.
¡O qué tarde que es!

AREÚSA. ¿Tarde?

PÁRMENO. Y muy tarde.

AREÚSA. Pues assí goze de mi alma, no se me ha quitado el
mal de la madre; no sé cómo pueda ser.

PÁRMENO. ¿Pues qué quieres, mi vida?

---

[a] T1500
[b] T1500: puerta Sempronio
[c] Z: amanesce

AREÚSA. Que hablemos en mi mal.

PÁRMENO. Señora mía, si lo hablado no basta, lo que más es necessario me perdona, porque es ya mediodía; si voy más tarde no seré bien recebido de mi amo[1]. Yo verné mañana y quantas vezes después mandares. Que por esso hizo Dios un día tras otro, porque lo que el uno no bastasse, se cumpliesse en otro[2]. Y aun porque más nos veamos, reciba de ti esta gracia, que te vayas hoy a las doze del día a comer con nosotros a su casa de Celestina.

AREÚSA. Que me plaze de buen grado. Ve con Dios, junta tras ti la puerta.

PÁRMENO. A Dios te quedes. ¡O plazer singular, o singular alegría! Quál hombre es ni ha sido más bienaventurado que yo, quál más dichoso y bienandante[d], ¡que un tan excellente don sea por mí posseýdo, y quan presto pedido tan presto alcançado! Por cierto, si las trayciones desta vieja con mi coraçón yo pudiesse suffrir, de rodillas avía de andar a la complazer[3]. ¿Con qué pagaré yo esto? ¿O alto Dios, ¿a quién contaría yo este gozo? ¿A quién descobriría tan gran secreto? ¿A quién daré parte de mi gloria?[4]. Bien me dezía la vieja que de ninguna prosperidad es buena la possessión sin compañía[5]. El plazer no comunicado no es plazer[6]. ¿Quién sentiría esta mi dicha como yo la siento? A Sempronio veo a la puerta de casa. Mucho ha madrugado; trabajo tengo con mi amo si es salido fuera. No será, que no es

---

[d] Z: andante

[1] La poca idealización de esta «alborada» o amanecer de los amantes es enfatizada por el uso eufemístico del verbo «hablar». Pármeno, claramente, ha tenido bastante. *Vid.* Deyermond [1975: 39-52; 1984: 3-10].

[2] Proverbio.

[3] Pármeno se ha convertido en cómplice de Celestina, pero ésta no se ha podido ganar su lealtad, lo que más tarde se mostrará como un error fatal.

[4] Castro Guisasola [1924: 88] encuentra una analogía entre esta explosión de alegría de Pármeno y la de Querea en el *Eunuchus* terenciano (V, IX) cuando viene de su encuentro amoroso con Pánfila: «¡O populares! ecquis me vivit hodie fortunatior? / Nemo hercle quisquam: nam in me plane Dii potestatem suam / omnem ostendere, cui tam subiro tot congruerit commoda...»

[5] Pármeno recuerda la cita de Séneca *(Epístolas,* VI) hecha por Celestina en el acto I.

[6] Refrán ya utilizado en el acto I.

acostumbrado, pero como agora no anda en su seso, no me maravillo que aya pervertido su costumbre.

SEMPRONIO. Pármeno, hermano, si yo supiesse aquella tierra donde se gana el sueldo durmiendo, mucho haría por yr allá[7], que no daría ventaja a ninguno; tanto ganaría como otro qualquiera. ¿Y cómo holgazán, descuydado, fuiste para no tornar? No sé qué crea de tu tardança, sino que [te] quedaste a escalentar la vieja esta noche o rascarle los pies cómo quando chiquito.

PÁRMENO. ¡O Sempronio, amigo y más que hermano, por Dios no corrompas mi plazer, no mezcles tu yra con mi sofrimiento, no rebuelvas tu descontentamiento con mi descanso! No agües con tan turvia agua el claro liquor del pensamiento que traygo; no enturvies con tus embidiosos castigos y odiosas reprehensiones mi plazer; recíbeme con alegría y contarte he maravillas de mi buena andança passada.

SEMPRONIO. Dilo, dilo. ¿Es algo de Melibea? ¿Asla visto?[8].

PÁRMENO. ¿Qué de Melibea? Es de otra que yo más quiero, y aun tal que si no estoy engañado, puedo bivir con ella en gracia y hermosura. Sí que no se encerró el mundo y todas sus gracias en ella.

SEMPRONIO. ¿Qué es esto, desvariado? Reýrme querría, sino que no puedo. ¿Ya todos amamos? El mundo se va a perder. Calisto a Melibea, yo a Elicia, tú de enbidia as buscado con quien perder esse poco de seso que tienes.

PÁRMENO. Luego locura es amar *y yo soy loco y sin seso. Pues si la locura fuesse dolores, en cada casa havría bozes*[9].

SEMPRONIO. Segun tu opinión, sí *eres,* que yo te he oýdo dar consejos vanos a Calisto y contradezir a Celestina en

---

[7] Castro Guisasola [1924: 150] recuerda el enorme parecido de estas palabras con un pasaje de la *Primera Crónica General,* VII, de Alfonso X el Sabio, donde se prosifica el *Mainete:* «Don Mayneth si yo supiesse aquella tierra ó dan soldadas para dormir... yrme ýa allá a morar.»

[8] Sempronio vuelve a dar muestras de su inclinación por Melibea, lo que irritará a Elicia, como veremos en el próximo acto.

[9] Literalmente en Santillana, *Refranes,* 661, y Correas, 252.

quanto habla, y por impedir mi provecho y el suyo huelgas de no gozar tu parte; pues a las manos me as venido donde te podré dañar y lo haré.

PÁRMENO. No es, Sempronio, verdadera fuerça ni poderío dañar y empecer, mas aprovechar y guarecer[10], y muy mayor quererlo hazer. Yo siempre te tuve por hermano; no se cumpla por Dios en ti lo que se dize, que pequeña causa departe conformes amigos[11]. Muy mal me tratas; no sé donde nazca este rencor. *No me indignes, Sempronio, con tan lastimeras razones. Cata que es muy rara la paciencia que agudo baldón no penetre y traspasse*[12].

SEMPRONIO. No digo mal en esto, sino que se eche otra sardina para el moço de cavallos[13], pues tú tienes amiga.

PÁRMENO. Estás enojado; quiérote sofrir; aunque más mal me trates. *Pues dizen que ninguna humana passión es perpetua ni durable*[14].

SEMPRONIO. Más maltratas tú a Calisto; aconsejando a él lo que para ti huyes, diziendo que se aparte de amar a Melibea, hecho tablilla de mesón, que para sí no tiene abrigo, y dale a todos[15]. ¡O Pármeno, agora podrás ver quán fácile cosa es reprehender vida ajena y aun duro guardar cada qual la suya! No digo[e] más, pues tú eres testigo, y de aquí adelante veremos cómo te as, pues ya tienes tu escudilla como cada

---

[e] *Com.*: digas

[10] Tomado, según Deyermond [1961: 144], del *Index* de las obras de Petrarca: «Posee nocere non est vera magnitudo nec verum robur» *(Epistolae sine titulo*, 2F).
[11] Proverbio.
[12] Tomado del *Index* de las obras de Petrarca: «Rara patientia est quam non penetret acutum convitium» *(Contra Medicum*, IV), Deyermond [1961: 44].
[13] «Echa otra sardina, que otro ruyn viene», Santillana, *Refranes*, 206. *«Echar otra sardina* dícese cuando alguien viene y es para molestia de los del corro; díjose de las meriendas o cenas en que hay que repartir con él», Correas, 140.
[14] Nuevamente se acude al *Index* de las obras de Petrarca: «Nulla passionum humanarum est perpetua» *(Epístolas familiares*, 114). Notemos que la sentencia se encuentra justo a continuación de la de la nota 12 *(passionum, patientia);* Deyermond [1961: 44].
[15] «Como tablilla de mesón, que a todos da mamparo, y a sí non», Correas, 121. «Tablilla de mesón, que a los otros aloja y ella se queda al sereno sola», Correas, 413.

cual. Si tú mi amigo fueras, en la necessidad que de ti tuve me avías de favorecer, y ayudar a Celestina en mi provecho, que no hincar[f] un clavo de malicia a cada palabra. Sabe que como la hez de la taverna despide a los borrachos, assí la adversidad o necessidad al fingido amigo[16], luego se descubre el falso metal, dorado por encima.

PÁRMENO. Oýdolo avía dezir y por speriencia lo veo, nunca venir plazer sin contraria çoçobra en esta triste vida[17]; a los alegres serenos y claros soles, nublados scuros y pluvias vemos suceder; a los solazes y plazeres, dolores y muertes los ocupan; a las risas y deleytes, llantos y lloros y passiones mortales los siguen. Finalmente, a mucho descanso y sossiego, mucho pesar y tristeza[18]. ¿Quién *podrá*[g] tan alegre venir como yo agora? ¿Quién tan triste recibimiento padescer? ¿Quién verse como yo me vi con tanta gloria alcançada con mi querida Areúsa? ¿Quién caer della, siendo tan maltratado tan presto como yo de ti? Que no me as dado lugar a poder dezir quánto soy tuyo, quánto te he de favorecer en todo, quánto soy arepiso de lo passado, quántos consejos y castigos buenos he recebido de Celestina en tu favor y provecho y de todos; cómo pues este juego de nuestro amo y Melibea está entre las manos, podemos agora medrar o nunca.

SEMPRONIO. Bien me agradan tus palabras, si tales toviesses las obras, a las quales spero para averte de creer. Pero, por Dios, me digas qué es esso que dixiste de Areúsa. Parece que conoçes[h] tú a Areúsa su prima de Elicia.

PÁRMENO. ¿Pues qué es todo el plazer que traygo, sino averla alcançado?

---

[f] Z: hinchar

[g] *Com.:* pudiera

[h] *Com.:* conozcas

[16] Tomado del *Index* de las obras de Petrarca: «Adversitas simulatorem abigit: faex potorem» *(De remediis,* I, 50), Deyermond [1961: 40].

[17] Proverbio.

[18] Según Deyermond [1961: 75], se notan reminiscencias de la octava égloga del *Bucolicum Carmen* de Petrarca: «... non una per omnes / Est hominis fortuna dies: nunc mane quietum: / Turpida lux sequitur: nunc matutina serenus / Nubila vesper agit.»

Sempronio. ¡Cómo se lo dize el bovo! De risa no puede[i] hablar. ¿A qué llamas averla alcançado? ¿Estava a alguna ventana, o qué es esso?

Pármeno. A ponerla en dubda si queda preñada o no.

Sempronio. Espantado me tienes; mucho puede el continuo trabajo[19]; una continua gotera horaca una piedra[20].

Pármeno. Verás tú tan continuo, que ayer lo pensé, ya la tengo por mía.

Sempronio. La vieja anda por ay.

Pármeno. ¿En qué lo vees?

Sempronio. Que ella me avía dicho que te quería mucho y que te la haría aver; dichoso fuiste; no heziste sino llegar y recaudar. Por esto dizen, más vale a quien Dios ayuda que quien mucho madruga[21]. Pero tal padrino toviste.

Pármeno. Di madrina, que es más cierto. Assí que quien a buen árbol se arrima...[22]. Tarde fuy, pero temprano recaudé. O hermano, ¿qué te contaría de sus gracias de aquella mujer, de su habla y hermosura de cuerpo? Pero quede para más oportunidad.

Sempronio. ¿Puede ser sino prima de Elicia? No me dirás tanto, quanto estotra no tenga más; todo te lo creo. Pero ¿qué te cuesta? ¿Asle dado algo?

Pármeno. No, cierto, mas aunque oviera, era bienempleado; de todo bien es capaz. En tanto son las tales tenidas, quanto caras son compradas; tanto valen quanto cuestan[23]. Nunca mucho costó poco[24], sino a mí esta señora; a comer la combidé para casa de Celestina, y si te plaze, vamos todos allá.

Sempronio. ¿Quién, hermano?

---

[i] S1501: puedo

[19] El dicho popularizado por Virgilio «Labor omnia vincit» se remonta a Periandro, según la *Celestina comentada*, 133r.

[20] «Continua gotera horada la piedra», Correas, 355.

[21] «Más vale a quien Dios ayuda que al que mucho madruga», Correas, 450.

[22] «Quien a buen árbol se arrima, buena sombra lo cobija», Castro, *Glosarios*, 37.

[23] Proverbio.

[24] «Nunca mucho costó poco», Correas, 241.

PÁRMENO. Tú y ella, y allá está la vieja y Elicia; avremos plazer.

SEMPRONIO. ¡O Dios, y cómo me as alegrado! Franco eres; nunca te faltaré. Como te tengo por hombre, como creo que Dios te ha de hazer bien, todo el enojo que de tus passadas hablas tenía se me ha tornado en amor. No dubdo ya tu confederación con nosotros ser la que deve; abraçarte quiero; seamos como hermanos. ¡Vaya el diablo para ruyn! Sea lo passado questión de Sant Juan, y assí paz para todo el año[25], que las yras de los amigos siempre suelen ser reintegración del amor[26]. Comamos y holguemos, que nuestro amo ayunará por todos.

PÁRMENO. ¿Y qué haze el desesperado?

SEMPRONIO. Allí está tendido en el strado cabe[j] la cama donde le dexaste anoche, que ni ha dormido ni está despierto. Si allá entro, ronca; si me salgo, canta o devanea. No le tomo tiento, si con aquello pena o descansa.

PÁRMENO. ¿Qué dizes? ¿Y nunca me ha llamado ni ha tenido memoria de mí?

SEMPRONIO. No se acuerda de sí; ¿acordarse ha de ti?

PÁRMENO. Aun hasta en esto me ha corrido buen tiempo. Pues [que] assí es, mientra recuerda, quiero embiar la comida, que la aderecen.

SEMPRONIO. ¿Qué has pensado embiar, para que aquellas loquillas te tengan por hombre complido, biencriado y franco?

---

[j] *Com.:* cabo

[25] *¡Vaya el diablo para ruin!*, expresión utilizada para sellar amistades! «¡Váyase el diablo para ruin, y quédese en casa Martín!», Correas, 500. *«Riña por San Juan, paz para todo el año*, fúndase en esto: que como por este tiempo se alquilan las casas, suelen reñir unos vezinos con otros, sobre las servidumbres, de vistas, o vertederos, o passos y otras cosas, y quando lo averiguan en fresco, quedan todo el año en paz», Covarrubias, 718a.
[26] Eco de Petrarca, *Index:* «Amantium irae amoris integratio est» *(Epístolas familiares,* 75), Deyermond [1961: 143]. El aforismo se encuentra también en el *Andria* de Terencio (III, III), Castro Guisasola [1924: 83], *Celestina comentada,* 133v.-34r.

PÁRMENO. En casa llena presto se adereça cena[27]. De lo que ay en la despensa basta para no caer en falta; pan blanco, vino de Monviedro; un pernil de toçino, y más seys pares de pollos que traxeron estotro día los renteros de nuestro amo, que[28] si los pidiere, haréle creer que los ha comido. Y las tórtolas que mandó para hoy guardar, diré que hedían. Tú serás testigo; ternemos manera cómo a él no haga mal lo que dellas comiere, y nuestra mesa esté como es razón. Y allá hablaremos *más* largamente en su daño y nuestro provecho con[29] la vieja cerca destos amores.

SEMPRONIO. ¡Más, dolores! Que por fe tengo que de muerto o loco no escapa desta[k] vez. Pues que assí es, despacha, subamos a ver qué haze.

CALISTO. En gran peligro me veo,
en mi muerte no ay tardança,
pues que me pide el desseo
lo que me niega sperança[30].

PÁRMENO. (Escucha, escucha, Sempronio; trobando está nuestro amo.

SEMPRONIO. ¡O hydeputa el trobador! El gran Antípater[l] Sidonio, el gran poeta Ovidio[31], los quales de improviso se les venían las razones metrificadas a la boca. ¡Sí sí, dessos es; trobará el diablo! Está devaneando entre sueños.)

---

[k] S1500, V1514: esta
[l] Z: Antipar

[27] «En casa llena aýna se faze la cena», Santillana, *Refranes*, 250. «En la casa llena, presto se guisa la cena; y en la vacía más aína», Correas, 114.
[28] Para el modo de vida opulento de Calisto, visto en su contexto histórico, *vid.* Maravall [1964: 33 y ss.].
[29] Pármeno trama, ahora abiertamente, perjudicar a Calisto.
[30] La estrofa no es de Rojas, sino de Diego de Quiñones, *Cancionero General*, 288, Castro Guisasola [1924: 182-183]. Para un estudio de la influencia de las imágenes del Cancionero en *La Celestina, vid.* T. L. Kassier [1976].
[31] Este rasgo autobiográfico sobre ovidio parece provenir de las *Tristes* ovidianas, IV, elegía 10: «Sponte sua carmen numeros veniebat ad aptos, / Et quod tentabam dicere versus erat?», Castro Guisasola [1924: 67] y *Celestina comentada*, 134v. De Sidonio Antípater, poeta y filósofo griego del siglo II a.C., en la Edad Media se suponía que era capaz de hablar en verso. En el *Index* de las obras de Petrarca leemos: «Antipater Sidonius tam exercitati ingenii fuit ut versus hexametros aliosque diversorum generum ex improviso copiose diceret» *(De rebus memorando,* II, ii, 20), Deyermond [1961: 144].

CALISTO. Coraçón, bien se te emplea,
    que penes y bivas triste,
    pues tan presto te venciste
    del amor de Melibea.

PÁRMENO. (¿No digo yo que troba?)

CALISTO. ¿Quién habla en la sala? ¡Moços!

PÁRMENO. ¿Señor?

CALISTO. ¿Es muy noche? ¿Es hora de acostar?[m].

PÁRMENO. Mas ya es, señor, tarde para levantar.

CALISTO. ¿Qué dizes, loco; toda la noche es passada?

PÁRMENO. Y aun harta parte del día.

CALISTO. Di, Sempronio, ¿miente este desvariado? Que me haze creer que es de día.

SEMPRONIO. Olvida, señor, un poco a Melibea, y verás la claridad. Que con la mucha que en su gesto contemplas, no puedes ver de encandelado, como perdiz con la calderuela[32].

CALISTO. Agora lo creo, que tañen a missa. Dacá mis ropas; yré a la Madalena; rogaré a Dios aderece[n] a Celestina y ponga en coraçón a Melibea mi remedio, o dé fin en breve a mis tristes días.

SEMPRONIO. No te fatigues tanto, no lo quieras todo en una hora, que no es de discretos dessear con grande efficacia lo que puede tristemente acabar[33]. Si tú pides que se concluya en un día lo que en un año sería harto, no es mucha tu vida.

CALISTO. ¿Quieres dezir que soy como el moço del escudero gallego?[34].

---

[m] Z: costar
[n] T1500, S1501: que aderece

[32] Se refiere Sempronio a un sistema de caza, que consistía en deslumbrar a las aves, poniendo la luz debajo de una calderuela.
[33] Petrarca, *Epístolas familiares*, 50, a través del *Index*, Deyermond [1961: 41].
[34] «El mozo del escudero gallego, que andaba todo el año descalzo y por un día quería matar al zapatero», Correas, 105. «Es como el gallego, que anda siete años sin jubón y después mata al sastre porque se le haga en una hora» (Espinosa, citado por O'Kane [1959: 164]).

SEMPRONIO. No mande Dios que tal cosa yo diga, que eres mi señor. Y demás desto, sé que, como me galardonas el buen consejo *y me°* castigarías lo mal hablado *aunque dizen que no[p]* es ygual la alabança del servicio o buen habla con la reprehensión y pena de lo malhecho o hablado[35].

CALISTO. No sé quién te abezó tanta filosofía, Sempronio.

SEMPRONIO. Señor, no es todo blanco aquello que de negro no tiene semejança, *ni es todo oro quanto amarillo reluze[36]*. Tus acelerados desseos no medidos por razón hazen parecer claros mis consejos. Quisieras tú ayer que te traxeran a la primera habla amanojada y embuelta en su cordón a Melibea, como si ovieras embiado por otra qualquiera mercaduría a la plaça, en que no oviera más trabajo de llegar y pagalla. Da, señor, alivio al coraçón, que en poco spacio de tiempo no cabe gran bienaventurança[37]. Un solo golpe no derriba un roble[38]; apercíbete con sofrimiento, porque la *prudencia[q]* es cosa loable y el apercibimiento resiste el fuerte combate[39].

CALISTO. Bien as dicho, si la qualidad de mi mal lo consintiesse.

SEMPRONIO. ¿Para qué, señor, es el seso, si la voluntad priva a la razón?

CALISTO. ¡O loco, loco! Dize el sano al doliente: «Dios te dé salud»[40]. No quiero consejo, ni esperarte más razones, que más abivas y enciendes las llamas que me consumen. Yo me voy solo a missa y no tornaré a casa hasta que me llaméys, pidién-

---

° *Com.:* consejo me

[p] *Com.:* Verdad es que nunca

[q] *Com.:* providencia

[35] Proverbio.

[36] Para las diferentes variantes de este popular refrán, *vid.* O'Kane [1959: 145]. El autor anónimo de la *Celestina comentada*, 135r., documenta este refrán en Albert von Eyb, *Margarita poetica*, que se encuentra en la biblioteca de Rojas.

[37] Tomado de Petrarca, *De remediis*, I, i, 11: «parvo temporis in spacio non stat magna foelicitas». En esta ocasión Rojas no ha acudido al *Index*, sino al texto original; Deyermond [1961: 58].

[38] Literalmente en Correas, 145.

[39] Proverbio.

[40] «Bien dize el sano al enfermo: Dios te dé salud», Cuenca, *Confesión del amante* (citado por O'Kane [1959: 209]).

dome [las] albricias de mi gozo con la buena venida de Celestina. Ni comeré hasta entonce, aunque primero sean los caballos de Febo apacentados en aquellos verdes prados que suelen, quando han dado fin a su jornada.

SEMPRONIO. Dexa, señor, essos rodeos, dexa essas poesías, que no es habla conveniente la que a todos no es común, la que todos no participan, la que pocos entienden. Di «aunque se ponga el sol», y sabrán todos lo que dizes[41]. Y come alguna conserva, con que tanto spacio de tiempo te sostengas.

CALISTO. Sempronio, mi fiel criado, mi buen consejero, mi leal servidor, sea como a ti te parece. Porque cierto tengo, según tu limpieza de servicio, quieres tanto mi vida como la tuya.

SEMPRONIO. (¿Creeslo tú, Pármeno? Bien sé que no lo jurarías; acuérdate, si fueres por conserva, apañes un bote para aquella gentezilla, que nos va más, y a buen entendedor...[42]. En la bragueta cabrá.)

CALISTO. ¿Qué dizes, Sempronio?

SEMPRONIO. Dixe, señor, a Pármeno que fuesse por una tajada de diacitrón.

PÁRMENO. Hela aquí, señor.

CALISTO. Dacá.

SEMPRONIO. (Verás qué engullir haze el diablo; entero lo *quiere*[r] tragar por más apriessa hazer.)

CALISTO. El alma me ha tornado; quedaos con Dios, hijos. Esperad la vieja y yd por buenas albricias.

---

[r] B1499: quería; T1500, S1501: querrié

[41] La crítica de Sempronio al modo en que se expresa Calisto es el desquite por el sarcasmo de Calisto por su aprendizaje. No es probable que Sempronio apreciara las estrofas de Alonso de Proaza al final de *La Celestina*. Para las diferentes interpretaciones de estas palabras, *vid.* H. López Morales [1980: 138 n. 24].

[42] Cruce de dos refranes: «A buen entendedor, pocas palabras», Correas, 29 (que se encuentra ya en Juan Ruiz, 1610: «Pocas palabras cumplen al buen entendedor») y «En la braga yaz quien faz la paz», Correas, 139.

PÁRMENO. (¡Allá yrás con el diablo tú y malos años; y en tal hora comiesses el diacitrón, como Apuleyo el veneno que le convertió en asno!)[43].

Argumento del noveno auto[a]

SEMPRONIO *y* PÁRMENO *van a casa de* CELESTINA *entre sí hablando. Llegados allá, hallan a* ELICIA *y* AREÚSA. *Pónense a comer; entre*[b] *comer riñe* ELICIA *con* SEMPRONIO. *Levántase de la mesa. Tórnanla apaziguar. Estando ellos todos entre sí razonando, viene* LUCRECIA, *criada de* MELIBEA, *llamar*[c] *a* CELESTINA *que vaya a estar con* MELIBEA.

SEMPRONIO, PÁRMENO, CELESTINA, ELICIA,
AREÚSA, LUCRECIA

SEMPRONIO. Baxa, Pármeno, nuestras capas y spadas, si te parece que es hora que vamos a comer.

PÁRMENO. Vamos presto. Ya creo que se quexarán de nuestra tardança. No por essa calle, sino que estotra, porque nos entremos por la yglesia y veremos si oviere acabado Celestina sus devociones. Llevarla hemos de camino.

SEMPRONIO. A donosa hora ha destar rezando.

PÁRMENO. No se puede dezir sin tiempo hecho lo que en todo tiempo se puede hazer[1].

SEMPRONIO. Verdad es, pero mal conoces a Celestina. Quando ella tiene que hazer, no se acuerda de Dios ni cura de san-

---

[a] T1500
[b] S1501: y entre
[c] S1501: a llamar

[43] Referencia al conocido episodio de *El asno de oro* de Apuleyo. Castro Guisasola [1924: 58] cree que Rojas acudió a Petrarca, *Contra medicum*, II, 17, pero aparte de que esta obra nunca es utilizada como fuente directa, la historia era sobradamente conocida y se encuentra en la *Margarita poetica; Celestina comentada*, 125r.-26v.

[1] Tomado del *Index* de las obras de Petrarca: «Non fit ante tempus quod in omni tempore fieri potest» *(De remediis,* II, 48), Deyermond [1961: 145].

tidades. Quando ay que roer en casa, sanos están los santos; quando va a la yglesia con sus cuentas en la mano, no sobra el comer en casa. Aunque ella te crió, mejor conozco yo sus propriedades que tú. Lo que en sus cuentas reza es los virgos que tiene a cargo, y quántos enamorados ay en la cibdad, y quántas moças tiene encomendadas, y qué despenseros *le dan ración, y quál mejor, y cómo los llaman por nombre, porque quando los encontrare no hable como estraña*[d], y qué canonigo es más moço y franco. Quando menea los labios es fengir mentiras, ordenar cautelas para aver dinero: «Por aquí le entraré, esto me responderá, esto[tro] replicaré.» Assí bive esta que nosotros mucho honrramos[2].

PÁRMENO. Más que esso sé yo, sino porque te enojaste estotro día, no quiero hablar; quando lo dixe a Calisto.

SEMPRONIO. Aunque lo sepamos para nuestro provecho, no lo publiquemos para nuestro daño. Saberlo nuestro amo es echalla por quien es y no curar della. Dexándola, verná forçado otra de cuyo trabajo no esperemos parte como désta, que de grado o por fuerça nos dará de lo que le diere.

PÁRMENO. Bien has dicho. Calla, que está abierta *la*[e] puerta; en casa está. Llama antes que entres, que por ventura están *re*bueltas[f] y no querrán[g] ser ansí vistas.

SEMPRONIO. Entra, no cures, que todos somos de casa; ya ponen la mesa.

CELESTINA. *¡O mis enamorados,* mis perlas de oro, tal me venga el año qual me parece vuestra venida!

PÁRMENO. (Que palabras tiene la noble; bien ves, hermano, estos halagos fengidos.

---

[d] *Com.:* ay en la cibdad

[e] *Com.:* su

[f] *Com.:* embueltas

[g] Z: querían

[2] Gilman [1956/1974] ve en estas palabras la verificación de la idea de que la vida de Celestina está dedicada al diálogo. En Rojas, el arte del estilo es ante todo un arte del diálogo vivo.

SEMPRONIO. Déxala, que denso bive; que no sé quién diablos le mostró tanta ruyndad[3].

PÁRMENO. La necessitad y pobreza, la hambre, que no ay mejor maestra en el mundo[4], no ay mejor despertadora y abivadora de ingenios. ¿Quién mostró a las picaças y papagayos ymitar nuestra propia habla con sus harpadas lenguas, nuestro órgano y boz, sino ésta?)[5].

CELESTINA. ¡Mochachas, mochachas, bovas, andad acá baxo presto, que están aquí dos hombres que me quieren forçar![6].

ELICIA. ¡Mas nunca acá vinieran; y mucho conbidar con tiempo, que ha tres horas que está aquí mi prima! Este perezoso de Sempronio avrá sido causa de la tardança, que no ha ojos por do verme.

SEMPRONIO. Calla, mi señora, mi vida, mis amores, que quien a otro sirve no es libre[7]; así que sojeción me relieva de culpa. No ayamos enojo; assentémonos a comer.

ELICIA. Assí; para assentar a comer muy diligente; a mesa puesta con tus manos lavadas y poca vergüença.

SEMPRONIO. Después reñiremos; comamos agora. Asséntate, madre Celestina, tú primero.

CELESTINA. Assentaos vosotros, mis hijos, que harto lugar ay para todos, a Dios gracias. Tanto nos diessen del parayso quando allá vamos. Poneos en orden cada uno cabe la suya; yo que estoy sola porné cabe mí este jarro y taça, que no es más mi vida de quanto con ello hablo. Después que me fui

---

[3] Este comentario casual revela el miedo de Sempronio de que Celestina pudiera ser una bruja.

[4] «Necessitas magistra» es sentencia recogida, por ejemplo, entre los *Adagios* (VI, 8, 55) de Erasmo. En Correas se lee el refrán «la necesidad hace maestros» *[LH]*.

[5] Excepcionalmente, Rojas acude aquí a las *Sátiras* de Persio (V, 8-11): «Quis expedivit psittaco suum "chaere" / Picasque docuit verba nostra conari? / Magister artis ingenique largitor / Venter, negatas artifex sequi voces»; *Celestina comentada*, 36v., y Castro Guisasola [1924: 79-80].

[6] Celestina acude de nuevo a la broma de su posible violación *(vid.* acto VII).

[7] «Quien sirve no es libre», Correas, 339.

haziendo vieja no sé mejor officio a la mesa que escanciar, porque quien la miel trata siempre se le pega dello[8]. Pues de noche en invierno no ay tal escalentador de cama; que con dos jarrillos destos que beva, quando me quiero acostar no siento frío en toda la noche. Desto afforro todos mis vestidos quando viene la Navidad; esto me calienta la sangre; esto me sostiene contino en un ser; esto me haze andar siempre alegre; esto me para fresca. Desto vea yo sobrado en casa que nunca temeré el mal año, que un cortezón de pan ratonado me basta para tres días. *Esto quita la tristeza del coraçón[9] más que el oro ni el coral. Esto da esfuerço al moço, y al viejo fuerça, pone color al descolorido, corage al covarde, al floxo diligencia, conforta los celebros, saca el frío del stómago, quita el hedor del aliento[h] haze potentes[i] los fríos, haze sofrir los afanes de las labranças a los cansados segadores, haze sudar toda agua mala, sana el romadizo y las muelas, sostiene sin heder en la mar, lo qual no haze el agua. Más propiedades te diría dello, que todos tenés cabellos. Assí que no sé quien no se goze en mentarlo. No tiene sino una tacha, que lo bueno vale caro y lo malo haze daño. Assí que con lo que sana el hígado, enferma la bolsa[10], pero todavía con mi fatiga busco lo mejor para esso poco que bevo: una sola dozena de vezes a cada comida, no me harán passar de allí salvo si no soy conbidada coma agora.*

PÁRMENO. *Madre, pues tres vezes dizen que es lo bueno y honesto todos los que scrivieron.*

CELESTINA. *Hijo, estará corrupta la letra; por treze, tres[11].*

SEMPRONIO. Tía señora, a todos nos sabe bien comiendo y hablando, porque después no havrá tiempo para entender en

---

[h] V1514: anélito

[i] V1514: impotentes

[8] «Quien trata en miel, siempre se le pega dél», Correas, 343.

[9] La alabanza del vino es un lugar común tradicional *(Celestina comentada*, 137v.-139r.). La idea de que el vino «quita la tristeza del coraçón» está, en parte, tomada del salmo 103: «Vinum laetificat cor hominis», Castro Guisasola [1924: 104].

[10] «Con lo que sana el hígado, enferma el bazo», Correas, 352. Ya en Sem Tob, *Proverbios morales*, 784: «Del baço adoleçe / Quando el figado es sano.»

[11] Menéndez Pidal [1917] comenta este chiste sobre los posibles errores en la transmisión textual. Él encontró en un villancico este dicho, pero muy bien podría haber sido influido por *La Celestina*.

los amores deste perdido de nuestro amo y de aquella graciosa y gentil Melibea[12].

ELICIA. ¡Apártateme allá, dessabrido, enojoso; mal provecho te haga lo que comes, tal comida me as dado! Por mi alma,
revessar quiero quanto tengo en el cuerpo de asco de oýrte llamar a aquélla gentil. ¡Mirad quién gentil! ¡Jesú, Jesú, y qué hastío y enojo es ver tu poca vergüença! ¿A quién gentil? ¡Mal me
haga Dios si ella lo es ni tiene parte dello, sino que ay ojos que
de lagaña se agradan![13]. Santiguarme quiero de tu necedad y
poco conoscimiento. ¡O quién stoviesse de gana para disputar
contigo su hermosura y gentileza! ¿Gentil, [gentil] es Melibea?
Entonces lo es, entonces acertarán quando andan a pares los
diez mandamientos[14]. Aquella hermosura por una moneda se
compra de la tienda. Por cierto que conosco yo en la calle donde ella bive, quatro donzellas en quien Dios más repartió su
gracia que no en Melibea, que si algo tiene de hermosura es
por buenos atavíos que trae. Ponedlos *a*[j] un palo, tanbién dirés
que es gentil. Por mi vida, que no lo digo por alabarme, mas
creo que soy tan hermosa como vuestra Melibea[15].

AREÚSA. Pues no la has tú visto como yo, hermana mía; Dios
me lo demande si en ayunas la topasses, si aquel día pudiesses
comer de asco. Todo el año se está encerrada con mudas de mil
suziedades. Por una vez que haya de salir donde pueda ser vista,
enviste su cara con hiel y miel, con unas *tostadas y higos passados*,
y con otras cosas que por reverencia de la mesa dexo de dezir.
Las riquezas las hazen[k] a éstas hermosas y ser alabadas, que no

---

[j] *Com.:* en
[k] T1500, Z: haze

[12] Sempronio revela su interés por Melibea delante de Elicia provocando
los celos de ésta y de Areúsa.
[13] «Ojos hay que de lagañas se pagan», Correas, 157. «Tales y tan diferentes
son los gustos de los hombres», añade Covarrubias, 748.
[14] Obsérvese la acritud del sarcasmo de Elicia. La expresión «cuando andan a pares los diez mandamientos» no está documentada, pero en el español
actual se encuentran con frecuencia giros del mismo corte para expresar sar-
cásticamente el desacuerdo con alguna opinión común *[LH]*.
[15] Esta escena de envidia, y su continuación por Areúsa, se acerca mucho
a un par de pasajes que tienen como protagonista a la mujer envidiosa en el
Corbacho, II, ii y iv (Cejador [1913: II, 31] y Castro Guisasola [1924: 175]).
Vid. Goldberg [1978-1979], 80-92.

las gracias de su cuerpo, que assí goze de mí, unas tetas tiene para ser donzella como si tres vezes oviesse parido; no parescen sino dos grandes calabaças. El vientre no se le he visto, pero juzgando por lo otro creo que le tiene tan floxo como vieja de cinquenta años. No sé qué se ha visto Calisto porque dexa de amar otras que más ligeramente podría aver y con quien más él holgasse, *sino que el gusto dañado muchas veces juzga por dulce lo amargo*[16].

SEMPRONIO. Hermana, parésceme aquí que cada bohonero alaba sus agujas[17] que el contrario desso se suena por la ciudad.

AREÚSA. Ninguna cosa es más lexos de *la* verdad que la vulgar opinión[18]; nunca alegre bivirás si por voluntad de muchos te riges[19]. Porque éstas son conclusiones verdaderas. Que qualquier cosa que el vulgo piensa es vanidad, lo que habla falsedad[l], lo que reprueva es bondad, lo que appueva, maldad[20]. Y pues éste es su más cierto uso y costumbre, no juzgues la bondad y hermosura de Melibea por esso ser la que affirmas.

SEMPRONIO. Señora, el vulgo parlero no perdona las tachas de sus señores[21], y assí yo creo que si alguna toviesse Me-

---

[l] Z: falcedad

[16] La *Celestina comentada* atribuye el proverbio a Ovidio. Lo cierto es que se convirtió en refrán popular: «El gusto dañado muchas veces juzga lo dulce por agrio», Correas, 87.

[17] Literalmente en Correas, 328.

[18] Según Maravall [1964: 120], Areúsa manifiesta su desprecio por las opiniones del vulgo debido a que éste representa la sociedad tradicional, contra la que aquélla se revuelve y contra cuyos puntos de vista está siempre dispuesta a manifestarse. Notemos que las ideas de Areúsa se corresponden con las que luego transmitirá el humanismo culto *(vid.* Green, «On the Attitude toward the *vul*go in the Spanish *Siglo de Oro»*, *SRo*, IV [1957], 190-200; Morreale, «El mundo del cortesano», *RFE*, XLII [1958-1959], 238-260, esp. 229, y Maravall [1964: 120, n. 3]). *Ninguna cosa es más lexos...* Calco del *De remediis* (I, 12, 89) de Petrarca: «Nihil est a virtute vel a veritate remotius quam vulgaris opinio», Deyermond [1961: 59].

[19] Nuevo préstamo de Petrarca, esta vez del *Index* de sus obras: «Numquam laetus eris si vulgo te regendum tradideris» *(Epístolas familiares,* 15), Deyermond [1961: 145].

[20] Se sigue acudiendo a Petrarca y al *Index:* «Vulgus quicquid cogitat vanum est: quicquid loquitur falsum est: quicquid praedicat infame est et quicquid agit stultum est» *(De remediis,* I, 11), Deyermond [1961: 145].

[21] Esta vez Rojas acude al texto directo del *De remediis* petrarquista (I, 42): «Non parcit regum maculis vulgus loquax», Deyermond [1961: 59].

libea, ya sería descobierta de los que con ella más que nosotros tratan. Y aunque lo que dizes concediesse, Calisto es cavallero, Melibea hijadalgo; assí que los nascidos por linaje escogidos búscanse unos a otros. Por ende no es de maravillar que ame antes a ésta que a otra.

AREÚSA. Ruyn sea quien por ruyn se tiene[22]; las obras hazen linaje, que al fin todos somos hijos de Adam y Eva[23]. Procure de ser cada uno bueno por sí, y no vaya a buscar en la nobleza de sus passados la virtud[24].

CELESTINA. Hijos, por mi vida, que cessen essas razones de enojo, y tú Elicia, que te tornes a la mesa y dexes essos enojos.

ELICIA. Con tal que mala pro me hiziesse, con tal que rebentasse *en* comiéndolo. ¿Avía yo de comer con esse malvado que en mi cara me ha porfiado que es más gentil su andrajo de Melibea que yo?

SEMPRONIO. Calla, mi vida, que tú la comparaste; toda comparación es odiosa[25]. Tú tienes la culpa y no yo.

AREÚSA. Ven, hermana, a comer, no hagas agora esse plazer a estos locos porfiados; si no, levantarme he yo de la mesa.

ELICIA. Necessidad de complazerte me haze contentar a esse enemigo mío y usar de virtudes con todos.

SEMPRONIO. ¡He, he, he!

ELICIA. ¿De qué te ríes? ¡De mala cançre sea comida essa boca desgraciada, enojoso!

CELESTINA. No la[m] respondas, hijo, si no, nunca acabaremos; entendamos en lo que haze a nuestro caso. Dezime ¿cómo

---

[m] B1499, S1501: le

[22] «Ruyn sea quien por ruyn se tiene e lo dize en concejo», Santillana, *Refranes*, 640. «Ruin sea quien por ruin se tiene y lo va a dezir a la plaza», Correas, 482.

[23] Los lugares comunes «las obras hazen linaje» y «todos somos de una masa» eran populares especialmente entre conversos en la España del siglo XV. *Vid.* Márquez Villanueva [1960: 166]. Para las imágenes relacionadas con Adán y Eva, *vid.* Weiner [1969].

[24] Recuerdo de Juan de Mena, *Pecados mortales*, c. 16: «Quien no faze la nobleza / y en sus pasados la busca», Castro Guisasola [1924: 163].

[25] Esta sentencia está tomada del *Index* de las obras de Petrarca: «Comparationes non carent odio» *(De reinos memorandis,* III, ii), Deyermond [1961: 144].

quedó Calisto? ¿Cómo le[n] dexastes? ¿Cómo os podistes entramos descabullir[o] dél?

PÁRMENO. Allá fue a la maldición, echando huego, desesperado, perdido, medio loco, a missa a la Madalena a rogar a Dios que te dé gracia, que puedas bien roer los huessos destos pollos, y protestando de no bolver a casa hasta oýr que eres venida con Melibea en tu arremango. Tu saya y manta y aun mi sayo cierto stá; lo otro vaya y venga; el quándo lo dará no lo sé.

CELESTINA. Sea quando fuere; buenas son mangas passada la pascua[26]. Todo aquello alegra que con poco trabajo se gana, mayormente viniendo de parte donde tan poca mella haze, de hombre tan rico que con los salvados de su casa podría yo salir de lazería, según lo mucho le sobra. No les duele a los tales lo que gastan y según la causa por que lo dan; no *lo* sienten con el embevecimiento del amor. No les pena, no veen, no oyen, lo qual yo juzgo por otros que he conoçido menos apassionados y metidos en este huego de amor que a Calisto veo. Que ni comen ni beven, ni ríen ni lloran, ni duermen ni velan, ni hablan ni callan, ni penan ni descansan, ni están contentos ni se quexan, según la perplexidad de aquella dulce y fiera llaga de sus coraçones[27]. Y si alguna cosa déstas la natural necessidad les fuerça a hazer, están en el acto tan olvidados que comiendo se olvida la mano de llevar la vianda a la boca. Pues si con ellos hablan, jamás conveniente respuesta buelven. Allí tienen los cuerpos, con sus amigas los coraçones y sentidos. Mucha fuerça tiene el amor; no sólo la tierra, mas aun las mares traspassa según su poder. Ygual mando tiene en todo género de hombres; todas las difficultades quiebra. Anxiosa cosa es, temerosa y solícita; todas las

---

[n] *Com.:* lo
[o] Z: escabulir

[26] «*Buenas son mangas, después de Pascua.* Se dice quando lo que deseamos se viene a cumplir algo después de lo que nosotros queríamos», Covarrubias, 785.
[27] La influencia del anónimo *El Viejo, el Amor y la Hermosa* parece probable. *Vid.* Martínez [1980].

cosas mira en derredor[28]. Assí que si vosotros buenos enamorados avés sido, juzgarés yo dezir verdad.

SEMPRONIO. Señora, en todo concedo con tu razón, que aquí está quien me causó algún tiempo andar fecho otro Calisto, perdido el sentido, cansado el cuerpo, la cabeça vana, los días mal durmiendo, las noches todas velando, dando alvoradas, haziendo momos, saltando paredes, poniendo cada día la vida al tablero, esperando toros, corriendo cavallos, tirando barra, echando lança, cansando amigos, quebrando spadas, haziendo scalas, vistiendo armas, y otros mil atos de enamorado; haziendo coplas, pintando motes, sacando invenciones[29]. Pero todo lo doy por bienempleado, pues tal joya gané.

ELICIA. ¿Mucho piensas que me tienes ganada? Pues hágote cierto que no as tú buelto la cabeça quando está en casa otro que más quiere[30], más gracioso que tú, y aun que no ande[P] buscando cómo me dar enojo; a cabo de un año que me vienes a ver tarde y con mal.

CELESTINA. Hijo, déxala dezir, que devanea; mientras más de esso la oyeres, más se confirma en su amor. Todo es porque avés aquí alabado a Melibea; no sabe en otra cosa que os lo pagar sino en dezir esso, y creo que no vee la hora que aver comido para lo que yo me sé. Pues essotra su[q] prima yo [me] la conozco; gozad vuestras frescas moçedades, que quien tiempo tiene y mejor le espera, tiempo viene que se arrepiente, como

---

[P] Z: anda
[q] Z: tu

[28] Son casi todas sentencias petrarquistas repartidas en varias de las *Epistolae* y reunidas bajo el lema *amor* en el *Index:* «Amoris mira et magna potentia», «Quod par imperium habet in omne genus hominum», «Amor omnes difficultates frangit», «Volucer est amor: non terras: sed caelum transit et maria» y «Amor anxia res est: credula: timida: sollicita: omnia circumspiciens: et vana etiam ac secura formidans», Castro Guisasola [1924: 139-140].

[29] Rojas ironiza sobre los tópicos del amor cortés haciendo que un criado como Sempronio afirme haber padecido síntomas propios de caballeros enamorados.

[30] Castro Guisasola [1924: 171] sugiere la c. 11 de las *Coplas sobre los defectos de las condiciones de las mujeres* de Hernán Mexía: «Aquel que mejor tropieza quando más, más es amado, / cumple estar que no se meça, / que bolviendo la cabeça / es traspuesto y olvidado.» De todas maneras, aunque la analogía es evidente, Rojas no se tuvo que inspirar necesariamente en este pasaje.

yo fago agora por algunas horas que dexé perder quando moça, quando me preciava, quando me querían, que ya, mal pecado, caducado he; nadie no me quiere, que sabe Dios mi buen deseo. Besaos y abraçaos, que a mí no me queda otra cosa sino gozarme de vello. Mientra a la mesa estáys, de la cinta arriba todo se perdona; quando seáys aparte, no quiero poner tassa, pues que el rey no la pone, que yo sé por las mochachas que nunca de importunos os acusen, y la vieja Celestina maxcará de dentera con sus botas enzías las migajas de los manteles. ¡Bendígaos Dios como lo reýs y holgáys, putillos, loquillos, traviessos; en esto avía de parar el nublado de las questioncillas que avés tenido; mira no derribés la mesa!

ELICIA. Madre, a la puerta llaman; el solaz es derramado.

CELESTINA. Mira, hija, quién es; por ventura será quien lo acreciente y allegue.

ELICIA. O la boz me engaña, o es mi prima Lucrecia.

CELESTINA. Ábrela y entre ella y buenos años, que aun a ella algo se le entiende deseo que aquí hablamos, aunque su mucho encerramiento le impide el gozo de su moçedad.

AREÚSA. Assí goçe de mí, que es verdad, que éstas que sirven a señoras ni gozan deleyte ni conocen los dulces premios de amor. *Nunca tratan con parientas, con yguales a quien pueden hablar tú por tú, con quien digan: «¿qué cenaste?; ¿estás preñada?; ¿quántas gallinas crías?; llévame a merendar a tu casa, muéstrame tu enamorado; ¿quánto ha que no te vido?; ¿cómo te va con él?; ¿quién son tus vezinas?» y otras cosas de ygualdad semejantes. ¡O tía, y qué duro nombre y qué grave y sobervio es «señora» contina en la boca*[31]. Por esto me bivo sobre mí, desde que me sé conoscer, que jamás me precié de llamar de otrie sino mía. Mayormente destas señoras que agora se usan. Gástase con ellas lo mejor del tiempo, y con una saya rota de las que ellas desechan, pagan servicio de diez años. Denostadas, maltratadas las traen, contino sojuzgadas, que hablar delante [de] ellas no osan, y quando

---

[31] Calco del *Index* de las obras de Petrarca: «Dominus durum superbumque et grave nomen est» *(De remediis,* I, 85), Deyermond [1961: 146]. Sin embargo, la mayor parte de esta diatriba encuentra su inspiración en el *Corbacho* y, especialmente, en el bien conocido pasaje de la gallina perdida (II, 1).

ven cerca el tiempo de la obligación de casallas, levántales un caramillo que se echan con el moço, o con el hijo, o pídenles çelos del marido, o que meten hombres en casa, o que hurtó la taça, o perdió el anillo; danles un ciento de açotes y échanlas la puerta fuera, las haldas en la cabeça, diziendo: «Allá yrás, ladrona, puta, no destruyrás mi casa y honrra.» Assí que esperan galardón, sacan baldón[32], esperan salir casadas, salen amenguadas, esperan vestidos y joyas de boda, salen desnudas y denostadas. Estos son sus premios, éstos son sus beneficios y pagos. Oblíganse a darles marido, quítanles el vestido; la[33] mejor honrra que en sus casas tienen es andar hechas callejeras, de dueña en dueña, con sus mensajes acuestas. Nunca oyen su nombre propio de la boca dellas, sino puta acá, puta acullá. «¿A dó vas, tiñosa? ¿Qué heziste, vellaca? ¿Por qué comiste esto, golosa? ¿Cómo fregaste la sartén, puerca? ¿Por qué no limpiaste el manto, çuzia? ¿Cómo dixiste esto, necia? ¿Quién perdió el plato, desaliñada? ¿Cómo faltó el paño de manos, ladrona? A tu rufián le avrás dado. Ven acá, mala mujer, la gallina havada no parece; pues búscala presto; si no, en la primera blanca de tu soldada la contaré.» Y tras esto mil chapinazos y pellizcos, palos y açotes. No ay quien las sepa contentar; no quien puede soffrirlas. Su plazer es dar bozes, su gloria es reñir; de lo mejor hecho, menos contentamiento muestran. Por esto, madre, he querido[r] más bivir en mi pequeña casa esenta y señora, que no en sus ricos palacios sojuzgada y cativa.

CELESTINA. En tu seso has estado; bien sabes lo que hazes. Que los sabios dizen que vale más una migaja de pan con paz que toda la casa llena de viandas con renzilla[34]. Mas agora cesse esta razón, que entra Lucrecia[35].

---

[r] *Com.*: quesido

[32] Proverbio.

[33] La rima interna en estas líneas se usa intencionadamente para acentuar los contrastes.

[34] Referencia a Salomón, *Proverbios*, XVIII: «Melius est bucella sicca cum gaudio, quam domus plena victimis cum iurgio», *Celestina comentada*, 143v.-144r., Castro Guisasola [1924: 105].

[35] El comentador anónimo, 144r., ha notado el espacio de tiempo inverosímil que ha transcurrido desde que Lucrecia llamó a la puerta —antes de que Areúsa iniciara su diatriba— y su entrada en estos momentos.

LUCRECIA. Buena pro os haga, tía, y la compañía. Dios bendiga tanta gente y tan honrrada.

CELESTINA. ¿Tanta, hija? ¿Por mucha has ésta? Bien paresce que no me conociste en mi prosperidad, hoy ha veynte años. ¡Ay, quien me vido y quien me vee agora, no sé cómo no quiebra su coraçón de dolor![36]. Yo vi, mi amor, a[s] esta mesa donde agora están tus primas assentadas, nueve moças de tus días, que la mayor no passava de deziocho años, y ninguna avía menor de quatorze. Mundo es, passe, ande su rueda, rodee sus alcaduces, unos llenos, otros vazíos. Ley es de fortuna que ninguna cosa en un ser mucho tiempo permanesce; su orden es mudanças[37]. No puedo dezir sin lágrimas la mucha honrra que entonces tenía, aunque por mis pecados y mala dicha, poco a poco ha venido en diminución[t]. Como declinavan mis días, assí se disminuýa y menguava mi provecho. Proverbio es antiguo que quanto al mundo es, o crece o decrece[38]. Todo tiene sus límites, todo tiene sus grados. Mi honrra llegó a la cumbre según quien yo era; de necessidad es que desmengüe y se abaxe[39]. Cerca ando de mi fin. En esto veo que me queda poca vida. *Pero bien sé que sobí para descender, florecí para secarme, gozé para entristecerme, nascí para bivir, biví para crecer, crescí para envejeçer, envejecí para morirme*[40]. *Y pues esto antes de agora me consta, sofriré con menos pena ni mal, aunque del todo no pueda despedir el sentimiento como sea de carne sentible formada.*

---

[s] B1499, Z: amor, esta
[t] Z: dimunición

[36] «Quien te vido y te ve agora, ¿cuál es el corazón que no llora?», Correas, 340.
[37] Este lugar común debe de ser un eco de Juan de Mena, *Laberinto de Fortuna*, c. 10: «Mas bien acortada tu varia mudança, / por ley te goviernas, maguer discrepante, / ca tu firmeza es non ser constante / tu temperamento es distemperança, / tu más çierta orden es desordenança...»
[38] «El mundo es a manera de escala, que uno sube y otro baja», Correas, 106.
[39] Castro Guisasola [1914: 125] sugiere a Petrarca, *De remediis*, I, 1, como inspirador de estas palabras. Pero la imagen implícita es la de la rueda de la Fortuna y Rojas no tuvo que acudir necesariamente al autor italiano.
[40] Inspirado en Petrarca, *Epístolas familiares*, II, 10-11: «Scio me ascendere ut descendam: virere ut arescam: ut senescam adolescere: vivere ut moriar», Deyermond [1961: 76]. Para los temas del tiempo y la fortuna en *La Celestina*, *vid*. Severin [1970: 43-55] y Berndt [1963: 156-178].

LUCRECIA. Trabajo tenías, madre, con tantas moças, que es ganado muy penoso de guardar.

CELESTINA. ¿Trabajo, mi amor? Antes descanso y alivio. Todas me obedescían, todas me honrravan, de todas era acatada; ninguna salía de mi querer; lo que yo dezía era lo bueno; a cada qual dava [su] cobro; no escogían más de lo que les mandava; coxo o tuerto o manco, aquél avían por sano que más dinero me dava. Mío era el provecho, suyo el afán. Pues servidores ¿no tenía por su causa dellas? Cavalleros, viejos [y] moços, abades de todas dignidades, desde obispos hasta sacristanes. En entrando por la yglesia vía derrocar bonetes en mi honor como si yo fuera una duquesa. El que menos avía que negociar conmigo, por más ruyn se tenía. De media legua que me viessen dexavan las horas; uno a uno [y] dos a dos venían a donde yo estava, a ver si mandava algo, a preguntarme cada uno por la suya. [Que hombre avía, que estando diziendo missa] en^u viéndome entrar se turbava*n*, que no hazía*n* ni dezía*n* cosa^v a derechas. Unos me llamavan señora, otros tía, otros enamorada, otros vieja honrrada. Assí se concertavan sus venidas a mi casa, allí las ydas a la suya. Allí se me offrescían dineros, allí promessas, allí otras dádivas, besando el cabo de mi manto, y aun algunos en la cara por me tener más contenta. Agora hame traýdo la fortuna a tal estado que me digas: «¡Buena pro hagan las çapatas!»[41].

SEMPRONIO. Spantados nos tienes con tales cosas como nos cuentas de essa religiosa gente y benditas coronas. ¿Si que no serían todos?

CELESTINA. No, hijo, ni Dios lo mande que yo tal cosa levante. Que muchos viejos devotos avía con quien yo poco medrava, y aun que no me podían ver, pero creo que de em-

^u *Com.:* ni
^v Z: cosas

[41] «... porque efectuada la compra de alguna cosa o al rematarla, el pregonero o el tercero le dize: *Que buena pro le haga*», Covarrubias, 69. «Buena pro hagan los zapatos y la barba puta», Correas, 316. «Reniego de casa do a çapato nuevo dicen: buena pro haga», Horozco (citado por O'Kane [1959: 234]).

bidia de los otros que me hablavan. Como la cleresía era grande, avía de todos, unos muy castos, otros que tenían cargo de mantener a las de mi officio, y aun todavía creo que no faltan[42]. Y embiavan sus escuderos y moços a que me acompañassen[w], y apenas era llegada a mi casa quando entravan por mi puerta muchos pollos y gallinas, anserones, anadones, perdizes, tórtolas, perniles de toçino, tortas de trigo, lechones. Cada qual como lo recibía de aquellos diezmos de Dios, assí lo venían luego a registrar para que comiesse yo y aquellas sus devotas. Pues vino, ¿no me sobrava? De lo mejor que se bevía en la ciudad, venido de diversas partes: de Monviedro, de Luque, de Toro, de Madrigal, de San Martín, y de otros muchos lugares, y tantos que aunque tengo la differencia de los gustos y sabor en la boca, no tengo la diversidad de sus tierras en la memoria, que harto es que una vieja como yo en oliendo qualquiera vino diga de dónde es. Pues otros curas sin renta, no era[x] offreçido el bodigo quando en besando el feligrés la stola era de primero boleo en mi casa. Espessos como piedras a[y] tablado entravan mochachos cargados de provisiones por mi puerta. No sé cómo me puedo bivir cayendo[z] de tal stado.

AREÚSA. Por Dios, pues somos venidas a[aa] haver plazer, no llores, madre, ni te fatigues, que Dios lo[bb] remediará todo.

CELESTINA. Harto tengo, hija, que llorar, acordándome de tan alegre tiempo y tal vida como yo tenía, y quán servida era de todo el mundo, que jamás hovo fruta nueva de que yo primero no gozasse, que otros supiessen si era nascida. En mi casa se avía de allar, si para alguna preñada se buscasse.

SEMPRONIO. Madre, ningún provecho trae la memoria del buen tiempo si cobrar no se puede, antes tristeza; como a ti

---

w   Z: acompañessen
x   Z: no offreçido
y   Z: al
z   Z: caýdo
aa Z: venidas haver
bb Dios remediará

[42] Para el tema de la sátira eclesiástica en *La Celestina, vid.* Severin [1978-1979].

agora que nos has sacado el plazer dentre las manos. Álcese la mesa; yrnos hemos a holgar, y tú darás respuesta a esta donzella que aquí es venida.

CELESTINA. Hija Lucrecia, dexadas essas razones, querría que me dixiesses qué fue agora tu buena venida.

LUCRECIA. Por cierto, ya se me avía olvidado mi principal demanda y mensaje con la memoria de esse tan alegre tiempo como as contado, y assí me estuviera un año sin comer, escuchándote y pensando en aquella vida buena que aquellas moças gozarían, que me paresce y semeja que estó yo agora en ella. Mi venida, señora, es lo que tú sabrás; pedirte el ceñidero y demás desto, te ruega mi señora sea de ti visitada y muy presto, porque se siente muy fatigada de desmayos y *de* dolor del coraçón.

CELESTINA. Hija, destos dolorçillos tales más es el ruydo que las nuezes[43]. Maravillada estoy sentirse del coraçón muger tan moça.

LUCRECIA. (¡Assí te arrastren, traydora! ¿Tú no sabes qué es? Haze la vieja falsa sus hechizos y vase; después házese de nuevas.)

CELESTINA. ¿Qué dizes, hija?

LUCRECIA. Madre, que vamos presto y me des el cordón.

CELESTINA. Vamos, que yo le llevo[44].

Argumento del décimo auto[a]

Mientra andan[b] CELESTINA *y* LUCRECIA *por camino*[c], *stá hablando* MELIBEA[d] *consigo misma. Llegan a la puerta; entra* LUCRECIA *primero. Haze entrar a* CELESTINA. MELIBEA, *después de*

---

[a] T1500
[b] S1501: anda
[c] S1501: el camino
[d] T1500: a Melibea

[43] «Mayor es el ruido que las nueces», Correas, 291.
[44] Celestina rehúsa desprenderse del cordón de Melibea, quizá porque aún están actuando sus poderes mágicos.

muchas razones, descubre a Celestina, *arder en amor de* Calisto. *Veen venir a* Alisa, *madre de* Melibea. *Despídense den uno.*
Pregunta Alisa *a* Melibea[e] *de los negocios de* Celestina. *Defen-
dióle su mucha conversación.*

Melibea, Lucrecia, Celestina, Alisa

Melibea. ¡O lastimada de mí, o mal proveída donzella!
¿Y no me fuera mejor conceder su petición y demanda ayer
a Celestina quando de parte de aquel señor cuya vista me cativó me fue rogado, y contentarle a él, y sanar a mí, que no
venir por fuerça a descobrir mi llaga quando no me sea agra-
descido, quando ya desconfiando de mi buena respuesta aya
puesto[f] sus ojos en amor de otra?[1]. ¡Quánta más ventaja toviera mi prometimiento rogado que mi offrecimiento forçoso! ¡O mi fiel criada Lucrecia!, ¿qué dirás de mí; qué pensarás
de mi seso quando me veas publicar lo que a ti jamás he querido[g] descobrir? Cómo te spantarás del rompimiento de mi
honestidad y vergüença, que siempre como encerrada donzella acostumbré tener. No sé si avrás barruntado de dónde
proceda mi dolor, o si ya viniesses con aquella medianera de
mi salud. O soberano Dios, a ti que todos los atribulados llaman, los passionados piden remedio, los llagados medicina,
a ti que los cielos, mar [y] tierra, con los infernales centros
obedescen, a ti el qual todas las cosas a los hombres sojuzgas-
te, humilmente suplico: des a mi herido coraçón sofrimiento
y paciencia, con que mi terrible passión pueda dissimular, no
se desdore aquella hoja de castidad que tengo assentada sobre este amoroso desseo, publicando ser otro mi dolor que
no el que me atormenta. Pero ¿cómo lo podré hazer, lasti-
mándome tan cruelmente el ponçoñoso bocado que la vista
de su presencia de aquel cavallero me dio? ¡O género femí-

---

[e] S1501: su hija

[f] Z: puestos

[g] *Com.:* quesido

[1] Las imágenes del auto IV relacionadas con la medicina tienen su desarrollo en éste, cuando Celestina sugiere que el mejor remedio para la enfermedad de Melibea es el propio Calisto. *Vid.* Shipley [1975A], Cerro González
[1968: 166] y Handy [1983].

neo, encogido y frágile! ¿por qué no fue también a las hembras concedido poder descobrir su congoxoso y ardiente amor, como a los varones? Que ni Calisto biviera quexoso ni yo penada[2].

LUCRECIA. Tía, detente un poquito cabe esta puerta; entraré a ver con quién está hablando mi señora. Entra, entra, que consigo lo ha.

MELIBEA. Lucrecia, echa essa antepuerta. ¡O vieja sabia y honrrada, tú seas bienvenida! ¿Qué te paresce cómo ha *que*sido mi dicha y la fortuna ha rodeado que yo tuviesse de tu saber necessidad para que tan presto me oviesses de pagar en la misma moneda el beneficio que por ti me fue demandado para esse gentilhombre que curavas con la virtud de mi cordón?

CELESTINA. ¿Qué es, señora, tu mal, que assí muestra las señas de su tormento en las coloradas colores de tu gesto?

MELIBEA. Madre mía, que me comen este coraçón serpientes dentro de mi cuerpo[3].

CELESTINA. (Bien está; assí lo quería yo. Tú me pagarás, doña loca, la sobra de tu yra.)

MELIBEA. ¿Qué dizes? ¿Has sentido en verme alguna causa donde mi mal proceda?

CELESTINA. No me as, señora, declarado la calidad del mal. ¿Quieres que adevine la causa? Lo que yo digo es que recibo mucha pena de ver triste tu graciosa presencia.

MELIBEA. Vieja honrrada, alégramela tú, que grandes nuevas me an dado de tu saber.

CELESTINA. Señora, el sabidor sólo Dios es. Pero como para salud y remedio de las enfermedades fueron repartidas las gracias en las gentes de hallar las melezinas, dellas por esperiencia, dellas por arte, dellas por natural instinto, alguna partezica al-

---

[2] Estos temores de Melibea le recuerdan a Castro Guisasola [1924: 175] un pasaje del *Corbacho*, I, IV.
[3] Para la imagen de la serpiente, *vid.* Deyermond [1977]. Berndt [1963: 446] ve aquí una influencia directa de la *Fiammetta*.

cançó a esta pobre vieja, de la qual al presente podrás ser servida.

MELIBEA. O qué gracioso y agradable me es oýrte; saludable es al enfermo la alegre cara del que le visita[4]. Paréceme que veo mi coraçón entre tus manos hecho pedaços, el qual, si tú quisiesses, con muy poco trabajo juntarías con la virtud de tu lengua, no de otra manera que quando vio en sueños aquel grande Alexandre, rey de Macedonia, en la boca del dragón la saludable raýz con que sanó a su criado Tolomeo del bocado de la bívora[5]. Pues, por amor de Dios, te despojes para *más*[h] diligente entender en mi mal y me des algún remedio.

CELESTINA. Gran parte de la salud es dessearla[6], por lo qual creo menos peligroso ser tu dolor. Pero para yo dar mediante Dios congrua y saludable melezina es necessario saber de ti tres cosas. La primera, a qué parte de tu cuerpo más declina y aquexa el sentimiento. Otra, si es nuevamente por ti sentido, porque más presto se curan las tiernas enfermedades en sus principios que quando han hecho curso en la perseveración de su officio. Mejor se doman los animales en su primera edad que quando ya es su cuero endurecido, para venir mansos a la melena. Mejor crecen las plantas que tiernas y nuevas se trasponen, que las que frutificando ya se mudan[7]. Muy mejor se despide el nuevo pecado, que aquel que por costumbre antigua cometemos cada día[8]. La tercera, si procedió de algún cruel pensamiento que assentó en aquel lugar. Y esto sabido, verás obrar mi cura. Por ende cumple que al médico como al confessor se hable toda verdad abiertamente[9][i].

[h] *Com.*: muy
[i] Z: abiertemente

[4] Proverbio.
[5] Eco de Petrarca *(Rebus memorandis,* IV, iii, 22) a través del *Index:* «Quod Alexandro per visum draco radicem in ore gerens apparvit: qua inventa et Ptolemaeum familiares suum venenata percussum et alios multos de eadem peste liberavit.» *Vid.* Deyermond [1961: 143] y [1977].
[6] Proverbio.
[7] Desde «Más presto se curan...» hasta «... tiernas y nuevas se trasponen» es una transposición doctrinal de un pasaje del *De remediis amoris,* V, vv. 81 y ss. Castro Guisasola [1924: 70-71] y *Celestina comentada,* 148v.-149r.
[8] Proverbio.
[9] «Al médico, confesor y letrado, la verdad a lo claro», Correas, 33.

MELIBEA. Amiga Celestina, muger bien sabia y maestra grande, mucho has abierto el camino por donde mi mal te pueda specificar. Por cierto, tú lo pides como mujer bien esperta en curar tales enfermedades. Mi mal es de coraçón, la ysquierda teta es su aposentamiento[j]; tiende sus rayos a todas partes. Lo segundo, es nuevamente nascido en mi cuerpo, que no pensé jamás que podía dolor privar el seso como éste haze; túrbame la cara; quítame el comer; no puedo dormir; ningún género de risa querría ver. La causa o pensamiento, que es la final cosa por ti preguntada de mi mal, ésta no sabré dezirte, porque ni muerte de deudo ni pérdida de temporales bienes ni sobresalto de visión ni sueño desvariado ni otra cosa puedo sentir que fuesse, salvo [la] alteración que tú me causaste con la demanda que sospeché de parte de aquel cavallero Calisto quando me pediste la oración.

CELESTINA. ¿Cómo, señora, tan mal hombre es aquél, tan mal nombre es el suyo que en sólo ser nombrado trae consigo ponçoña su sonido?[10]. No creas que sea éssa la causa de tu sentimiento, antes otra que yo barrunto; y pues que ansí es, si tu licencia me das, yo, señora, te la diré.

MELIBEA. ¿Cómo, Celestina, qué es esse nuevo salario que pides? ¿De licencia tienes tú necessidad para me dar la salud? ¿Quál médico jamás pidió tal seguro para curar al paciente? Di, di, que siempre la tienes de mí, tal que mi honrra no dañes con tus palabras.

CELESTINA. Véote, señora, por una parte quexar el dolor, por otra temer la melezina. Tu temor me pone miedo, el miedo silencio, el silencio tregua entre tu llaga y mi melezina; assí que será causa que ni tu dolor cesse, ni mi venida aproveche.

MELIBEA. Quanto más dilatas la cura, tanto más *me* acrecientas y multiplicas la pena y passión. ¡O tus melezinas son de polvos de infamia y licor de corruptión, confacionados con otro más crudo dolor que el que de parte del paciente se siente, o no

---

[j] Z: posentamiento

[10] El nombre de Calisto tiene un poder mágico sobre Melibea que causará su desmayo.

es ninguno tu saber! Porque si lo uno o lo otro no *te impidiesse*[k] qualquiera remedio otro darías sin temor, pues te pido le muestres, quedando libre mi honrra.

CELESTINA. Señora, no tengas por nuevo ser más fuerte de sofrir al herido la ardiente trementina y los ásperos puntos que lastiman lo llagado, doblan la passión, que no la primera lisión que dio sobre sano. Pues si tú quieres ser sana y que te descubra la punta de mi sotil aguja sin temor, haz para tus manos y pies una ligadura de sosiego, para tus ojos una cobertura de piedad, para tu lengua un freno de *silencio*[l] para tus oýdos unos algodones de sofrimiento y paciencia, y verás obrar a la antigua maestra destas llagas.

MELIBEA. ¡O cómo me muero con tu dilatar! Di, por Dios, lo que quisieres, haz lo que supieres, que no podrá ser tu remedio tan áspero que yguale con mi pena y tormento. Agora toque en mi honrra, agora dañe mi fama, agora lastime mi cuerpo, aunque sea romper mis carnes para sacar mi dolorido coraçón, te doy mi fe ser segura, y si siento alivio, bien galardonada.

LUCRECIA. (El seso tiene perdido mi señora. Gran mal es éste; cativádola ha esta hechizara.)

CELESTINA. (Nunca me ha de faltar un diablo acá y acullá; scapóme Dios de Pármeno; topóme con Lucrecia.)

MELIBEA. ¿Qué dizes, amada maestra? ¿Qué te hablava essa moça?

CELESTINA. No le oý nada, *pero diga lo que dixere, sabe que no ay cosa más contraria en las grandes curas delante los animosos çurujanos que los flacos coraçones, los quales con su gran lástima, con sus dolorosas hablas, con sus sensibles meneos, ponen temor al enfermo, hazen que desconfíe de la salud, y al médico enojan y turban, y la turbación altera la mano, rige sin orden la aguja. Por donde se puede conocer claro*[m] que es muy necessario para tu salud que no esté persona delante, y assí que la deves mandar salir; y tú, hija Lucrecia, perdona.

---

[k] *Com.:* no abastasse
[l] *Com.:* sossiego
[m] *Com.:* lo que digo es

MELIBEA. Salte fuera, presto.

LUCRECIA. (¡Ya, ya, todo es perdido!) Ya me salgo, señora.

CELESTINA. Tanbién me da osadía tu gran pena, como ver que con tu sospecha has ya tragado alguna parte de mi cura. Pero todavía es necessario traer más clara melezina y más saludable descanso de casa de aquel cavallero Calisto.

MELIBEA. Calla, por Dios, madre, no traygan de su casa cosa para mi provecho, ni le nombres aquí.

CELESTINA. Sufre, señora, con paciencia, que es el primer punto y principal. No se quiebre, si no, todo nuestro trabajo es perdido. Tu llaga es grande, tiene necessidad de áspera cura, y lo duro con duro se ablanda más efficazmente, y dizen los sabios que la cura del lastimero médico dexa mayor señal, y que nunca peligro sin peligro se vence[11]. *Ten paciencia*[n], que pocas vezes lo molesto sin molestia se cura; y un clavo con otro se espelle, y un dolor con otro[12]. No concibas odio ni desamor, ni consientas a tu lengua dezir mal de persona tan virtuosa como Calisto, que si conoscido fuesse...[13].

MELIBEA. ¡O por Dios, que me matas! ¿Y no [te] tengo dicho que no me alabes esse hombre, ni me le nombres en bueno ni en malo?

CELESTINA. Señora, este es otro[o] y segundo punto, *el qual* si tú con tu mal sofrimiento no consientes, poco aprovechará mi venida, y si como prometiste lo sufres, tú quedarás sana y sin deubda, y Calisto sin quexa y pagado. Primero te avisé de mi cura y desta invisible aguja que sin llegar a ti sientes en solo mentarla en mi boca.

---

[n] *Com.:* Temperancia
[o] Z: el otro

[11] Tomado del *Index* de las obras de Petrarca: «Periculum numquam sine periculo vincitur», Deyermond [1961: 144].
[12] Préstamo de Petrarca, *De remediis*, II, 84: «Dolor dolore: clavus clavo pellitur ut antiquo dicitur proverbio: Vix molestum aliquid sine molestia curatur», Deyermond [1961: 62]. La idea aparece asimismo en un antiguo refrán: «Un clavo saca a otro», Correas, 162.
[13] Por segunda vez, un personaje interrumpe a otro antes de que éste ponga fin a su parlamento. *Vid.* acto VI.

MELIBEA. Tantas vezes me nombrarás esse tu cavallero que ni mi promessa baste, ni la fe que te di a sufrir tus dichos. ¿De qué ha de quedar pagado? ¿Qué le devo yo a él? ¿Qué le soy en[P] cargo?, ¿qué ha hecho por mí? ¿Qué necessario es él aquí para el propósito de mi mal? Más agradable me sería que rasgasses mis carnes y sacasses mi coraçón, que no traer essas palabras aquí.

CELESTINA. Sin te romper las vistiduras se lançó en tu pecho el amor[14]; no rasgaré yo tus carnes para le curar.

MELIBEA. ¿Cómo dizes que llaman a este mi dolor, que assí se ha enseñoreado en lo mejor de mi cuerpo?

CELESTINA. Amor dulce.

MELIBEA. Esso me declara qué es, que en sólo oýrlo me alegro.

CELESTINA. Es un huego escondido, una agradable llaga, un sabroso veneno, una dulce amargura, una delectable dolencia, un alegre tormento, una dulce y fiera herida, una blanda muerte[15].

MELIBEA. ¡Ay, mezquina de mí! Que si verdad es tu relación, dudosa será mi salud, porque según la contrariedad que estos nombres entre sí muestran, lo que al uno fuere provechoso acarreará al otro más passión.

CELESTINA. No desconfíe, señora, tu noble juventud de salud; [qué] quando el alto Dios da la llaga, tras ella embía el remedio[16]. Mayormente que sé yo al mundo nascida una flor que de todo esto te delibre.

MELIBEA. ¿Cómo se llama?

[P] *Com.:* a

[14] Martínez [1980] señala la similitud de estas palabras con otras del *Diálogo entre el amor y un viejo*, de Cota, y del pseudo-Cota *El Viejo, el Amor y la Hermosa*.

[15] Tomado del *De remediis*, 1, 49, de Petrarca: «Est enim amor latens ignis: gratum vulnus: sapidum venenum: dulcis amaritudo: delectabilis morbus: iucundum supplicium blanda mors», Deyermond [1961: 58]. Las mismas imágenes las encontramos en el anónimo *El Viejo, el Amor y la Hermosa*.

[16] «Cuando Dios da la llaga, da el remedio que la cura», Correas, 133. *Vid.* VI, nota 27.

CELESTINA. No te lo oso dezir.

MELIBEA. Di, no temas.

CELESTINA. Calisto. O, por Dios, señora Melibea, ¿qué poco esfuerço es éste? ¿Qué descaescimiento? ¡O mezquina yo; alça la cabeça! ¡O malaventurada vieja, en esto han de parar mis passos! Si muere, matarme han; aunque biva, seré sentida, que ya no podrá sofrir[se] de no publicar su mal y mi cura. Señora mía, Melibea, ángel mío, ¿qué as sentido? ¿Qué es de tu habla graciosa? ¿Qué es de tu color alegre? Abre tus claros ojos. Lucrecia, Lucrecia, entra presto acá, verás amortescida a tu señora entre mis manos; baxa presto por un jarro dagua.

MELIBEA. Passo, passo, que yo me esforçaré; no escandalizes la casa.

CELESTINA. ¡O cuytada de mí! No te descaezcas; señora, háblame como sueles.

MELIBEA. Y muy mejor; calla, no me fatigues.

CELESTINA. Pues ¿qué me mandas que haga, perla preciosa? ¿Qué ha sido este tu sentimiento? Creo que se van quebrando mis puntos.

MELIBEA. Quebróse mi honestidad, quebróse mi empacho, afloxó mi mucha vergüença. Y como muy naturales, como muy domésticos, no pudieran tan livianamente despedirse de mi cara que no llevassen consigo su color por algún poco de spacio, mi fuerça, mi lengua, y gran parte de mi sentido. O pues ya, mi nueva maestra, mi fiel secretaria, lo que tú tan abiertamente conosces en vano trabajo por te lo encobrir. Muchos y muchos días son passados[17] que esse noble cavallero me habló en amor; tanto me fue entonces su habla enojosa quanto después que tú me lo tornaste a nombrar, alegre. Cerrado han tus puntos mi llaga, venida soy en tu querer. En mi cordón le llevaste embuelta la possessión de mi libertad. Su dolor de muelas era mi mayor tormento, su pena era la mayor mía. Alabo y loo tu buen sofrimiento, tu cuerda osadía, tu liberal trabajo, tus solícitos y fieles passos, tu agradable habla, tu buen saber,

---

[17] De nuevo, el espacio de tiempo percibido por los personajes no se corresponde con el percibido por el lector.

tu demasiada solicitud, tu provechosa importunidad. Mucho te deve esse señor y más yo, que jamás pudieron mis reproches aflacar tu esfuerço y perseverar, confiando en tu mucha astucia. Antes, como fiel servidora, quando más denostada, más diligente, quando más disfavor, más esfuerço, quando peor respuesta, mejor cara, quando yo más ayrada, tú más humilde. Postpuesto todo temor, as sacado de mi pecho lo que jamás a ti ni a otro pensé descobrir.

CELESTINA. Amiga y señora mía, no te maravilles, porque estos fines con efecto me dan osadía a sofrir los ásperos y scrupulosos desvíos de las encerradas donzellas coma tú. Verdad es que ante que me determinasse, assí por el camino, como en tu casa, estuve en grandes dubdas si te descobriría mi petición. Visto el gran poder de tu padre, temía. Mirando la gentileza de Calisto, osava. Vista tu discreción, me reçelava. Mirando tu virtud y humanidad, *me* esforçava. En lo uno hallava el miedo, [y] en lo otro la seguridad[18]. Y pues assí, señora, has quesido descobrir la gran merced que nos as hecho; declara tu voluntad, echa tus secretos en mi regaço. Pon en mis manos el concierto deste concierto. Yo daré forma cómo tu desseo y el de Calisto sean en breve complidos.

MELIBEA. ¡O mi Calisto y mi señor, mi dulce y suave alegría! Si tu coraçón siente lo que agora el mío, maravillada estoy cómo la absencia te consiente bivir. ¡O mi madre y mi señora, haz de manera como luego le pueda ver, si mi vida quieres!

CELESTINA. Ver y hablar.

MELIBEA. ¿Hablar? Es impossible.

CELESTINA. Ninguna cosa a los hombres que quieren hazerla es impossible.

MELIBEA. Dime cómo.

---

[18] Para Castro Guisasola [1924: 184] estas palabras de Celestina proceden del prólogo de la *Cárcel de amor* de Diego de San Pedro: «Primero que me determinase estuve en grandes dubdas. Vista vuestra discreción, temía, mirada vuestra virtud, osava. En lo uno hallava el miedo, y en lo otro buscava la seguridad.»

CELESTINA. Yo lo tengo pensado; yo te lo diré. Por entre las puertas de tu casa.

MELIBEA. ¿Quándo?

CELESTINA. Esta noche.

MELIBEA. Gloriosa me serás si lo ordenas; di a qué hora.

CELESTINA. A las doze.

MELIBEA. Pues ve, mi señora, mi leal amiga, y habla con aquel señor y que venga muy passo, y dallí se dará concierto según su voluntad a la hora que has ordenado.

CELESTINA. Adiós, que viene hazia acá tu madre.

MELIBEA. Amiga Lucrecia, [y] mi *leal criada* y fiel secretaria; ya as vista cómo no ha sido más en mi mano; cativóme el amor de aquel cavallero; ruégote por Dios se cubra con secreto sello porque yo goze de tan suave amor. Tú serás de mí tenida en aquel *grado*q que merece tu fiel servicio.

LUCRECIA. *Señora, mucho antes de agora tengo sentida tu llaga, callado tu desseo; hame fuertemente dolido tu perdición. Quanto tú* más^r *me querías encobrir y celar el fuego que te quemava, tanto más sus llamas se manifestavan en la color de tu cara, en el poco sossiego del coraçón, en el meneo de tus miembros, en comer sin gana, en el no dormir. Assí que contino se te cayán como de entre las manos señales muy claras de pena. Pero como en los tiempos que la voluntad reyna en los señores, o desmedido apetito, cumple a los servidores obedecer con diligencia corporal y no con artificiales consejos de lengua; çofría con pena, callava con temor, encobría con fieldad, de manera que fuera mejor el áspero consejo que la blanda lisonja*s. Pero, pues ya no tiene tu merced otro medio sino morir o amar, mucha razón es que se escoja por mejor aquello que en sí lo es.

ALISA. ¿En qué andas acá, vezina, cada día?

CELESTINA. Señora, faltó ayer un poco de hilado al peso y vínelo a complir, porque di mi palabra; y traýdo, voyme; quede Dios contigo.

q *Com.:* lugar
r V1514: más tú
s *Com.:* Antes de agora lo he sentido y me ha pasado...

ALISA. Y contigo vaya. Hija Melibea, ¿qué quería la vieja?

MELIBEA. [Señora,] venderme un poquito de solimán.

ALISA. Esso creo yo más que lo que la vieja ruyn dixo; pensó que recibiría yo pena dello y mintióme. Guárdate, hija, della, que es gran traydora, que el sotil ladrón siempre rodea las ricas moradas[19]. Sabe ésta con sus trayciones, con sus falsas mercadurías, mudar los propósitos castos; daña la fama; a tres vezes que entra[t] en una casa, engendra sospecha.

LUCRECIA. (Tarde acuerda nuestra ama.)

ALISA. Por amor mío, hija, que si acá tornare sin verla yo, que no ayas por bien su venida ni la recibas con plazer; halle en ti honestidad en tu respuesta y jamás bolverá; que la verdadera virtud más se teme que spada.

MELIBEA. ¿Déssas es? Nunca más; bien huelgo, señora, de ser avisada, por saber de quién me tengo de guardar.

Argumento del onzeno auto[a]

Despedida CELESTINA *de* MELIBEA, *va por la calle sola hablando. Vee a* SEMPRONIO *y* PÁRMENO[b] *que van a la Madalena por su señor.* SEMPRONIO *habla con* CALISTO. *Sobreviene* CELESTINA. *Van a casa de* CALISTO. *Declárale* CELESTINA *su mensaje y negocio recaudado con* MELIBEA. *Mientra ellos en essas[c] razones están,* PÁRMENO *y* SEMPRONIO *entre sí hablan. Despídese* CELESTINA *de* CALISTO, *va para su casa, llama a la puerta.* ELICIA *le viene a abrir[d]. Cenan y vanse a dormir.*

CELESTINA, SEMPRONIO, CALISTO, PÁRMENO, ELICIA[e]

CELESTINA. ¡Ay Dios, si llegasse a mi casa con mi mucha alegría acuestas! A Pármeno y a Sempronio veo yr a la Madalena;

---

[t] Z: entre
[a] T1500
[b] S1501: a Pármeno
[c] S1501: estas
[d] B1499: viene abrir
[e] *Com.:* Elicia

[19] Proverbio.

tras ellos me voy, y si aý [no] estoviere Calisto passaremos a su casa a pedirle [las] albricias de su gran gozo.

SEMPRONIO. Señor, mira que tu estada es dar a todo el mundo qué dezir. Por Dios, que huygas de ser traýdo en lenguas, que al muy devoto llaman ypócrita[1]. ¿Qué dirán sino que andas royendo los santos? Si passión tienes, súfre-la en tu casa; no te sienta la tierra; no descubras tu pena a los estraños, pues está en manos el pandero que le sabrá bien tañer[2].

CALISTO. ¿En qué manos?

SEMPRONIO. De Celestina.

CELESTINA. ¿Qué nombráys a Celestina? ¿Qué dezís desta esclava de Calisto? Toda la calle del Arcediano vengo a más andar tras vosotros por alcançaros, y jamás he podido con mis luengas haldas.

CALISTO. O joya del mundo, acerro de mis passiones, spe-jo de mi vista; el coraçón se me alegra en ver essa honrrada presencia, essa noble senetud; dime con qué vienes. ¿Qué nuevas traes? Que te veo alegre y no sé en qué está mi vida.

CELESTINA. En mi lengua.

CALISTO. ¿Qué dizes, gloria y descanso mío? Declárame más lo dicho.

CELESTINA. Salgamos, señor, de la yglesia, y de aquí a la casa te contaré algo con que te alegres de verdad.

PÁRMENO. (Buena viene la vieja, hermano; recabdado deve de aver.

SEMPRONIO. Escúcha[la].)

CELESTINA. Todo este día, señor, he trabajado en tu nego-cio, y he dexado perder otros en que harto me yva; muchos tengo quexosos por tener[te] a ti contento. Más he dexado de ganar que piensas, pero todo vaya en buena hora, pues

---

[1] Proverbio.
[2] «En manos está el pandero de quien lo sabrá tañer», Santillana, *Refranes*, 302.

tan buen recaudo traygo. *Y óyeme, que en pocas palabras te lo diré, que soy corta de razón.* A Melibea[f] dexo a tu servicio.

CALISTO. ¿Qué es esto que oygo?

CELESTINA. Que es más tuya que de sí mesma; más está a tu mandado y querer que de su padre Pleberio.

CALISTO. Habla cortés, madre, no digas tal cosa, que dirán estos moços que estás loca. Melibea es mi señora, Melibea es mi dios, Melibea es mi vida: yo su cativo, yo su siervo.

SEMPRONIO. (Con tu desconfiança, señor, con tu poco preciarte, con tenerte en poco, hablas essas cosas con que atajas su razón. A todo el mundo turbas diziendo desconciertos. ¿De qué te santiguas?[g]. Dale algo por su trabajo; harás mejor, que esso esperan essas palabras.

CALISTO. Bien as dicho.) Madre mía, yo sé cierto que jamás ygualaré tu trabajo y mi liviano gualardón. En lugar de manto y saya, por que no se dé parte a officiales, toma esta cadenilla; ponla al cuello, y procede en tu razón y mi alegría.

PÁRMENO. (¿Cadenilla la llama? ¿No lo oyes, Sempronio? No estima el gasto. Pues yo te certifico no diesse mi parte por medio marco de oro, por mal que la vieja la reparta.

SEMPRONIO. Oýrte ha nuestro amo; ternemos en él que amansar y en ti que sanar, según está hinchado de tu mucho murmurar. Por mi amor, hermano, que oygas y calles, que por esso te dio Dios dos oýdos y una lengua sola[3].

PÁRMENO. ¡Oyrá el diablo!; está colgado de la boca de la vieja, sordo y mudo y ciego, hecho personaje sin son, que aunque

---

[f] *Com.:* que te traygo muchas buenas palabras de Melibea y la
[g] Z: fatiguas

[3] «Una lengua, por ende / E dos orejas tenemos», Sem Tob, *Proverbios,* 1147-1148. La *Celestina comentada,* 154v., y Castro Guisasola [1924: 42-43] encuentran este refrán atribuido a Xenócrates y Zenón por Laercio: «Ideo natura dedit homini aures duas, os unum; ut plus audiamus quam loquamur», aunque no es probable que ésta sea la fuente directa de Rojas. La suposición de Pármeno de que su parte de la cadena vale medio marco, merece un curioso comentario por parte del comentador anónimo, 154r., que estima que el valor de la cadena es de un marco y medio.

le diéssemos higas, diría que alçávamos las manos a Dios, rogando por buen fin de sus amores.

SEMPRONIO. Calla, oye, escucha bien a Celestina; en mi alma, todo lo mereçe y más que le diesse; mucho dize.)

CELESTINA. Señor Calisto, para tan flaca vieja como yo, *de mucha franqueza usaste*. Pero como todo don o dádiva se juzgue grande o chica respecto del que lo da[4], no quiero traer a consequencia mi poco merecer, ante quien sobra en qualidad y en quantidad. Mas medirse ha con tu magnificencia, ante quien no es nada. En pago de la qual te restituyo tu salud que yva perdida; tu coraçón que [te] faltava, tu seso que se alterava. Melibea pena por ti más que tú por ella; Melibea te ama[h] y dessea ver; Melibea piensa más horas en tu persona que en la suya, Melibea se llama tuya, y esto tiene por título de libertad, y con esto amansa el huego que más que a ti le[i] quema.

CALISTO. Moços, ¿estó yo aquí? Moços, ¿oygo yo esto? Moços, mira*d* si estoy despierto. ¿Es de día o de noche? O Señor Dios, Padre celestial, ruégate que esto no sea sueño; despierto pues stoy. Si burlas, señora, de mí por me pagar en palabras, no temas, di verdad, que para lo que tú de mí as recebido, más mereçen tus passos.

CELESTINA. Nunca el coraçon lastimado de desseo toma la buena nueva por cierta, ni la mala por dudosa[5]. Pero si burlo o si no, verlo as, yendo esta noche según el concierto dexo con ella, a su casa, en dando el relox doze, a la hablar por entre las puertas; de cuya boca sabrás más por entero mi solicitud y su desseo, y el amor que te[j] tiene y quién lo ha causado.

CALISTO. Ya, ya, ¿tal cosa espero? ¿Tal cosa es possible aver de passar por mí? Muerto soy de aquí allá; no soy capaz de tanta

---

h Z: Melibea ama
i B1499, S1501: la
j Z: que tiene

4 «Principio de derecho», *Celestina comentada*, 154v.
5 Este dicho parece ser reminiscencia de la continuación que de la *Cárcel de amor* hizo Nicolás Núñez: «Juzga lo que dizes e mira quál estava, e verás que el coraçón lastimado nunca toma la buena nueva por cierta ni la mala por dudosa», Castro Guisasola [1924: 185].

gloria, no merecedor de tan gran merced, no digno[k] de hablar con tal señora de su voluntad y grado.

CELESTINA. Siempre lo oý dezir que es más difficile de sofrir la próspera fortuna que la adversa[6], que la una no tiene sossiego y la otra tiene consuelo. ¿Cómo, señor Calisto, y no mirarías quién tú eres? ¿No mirarías el tiempo que as gastado en su servicio? ¿No mirarías a quién as puesto entremedias? Y assimismo que hasta agora siempre as estado dubdoso de la alcançar y tenías sofrimiento. Agora que te certifico el fin de tu penar, quieres poner fin a tu vida. Mira, mira, que está Celestina de tu parte, y que aunque todo te faltasse lo que en un enamorado se requiere, te vendería[7] por el más acabado galán del mundo, que haría llanas las peñas para andar; que te haría las más creçidas aguas corrientes passar sin mojarte. Mal conoces a quien tú das dinero.

CALISTO. Cata, señora, ¿qué me dizes? ¿Que verná de su grado?

CELESTINA. Y aun de rodillas.

SEMPRONIO. No sea ruydo hechizo, que nos quieren tomar a manos a todos; cata, madre, que assí se suelen dar las çaraças en pan embueltas, porque no las sienta el gusto[8].

PÁRMENO. Nunca te oý dezir mejor cosa; mucha sospecha me pone el presto conceder de aquella señora, y venir tan aýna en todo su querer de Celestina, engañando nuestra voluntad con sus palabras dulces y prestas, por hurtar por otra parte, como hazen los de Egipto quando el signo nos catan en la mano[9]. *Pues alahé, madre, con dulces palabras están muchas injurias*

---

[k] Z: digo

[6] Tomado del *Index* de las obras de Petrarca: «Fortunae prosperae regimen difficilius est quam adversae», Deyermond [1961: 144].

[7] El alarde que hace Celestina de sus habilidades revela su verdadera opinión sobre Calisto.

[8] Estas palabras se encuentran en el anónimo *El Viejo, el Amor y la Hermosa*, c. 14dce: «ya sé bien cómo se dan / las zarazas con el pan / por que el gusto no las sienta», S. Martínez [1980].

[9] Esta referencia también es sugerida por el anónimo *El Viejo el Amor y la Hermosa*, c. 9hij: «aunque, como los de Egito / halagas el apetito / por hurtar por otra parte», S. Martínez [1980].

vengadas; el falso boyzuelo con su blando cencerrar trae las perdizes a la red; el canto de la serena engaña los simples marineros con su dulçor[10]; assí ésta con su mansedumbre y concessión presta querrá tomar una manada de nosotros a su salvo. Purgará la innocencia con la honrra de Calisto, y con nuestra muerte. Assí como corderita mansa que mama su madre y la ajena, ella con su segurar tomará la vengança de Calisto en todos nosotros[11], de manera que, con la mucha gente que tiene, podrá caçar padres y hijos en una nidada, y tú estarte as rascando a tu huego, diziendo «A salvo está el que repica»[12].

CALISTO. Callad, locos, vellacos, sospechosos; parece que days a entender que los ángeles sepan hazer mal. Sí[1] que Melibea ángel dissimulado es, que bive entre nosotros.

SEMPRONIO. (Todavía te buelves a tus eregías[13]. Escúchale, Pármeno, no te pene nada, que si fuere trato doble, él lo pagará, que nosotros buenos pies tenemos.)

CELESTINA. Señor, tú estás en lo cierto; vosotros cargados de sospechas vanas; yo he hecho todo lo que a mí era a cargo. Alegre te dexo; Dios te libre y aderece; pártome muy contenta. Si fuere menester para esto o para más, allí estoy muy aparejada a tu servicio.

PÁRMENO. (¡Hy, hy, hy!

---

[1] Z: Se

[10] Pármeno tiene una nueva premonición de muerte y su referencia al engaño de la sirena nos recuerda a Areúsa en el auto VII. Para la imagen del buey acechante que atrae a la perdiz con el suave ruido de su cencerro, *vid.* Severin [1980: 31-33]. La imagen aparece también en Juan de Mena, *Pecados mortales*, 57: «Aunque con la catadura / mansa tú me contradizes / del falso buey de perdizes / as ypócrita figura / Pues tu piel y cobertura / y cencerro simulado / al punto de aver catado / se convierte en su natura», Castro Guisasola [1924: 166]. Para el falso boezuelo, véase también Whinnom [1980], Hook [1984, 1985] y Seniff [1985].

[11] «Corderilla mega mama a su madre y a la ajena», Correas, 349. «La cordera mansa mama a su madre y a toda la piara», *ídem*, 177.

[12] «En salvo está el que repica», Santillana, *Refranes*, 284. *«En salvo está...* en las costas de la mar descubren desde las torres quando ay enemigos, y al punto el que está allí tañe a rebato, y éste no tiene peligro, porque está encastillado en la torre», Covarrubias, 905.

[13] Sempronio se refiere a las palabras de Calisto sobre Melibea en el auto I.

SEMPRONIO. ¿De qué te rýes, por tu vida, [Pármeno]?

PÁRMENO. De la priessa que la vieja tiene por yrse; no vee la hora que haver despegado la cadena de casa; no puede creer que la tenga en su poder, ni que se la han dado de verdad; no se halla digna de tal don, tan poco como Calisto de Melibea.

SEMPRONIO. Qué quieres que haga una puta alcahueta, que sabe y entiende lo que nosotros [nos] callamos y suele hazer siete virgos por dos monedas, después de verse cargada de oro, sino ponerse en salvo con la possessión, con temor no se la tornen a tomar después que ha complido de su parte aquello para que era menester. ¡Pues guárdese del diablo, que sobre el partir no le saquemos el alma!)

CALISTO. Dios vaya contigo, [mi] madre. Yo quiero dormir y reposar un rato para satisfazer a las passadas noches y complir con la por venir.

CELESTINA. ¡Tha, tha, tha, tha!

ELICIA. ¿Quién llama?

CELESTINA. Abre, hija Elicia.

ELICIA. ¿Cómo vienes tan tarde? No lo deves hazer, que eres vieja; tropeçarás donde caygas y mueras.

CELESTINA. No temo esso^m, que de día me aviso por do venga de noche, *que jamás me subo por poyo ni calçada sino por medio de la calle. Porque como dicen, no da passo seguro quien corre por el muro, y que aquel va más sano que anda por llano*[14]. *Más quiero ensuziar mis çapatos con el lodo que ensangrentar las tocas y los cantos*. Pero no te duele a ti en esse lugar.

ELICIA. Pues, ¿qué me ha de doler?

CELESTINA. Que se fue la compañía; que te dexé y quedaste sola.

---

^m Z: esto

[14] «No da paso seguro quien corre por el muro», Correas, 230. «El que por liana anda, / non ha que descender», Sem Tob, *Proverbios*, 400.

ELICIA. Son passadas quatro horas después; ¿y avíaseme de acordar desso?

CELESTINA. Quanto más presto te dexaron, más con razón lo sentiste. Pero dexemos su yda y mi tardança; entendamos en cenar y dormir.

Argumento del dozeno auto[a]

Llegando medianoche[b], CALISTO, SEMPRONIO *y* PÁRMENO, *armados, van para casa de* MELIBEA. LUCRECIA *y* MELIBEA *están cabe la puerta, aguardando a* CALISTO. *Viene* CALISTO. *Háblale primero* LUCRECIA. *Llama a* MELIBEA. *Apártase* LUCRECIA. *Háblanse por entre las puertas* MELIBEA *y* CALISTO. PÁRMENO *y* SEMPRONIO *de su cabo departen. Oyen gentes por la calle. Apercíbense para huyr. Despídese* CALISTO *de* MELIBEA, *dexando concertada la tornada para la noche siguiente.* PLEBERIO, *al son del ruýdo que havía en la calle, despiértase[c]. Llama a su muger,* ALISA. *Pregunta a* MELIBEA *quién da patadas en su cámara. Responde* MELIBEA *a su padre,* PLEBERIO, *fingendo que tenía sed.* CALISTO *con sus criados va para su casa hablando. Échase a dormir.* PÁRMENO *y* SEMPRONIO *van a casa de* CELESTINA. *Demandan su parte de la ganancia. Dissimula* CELESTINA. *Vienen a reñir. Échanle mano a* CELESTINA; *mátanla. Da bozes* ELICIA. *Viene la justicia y préndelos ambos.*

CALISTO, SEMPRONIO, LUCRECIA, MELIBEA, PLEBERIO,
ALISA, CELESTINA, ELICIA[d]

CALISTO. Moços, ¿qué hora da el relox?

SEMPRONIO. Las diez.

CALISTO. ¡O cómo me descontenta el olvido en los moços! De mi mucho acuerdo en esta noche y tu descuydar y olvido se haría una razonable memoria y cuydado. ¿Cómo, desatina-

---
[a] T1500
[b] S1501: la medianoche
[c] B1499, S1501: despierta
[d] Z: Aalisa...

do, sabiendo quánto me va [Sempronio,] en ser diez o onze, me respondías a tiento lo que más aýna se te vino a la boca? O cuytado de mí, si por caso me oviera dormido y colgara mi pregunta de la respuesta de Sempronio para hazer[me] de onze diez, y assí de doze onze, saliera Melibea, yo no fuera ydo, tornárase; de manera que ni mi mal oviera fin ni mi desseo execución. No se dize embalde que mal ajeno de pelo cuelga[1].

SEMPRONIO. Tanto yerro [, señor,] me pareçe sabiendo preguntar como ignorando responder. [Mas éste mi amo tiene gana de reñir y no sabe cómo.

PÁRMENO.] Mejor sería, señor, que se gastasse esta hora que queda en adereçar armas que en buscar questiones[e].

CALISTO. *Bien me dize este necio, no quiero en tal tiempo recebir enojo, ni quiero pensar en lo que pudiera venir, sino en lo que fue; no en el daño que resultara de su negligencia, sino en el provecho que verná de mi solicitud. Quiero dar spacio a la yra, que o se me quitará o se me ablandará.* [Pues] *descuelga, Pármeno, mis coraças y armaos vosotros, y assí yremos a buen recaudo. Porque, como dizen, el hombre apercebido, medio combatido[2].*

PÁRMENO. Helas aquí, señor.

CALISTO. Ayúdame aquí a vestirlas. Mira tú, Sempronio, si parece alguno[f] por la calle.

SEMPRONIO. Señor, ninguna gente pareçe, y aunque la oviesse, la mucha escuridad privaría el viso y conoscimiento a los que nos encontrassen.

CALISTO. Pues andemos por esta calle, aunque se rodee alguna cosa, porque más encobiertos vamos. Las doze da ya; buena hora es.

---

[e] *Com.:* ve, señor, bien apercebido; serás medio combatido

[f] Z: ninguno

[1] Lida de Malkiel [1962: 173] comenta el contraste entre esta cómica impaciencia de Calisto y su serio soliloquio sobre el paso del tiempo en el acto XIV. ... de *pelo cuelga:* «Duelo ajeno, de pelo cuelga», Santillana, *Refranes,* 219. «Mal ajeno, cuelga de pelo», Correas, 443. *«Cuydado ageno de pelo cuelga.* Presto se olvida lo que no nos toca», Covarrubias, 337.

[2] *«Hombre apercebido, medio combatido,* que puede hazer cuenta ha passado y sobrepujado la mitad del combate», Covarrubias, 131.

PÁRMENO. Cerca estamos.

CALISTO. A buen tiempo llegamos. Párate tú, Pármeno, a ver si es venida aquella señora por entre las puertas.

PÁRMENO. ¿Yo, señor? Nunca Dios mande que sea en dañar lo que no concerté; mejor será que tu presencia sea su primer encuentro, porque viéndome a mí no se turbe de ver que de tantos es sabido lo que tan ocultamente quería hazer, y con tanto temor haze, o porque quiçá pensará que la burlaste.

CALISTO. ¡O qué bien as dicho!; la vida me as dado con tu sotil aviso[3]. Pues no era más menester para me llevar muerto a casa que bolverse ella por mi mala providencia. Yo me llego allá; quedaos vosotros en esse lugar.

PÁRMENO. ¿Qué te pareçe, Sempronio, cómo el necio de nuestro amo pensava tomarme por broquel para el encuentro del primer peligro? ¿Qué sé yo quién está tras las puertas cerradas? ¿Qué sé yo si ay *alguna* trayción? ¿Qué sé yo si Melibea anda por que le pague nuestro amo su mucho atrevimiento desta manera? *Y más,* aun no somos muy ciertos dezir verdad la vieja. No sepas hablar, Pármeno; sacarte han el alma sin saber quién; no seas lisonjero como tu amo quiere y jamás llorarás duelos ajenos. No tomes en lo que te cumple el consejo de Celestina y hallarte as ascuras. Ándate aý con tus consejos y amonestaciones fieles; darte han de palos; no bolvas la hoja[4], y quedarte as a buenas noches[5]. Quiero hazer cuenta que hoy me nascí, pues de tal peligro me escapé.

SEMPRONIO. Passo, passo, Pármeno, no saltes ni hagas esse bollicio de plazer, que darás causa a que seas[g] sentido.

---

[g] Z: sea

[3] Nuevos avisos trágico-irónicos de la muerte de Calisto.
[4] «Bolver la hoja, mudar de parecer. Proverbio: "tras esa hoja viene otra"; tras referir una opinión en una hoja, a la vuelta della ay otra que se le opone», Covarrubias, 693 *[LH]*.
[5] Szertics [1969] señala la ironía trágica de este acto: tratando de escapar de la muerte, Pármeno y Sempronio van a dar de bruces con ella. ...*a buenas noches* «Quedarse a buenas noches, quedarse a escuras, quando alguno ha muerto la luz y, de ahí, quedarse abandonado», Covarrubias, 830.

PÁRMENO. Calla, hermano, que no me allo de alegría; cómo le hize creer, que por lo que a él cumplía dexava de yr y era por mi seguridad. ¿Quién supiera assí rodear su provecho como yo? Muchas cosas me verás hazer, si estás aquí adelante atento, que no las sientan todas personas, assí con Calisto como con quantos en este negocio suyo se entremetieren. Porque soy cierto que esta donzella ha de ser para él çevo de anzuelo o carne de buytrera[6], que suelen pagar bien el escote los que a comerla vienen.

SEMPRONIO. Anda, no te penen a ti essas sospechas, aunque salgan verdaderas. Apercíbete, a la primera boz que oyeres, tomar calças de Villadiego[7].

PÁRMENO. Leýdo as donde yo; en un coraçón estamos; calcas traygo, y aun borzeguíes de essos ligeros que tú dizes para mejor huyr que otro. Plázeme que me as, hermano, avisado de lo que yo no hiziera de vergüença de ti; que nuestro amo si es sentido, no temo que se[h] escapará de manos de esta gente de Pleberio, para podernos después demandar cómo lo hezimos y incusarnos el huyr.

SEMPRONIO. O Pármeno, amigo, quán alegre y provechosa es la conformidad en los compañeros[8]; aunque por otra cosa no nos fuera buena Celestina, era harta [la] utilidad *la* que por su causa nos ha venido.

PÁRMENO. Ninguno podrá negar lo que por sí se muestra[9]. Manifiesto es que con vergüença el uno del otro, por no ser

---

[h] Z: que escapará

[6] Castro Guisasola [1924: 180] encuentra esta imagen en Cota, *Diálogo entre el amor y un viejo*, c. 14: «Vete d'ay, pan de çaraças, / vete, carne de señuelo, / vete, mal cevo de anzuelo», *vid.* Martínez [1980]. La imagen del señuelo aparece en toda *La Celestina* y destaca sobre todo en el lamento de Pleberio.
[7] *«Tomar las calças de Villadiego,* vale huir más que de passo. Está autorizado este refrán por el autor de la Celestina, y no consta de su origen; mas de que Villadiego se devió de ver en algún aprieto y no le dieron lugar a que se calçasse, y con ellas en las manos se fue huyendo», Covarrubias, 268. «Esto es porque aquel pueblo Villadiego está asentado en un mui gran llano por donde se huie e corre muy bien», *Celestina comentada,* 159r.
[8] Según Castro Guisasola [1924: 104], se trata de una reminiscencia del salmo 132: «Quam bonum et iucundum habitare fratres in unum.»
[9] «Principio del derecho», *Celestina comentada,* 159v.

odiosamente acusado de covarde[10], esperáramos aquí la muerte con nuestro amo, no siendo más de él merecedor della.

SEMPRONIO. Salido deve aver Melibea; escucha, que hablan quedito.

PÁRMENO. ¡O cómo temo que no sea ella, sino alguno que finja su boz!

SEMPRONIO. Dios nos libre de traydores; no nos ayan tomado la calle por do tenemos de huyr, que de otra cosa no tengo temor.

CALISTO. Este bullicio más de una persona[i] lo haze; quiero hablar, sea quien fuere. ¡Ce, señora mía!

LUCRECIA. La boz de Calisto es ésta; quiero llegar. ¿Quién habla? ¿Quién está fuera?

CALISTO. Aquel que viene a complir tu mandado.

LUCRECIA. ¿Por qué no llegas[j], señora? Llega sin temor acá, que aquel cavallero está aquí.

MELIBEA. Loca, habla, passo; mira bien si es él.

LUCRECIA. Allégate, señora, que sí es, que yo le conosco en la boz.

CALISTO. Cierto soy burlado. No era Melibea la que me habló. ¡Bullicio oygo; perdido soy! Pues biva o muera, que no he de yr de aquí.

MELIBEA. Vete, Lucrecia, acostar un poco. Ce, señor, ¿cómo es tu nombre? ¿Quién es el que te mandó aý venir?

CALISTO. Es la que tiene mereçimiento de mandar a todo el mundo, la que dignamente servir yo no merezco. No tema tu merced de se descobrir a este cativo de su gentileza, que el dulçe

---

[i] Z: presona
[j] Z: llegues

[10] Los criados se han entregado a un dúo de cobardía, cómico por la identidad de sus temores. El reconocimiento de sus propias cobardías va a contribuir a sus respectivas muertes. *Vid.* Gilman [1956/1974: 121].

sonido de tu habla que jamás de mis oýdos se cae, me certifica ser tú mi señora Melibea. Yo soy tu siervo Calisto.

MELIBEA. La sobrada osadía de tus mensajes me ha forçado a haverte de hablar, señor Calisto, que aviendo avido de mí la passada respuesta a tus razones, no sé qué piensas más sacar de mi amor de lo que entonces te mostré. Desvía estos vanos y locos pensamientos de ti, por que mi honrra y persona estén sin detrimiento de mala sospecha seguras. A esto fue aquí mi venida, a dar concierto en tu despedida y mi reposo. No quieras poner mi fama en la balança de las lenguas maldizientes.

CALISTO. A los coraçones aparejados con apercibimiento rezio contra las adversidades, ninguna puede venir que passe de claro en claro la fuerça de su muro. Pero el triste que, desarmado y sin proveer los engaños y celadas, se vino a meter por las puertas de tu seguridad, qualquiera cosa que en contrario vea, es razón que me atormente y passe, rompiendo todos los almazenes en que la dulçe nueva estava aposentada. ¡O malaventurado Calisto, o quán burlado as sido de tus sirvientes! ¡O engañosa mujer, Celestina, dexárasme acabar de morir, y no tornaras a bivificar mi esperança para que tuviesse más que gastar el fuego que ya me *aquexa!* ¿Por qué falsaste la palabra desta mi señora? ¿Por qué as assí dado con tu lengua causa a mi desesperación? ¿A qué me mandaste aquí venir para que me fuesse mostrado el disfavor, el entredicho, la desconfiança, el odio[k] por la mesma boca desta que tiene las llaves de mi perdición y gloria? O enemiga, ¿y tú no me dixiste que esta mi señora me era favorable? ¿No me dixiste que de su grado mandava venir este su cativo al presente lugar, no para me desterrar nuevamente de su presencia, pero para *alçar*[l] el destierro, ya por otro su mandamiento puesto ante de agora? ¿En quién hallaré yo fe? ¿Adónde ay verdad? ¿Quién careçe de engaño? ¿Adónde no moran falsarios? ¿Quién es claro enemigo? ¿Quién es verdadero amigo? ¿Dónde no se fabrican trayciones? ¿Quién osó darme tan cruda esperança de perdición?

MELIBEA. Cessen, señor mío, tus verdaderas querellas, que ni mi coraçón basta para las sofrir, ni mis ojos para lo dissi-

---

[k] Z: oýdo
[l] *Com.:* alcanzar

264

mular. Tú lloras de tristeza juzgándome cruel; yo lloro de plazer viéndote tan fiel. ¡O mi señor y mi bien todo, quánto más alegre me fuera poder veer tu haz que oýr tu boz! Pero pues no se puede al presente más hazer, toma la firma y sello de las razones que te embié scritas en la lengua de aquella solícita mensajera. Todo lo que te dixo confirmo; todo he por bueno; limpia, señor, tus ojos; ordena de mí a tu voluntad.

CALISTO. ¡O señora mía, esperança de mi gloria, descanso y alivio de mi pena; alegría de mi coraçón! ¿Qué lengua será bastante para te dar yguales gracias a la sobrada y incomparable merced que en este punto, de tanta congoxa para mí, me as quesido hazer en querer que un tan flaco y indigno hombre pueda gozar de tu suavíssimo amor? Del qual, aunque muy desseoso, siempre me juzgava indigno, mirando tu grandeza, considerando tu estado, remirando tu perfición, contemplando tu gentileza, acatando mi poco merecer y tu alto merecimiento, tus estrenadas gracias, tus loadas y manifiestas virtudes. Pues, ¡o alto Dios!, ¿cómo te podré ser ingrato, que tan milagrosamente as obrado conmigo tus singulares maravillas? ¡O quántos días antes de agora passados me fue venido esse[m] pensamiento a mi coraçón, y[n] por impossible le rechaçava de mi memoria, hasta que ya los rayos illustrantes de tu *muy* claro gesto dieron luz en mis ojos, encendieron mi coraçón, despertaron mi lengua, estendieron mi merecer, acortaron mi covardía, destorcieron mi encogimiento, doblaron mis fuerças, desadormescieron mis pies y manos, finalmente me dieron tal osadía que me han traýdo con su mucho poder a este sublimado estado en que agora me veo, oyendo de grado tu suave boz, la qual si ante de agora no conociesse y no sintiesse tus saludables olores, no podría creer que caresciessen de engaño tus palabras! Pero como soy cierto de tu limpieza de sangre y hechos, me estoy remirando si soy yo Calisto a quien tanto bien se [le] haze.

MELIBEA. Señor Calisto, tu mucho merecer, tus stremadas gracias, tu alto nascimiento han obrado que, después que de ti

---

[m] *Com.:* este
[n] Z: coraçón por

ove entera noticia, ningún momento de mi coraçón te partiesses[11], y aunque muchos días he pugnado por lo dissimular, no he podido tanto que, en tornándome aquella mujer tu dulce nombre a la memoria, no descubriesse mi desseo y viniesse a este lugar y tiempo donde te suplico ordenes y dispongas de mi persona según querrás. Las puertas impiden nuestro gozo, las quales yo maldigo y sus fuertes cerrojos y mis flacas fuerças, que ni tú estarías quexoso ni yo descontenta.

CALISTO. ¿Cómo, señora mía, y mandas que consienta a un palo impedir nuestro gozo? Nunca yo pensé que demás de tu voluntad, lo podiera cosa estorvar. ¡O molestas y enojosas puertas, ruego a Dios que tal huego os abrase como a mí da guerra, que con la tercia parte seríades en un punto quemadas! Pues por dios, señora mía, permite que llame a mis criados para que las quiebren[12].

PÁRMENO. (¿No oyes, no oyes, Sempronio? A buscarnos quiere venir para que nos den mal año; no me agrada cosa esta venida. En mal punto creo que se empeçaron estos amores. Yo no spero más aquí°.

SEMPRONIO. Calla, calla, escucha, que ella no consiente que vamos allá.)

MELIBEA. ¿Quieres, amor mío, perderme a mí y dañar mi fama? No sueltes las riendas a la voluntad. La sperança es cierta, el tiempo breve, quanto tú ordenares. Y pues tú sientes tu pena senzilla y yo la de entramos, tu solo dolor, yo el tuyo y el mío, conténtate con venir mañana a esta hora por las paredes de mi huerto. Que si agora quebrasses las crueles puertas, aunque al presente no fuéssemos sentidos, amanescería en casa de mi padre terrible sospecha de mi yerro. Y pues sabes que tanto ma-

---

° *Com.:* aquí mas

[11] Esta argumentación de Melibea podría ser considerada como un argumento en contra de la eficacia de la brujería de Celestina. En este coloquio entre los dos amantes, la expansión del tiempo y el examen de la memoria han sido estudiados en Severin [1970: 1-2].

[12] Un concepto parecido encuentra Castro Guisasola [1924: 72] en Ovidio, *Amores*, I, VI, 57: «Aut ego jam ferro ignique paratior ipse / Quam face sustineo tecta superba petam.»

yor es el yerro quanto mayor es el que yerra[13], en un punto será por la ciudad publicado.

SEMPRONIO. (En hora mala acá esta noche venimos; aquí nos ha de amanescer, según del spacio que nuestro amo lo toma. Que aunque más la dicha nos ayude, nos han en tanto tiempo de sentir de su casa o vezinos.

PÁRMENO. Ya ha dos horas que te requiero que nos vamos, que no faltará un achaque.)

CALISTO. O mi señora y mi bien todo, ¿por qué llamas yerro a aquello que por[p] los santos de Dios me fue concedido? Rezando hoy ante el altar de la Madalena me vino con tu mensaje alegre aquella solícita mujer.

PÁRMENO. ¡Desvariar, Calisto, desvariar! Por fe tengo, hermano, que no es cristiano; lo que la vieja traydora con sus pestíferos hechizos ha rodeado y hecho, dize que los santos de Dios se lo han concedido y impetrado. Y con esta confiança quiere quebrar las puertas, y no avrá dado el primer golpe quando sea sentido y tomado por los criados de su padre, que duermen cerca.

SEMPRONIO. Ya no temas, Pármeno, que harto desviados estamos; en sintiendo bollicio el buen huyr nos ha de valer; déxale hazer, que si mal hiziere él lo pagará.

PÁRMENO. Bien hablas; en mi coraçón estás; assí se haga. Huygamos la muerte, que somos moços, *que no querer morir ni matar no es covardia sino buen natural. Estos scuderos*[14] *de Pleberio son locos; no dessean tanto comer ni dormir como questiones y ruydos. Pues más locura sería sperar pelea con enemigo que no ama tanto la victoria y vincimiento como la contina guerra y contienda.*

---

p Z: per

13 Calco del *De remediis*, I, 42: «Et est omne peccatum eo maius quo et maior qui peccat et minor causa peccandi», Deyermond [1961: 59]. Lida de Malkiel [1962: 424] cree que la frase «Y pues tu sientes... el tuyo y el mío» prosifica una cancioncilla popular.
14 Si aquí *escuderos* no es usado como un simple sinónimo de *criados*, Pleberio podría ser un miembro de la alta nobleza y no el rico mercader que postula Maravall [1964: 3843] sobre la base del acto XXI.

O si me viesses, hermano, cómo stoy, plazer avrías; a medio lado, abiertas las piernas, el pie esquierdo adelante puesto en huyda, las haldas en la cinta, la darga^q arrollada y so el sobaco, porque no me empache, que por Dios, que creo huyesse^r como un gamo, según el temor tengo de star aquí[15].

SEMPRONIO. Mejor estoy yo, que tengo liado el broquel y el spada con las correas porque no se [me] caygan al correr, y el caxquete en la capilla.

PÁRMENO. ¿Y las piedras que trayás en ella?

SEMPRONIO. Todas las vertí por yr más liviano, que harto tengo que llevar en estas coraças que me heziste vestir por [tu] importunidad, que bien las rehusava de traer, porque me parescían para huyr muy pesadas. ¡Escucha, escucha; oyes, Pármeno, a malas andan; muertos somos; bota presto; echa hazia casa de Celestina; no nos atajen^s por nuestra casa!

PÁRMENO. Huye, huye, que corres poco. O pecador de mí, si nos han de alcançar; dexa broquel y todo.

SEMPRONIO. ¿Si han muerto ya a nuestro amo?

PÁRMENO. No sé; no me digas nada; corre y calla, que el menor cuydado mío es ésse.

SEMPRONIO. Çe, çe, Pármeno, torna, torna callando, que no es sino la gente del alguazil que passava haziendo estruendo por la otra calle.

PÁRMENO. Míralo bien; no te fíes en los ojos, que se antoja muchas vezes uno por otro. No me avían dexado gota de sangre; tragada tenía ya la muerte, que me parescía que me yvan dando en estas spaldas golpes. En mi vida me acuerdo aver tan gran temor, ni verme en tal afrenta, aunque he andado por casas ajenas harto tiempo y en lugares de harto trabajo; que nueve años serví

---

^q B1499, V1514: adarga; T1500: daraga.

^r *Com.:* corriese

^s Z: atajan

[15] La pintura de la conducta de los criados en estos momentos le recuerda a Castro Guisasola [1924: 175] la descripción del carácter miedoso del hombre flemático en el *Corbacho*, III, 9.

a los frayles de Guadalupe, que mil vezes nos apuñeávamos yo y otros, pero nunca como esta *vez* ove miedo de morir.

SEMPRONIO. ¿Y yo no serví al cura de San Miguel, *y al mesonero de la plaça, y a Mollejas el ortelano?*[16]. *Y tanbién yo tenía mis quistiones con los que tiravan piedras a los páxaros que assentavan en un álamo grande que tenía, porque dañavan la ortaliza.* Pero guárdate Dios de verte con armas, que aquél es el verdadero temor. No embalde dizen: cargado de hierro y cargado de miedo. Buelve, buelve, que el alguazil es cierto[17].

* * *

MELIBEA. Señor Calisto, ¿qué es esso[t] que en la calle suena? Parecen bozes de gente que van en huyda. Por Dios, mírate, que estás a peligro.

CALISTO. Señora, no temas, que a buen seguro vengo; los míos deven de ser, que son unos locos y desarman a quantos passan, y huyríales alguno.

MELIBEA. ¿Son muchos los que traes?

CALISTO. No, sino dos, pero aunque sean seys sus contrarios, no recibirán mucha pena para les quitar las armas y hazerlos huyr, según su esfuerço. Escogidos son, señora, que no vengo a lumbre de pajas[18]. Si no fuesse por lo que a tu honra toca, pedaços harían estas puertas. Y si sentidos fuéssemos, a ti y a mí librarían de toda la gente de tu padre.

MELIBEA. ¡O, por Dios, no se cometa tal cosa! Pero mucho plazer tengo que de tan fiel gente andas acompañado; bienempleado es el pan que tan esforçados servientes comen. Por mi

---

[t] Z: esto

[16] La adición interpolada de este alarde de Sempronio es una prueba objetiva de que fue Rojas mismo quien amplió la *Comedia,* ya que aquí echa mano de elementos de su infancia. En efecto, una «huerta de Mollegas» existió realmente según se desprende de documentos de la familia de Rojas, como demuestra Gilman [1966: 103-107]. Gilman sugiere que toda la interpolación es una reminiscencia infantil de Rojas.

[17] «Cargado de hierro, cargado de miedo», Correas, 322.

[18] *«A lumbre de paja* por lo poco que dura», Covarrubias, 844. «Si estás a lumbre de pajas, / no podrás calor tener», Encina, *Canc. Barbieri,* 196b.

amor, señor, pues tal gracia la natura les quiso dar, sean de ti bientratados y galardonados, porque en todo te guarden secreto, *y quando sus osadías y atrevimientos les corrigieres, abueltas del castigo mezcla favor, porque los ánimos esforçados no sean con encogimiento diminutos y yrritados en el osar a sus tiempos.*

PÁRMENO. ¡Ce, ce, señor, señor, quítate presto dende, que viene mucha gente con achas y serás visto y conoscido, que no ay donde te metas!

CALISTO. ¡O mezquino yo, y cómo es forçado, señora, partirme de ti! Por cierto, temor de la muerte no obrara tanto como el de tu honrra. Pues que ansí es, los ángeles queden con tu presencia; mi venida será, como ordenaste, por el huerto.

MELIBEA. Assí sea, y vaya Dios contigo.

PLEBERIO. Señora mujer, ¿duermes?

ALISA. Señor, no.

PLEBERIO. ¿No oyes bullicio en el retraymiento de tu hija?

ALISA. Sí, oygo. ¡Melibea, Melibea!

PLEBERIO. No te oye; yo la llamaré más rezio. ¡Hija mía, Melibea!

MELIBEA. Señor.

PLEBERIO. ¿Quién da patadas y haze bullicio en tu cámara?

MELIBEA. Señor, Lucrecia es, que salió por un jarro de agua para mí, que avía [gran] sed.

PLEBERIO. Duerme, hija, que pensé que era otra cosa.

LUCRECIA. Poco estruendo los despertó; con [gran] pavor hablavan.

MELIBEA. No ay tan manso animal que con amor o temor de sus hijos no asperece[19]. Pues ¿qué harían si mi cierta salida supiessen?

---

[19] Tomado del *Index* de las obras de Petrarca: «Nullum tam mite animal quod non amor sobolis ac metus exasperet» *(De remediis,* II, Prefacio), Deyermond [1961: 40].

CALISTO. Cerrad essa puerta, hijos, y tú, Pármeno, sube una vela arriba.

SEMPRONIO. Deves, señor, reposar y dormir es[t]o que queda[u] daquí al día.

CALISTO. Plázeme, que bien lo he menester. ¿Qué te parece, Pármeno, de la vieja que tú me desalabavas? ¿Qué obra ha salido de sus manos? ¿Qué fuera fecho sin ella?

PÁRMENO. Ni yo sentía tu gran pena, ni conoscía la gentileza y merescimiento de Melibea, y assí no tengo culpa. Conoscía a Celestina y sus mañas; avisávate como a señor. Pero ya me parece que es otra; todas las ha mudado.

CALISTO. ¿Y cómo mudado?

PÁRMENO. Tanto que si no lo oviesse visto, no lo creería; mas assí bivas tú como es verdad.

CALISTO. Pues ¿avés oýdo lo que con aquella mi señora he passado? ¿Qué hazíades; teníades temor?

SEMPRONIO. ¿Temor, señor, o qué? Por cierto, todo el mundo no nos le hiziera tener; ¡hallado avías los temerosos! Allí estovimos esperándote muy aparejados y nuestras armas muy a mano.

CALISTO. ¿Avés dormido algún rato?

SEMPRONIO. ¿Dormir, señor? Dormilones son los moços; nunca me assenté ni aun junté por Dios los pies, mirando a todas partes, para, en sintiendo, *poder*[v] saltar presto, y hazer todo lo que mis fuerças me ayudaran. Pues Pármeno, aunque [te] parecía que no te servía hasta aquí de buena gana, assí se holgó quando vido los de las hachas como lobo quando siente polvo de ganado, pensando poder quitárselas[w], hasta que vido que eran muchos.

---

[u] Z: quedo
[v] *Com.:* por que
[w] *Com.:* quitarles las

CALISTO. No te maravilles, que procede de su natural ser osado y, aunque no fuesse por mí, hazíalo porque no pueden los tales venir contra su uso, que aunque muda el pelo la raposa, su natural no despoja[20]. Por cierto, yo dixe a mi señora Melibea lo que en vosotros ay, y quan seguras tenía mis espaldas con vuestra ayuda y guarda. Hijos, en mucho cargo os soy; rogad a Dios por salud, que yo os galardonaré más complidamente vuestro buen servicio. Yd con Dios a reposar.

PÁRMENO. ¿Adónde yremos, Sempronio? ¿A la cama a dormir, o a la cozina a almorzar?

SEMPRONIO. Ve tú donde quisieres, que antes que venga el día quiero yo yr a Celestina a cobrar[x] mi parte de la cadena. Que es una puta vieja; no le quiero dar tiempo en que fabrique alguna ruyndad con que nos escluya.

PÁRMENO. Bien dizes; olvidado lo avía; vamos entramos, y si en esso se pone, spantémosla de manera que le pese; que sobre dinero no ay amistad[21].

SEMPRONIO. Ce, ce, calla, que duerme cabe esta ventanilla. Tha, tha; señora Celestina, ábrenos.

CELESTINA. ¿Quién llama?

SEMPRONIO. Abre, que son tus hijos.

CELESTINA. No tengo yo hijos que anden a tal hora.

SEMPRONIO. Ábrenos a Pármeno y *a* Sempronio, que nos venimos acá almorzar contigo.

---

[x] Z: Celestina cobrar

[20] *Vid.* el artículo de Shipley [1974] que vincula el grupo de imágenes asociado a este viejo refrán petrarquista *(Index:* «Vulpes pilum mutat sed non mores», Deyermond [1961]: 145]).
[21] «Sobre dinero no hay compañero», Correas, 265.

CELESTINA. ¡O locos, traviesos, entrad, entrad! ¿Cómo venís a tal hora, que ya amanesce? ¿Qué avés hecho; qué os ha passado? ¿Dispidióse la esperança de Calisto, o bive todavía con ella, o cómo queda?

SEMPRONIO. ¿Cómo, madre? Si por nosotros no fuera, ya andoviera su alma buscando posada para siempre; que si estimarse pudiesse a lo que de allí nos queda obligado, no sería su hazienda bastante a complir la deuda, si verdad es lo que dizes, que la vida y persona es más digna y de más valor que otra cosa ninguna.

CELESTINA. ¡Jesú! ¿Qué en tanta afrenta os avés visto? Cuéntamelo, por Dios.

SEMPRONIO. Mira qué tanta, que por mi vida la sangre me hierve en el cuerpo en tornarlo a pensar.

CELESTINA. Reposa, por Dios, y dímelo.

PÁRMENO. Cosa larga le pides según venimos alterados y cansados del enojo que avemos avido^y; harías mejor en aparejarnos a él y a mí de almorzar; quiçá nos amansaría algo la alteración que traemos. Que cierto te digo que no querría ya topar hombre que paz quisiesse. Mi gloria sería agora hallar en quien vengar la yra, que no pude^z en los que nos la causaron por su mucho huyr²².

CELESTINA. Landre me mate si no me espanto en verte tan fiero; creo que burlas. Dímelo agora, Sempronio, tú, por mi vida; ¿qué os ha passado?

SEMPRONIO. Por Dios, sin seso vengo, desesperado, aunque para contigo por demás es no templar la yra y todo enojo y mostrar otro semblante que con los hombres. Jamás me mostré poder mucho con los que poco pueden. Traygo, señora, todas las armas despedaçadas, el broquel sin aro, la spada como sierra, el caxquete abollado en la capilla. Que no tengo con qué salir un passo con mi amo quando menester me aya, que

---

^y Z: avidos
^z Z: puedo

²² Y esta persona será encontrada. Su vergüenza por la cobardía demostrada hará que la actitud burlona de Celestina sea insoportable para ellos.

quedó concertado de yr esta noche que viene a verse por el huerto. Pues comprarlo de nuevo, no mandó un maravedí *aun*que[aa] cayga muerto.

CELESTINA. Pídelo, hijo, a tu amo, pues en su servicio se gastó y quebró. Pues sabes que es persona que luego lo complirá, que no es de los que dizen: Bive conmigo y busca quien te mantenga[23]. Él es tan franco que te dará para esso y para más.

SEMPRONIO. ¡Ha! Trae tanbién Pármeno perdidas las suyas; a este cuento[bb] en armas se le yrá su hazienda. ¿Cómo quieres que le sea tan importuno en pedirle más de lo que él de su propio grado haze, pues es harto? No digan por mí que dándome un palmo pido quatro[24]. Dionos las cient monedas; dionos después la cadena; a tres tales aguijones no terná cera en el oýdo[25]. Caro le costaría este negocio; contentémonos con lo razonable, no lo perdamos todo por querer más de la razón, que quien mucho abarca, poco suele apretar[26].

CELESTINA. Gracioso es el asno; por mi vejez[cc], que si sobre comer fuera, que dixiera que aviémos todos cargado demasiado. ¿Estás en tu seso, Sempronio? ¿Qué tiene que hazer tu galardón con mi salario, tu soldada con mis mercedes? ¿Só yo obligada a soldar vuestras armas, a complir vuestras faltas? A osadas que me maten, si no te as asido a una palabrilla que te dixe el otro día viniendo por la calle, que quanto yo tenía era tuyo y que en quanto pudiesse con mis pocas fuerças, jamás te faltaría, y que si Dios me diesse buena manderecha con tu amo, que tú no perderías nada. Pues ya sabes, Sempronio, que estos offrecimientos, estas palabras de buen amor[27], no obligan[28]. No ha de ser oro quanto reluze[29], si no más barato val-

---

aa *Com.:* en que
bb Z: esta cuenta
cc Z: viejez

23 «Vive conmigo y busca quien te mantenga», Correas, 311.
24 «Al villano, dalde un palmo y tomará cuatro», Correas, 37. «Al judío dalde un palmo y tomará quatro», Santillana, *Refranes,* 62.
25 *«No le ha quedado cera en el oído.* Está pobre», Correas, 555.
26 «Quien mucho abarca, poco aprieta», Correas, 555.
27 Para el uso del término *buen amor* en la obra, *vid.* J. Joset [1978].
28 Proverbio.
29 «No es oro todo lo que reluce» es refrán todavía frecuente.

dría. Dime, ¿estó en tu coraçón, Sempronio? Verás si, aunque soy vieja, si acierto lo que tú puedes pensar. Tengo, hijo, en buena fe, más pesar que se me quiere salir esta alma de enojo; di a esta loca de Elicia, como vine de tu casa, la cadenilla que traxe para que se holgasse con ella y no se puede acordar dónde la puso, que en toda esta noche ella ni yo no avernos dormido sueño de pesar, no por su valor de la cadena, que no era mucho, pero por su mal cobro della y de mi mala dicha. Entraron unos conoscidos y familiares míos en aquella sazón aquí, temo no la ayan llevado, diziendo: Si te vi, burléme, etc.[30]. Assí que, hijos, agora que quiero hablar con entramos, si algo vuestro amo a mí me dio, devés mirar que es mío. Que de tu jubón de brocado no te pedí yo parte ni la quiero; sirvamos todos, que a todos dará según viere que lo merecen. Que si me ha dado algo, dos vezes he puesto por él mi vida al tablero[31]. Más herramienta se me ha embotado en su servicio que a vosotros, más materiales he gastado. Pues avés de pensar, hijos, que todo me cuesta dinero, y aun mi saber, que no lo he alcançado holgando, de lo qual fuera buen testigo su madre de Pármeno, Dios haya su alma. Esto trabajé yo; a vosotros se os deve essotro. Esto tengo yo por officio y trabajo, vosotros por recreación y deleyte. Pues assí no avés vosotros de aver ygual gualardón de holgar, que yo de penar. Pero aun con todo lo que he dicho, no os despidáys, si mi cadena paresce, de sendos pares de calças de grana, que es el ábito que mejor en los mançebos parece. Y si no, recibid la voluntad, que yo me callaré con mi pérdida. Y todo esso de buen amor[32], porque holgastes que oviesse yo antes el provecho destos passos que [no] otra. Y si no os contentardes, de vuestro daño harés.

SEMPRONIO. No es esta la primera vez que yo he dicho quánto en los viejos reyna este vicio de cobdicia; quando pobre,

---

[30] «Si te vi, burléme, si no te vi, calléme», Correas, 261. *«Si me viste burléme, si no me viste, calléme*. Tiene Marcial un epigrama a este propósito de un médico, que entrando a visitar a un enfermo le sacó de junto a la cabecera un bernegal de plata; el hombre volvió la cabeza y vio cómo le escondía debaxo de la capa, entonces el señor médico empeçó a reñir, dando a entender se le quitava porque no beviesse, que le era dañoso para su enfermedad», Covarrubias, 247.

[31] Nueva concesión a la ironía trágica. Sin saberlo está arriesgando su vida por tercera vez y en esta ocasión la perderá.

[32] *Vid.* nota 27 en este mismo acto.

franca, quando rica, avarienta. Assí que adquiriendo, crece la cobdicia, y la pobreza cobdiciando, y ninguna cosa haze pobre al avariento sino la riqueza[33]. ¡O Dios, y cómo crece la necessidad con la abundancia![34]. ¿Quién la oyó esta vieja dezir que me llevasse yo todo el provecho, si quisiesse, deste negocio, pensando que sería poco? Agora que lo vee crescido, no quiere dar nada, por complir el refrán de los niños que dizen: De lo poco, poco, de lo mucho, nada[35].

PÁRMENO. Déte lo que te prometió o tomémosselo todo. Harto te dezía yo quién era esta vieja, si tú me creyeras.

CELESTINA. Si mucho enojo traes con vosotros o con vuestro amo o armas, no lo quebréys en mí, que bien sé dónde nasce esto; bien sé y barrunto de qué pie coxqueáys[36]; no cierto de la necessidad que tenéys de lo que pedís, ni aun por la mucha cobdicia que lo tenéys, sino pensando que os he de tener toda vuestra vida atados y cativos con Elicia y Areúsa, sin quereros buscar otras, movéysme estas amenazas de dinero; ponéysme estos temores de la partición. Pues calla*d*, quien éstas os supo acarrear os dará otras diez, agora que ay más conoscimiento y más razón y más mereçido de vuestra parte. Y si sé complir lo que prometo en este caso, dígalo Pármeno. Dilo, dilo[dd], no ayas empacho de contar cómo nos passó quando a la otra dolía la madre.

SEMPRONIO. *Yo dígole que se vaya y abáxasse las bragas; no ando por lo que piensas; no entremetas burlas a nuestra demanda, que con esse galgo no tomarás, si yo puedo, más liebres.* Déxate

---

[dd] Z: dilo, dilo, dilo

[33] Eco de Petrarca, *De remediis*, I, 36: «Alioquin et quaerendo cupiditas crescit et paupertas cupiendo: Ita fit ut nihil magis inopem faciat quam avari opes», Deyermond [1961: 59].

[34] Calco de Petrarca, *Epístolas familiares*, 98, a través del *Index*: «Cum divitiis necessitas crescit.»

[35] *«De lo poco poco, y de lo mucho no nada*, esto se verifica en los hombres que en mediana fortuna parecen liberales, y en haziéndose ricos son míseros», Covarrubias, 875.

[36] Frase hecha, muy antigua: «Entendió Tolomeo de qué pie cosqueavan», *Libro de Alexandre*, 262a. «Veo vos, torpe coxo, de quál pie coxeades», *Libro de Buen Amor*, 466.

conmigo de razones; a perro viejo no cuz cuz. Dános las dos partes por cuenta de quanta de Calisto as recebido; no quieras que se descubra quién tú eres. A los otros, a los otros con essos halagos, vieja[37].

CELESTINA. ¿Quién só yo, Sempronio? ¿Quitásteme de la putería? Calla tu lengua; no amengües mis canas, que soy una vieja qual Dios me hizo, no peor que todas. Bivo de mi officio como cada qual official del suyo, muy limpiamente. A quien no me quiere, no le busco[38]; de mi casa me vienen a sacar, en mi casa me ruegan. Si bien o mal bivo, Dios es el testigo de mi coraçón. Y no pienses con tu yra maltratarme, que justicia ay para todos, a todos es ygual[39]. Tanbién seré oýda, aunque mujer, como vosotros muy peynados. Déxame en mi casa con mi fortuna. Y tú, Pármeno, *no pienses*[ee] que soy tu cativa por saber mis secretos y mi vida passada[ff] y los casos que nos acaescieron a mí y a la desdichada de tu madre. [Y] aun assí me tratava ella, quando Dios quería.

PÁRMENO. ¡No me hinches las narizes con essas memorias; si no, embiarte he[gg] con nuevas a ella, donde mejor te puedas quexar![40].

CELESTINA. ¡Elicia, Elicia, levántate dessa cama, dacá mi manto presto, que por los santos de Dios, para aquella justicia me vaya bramando como una loca! ¿Qué es esto? ¿Qué quieren dezir tales amenazas en mi casa? ¿Con una oveja mansa tenés vosotros manos y braveza? ¿Con una gallina atada? ¿Con una vieja de sesenta años? ¡Allá, allá, con los hombres como voso-

---

ee *Com.:* piensas
ff *Com.:* pasada vida
gg Z: embiarte con

37 Serie de viejos refranes: «Yo le digo que se vaya y él descálçase las bragas», Santillana, *Refranes,* 723. «Con ese galgo no mataréis más liebres», Correas, 351. «A perro viejo, no cuz cuz», Correas, 18.
38 Proverbio.
39 «Principio del derecho», *Celestina comentada,* 167v. Castro Guisasola [1924: 39] lo encuentra como proverbio atribuido a Peristrato.
40 Vale la pena hacer notar que Pármeno pierde finalmente el control cuando Celestina le recuerda a su madre demasiado a menudo, *vid.* Severin [1970: 41] y Snow [1986].

tros! Contra los que ciñen *spada* mostrad vuestras yras, no contra mi flaca rueca; *señal es de gran covardía acometer a los menores y a los que poco pueden. Las çuzias moxcas nunca pican sino los bueyes magros y flacos; los gozques ladradores a los pobres peregrinos aquexan con mayor ímpetu*[41]. *Si aquella que allí está en aquella cama me oviesse a mí creýdo, jamás quedaría esta casa de noche sin varón, ni dormiriémos a lumbre de pajas. Pero por aguardarte y por serte fiel padescemos esta soledad, y como nos veys mujeres, habláys y pedís demasías, lo qual si hombre sintiéssedes en la posada, no haríades, que como dizen, el duro adversario entibia las yras y sañas*[42].

SEMPRONIO. O vieja avarienta, [garganta] muerta de sed por dinero, ¿no serás contenta con la tercera parte de lo ganado?

CELESTINA. ¿Qué tercia[hh] parte? Vete con Dios de mi casa tú, y essotro no dé bozes; no allegue la vezindad. No me hagáys salir de seso; no queráys que salgan a plaça las cosas de Calisto y vuestras.

SEMPRONIO. Da bozes, o gritos, que tú complirás lo que prometiste o *complirás*[ii] hoy tus días.

ELICIA. Mete, por Dios, el spada. Tenle, Pármeno, tenle; no la mate esse desvariado.

CELESTINA. ¡Justicia, justicia, señores vezinos, justicia, que me matan en mi casa estos rufianes!

SEMPRONIO. ¿Rufianes o qué? Espera, doña hechizera, que yo te haré yr al infierno con cartas.

CELESTINA. ¡Ay, que me ha muerto[jj], ay, ay, confessión confessión!

PÁRMENO. Dale, dale, acábala, pues començaste; que nos sentirán; muera, muera, de los enemigos los menos[43].

[hh] Z: tercera

[ii] *Com.:* se cumplirán

[jj] Z: muerta

[41] Las acusaciones de cobardía son demasiado para Sempronio; es la valentía de Celestina, junto a su codicia, lo que la destruye.

[42] Este pasaje se inspira muy de cerca en las *Epístolas familiares*, 92 A 4-8, BI, de Petrarca: «degeneris animi signum est insultare minoribus... Muscae macros stimulant boves... Pauperem peregrinum canis infestat... Da illi parem adversarium: confestim ardor iste tepuerit», Deyermond [1961: 77].

[43] «De los enemigos, los menos», Covarrubias, 518.

CELESTINA. ¡Confessión![44].

ELICIA. O crueles enemigos, en mal poder os veáys[45], ¿y para quién tovistes manos? Muerta es mi madre y mi bien todo.

SEMPRONIO. Huye, huye, Pármeno, que carga mucha gente. ¡Guarte, guarte, que viene el alguazil!

PÁRMENO. ¡O pecador de mí, que no ay por do nos vamos, que está tomada la puerta!

SEMPRONIO. Saltemos destas ventanas; no muramos en poder de justicia.

PÁRMENO. Salta, que *yo* tras ti voy[46].

Argumento del treceno auto[a]

Despertado CALISTO *de dormir, stá hablando consigo mismo. Dende*[b] *un poco stá llamando a* TRISTÁN *y a*[c] *otros sus criados. Torna*[d] *dormir* CALISTO. *Pónese* TRISTÁN *a la puerta. Viene* SOSIA[e] *llorando. Preguntado de* TRISTÁN, SOSIA *cuéntale la muerte de* SEMPRONIO *y* PÁRMENO. *Van a dezir las nuevas a* CALISTO, *el qual, sabiendo la verdad, haze grande lamentación.*

CALISTO, TRISTÁN, SOSIA

CALISTO. ¡O cómo he dormido tan a mi plazer después de aquel açucarado rato, después de aquel angélico razonamiento!

---

[a] T1500 b
[b] S1501: Dende a
[c] T1500: y otros
[d] S1501: Torna a
[e] T1500: Sosias

[44] El deseo de confesión de Celestina debe de ser sincero, de acuerdo con Finch [1979], y quizá confía realmente en su posible salvación. *Vid.* también Eesley [1983].
[45] La maldición de Elicia tiene efecto inmediato.
[46] Según Gilman [1956/1974], esta última frase de Pármeno muestra que el criado se ha convertido en una mera copia de Sempronio, en una reproducción de los actos de éste. El fin de los criados merece este comentario en la *Celestina comentada*, 168v.: «No puede ser muerte más ignominiosa que morir en poder de justicia.»

Gran reposo he tenido; el sossiego y descanso ¿proceden de mi alegría, o *lo* causó el trabajo corporal, mi mucho dormir, o la gloria y plazer del ánimo?; y no me maravillo que lo uno y lo otro se juntassen a cerrar los candados de mis ojos, pues trabajé con el cuerpo y persona y holgué con el spíritu y sentido la passada noche. Muy cierto es que la tristeza acarrea pensamiento y el mucho pensar impide el sueño, como a mí estos días es acaescido con la desconfiança que tenía de la mayor gloria que ya posseo. O señora y amor mío Melibea, ¿qué piensas agora? ¿Si duermes o estás despierta? ¿Si piensas en mí o en otro? ¿Si estás levantada o acostada? O dichoso y bienandante Calisto, si verdad es que no ha sido sueño lo passado. ¿Soñélo o no? Fue fantaseado o passó en verdad? Pues no estuve solo; mis criados me [a]compañaron. Dos eran; si ellos dizen que passó en verdad, creerlo he según derecho[1]. Quiero mandarlos llamar para más confirmar mi gozo. ¡Tristanico, moços, Tristanico, levanta de ay!

TRISTÁN. Señor, levantado estoy.

CALISTO. Corre, llámame a Sempronio y a Pármeno.

TRISTÁN. Ya voy, señor.

CALISTO. Duerme y descança penado,
           desde agora,
           pues te ama tu señora
           de su grado.
           Vença plazer al cuydado
           y no le vea,
           pues te ha hecho su privado
           Melibea.

TRISTÁN. Señor, no ay ningún moço en casa.

---

[1] *Celestina comentada*, 169r.: «el derecho dispone que a dos testigos por lo menos se dé entera fe». Castro Guisasola [1924: 146-147] señala como origen de esta inseguridad de Calisto la novela de Piccolomini, *Historia de dos amantes*: «¿Téngote o sueño? No sueño en verdad: cierto es lo que se trataba» *(vid.,* asimismo, Lida de Malkiel [1962: 391] y Berndt [1963: 391]. Berndt señala también como posible fuente las palabras de Fiammetta: «¡Oime! che cose sono queste, che i miseri pensieri mi pongono davanti?», «... e tal fu che io a affermai meco medesima dicendo "Ora pur nos sogno io d'averlo nelle mie braccia"».

CALISTO. Pues abre essas ventanas, verás qué hora es.

TRISTÁN. Señor, bien de día.

CALISTO. Pues tórnalas a cerrar y déxame dormir hasta que sea hora de comer.

TRISTÁN. Quiero baxarme a la puerta por que duerma mi amo sin que ninguno le impida, y a quantos le buscaren se le negaré. ¿O qué grita suena en el mercado; qué es esto? Alguna justicia se haze o madrugaron a correr toros. No sé qué me diga de tan grandes bozes como se dan. De allá viene Sosia el moço despuelas; él me dirá qué es esto[2]. Desgreñado viene el vellaco; en alguna taverna se deve aver rebolcado, y si mi amo le cae en el rastro mandarle ha dar dos mil palos, que aunque es algo loco la pena le hará cuerdo[3]. Paresce que viene llorando. ¿Qué es esto, Sosia? ¿Por qué lloras? ¿De dó vienes?

SOSIA. ¡O malaventurado yo, o qué pérdida tan grande; o deshonrra de la casa de mi amo; o qué mal día amanesció este; o desdichados mancebos!

TRISTÁN. ¿Qué[f]; qué as; [qué quejas;] por qué te matas; qué mal es éste?

SOSIA. Sempronio y Pármeno...

TRISTÁN. ¿Qué dizes, Sempronio y Pármeno? ¿Qué es esto, loco? Aclárate más, que me turbas.

SOSIA. Nuestros compañeros, nuestros hermanos.

TRISTÁN. O tú estás borracho o as perdido el seso, o traes alguna mala nueva. ¿No me *dizes*[g] qué es esto que dizes des [t]os moços?

SOSIA. Que quedan degollados en la plaça.

TRISTÁN. O mala fortuna nuestra si es verdad[4]. *¿Vístelos cierto o habláronte?*

---

[f] V1514: ¿qué es?

[g] *Com.:* dirás

[2] Éste es uno de los casos en que, de forma excepcional, un personaje da información que usualmente no daría. Sin embargo, es un dato con clara virtualidad dramática.

[3] «El loco por la pena es cuerdo», Correas, 81.

[4] Castro Guisasola [1924: 89] sugiere que este rápido parlamento se corresponde con otro de Sosia en *Adelphoe* de Terencio, III, II: «Quis est? Quid

SOSIA. *Ya sin sentido yvan, pero el uno con harta dificultad, como me sentió que con lloro le mirava, hincó los ojos en mí, alçando las manos al cielo, quasi dando gracias a Dios, y como preguntando si me sentía*[h] *de su morir; y en señal de triste despedida*[i] *abaxó su ca-beça con lágrimas en los ojos, dando bien a entender que no me avía de ver más hasta el día del gran juyzio.*

TRISTÁN. *No sentiste bien, que sería preguntarte si estava presen-te Calisto. Y pues tan claras señas traes deste cruel dolor,* vamos pres-to con las tristes nuevas a nuestro amo.

SOSIA. ¡Señor, señor!

CALISTO. ¿Qué es esso, locos? ¿No os mandé que no me recordássedes?

SOSIA. Recuerda y levanta, que si tú no buelves por los tu-yos, de caýda vamos. Sempronio y Pármeno quedan desca-beçados en la plaça[5] como públicos malhechores, con pre-gones que manifestavan su delito.

CALISTO. ¡O válasme Dios! ¿y qué es esto que me dizes? No sé si te crea tan acelerada y triste nueva. ¿Vístelos tú?

SOSIA. Yo los vi.

CALISTO. Cata, mira qué dizes, que esta noche han estado conmigo.

SOSIA. Pues madrugaron a morir.

CALISTO. O mis leales criados, o mis grandes servidores, o mis fieles secretarios y consejeros, ¿puede ser tal cosa verdad?

[h] Z: me sentís
[i] Z: desperdida

trepidas? —Hei mihi! —Quid festinas, mi Geta? Animan recipe. —Prorsus... —Quid istuc prorsus ergo est? —Periimus! Actum est! —Obsecro te, quid sit. —Jam... —Quid jam, Geta? —Aeschinus... —Quid ergo is? —Alienus est ab nostra familia. —Hem. Perii!...»
[5] *Celestina comentada,* 170v.: «pues dize descabezados y no ahorcados que estos tales eran nobles a los quales no los suelen colgar sino de degollar». Este tratamiento especial confirma la tesis de Russell *[Temas:* 333-338] de que el juez actuó en esta ocasión de forma inapropiada. *Vid.* nota 18 al acto XIV.

O amenguado Calisto, deshonrrado quedas para toda tu vida. ¿Qué será de ti, muertos tal par de criados? Dime por Dios, Sosia, ¿qué fue la causa? ¿Qué dezía el pregón? ¿Dónde los tomaron? ¿Qué justicia lo hizo?

SOSIA. Señor, la causa de su muerte publicava el cruel verdugo a bozes diziendo: Manda la justicia [que] mueran los violentos matadores[6].

CALISTO. ¿A quién mataron tan presto? ¿Qué puede ser esto? No ha quatro horas que de mí se despidieron. ¿Cómo se llamava el muerto?

SOSIA. Señor, una mujer [era] que se llamava Celestina.

CALISTO. ¿Qué me dizes?

SOSIA. Esto que oyes[7].

CALISTO. Pues si esso es verdad, máta[me] tú a mí, yo te perdono, que más mal ay que viste ni puedes pensar si Celestina, la de la cuchillada, es la muerta.

SOSIA. Ella mesma es; de más de treynta stocadas la vi llagada, tendida en su casa, llorándola una su criada.

CALISTO. ¡O tristes moços!, ¿cómo yvan? ¿Viéronte? ¿Habláronte?

SOSIA. ¡O señor, que si los vieras, quebraras el coraçón de dolor! El uno llevava todos los sesos de la cabeça de fuera sin ningún sentido, el otro quebrados entramos braços y la cara magulada, todos llenos de sangre, que saltaron de unas ventanas muy altas por huyr del aguazil, y assí quasi muertos les cortaron las cabeças, que creo que ya no sintieron nada.

CALISTO. Pues yo bien siento mi honrra; pluguiera a Dios que fuera yo ellos y perdiera la vida y no la honrra, y no la speranra de conseguir mi començado propósito, que es lo que más en este caso desastrado siento. ¡O mi triste nombre y fama, cómo andas al tablero de boca en boca! ¡O mis secre-

---

[6] *Vid.* J. L. Bermejo *[Actas:* 401-408].

[7] Castro Guisasola [1924: 84] vuelve a sugerir a Terencio, *Phormio,* I, II, como modelo de estas palabras: «Quid narras? —Hoc quod audis.»

tos más secretos, quán públicos andarés por las plaças y mercados! ¿Qué será de mí? ¿Adónde yré? Que salga allá, a los muertos no puedo ya remediar; que me esté aquí, pareçerá covardía. ¿Qué consejo tomaré? Dime, Sosia, ¿qué era la causa por que la mataron?

SOSIA. Señor, aquella su criada, dando bozes llorando su muerte, la publicava a quantos la querían oýr, diziendo que porque no quiso partir con ellos una cadena de oro que tú le diste.

CALISTO. ¡O día de congoxa, o fuerte tribulación, y en que anda mi hazienda de mano en mano y mi nombre de lengua en lengua! Todo será público, quanto con ella y con ellos hablava, quanto de mí sabían, el negocio en que andavan. No osaré salir ante gentes. ¡O pecadores de mançebos, padeçer por tan súbito desastre; o mi gozo, cómo te vas diminuyendo! Proverbio es antiguo que de muy alto grandes caýdas se dan. Mucho avía anoche alcançado; mucho tengo hoy perdido. Rara es la bonança en el piélago[8]. Yo estava en título de alegre si mi ventura quisiera tener quedos los ondosos vientos de mi perdición. ¡O fortuna, quánto y por quántas partes me as combatido! Pues por más que sigas mi morada y seas contraria a mi persona, las adversidades con ygual ánimo se han de sofrir y en ellas se prueva el coraçón rezio o flaco[9]. No ay mejor toque para conoçer qué quilates de virtud o esfuerço tiene el hombre. Pues por más mal y daño que me venga, no dexaré de complir el mandado de aquella por quien todo esto se ha causado. Que más me va en conseguir la ganancia de la gloria que spero, que en la pérdida de morir los que murieron. Ellos eran sobrados y esforçados, agora o en otro tiempo de pagar havían. La vieja era mala y falsa, según paresce que hazía trato

---

[8] Reminiscencia de Petrarca, *De remediis,* I, 17, a través del *Index:* «Ex alto graves lapsus: et rara quies in pelago», Deyermond [1961: 143].

[9] De nuevo se acude a dos entradas del *Index* de las obras de Petrarca *(Epístolas familiares,* 19 y 42): «Adversa aequo animo sum toleranda», «In adversis animus probatur», Deyermond [1961: 39].

con ellos, y assí que riñeron sobre la capa del justo[10]. Permissión fue divina que assí acabassen en pago de muchos adulterios que por su intercessión o causa son cometidos[11]. Quiero hazer adereçar a Sosia y a Tristanico; yrán conmigo este tan sperado camino; llevarán scalas, que son [muy] altas las paredes. Mañana haré que vengo de fuera, si pudiere vengar estas muertes; si no, *purgaré*[j] mi innocencia con mi fingida absencia, *o me fengiré loco por mejor gozar deste sabroso deleyte de mis amores, como hizo aquel gran capitán Ulixes por evitar la batalla troyana y holgar con Penélope su mujer*[12].

Argumento del quatorzeno auto[a]

Está MELIBEA *muy affligida hablando con* LUCRECIA *sobre la tardança de* CALISTO, *el qual le avía hecho voto de venir en aquella noche a visitalla, lo qual cumplió, y con él vinieron* SOSIA *y* TRISTÁN. *Y despúes que cumplió su voluntad, bolvieron todos a la posada, y* CALISTO *se retrae en su palacio y quéxase por aver estado tan poca quantidad de tiempo con* MELIBEA, *y ruega a Febo que cierre sus rayos, para haver de restaurar su desseo*[b] .

---

[j] *Com.:* pagaré
[a] Val 1514
[b] *Com.: Esperando* MELIBEA *la venida de Calisto en la huerta, habla con* LUCRECIA. *Viene* CALISTO *con dos criados suyos,* TRISTÁN *y* SOSIA. *Pónenle el escalera. Sube por ella y métese en la huerta onde halla a* MELIBEA. *Apártase* LUCRECIA. *Quedan los dos solos. Acabado su negocio, quiere salir* CALISTO, *el qual por la escuridad de la noche erró la escala. Cae y muere.* MELIBEA *por las bozes y lamientos de sus criados sabe la desastrada muerte de su amado. Amortesce.* LUCRECIA *la consuela.*

[10] *«Sobre la capa del justo,* quando paga el que no tiene culpa», Covarrubias, 724. «Quien juega sobre ropa ajena / non puede perdido ser», Carvajales, *Cancionero de Stúñiga* (citado por O'Kane [1959: 74]).
[11] El hipócrita cambio de opinión de Calisto no pasa inadvertido a Tristán y Sosia cuando comentan su cruel indiferencia hacia las muertes de sus criados en el acto XIV, Dunn [1975].
[12] La interpolación procede de Petrarca, en parte a través de una entrada del *Índex,* en parte a partir del texto propiamente dicho, *De rebus memorandis,* III, i, 22: «Ulyxes vero ut militiam subterfugeret et regnaret: atque Itachae viveret ociose cum parentibus cum uxore cum filio simulavit amentiam», Deyermond [1961: 44-45]. En opinión de Parker [1978: 235], en momentos de crisis las clases altas son propensas a utilizar la mitología para expresar sus sentimientos.

MELIBEA. Mucho se tarda aquel cavallero que esperamos. Qué crees tú o sospechas de su stada, Lucrecia?[1].

LUCRECIA. Señora, que tiene justo impedimento y que no es en su mano venir más presto.

MELIBEA. Los ángeles sean en su guarda, su persona esté sin peligro; que su tardança, no me *da*[c] pena. Mas cuytada, pienso muchas cosas que desde su casa acá le podrían acaecer[2]. *¿Quién sabe si él con voluntad de venir al prometido plazo en la forma que los tales manzebos a las tales horas suelen andar, fue topado de los alguaziles nocturnos, y sin le conozer le han acometido, el qual por se defender los offendió o es dellos ofendido? ¿O si por caso los ladradores perros con sus crueles dientes que ninguna differencia saben hazer ni acatamiento de personas, le ayan mordido; o si ha caýdo en alguna calçada o hoyo donde algún daño le viniesse? Mas, o mezquina de mí, ¿qué son estos inconvenientes que el concebido amor me pone delante y los atribulados ymaginamientos me acarrean? No plega a Dios que ninguna destas cosas sea, antes esté quanto le plazerá sin verme*[3]. *Mas oye, oye, oye*[d], que passos suenan en la calle y aun parece que hablan destotra parte del huerto.

---

[c] *Com.:* es
[d] *Com.:* Mas escucha

[1] Esta consulta de Melibea a Lucrecia les recuerda a Castro Guisasola [1924: 69] y *Celestina comentada*, 173r., la misma que Hero hace a su nodriza sobre la tardanza de Leandro: «Aut ego cum cara de te nutrice susurro, / Quaeque tuum miror causa moretur iter» de la *Epistola Heronis* de Ovidio, vv. 19-20.
[2] Castro Guisasola [1924: 69] sugiere varios precedentes en las *Epístolas* de Ovidio para la impaciencia de Melibea: la de Penélope por Ulises *(Epistola Penelopes*, vv. 11-12 y 71: «Quando ego non timui graviora pericula veris? / Res est sollicti plena timoris amor... Quid timeam ignoro, timeo tamen omnia demens»), la de Filis por Demofonte *(Epistola Phillidis*, vv. 15-16): «Interdum timui dum vada tendis ad Hebri, / Mersa foret cana naufraga puppis aqua», y la de Hero por Leandro *(Epistola Henoris*, vv. 109-110): «Omnia sed vereor (quis enim secururs amavit?) / Cogit et absentes plura timere locus».
[3] La fuente principal de este pasaje parece ser el episodio del hombre flemático del *Corbacho*, III, 9 (Castro Guisasola [1924: 175]), aunque la intención satírica de Alfonso Martínez de Toledo ha sido sustituida por una seria. El final del pasaje presenta reminiscencias, en opinión de Castro Guisasola [1924: 144], de la *Fiammetta*.

SOSIA. Arrima essa scala, Tristán, que éste es el mejor lugar, aunque alto.

TRISTÁN. Sube, señor; yo yré contigo, porque no sabemos quién está dentro; hablando están.

CALISTO. Quedados, locos, que yo entraré solo, que a mi señora oigo.

MELIBEA. Es tu sierva, es tu cativa, es la que más tu vida que la suya estima. O mi señor, no saltes de tan alto, que me moriré en verlo; baxa, baxa poco a poco por el scala; no vengas con tanta pressura.

CALISTO. O angélica ymagen, o preciosa perla, ante quien el mundo es feo[4]. O mi señora y mi gloria, en mis braços te tengo y no lo creo. Mora en mi persona tanta turbación de plazer que me haze no sentir todo el gozo que posseo.

MELIBEA. Señor mío, pues me fié en tus manos, pues quise complir tu voluntad, no sea de peor condición, por ser piadosa, que si fuera esquiva y sin misericordia; no quieras perderme por tan breve deleyte y en tan poco spacio. Que las malhechas cosas, después de cometidas, más presto se pueden reprehender que emendar[5]. Goza de lo que yo gozo, que es ver y llegar a tu persona; no pidas ni tomes aquello que, tomado, no será en tu mano bolver. Guarte, señor, de dañar lo que con todos tesoros del mundo no se restaura[6].

CALISTO. Señora, pues por conseguir esta merced toda mi vida he gastado, ¿qué sería, quando me la diessen, desechalla?

---

[4] La misma exclamación la encontramos en Juan de Mena, *Laberinto de Fortuna*, c. 28a y en el anónimo *El Viejo, el Amor y la Hermosa*, c. 57: «¡O divina hermosura / ante quien el mundo es feo, / ymagen...!», *Vid*. Lida de Malkiel [1962: 267] y Martínez [1980].
[5] Eco de la *Fiammetta*, I, I, 1: «¡Ay de mí mezquina!... que las mal hechas cosas passadas se pueden muy más aýna reprehender que emendar», Castro Guisasola [1924: 144].
[6] Palabras parecidas encontramos en Ovidio, *Epistola Oenonis*, vv. 103-104: «Nulla reparabilis arte / Laesa pudicitia est: deperit illa semel», Castro Guisasola [1924: 70].

Ni tú, señora, me lo mandaras, ni yo podría acabarlo conmigo. No me pides tal covardia; no es hazer tal cosa de ninguno que hombre sea, mayormente amando como yo, nadando por este huego de tu desseo toda mi vida. ¿No quieres que me arrime al dulce puerto a descansar de mis passados trabajos?

MELIBEA. Por mi vida, que aunque hable tu lengua quanto quisiere, no obren las manos quanto pueden. Está quedo, señor mío. *Bástete, pues ya soy tuya, gozar de lo esterior, desto que es propio fruto de amadores; no me quieras robar el mayor don que la natura me ha dado; cata que del buen pastor es proprio trasquilar sus ovejas y ganado, pero no destruyrlo y estragallo*[7].

CALISTO. ¿Para qué, señora? ¿Para que no esté queda mi passión; para penar de nuevo; para tornar el juego de comienço? Perdona, señora, a mis desvergonçadas manos, que jamás pensaron de tocar tu ropa, con su indignidad y poco mereçer; agora gozan de llegar a tu gentil cuerpo y lindas y delicadas carnes.

MELIBEA. Apártate allá, Lucrecia.

CALISTO. ¿Por qué, mi señora? Bien me huelgo que estén semejantes testigos de mi gloria[8].

MELIBEA. Yo no los quiero de mi yerro. Si pensara que tan desmesuradamente te havías de haver conmigo, no fiara mi persona de tu cruel conversación.

SOSIA. Tristán, bien oyes lo que passa; ¡en qué términos anda el negocio!

TRISTÁN. Oygo tanto que juzgo a mi amo por el más bienaventurado hombre que nasció; y por mi vida, que aunque soy mochacho, que diesse tan buena cuenta como mi amo.

---

[7] Quizá reminiscencia de una entrada del *Index* de Petrarca *(De rebus memorandis)*: «Pastoris boni est tondere pecus non deglutire», Deyermond [1961: 44].

[8] *Gloria* parece ser usado como eufemismo sexual, al igual que *gozo*. *Vid.* Gilman [1972/1978: 389-390].

SOSIA. Para con tal joya quienquiera se ternía manos, pero con su pan se la coma[9], que bien caro le cuesta; dos moços entraron en la salsa destos amores.

TRISTÁN. Ya los tiene olvidados. Dexaos morir sirviendo a ruynes, haze[e] locuras en confiança de su defensión; biviendo con el conde, que no matasse al[f] hombre[10], me dava mi madre por consejo. Veslos a ellos alegres y abraçados, y sus servidores con harta mengua degollados.

MELIBEA. ¡O mi vida y mi señor! ¿Cómo has quisido que pierda el nombre y corona de virgen por tan breve deleyte?[11]. la pecadora de ti, mi madre, si de tal cosa fuesses sabidora, cómo tomarías de grado tu muerte y me la darías a mí por fuerça; cómo serías cruel verdugo de tu propia sangre[12]; cómo sería yo fin quexosa de tus días! ¡O mi padre honrrado, cómo he dañado tu fama y dado causa y lugar a quebrantar tu casa! ¡O traydora de mí, cómo no miré primero el gran yerro que se seguía de tu entrada, el gran peligro que sperava!

SOSIA. (Ante quisiera yo oýrte essos milagros; todas sabés essa oración después que no puede dexar de ser hecho[13]; ¡y el bovo de Calisto que se lo escucha!)

---

[e] B1499, S1501: hazed

[f] *Com.:* el

[9] «Con su pan se lo coma», Correas, 352.

[10] «Cuando bives con el conde no mates al hombre», Horozco (citado por O'Kane [1959: 88]). «En hoto del conde no mates al hombre, que morirá el conde y pagarás el hombre», Correas, 124. Dunn [1975: 122] ve en Tristán y Sosia las únicas voces honestas de la obra.

[11] Castro Guisasola [1924: 164] sugiere como posible fuente de estas palabras las estrofas 85-86 de los *Pecados mortales* de Juan de Mena: «¡O largo resentimiento, / triste fin, breve deleyte! /...Tira la tu pestilencia / virtud a toda persona, / a las vírgenes corona, / y a las castas continencia.» Sin embargo, una fuente más convincente podría ser el *Corbacho*, II, 13, donde la pinta la hipocresía femenina *(vid.* Gilman [1956/1974: 52-53]).

[12] Castro Guisasola [1924: 185] sugiere a Diego de San Pedro, *Cárcel de amor* («no seas verdugo de tu misma sangre») como fuente posible.

[13] Según Castro Guisasola [1924: 35], la sentencia es de Agatón: «Negatum etiam Deo est, quae facta sunt infacta posse reddere.»

CALISTO. Ya quiere amaneçer; ¿qué es esto? No [me] pareçe que ha una hora que estamos aquí y da el relox las tres.

MELIBEA. Señor, por Dios, pues ya todo queda por tí, pues ya soy tu dueña, pues ya no puedes negar mi amor, no me niegues tu vista [de día, passando por mi puerta; de noche donde tú ordenares]. *Mas^g las noches que ordenares sea tu venida por este secreto lugar a la mesma hora, por que siempre te spere aperçibida del gozo con que quedo, sperando las venidas noches.* Y por el presente vete^h con Dios, que no serás visto, que haze *muy* escuro, ni yo en casa sentida, que aun no amaneçe.

CALISTO. Moços, pone*d* el escala.

SOSIA. Señor, vesla aquí; baxa.

MELIBEA. Lucrecia, vente acá, que stoy sola; aquel señor mío es ydo; conmigo dexa su coraçón, consigo lleva el mío. ¿Asnos oýdo?

LUCRECIA. No, señora, *que* durmiendo he stado[14].

* * *

SOSIA. Tristán, devemos yr muy callando, porque suelen levantarse a esta hora los ricos, los cobdiciosos de temporales bienes, los devotos de templos, monasterios y yglesias, los enamorados como nuestro amo, los trabajadores de los campos y labranças, y los pastores que en este tiempo traen las ovejas a estos apriscos a ordeñar, y podría ser que cogiessen de pasada alguna razón por do toda su honrra y la de Melibea se turbasse.

---

^g V1514: y más
^h B1499, S1501: te ve

[14] La interpolación de los cinco actos en la *Tragicomedia* comienza en este punto.

TRISTÁN. O simple rascacavallos, dizes que callemos y nombras su nombre della. Bueno eres para adalid o para regir gente en tierra de moros de noche, assí que prohibiendo permites; encubriendo descubres; assegurando offendes; callando bozeas y pregonas; preguntando respondes. Pues tan sotil y discreto eres, no me dirás en qué mes cae Santa María de agosto, por que sepamos si ay harta paja en casa que comas ogaño.

CALISTO. Mis cuydados y los de vosotros no son todos unos. Entrad callando, no nos sientan en casa; cerrad essa puerta y vamos a reposar, que yo me quiero sobir solo a mi cámara y me desarmaré. Yd vosotros a vuestras camas. ¡O mezquino yo, quánto me es agradable de mi natural la soledad y silencio y escuridad!; no sé si lo causa que me vino a la memoria la trayción que hize en me despartir de aquella señora que tanto amo, hasta que más fuera de día, o el dolor de mi deshonrra. ¡Ay, ay, que esto es, esta herida es la que siento agora que se ha resfriado, agora que está elada la sangre que ayer hervía, agora que veo la mengua de mi casa, la falta de mi servicio, la perdición de mi patrimonio, la infamia que a mi persona de la muerte de mis criados se ha seguido! ¿Qué hize? ¿En qué me detove? ¿Cómo me pude[i] çoffrir que no me mostré luego presente como hombre injuriado, vengador sobervio y acelerado de la manifiesta injusticia que me fue hecha? O mísera suavidad fiesta brevíssima vida, quien es de ti tan cobdicioso que no quiera más morir luego que gozar de un año de vida denostado y prorogarle con deshonrra, corrompiendo la buena fama de los passados, mayormente que no ay hora cierta ni limitada, ni aun un solo momento; debdores somos sin tiempo; contino estamos obligados a pagar[15]. ¿Por qué no salí a inquerir siquiera la verdad de la secreta causa de mi manifiesta perdición? O breve deleyte mundano, cómo duran poco y cuestan mucho tus dulçores; no se compra tan caro el arrepentir[16]. O triste yo, ¿quándo se

---

[i] Z: puede

[15] Petrarca, *Epístolas familiares*, 12, a través del *Index*: «Mortis nullum praefinitum est tempus: sine termino debitores sumus», Deyermond [1961: 146].

[16] La *Celestina comentada*, 177v., y Castro Guisasola [1924: 36] encuentran este aforismo atribuido a Demóstenes: «Ego poeniteri tanti non emo.» La misma

restaurará tan gran pérdida? ¿Qué haré? ¿Qué consejo tomaré? ¿A quién descobriré mi mengua? ¿Por qué lo celo a los otros mis servidores y parientes? Tresquílanme en consejo y no lo saben en mi casa[17]. Salir quiero, pero si salgo para dezir que he estado presente es tarde, si absente, es temprano. Y para prover amigos y criados antiguos, parientes y allegados, es menester tiempo, y para buscar armas y otros aparejos de vengança. O cruel juez, y qué mal pago me as dado del pan que de mi padre comiste[18]. Yo pensava que pudiera con tu favor matar mil hombres sin temor de castigo, iniquo falsario, perseguidor de verdad, hombre de baxo suelo; bien dirán por ti que te hizo alcalde mengua de hombres buenos. Miraras que tú y los que mataste en servir a mis passados y a mí, érades compañeros. Mas guando el vil está rico, ni tiene pariente ni amigo[19]. ¿Quién pensara que tú me havías de destruyr? No hay, cierto, cosa más empecible que el incogitado enemigo[20]. ¿Por qué quesiste que dixiessen del monte sale con que se arde, y que crié cuervo que me sacasse el ojo?[21]. Tú eres público delinquente y mataste a los que son privados, y pues sabe que menor delicto es el privado que el público, menor su utilidad, segun las leyes de Atenas disponen. Las quales no

---

atribución encontramos en Hernán Núñez, *Glosa sobre las Trezientas de Mena*, cap. CVII. La primera frase parece un calco textual de la *Historia de dos amantes* de Piccolomini: «Quid haec amoris gaudia si tanti emuntur? Brevis illa voluptas est, dolores longissimi.» *Vid*. Lida de Malkiel [1962: 392].

[17] *«Tresquílenme en concejo, y no lo sepan en mi casa,* de los que están infamados en toda la república, y quieren encubrirlo a los propios de su casa y parentela», Covarrubias, 345.

[18] *Vid*. el articulo de Russell *[Temas:* 334-338] para un comentario extenso de este juicio imaginario llevado a cabo por Calisto. Para conseguir un efecto cómico y para ilustrar la falta de seso del joven, Rojas parodia un alegato como los que se practican en las escuelas de derecho. Russell denota la ironía básica de que absolviendo al juez, Calisto se está condenando a sí mismo a nuestros ojos, ya que la práctica de aquél es claramente irregular: ha ordenado una ejecución sin derecho a juicio, apelación ni confesión y, además, en lugar de ahorcar a los dos criados como pedía la ley, les ha hecho decapitar como si fueran nobles.

[19] «Cuando el vil enriquece, no conoce hermano ni pariente», Correas, 366.

[20] Calco del *Index* de las obras de Petrarca: *(Epístolas familiares,* 5): «Hoste inexpectato nil nocentius», Deyermond [1961: 146].

[21] «Cría el cuervo y sacarte ha el ojo», Correas, 376.

son scritas con sangre[22], antes muestran que es menos yerro no condennar los malhechores que punir los innocentes. ¡O quán peligroso es seguir justa causa delante injusto juez[23]; quánto más este excesso de mis criados, que no carecía de culpa! Pues mira, si mal as hecho, que ay sindicado en el cielo y en la tierra[24]. Assí que a Dios y al rey serás reo, y a mí capital enemigo. ¿Qué pecó el uno por lo que hizo el otro, que por sólo ser su compañero los mataste a entrambos? Pero, ¿qué digo; con quién hablo; estoy en mi seso? ¿Qué es esto, Calisto; soñavas; duermes o velas; estás en pie o acostado? Cata que estás en tu cámara; ¿no vees que el offendedor no está presente? ¿Con quién lo has? Torna en ti; mira que nunca los absentes se hallaron justos; oye entrambas partes para sentenciar[25]; ¿no ves que por executar justicia[j] no havía de mirar amistad ni debdo ni criança; no miras que la ley tiene de ser ygual a todos? Mira que Rómulo, el primero çimentador de Roma, mató a su propio hermano porque la ordenada ley traspassó. Mira a Torcato romano cómo mató a su hijo porque excedió la tribunicia constitución[26]. Otros muchos hizieron lo mesmo. Considera que si aquí presente él estoviesse, respondería que hazientes y

---

[j] V1514: la justicia

[22] Aquí Calisto contradice a Diómedes, quien dijo de las severas leyes de Dracón: «Sanguine Draconem non atramento leges scripsisse» (Castro Guisasola [1924: 36]). La *Celestina comentada*, 179r., comenta este pasaje y su extensión, cuya fraseología ha sido tomada de libros de leyes.

[23] Eco de Petrarca, *Epístolas familiares*, 70: «Nisi enim multorum impunita scelera tulissemus: nunquam ad unum tanta licentia pervenisset... et profecto periculosissimum est sub iniusto iudice iustam causam fovere», Deyermond [1961: 76].

[24] De acuerdo con Russell *[Temas:* 334 y nota 9], *sindicado* tiene aquí el sentido de "abogado" (del bajo latín *syndicus*, "abogado o representante de una ciudad"), «es decir, que se toma residencia a los oficiales no sólo en el sitio terrenal donde han ejercido su cargo, sino que Dios también les pide cuentas al morir».

[25] Según Castro Guisasola [1924: 39], estas palabras proceden de Platón, aunque el autor de la *Celestina comentada*, 80v., cree que Rojas las tomó de alguno de sus textos legales.

[26] Estos ejemplos de jueces que ajusticiaron sin favor a parientes culpables de crímenes capitales, fueron tomados de diversos libros de derecho, citados por la *Celestina comentada*, 181r. Torcuato se encuentra en Petrarca, *De remediis*, 11, 18 (Deyermond [1961: 70]), y en Juan de Mena, *Laberinto de Fortuna*, c. 216 (Cejador [1913: II, 126]).

consintientes merecen ygual pena[27], aunque a entramos matasse por lo que el uno pecó, y que si se aceleró en su muerte
que era crimen notorio y no eran necessarias muchas prue-
vas, y que fueron tomados en el acto del matar, que ya estava
el uno muerto de la caýda que dio[28], y tanbién se deve creer
que aquella lloradera moça que Celestina tenía en su casa le
dio rezia priessa con su triste llanto, y él por no hazer bullicio, por no me disfamar, por no sperar a que la gente se le-
vantasse y oyessen el pregón, del qual gran infamia se me si-
guía, los mandó justiciar tan de mañana. Pues era forçoso
verdugo[k] bozeador para la execución y su descargo; lo qual,
todo assí como creo es hecho, antes le quedo debdor y obligado para quanto biva, no como a criado de mi padre, pero
como a verdadero hermano. Y caso que[l] assí no fuesse, caso[m]
que no echasse lo passado a la mejor parte. Acuérdate, Calisto, al gran gozo passado; acuérdate a tu señora y tu bien
todo[29], y pues tu vida no tienes en nada por su servicio, no
as de tener las muertes de otros, pues ningún dolor ygualará
con el recebido plazer. O mi señora y mi vida, que jamás
pensé en absencia offenderte, que parece que tengo en poca
estima la merced que me as hecho. No quiero pensar en enojo, no quiero tener ya con la tristeza amistad. O bien sin
comparación, o insaciable contentamiento, ¿y quándo pidie-
ra yo más a Dios por premio de mis méritos, si algunos son
en esta vida, de lo que alcançado tengo? ¿Por qué no estoy
contento? Pues no es razón ser ingrato a quien tanto bien me
ha dado; quiéralo conocer; no quiero con enojo perder mi
seso, porque perdido no cayga de tan alta possessión; no
quiero otra honrra, otra gloria, no otras riquezas, no otro pa-

---

ᵏ V1514: el verdugo
ˡ V1514: puesto caso
ᵐ V1514: puesto caso

[27] Castro Guisasola [1924: 110] cita un precedente bíblico de esta regla
legal (San Pablo, *Romanos*, I, 32). También aparece en textos legales *(Celestina
comentada*, 182r.).
[28] La argumentación que lleva a cabo Calisto empieza a perder, incluso, las
bases serias; el joven sabe que no es verdad lo que acaba de decir.
[29] Cejador [1913: II, 127] cree este súbito cambio de tema psicológicamen-
te imposible. Sin embargo, la sustitución intencionada de pensamientos ingratos por otros agradables es una defensa psicológica común.

dre ni madre, no otros debdos ni parientes; de día estaré en mi cámara, de noche en aquel paraýso dulce, en aquel alegre vergel entre aquellas suaves plantas y fresca verdura. O noche de mi descanso, si fuesses ya tornada; o luziente Febo, date priessa a tu acostumbrado camino; o deleytosas strellas, aparesceos ante de la continua orden. O spacioso relox, aún te vea yo arder en bivo huego de amor[30], que si tú esperasses lo que yo quando des doze, jamás estarías arrendado a la voluntad del maestre que te conpuso. Pues vosotros, invernales meses, que agora estáys escondidos, viniéssedes con vuestras muy complidas noches a trocarlas por estos prolixos días. Ya me pareçe haver un año que no he visto aquel suave descanso, aquel deleytoso refrigerio de mis trabajos. Pero ¿qué es lo que demando? ¿Qué pido, loco sin sofrimiento? Lo que jamás fue ni puede ser. No aprenden los cursos naturales a rodearse sin orden, que a todos es un ygual curso, a todos un mesmo espacio para muerte y vida, un limitado° término a los secretos movimientos del alto firmamento celestial, de los planetas y norte, de los crecimientos y mengua de la menstrua luna[31]. Todo se rige con un freno ygual, todo se mueve con ygual spuela: cielo, tierra, mar, huego, viento, calor, frío. ¿Qué me aprovecha a mí que dé doze horas el relox de hierro si no las ha dado el del cielo? Pues por mucho que madrugue no amanesce más aýna[32]. Pero tú, dulce ymaginación[33], tú que puedes me acorre; trae a mi fantasía la presencia angélica de aquella ymagen luziente; buelve a mis oýdos el suave son de sus palabras, aquellos desvíos sin gana, aquel «apártate allá, señor, no llegues a mí», aquel «no seas descortés»[P] que con sus rubicundos labrios vía aso-

---

° Z: liviano

[P] Z: descorteys

[30] Castro Guisasola [1924: 170] encuentra esta imagen en Juan Rodríguez del Padrón, en su canción «Cuidado nuevo venido»: «yo ardo sin ser quemado / en bivas llamas de amor». Lo cierto es que la idea es un tópico común a muchos poemas de cancionero. Para un estudio general de las imágenes de la Poesía de cancionero en la *Celestina, vid.* Kassier [1976].

[31] Quizá recuerdo de Juan de Mena, *Laberinto de Fortuna,* c. 169a: «Aun si yo viera la menstrua luna.»

[32] «Por mucho madrugar, no amanece más aína», Correas, 400.

[33] Para un comentario sobre el súbito descubrimiento de Calisto como el personaje más imaginativo de *La Celestina, vid.* Severin [1970: 59-61].

nar[q], aquel «no quieras mi perdición» que de rato en rato proponía; aquellos amorosos abraços entre palabra y palabra; aquel soltarme y prenderme; aquel huyr y llegarse; aquellos açucarados besos; aquella final salutación con que se me despidió: con quánta pena salió por su boca; con quántos desperezos, con quántas lágrimas, que parecían granos de aljófar, que sin sentir se le cayán de aquellos claros y resplandecientes ojos.

SOSIA. Tristán, ¿qué te parece de Calisto, qué dormir ha hecho?, que ya son las quatro de la tarde y no nos ha llamado ni á comido.

TRISTÁN. Calla, que el dormir no quiere priessa[34]; demás desto, aquéxale por una parte la tristeza de aquellos moços, por otra le alegra el muy gran plazer de lo que con su Melibea ha alcançado. Assí que dos tan rezios contrarios verás que tal pararán un flaco subjecto donde estovieran aposentados.

SOSIA. ¿Piénsaste tú que le penan a él mucho los muertos? Si no penasse más a aquella que desde esta ventana yo veo yr por la calle, no llevaría las tocas de tal color.

TRISTÁN. ¿Quién es, hermano?

SOSIA. Llégate acá y verla has antes que trasponga; mira aquella lutosa que se limpia agora las lágrimas de los ojos; aquélla es Elicia, criada de Celestina y amiga de Sempronio, una muy bonita[r] moça, aunque queda agora perdida la peccadora porque tenía a Celestina por madre y a Sempronio por el principal de sus amigos. Y aquella casa donde entra, allí mora una hermosa mujer muy graciosa y fresca, enamorada, medio ramera, pero no se tiene por poco dichoso quien la alcança a tener por amiga sin grande escote, y llámase Areúsa[35]. Por la qual sé yo que ovo el triste de Pármeno más de tres noches malas, y aun que no le plaze a ella con su muerte.

---

[q] V1514: sonar
[r] Z: bonica

[34] Proverbio.
[35] Otro caso de ironía trágica: Pármeno pensó que había disfrutado de Areúsa sin pagar y pagó con su vida.

Argumento del decimoquinto auto[a]

AREÚSA *dize palabras injuriosas a un rufián llamado* CENTURIO, *el qual se despide della por la venida de* ELICIA, *la qual cuenta a* AREÚSA *las muertes que sobre los amores de* CALISTO *y* MELIBEA *se avían ordenado; y conciertan* AREÚSA *y* ELICIA *que* CENTURIO *aya de vengar las muertes de los tres en los dos enamorados. En fin, despídese* ELICIA *de* AREÚSA, *no consintiendo en lo que le ruega, por no perder el buen tiempo que se dava, estando en su asueta casa.*

ELICIA, AREÚSA, CENTURIO RUFIÁN

ELICIA. ¿Qué bozear es este de mi prima? Si ha sabido las tristes nuevas que yo le traygo, no avré yo las albricias de dolor que por tal mensaje se ganan; llore, llore, vierta lágrimas, pues no se hallan tales hombres a cada rincón; plázeme que assí lo siente; messe aquellos cabellos como yo, triste, he hecho; sepa que es perder buena vida más trabajo que la misma muerte[1]. O quánto más la quiero que hasta aquí por el gran sentimiento que muestra.

AREÚSA. Vete de mi casa, rufián, vellaco, mentiroso, burlador, que me traes engañada, bova, con tus ofertas vanas, con tus ronçes y halagos; asme robado quanto tengo. Yo te di, vellaco, sayo y capa, spada y broquel, camisas de dos en dos a las mil maravillas labradas; yo te di armas y cavallo, púsete con señor que no le merescías descalçar[2]. Agora una cosa que te pido que por mí hagas, pónesme mil achaques.

CENTURIO. Hermana mía, mándame tú matar con diez hombres por tu servicio y no que ande una legua de camino a pie.

---

[a] V1514

[1] Proverbio.

[2] Dicho de inspiración bíblica, San Mateo, 3, 11; San Marcos, 1, 7; San Lucas, 3, 16; San Juan, 1, 17: «Cuius non sum dignus calceamenta portare» o «solvere corrigiam calceamentorum eius», Castro Guisasola [1924: 107-108].

AREÚSA. ¿Por qué jugaste tú el cavallo, tahúr, vellaco?, que si por mí no oviesse sido, estarías tú ya ahorcado. Tres veces te he librado de la justicia; quatro vezes desempeñado en los tableros. ¿Por qué lo hago? ¿Por qué soy loca? ¿Por qué tengo fe con este covarde? ¿Por qué creo sus mentiras? ¿Por qué le consiento entrar por mis puertas? ¿Qué tiene bueno? Los cabellos crespos, la cara acuchillada, dos vezes açotado; manco de la mano del espada, treynta mugeres en la putería[3]. Salta luego de aý; no te vea yo más; no me hables ni digas que me conoces; sino por los huessos del padre que me hizo y de la madre que me parió, yo te haga dar mil palos en esas spaldas de molinero, que ya sabes que tengo quien lo sepa hazer, y hecho, salirse con ello.

CENTURIO. Loquear, bovilla, pues si yo me ensaño, alguna llorará; más quiero yrme y çofrirte, que no sé quién entra; no nos oygan.

ELICIA. Quiero entrar, que no es son de buen llanto donde ay amenazas y denuestos.

AREÚSA. ¡Ay, triste yo!, ¿eres tú mi Elicia? ¡Jesú, Jesú, no lo puedo creer! ¿Qué es esto? ¿Quién te me cubrió de dolor? ¿Qué manto de tristeza es éste? Cata que me spantas, hermana mía; dime presto, ¿qué cosa es? Que estoy sin tiento; ninguna gota de sangre as dexado en mi cuerpo.

ELICIA. Gran dolor, gran pérdida; poco es lo que muestro con lo que siento y encubro; más negro traygo el coraçón que el manto, las entrañas que las tocas. ¡Ay hermana, hermana, que no puedo hablar! no puedo de ronca sacar la boz del pecho.

AREÚSA. ¡Ay triste, que me tienes suspensa! Dímelo, no te messes, no te rascuñes ni maltrates; ¿es común de entrambas este mal?; ¿tócame a mí?

---

[3] El personaje de Centurio ha sido perfectamente estudiado por Lida de Malkiel [1962: 693-720] y [1966], quien indica similitudes y diferencias con el *miles gloriosus* o el soldado fanfarrón de la comedia romana. *Vid.* también Boughner [1954].

ELICIA. ¡Ay prima mía y mi amor! Sempronio y Pármeno ya no biven; ya no son en el mundo; sus ánimas ya están purgando su yerro; ya son libres desta triste vida.

AREÚSA. ¿Qué me cuentas? No me lo digas; calla, por Dios, que me caeré muerta.

ELICIA. Pues más mal ay que suena[4]; oye a la triste, que te contará más quexas. Celestina, aquella que tú bien conosciste, aquella que yo tenía por madre, aquella que me regalava, aquella que me encubría, aquella con quien yo me honrrava entre mis yguales, aquella por quien yo era conoscida en toda la cibdad y arrabales, ya está dando cuenta de sus obras. Mil cuchilladas le vi dar a mis ojos; en mi regaço me la mataron.

AREÚSA. ¡O fuerte tribulación; o dolorosas nuevas, dignas de mortal lloro; o acelerados desastres; o pérdida incurable! ¿cómo ha rodeado[b] tan presto la fortuna su rueda? ¿Quién los mató? ¿Cómo murieron? Que estoy envelesada, sin tiento, como quien cosa impossible oye; no ha ocho días que los vi bivos y ya podemos dezir: perdónelos Dios: cuéntame, amiga mía, cómo es acaescido tan cruel y desastrado caso.

ELICIA. Tú lo sabrás; ya oýste dezir, hermana, los amores de Calisto y la loca de Melibea[c]; bien verías cómo Celestina avía tomado el cargo, por intercessión de Sempronio, de ser medianera, pagándole su trabajo. La qual puso tanta dilegentia y solicitud que a la segunda açadonada sacó agua[5]. Pues como Calisto tan presto vido buen concierto en cosa que jamás la esperava, abueltas de otras cosas dio a la desdichada de mi tía una cadena de oro; y como sea de tal calidad aquel metal, que mientra más bevemos dello, más sed nos pone[6], con sacrílega hambre[7] quando se vido tan rica, alçóse con su ganancia y no

<hr />

[b] V1514: rodeado a
[c] Z: loca Melibea

[4] «En el aldigüela, más mal hay que suena», Correas, 110. «En el aldea que no es buena más mal hay que no se suena», Castro, *Glosarios*, 47.

[5] «A la primera azadonada queréis sacar agua», Correas, 4.

[6] Proverbio de origen posiblemente petrarquista *(De remediis, I, 55)*, Deyermond [1961: 69].

[7] *Celestina comentada*, 186v., y Castro Guisasola [1924: 64] señalan como fuente el hemistiquio virgiliano «Auri sacra fames», *Eneida*, III, v. 57.

quiso dar parte a Sempronio ni a Pármeno dello, lo qual avía quedado entre ellos que partiessen lo que Calisto diesse. Pues como ellos viniessen cansados una mañana de acompañar a su amo toda la noche, muy ayrados de no sé qué questiones que diz[en]^d que avían havido, pidieron su parte a Celestina de la cadena para remediarse; ella púsose en negarles la convención y promesa y dezir que todo era suyo lo ganado, y aun descubriendo otras cosillas de secretos, que, como dizen, riñen las comadres⁸. Assí que ellos muy enojados, por una parte los aquexava la necessidad que priva todo amor, por otra el enojo grande y cansacio que trayan que acarrea alteración, por otra veía[n]^e la fe quebrada de su mayor esperança, no sabían qué hacer; estovieron gran rato en palabras; al fin viéndola tan cobdiciosa, perseverando en su negar, echaron manos a sus spadas y diéronle mil cuchilladas.

AREÚSA. ¡O desdichada de muger, y en esto avía su vejez^f de fenecer! Y dellos ¿qué me dizes?, ¿en qué pararon?

ELICIA. Ellos, como ovieron hecho el delicto, por huyr de la justicia, que acaso passava por allí, saltaron de las ventanas y quasi muertos los prendieron, y sin más dilación los degollaron.

AREÚSA. ¡O mi Pármeno y mi amor, y quánto dolor me pone su muerte! Pésame del grande amor que con él tan poco tiempo avía puesto, pues no me avía más de durar. Pero pues ya este mal recabdo es hecho, pues ya esta desdicha es acaescida, pues ya no se pueden por lágrimas comprar ni restaurar sus vidas; no te fatigues tú tanto, que cegarás llorando, que creo que poca^g ventaja me llevas en sentimiento y verás con quánta paciencia lo çufro y passo.

ELICIA. ¡Ay qué ravio, ay mesquina, que salgo de seso, ay que no hallo quien lo sienta como yo; no ay quien pierda lo que yo pierdo! ¡O quánto mejores y más honestas fueran mis

---

^d Z: diz
^e V1514: avían
^f Z: viejez
^g Z: poco

⁸ «Riñen las comadres y dícense las verdades», Correas [1924: 481].

lágrimas en passión ajena que en la propia mía![9]. ¿Adónde yré, que pierdo madre, manto y abrigo, pierdo amigo y tal que nunca faltava de mí marido? ¡O Celestina, sabia, honrrada y autorizada, quántas faltas me encobrías con tu buen saber! Tú trabajavas, yo holgava; tú salías fuera, yo estava encerrada; tú rota, yo vestida; tú entravas contino como abeja por casa[10], yo destruýa, que otra cosa no sabía hazer. ¡O bien y gozo mundano, que mientra eres posseído eres menospreciado, y jamás te consientes conoscer hasta que te perdemos![11]. O Calisto y Melibea, causadores de tantas muertes, mal fin ayan vuestros amores, en mal sabor se conviertan vuestros dulçes plazeres; tórnese lloro vuestra gloria, trabajo vuestro descanso; las yervas deleytosas donde tomáys los hurtados solazes se conviertan en culebras; los cantares se os tornen lloro; los sombrosos árboles del huerto se sequen con vuestra vista; sus flores olorosas se tornen de negra color[12].

AREÚSA. Calla, por Dios, hermana, pon silencio a tus quexas; ataja tus lágrimas; limpia tus ojos; torna sobre tu vida, que quando una puerta se cierra, otra suele abrir la fortuna[13], y este mal, aunque duro, se soldará, y muchas cosas se pueden vengar, que es impossible remediar[14], y ésta tiene el remedio dudoso y la venganza en la mano.

ELICIA. ¿De quién se ha de aver enmienda, que la muerta y los matadores me han acarreado esta cuyta? No menos me fatiga la punición de los delinquentes que el yerro cometido.

---

[9] Eco de Petrarca, *Epístolas familiares*, 12 B, tomado del *Index*: «Honestiores sunt lachrymae in alienis calamitatibus quam in nostris», Deyermond [1961: 146].

[10] Shipley [primavera de 1975] estudia las imágenes de Celestina como abeja.

[11] «No ay bien conosçido fasta que es perdido», Santillana, *Refranes*, 487. «El bien no es conocido hasta que es perdido», Correas, 192.

[12] La imagen del vergel lóbrego como reflejo de la desdicha de amor es un tópico común en la tradición literaria cortesana. Quizá Rojas tuvo presente las famosas estrofas de *El sueño*, c. 10-13, del marqués de Santillana, como indica Castro Guisasola [1924: 169]. También véase Mena, *Laberinto*, c. 102, y la endecha para Guillén de Peraza.

[13] «Una puerta se cierra, ciento y una se abren», *Galante*, 443 (citado por O'Kane [1959: 82]).

[14] Proverbio.

¿Qué mandas que haga?, que todo carga sobre mí; pluguiera a Dios que fuera yo con ellos y no quedara para llorar a todos. Y de lo que más dolor siento es ver que por esso no dexa aquel vil de poco sentimiento de ver y visitar festejando cada noche a su estiércol de Melibea, y ella muy ufana en ver sangre vertida por su servicio[h].

AREÚSA. Si esso es verdad ¿de quién mejor se puede tomar venganza? De manera que quien lo comió, aquél lo escote[15]. Déxame tú, que si yo les caygo en el rastro, quándo se veen, y cómo, por dónde, y a qué hora, no me hayas tú por hija de la pastellera vieja[16], que bien conosciste, si no hago que les amarguen los amores. Y si pongo en ello a aquel con quien me viste que reñía quando entravas, si no sea él peor verdugo para Calisto que Sempronio de Celestina. Pues qué gozo avría agora él en que le pusiesse yo en algo por mi servicio, que se fue muy triste de verme que le traté mal, y vería él los cielos abiertos en tornalle yo a hablar y mandar. Por ende, hermana, dime tú de quién pueda yo saber el negocio cómo pasa, que yo le haré armar un lazo con que Melibea llore quanto agora goza[17].

ELICIA. Yo conosco, amiga, otro compañero de Pármeno, moço de cavallos, que se llama Sosia, que le acompaña cada noche; quiero trabajar de se lo sacar todo el secreto, y éste será buen camino para lo que dizes.

AREÚSA. Mas hazme este plazer que me embíes acá esse Sosia; yo le halagaré y diré mil lisonjas y offrecimientos, hasta que no le dexe en el cuerpo cosa de lo hecho y por hazer. Después a él y a su amo haré revesar el plazer comido. Y tú, Elicia, alma mía, no recibas pena; passa a mi casa tu ropa y alhajas[i], y vente a mi compañía, que starás muy sola, y la tristeza es amiga de la soledad[18]. Con nuevo amor olvidarás los viejos; un

[h] Z: siervicio
[i] Z: alhajes

[15] «Quien la viene a comer, / escote bien el yantar», Fray Íñigo de Mendoza, *Cancionero* (citado por O'Kane [1959: 111]).
[16] Puede tratarse tanto del eco de un cuentecillo tradicional como la referencia de un personaje inventado *ad hoc*.
[17] *Vid.* acto VII, nota 32.
[18] Proverbio.

hijo que nasce restaura la falta de tres finados; con nuevo sucessor se pierde la alegre memoria y plazeres perdidos del
passado[19]; de un pan que yo tenga, ternás tú la meytad. Más
lástima tengo de tu fatiga que de los que te la ponen. Verdad
sea, que cierto duele más la pérdida de lo que hombre tiene
que da plazer la esperança de otra[j] tal[20], aunque sea cierta.
Pero ya lo hecho es sin remedio y los muertos yrrecuperables.
Y como dizen, mueran y bivamos[21]. A los bivos me dexa a
cargo, que yo te les daré tan amargo xarope a bever qual ellos
a ti han dado. Ay prima, prima, cómo sé yo, quando me ensaño, rebolver estas tramas, aunque soy moça. Y de ál me
vengue Dios, que de Calisto, Centurio me vengará.

ELICIA. Cata que creo, que aunque llame el que mandas, no
avrá effecto lo que quieres, porque la pena de los que murieron por descobrir el secreto porná silencio al bivo para guar-
darle. Lo que me dizes de mi venida a tu casa te agradezco mucho, y Dios te ampare y alegre en tus necessidades, que bien
muestras el parentesco y hermandad no servir de viento, antes
en las adversidades aprovechar; pero aunque lo quiera hazer,
por gozar de tu dulçe compañía, no podrá ser por el daño que
me vernía; la causa no es necessario dezir, pues hablo con
quien me entiende; que allí, hermana, soy conoscida, allí estoy aparrochiada; jamás perderá aquella casa el nombre de Celestina[22], que Dios aya; siempre acuden allí moças conoscidas
y allegadas, medio parientas de las que ella crió; allí hazen sus
conciertos, de donde se me seguirá algún provecho. Y también
essos pocos amigos que me quedan no me saben otra morada.

[j] V1514: otro

[19] Castro Guisasola [1924: 71] sugiere a Ovidio, *De remedio amoris*, vv. 463-465,
como inspirador de estas palabras: «Succesore novo vincitur omnis amor. /
Fortius e multis mater desiderat unum. / Quam quae flens clamat: Tu mihi
solus eras!» Deyermond [1961: 146] cree que la base de este pasaje es una
entrada del *Index (Secretum, 3)* de las obras de Petrarca: «Amor omnis succes-
sore novo vincitur.» Los pasajes son casi idénticos, y Petrarca pudo muy bien
tomarlo de Ovidio.
[20] Proverbio.
[21] Proverbio.
[22] Para los estudios que se han realizado intentando localizar la casa de
Celestina, *vid.* acto III, nota 9.

Pues ya sabes quán duro es dexar lo usado, y que mudar costumbre es a par de muerte[23], y piedra movediza que nunca moho la cubija[24]. Allí quiero estar, siquiera porque el alquile de la casa está pagado por ogaño, no se vaya embalde. Assí que, aunque cada cosa no abastesse por sí, juntas aprovechan y ayudan[25]. Ya me pareçe que es hora de yrme; de lo dicho me llevo el cargo; Dios quede contigo, que me voy.

Argumento del decimosesto auto[a]

Pensando PLEBERIO *y* ALISA *tener su hija* MELIBEA *el don de la virginidad conservado, lo qual, según ha parescido, está en contrario, y están razonando sobre el casamiento de* MELIBEA, *y en tan gran quantidad le dan pena las palabras que de sus padres oye, que embía a* LUCRECIA *para que sea causa de su silencio en aquel propósito.*

PLEBERIO, ALISA, LUCRECIA, MELIBEA

PLEBERIO. Alisa, amiga, el tiempo, segun me pareçe, se nos va, como dizen, dentre[b] las manos; corren los días como agua de río. No ay cosa tan ligera a huyr como la vida. La muerte nos sigue y rodea, de la qual somos vezinos y hazia su vandera nos acostamos, según natura; esto vemos muy claro si miramos nuestros yguales, nuestros hermanos y parientes en derredor; todos los come ya la tierra; todos yazen en sus perpetuas moradas. Y pues somos inciertos quándo havemos de ser llamados, viendo tan ciertas señales, devemos echar nuestras bar-

---

ª V1514
ᵇ V1514: entre

23 «Mudar costumbre es a par de muerte», Correas, 474.
24 «Piedra movediza non la cubre moho», Santillana, *Refranes*, 548. «Piedra movediza nunca moho la cobija», Correas, 391. Castro Guisasola [1924: 100] da como origen de este refrán una de las sentencias de los *Proverbios de Séneca* de Publilio Siro: «Musco lapis volutus haud obductur.» Se encuentra también una cierta similitud con Petrarca, *Epistolae rerum senilium*, IX, 2, Deyermond [1961: 80].
25 La *Celestina comentada*, 188v., y Castro Guisasola [1924: 71-72] sugieren como modelo de este proverbio la célebre sentencia del *De remedio amoris*, v. 420: «Sed, quae non prosunt singula, multa juvant.»

vas en remojo y aparejar nuestros fardeles para andar este forçoso camino[1]; no nos tome improvisos ni de salto aquella cruel boz de la muerte; ordenemos nuestras ánimas con tiempo; que más vale prevenir que ser prevenidos[2]. Demos nuestra hazienda a dulce successor; acompañemos nuestra única hija con marido, cual nuestro estado requiere, por que vamos descansados y sin dolor deste mundo. Lo qual con mucha diligencia devemos poner desde agora por obra, y lo que otras vezes havemos principiado en este caso agora haya execución. No quede por nuestra negligencia nuestra hija en manos de tutores, pues pareçerá ya mejor en su propria casa que en la nuestra. Quitarla hemos de lenguas de vulgo, porque ninguna virtud ay tan perfecta que no tenga vituperadores y maldizientes[3]; no ay cosa con que mejor se conserve la limpia fama en las vírgenes que con temprano casamiento[4]. ¿Quién rehuyría nuestro parentesco en toda la cibdad? ¿Quién no se hallará gozoso de tomar tal joya en su compañía? En quien caben las quatro principales cosas que en los casamientos se demandan, conviene a saber: lo primero discreción, honestidad y virginidad; segundo, hermosura; lo tercero el alto orígene y parientes, lo

---

[1] Aunque ciertas partes de este pasaje de apertura están basadas en el prefacio de Petrarca a las *Epístolas familiares*, también es un tejido de viejos refranes: «el tiempo se nos va de entre las manos», «corren los días como agua del río», «no hay cosa tan ligera para huir como la vida» *(vid. Celestina comentada,* 189r.-190v.). Lo cierto es que el tópico de la fugacidad de la vida ha sido copiosamente explotado a lo largo de la tradición literaria. Desde «E pues somos inciertos...» en adelante es posible que una reminiscencia del *De remediis,* II, 117, esté mezclada con un préstamo directo de las *Epístolas familiares,* Deyermond [1961: 70].

[2] Foulché-Delbosc [1902] cree que esta sentencia es una reminiscencia de la c. 132 del *Laberinto* de Mena: «Por ende, vosotros, algunos maridos, / si sois trabajados de aquella sospecha, / nunca vos sienta la vuestra derecha, / ni menos entienda que sois entendidos, / sean remedios enante venidos / que nescesidades vos trayan dolores, / a grandes cabtelas, cabtelas mayores, / más val prevenir que no ser prevenidos», aunque lo cierto es que la expresión se corresponde con un viejo refrán castellano: «Más vale prevenir que ser prevenidos», Correas, 334.

[3] Quizá eco del *Index* de las obras de Petrarca: «Nulla virtus tam laudata est quin vituperatores inveniat» *(De remediis,* II, 28), Deyermond [1961: 147].

[4] Se trata de otra reminiscencia del *Index:* «Virgineam castitatem nulla arte melius quam maturo coniugio praeservabis» *(De remediis,* I, 84), Deyermond [1961: 146].

final, riqueza[5]. De todo esto la dotó natura; qualquiera cosa que[c] nos pidan hallarán bien complido.

ALISA. Dios la conserve, mi señor Pleberio, porque nuestros desseos veamos complidos en nuestra vida, que antes pienso que faltará ygual a nuestra hija, según virtud y tu noble sangre, que no sobrarán[d] muchos que la merezcan. Pero como esto sea officio de los padres y muy ajeno a las mujeres, como tú lo ordenares, seré yo alegre, y nuestra hija obedecerá, según su casto bivir y honesta vida y humildad.

LUCRECIA. ¡Aun si bien lo supiesses, rebentarías! ¡Ya, ya, perdido es lo mejor; mal año se os apareja a la vejez! Lo mejor, Calisto lo lleva; no ay quien ponga virgos, que ya es muerta Celestina; tarde acordáys; más avíades de madrugar. Escucha, escucha, señora Melibea.

MELIBEA. ¿Qué hazes aý escondida, loca?

LUCRECIA. Llégate aquí, señora; oyrás a tus padres la priessa que traen por te casar.

MELIBEA. Calla, por Dios, que te oyrán; déxalos parlar, déxalos devaneen; un mes ha que otra cosa no hazen ni en otra[e] cosa entienden; no paresce sino que les dize el coraçón el gran amor que a Calisto tengo, y todo lo que con él un mes ha, he pasado; no sé si me han sentido; no sé qué se sea. Aquexarles más agora este cuydado que nunca, pues mándoles yo trabajar en bano, que por demás es la cítola en el molino[6]. ¿Quién es

---

c   Z: qualquiera que

d   Z: sobrar

e   Z: ni otra

5   Esta enumeración es un lugar común popularizado por San Jerónimo, *Adversus Jovinianum*: «Et cum definisset (Theophrastus), si pulchra esset (uxor), si bene morigerata, si honestis parentibus nata, si ipse sanus (*al.* ipsa sana) ac dives sit; sapienti inire aliquando matrimonium statim intullit», *Celestina comentada*, 191r.-v., y Castro Guisasola [1924: 42].

6   «Por demás es la cítola en el molino cuando el molinero es sordo», Correas, 397. Melibea menciona el mes del amor, que luego será tema repetido en los actos añadidos.

el que me ha de quitar mi gloria, quién apartarme mis plazeres? Calisto es mi ánima, mi vida, mi señor, en quien yo tengo
toda mi sperança; conozco dél que no bivo engañada. Pues él
me ama, ¿con qué otra cosa le puedo pagar? Todas las debdas
del mundo reciben compensación en diverso género; el amor
no admite sino sólo amor por paga[7]; en pensar en él me alegro, en verle me gozo; en oýrle me glorifico; haga y ordene de
mí a su voluntad. Si passar quisiere la mar, con él yré; si rodear
el mundo, lléveme consigo; si venderme en tierra de enemigos[8], no rehuyré su querer; déxenme mis padres gozar dél si
ellos quieren gozar de mí. No piensen en estas vanidades ni en
estos casamientos, que más vale ser buena amiga que mala casada[f9]; déxenme gozar mi mocedad alegre si quieren gozar su
vejez cansada; si no, presto podrán aparejar mi perdición y
su sepultura. No tengo otra lástima sino por el tiempo que perdí de no gozarle, de no conoçerle, después que a mí me sé conoçer; no quiero marido, no[g] quiero ensuziar los nudos del
matrimonio, no las maritales pisadas de ajeno hombre repi-
sar[10], como muchas allo en los antiguos libros que leý, o que

---

[f] Z: mal

[g] V1514: ni

[7] Petrarca, *De rebus memorandis*, III, ii, 52, a través del *Index*: «Amor amore
compensandus est: in caeteris rebus generis compensatio admittitur», Deyermond [1961: 146].

[8] Melibea parece estar familiarizada con los temas de las cancioncillas populares; quizá aquí haga referencia a la canción de Gaiferos y Melisenda
(«Asentado está Gaiferos») en la que el héroe rescata a la princesa cautiva.
Lida de Malkiel [1962: 322] cree que la protagonista tiene presente la leyenda
de la niña de Gómez Arias.

[9] Referencia al conocido tema lírico-popular de la bella malmaridada. *Vid.*
Cummins [1977: 93-98].

[10] Foulché-Delbosc [1902] cree que el origen de este lugar común se encuentra en el poema de Juan de Mena, *Pecados mortales*, 87: «Muchos lechos
maritales / de agenas pisadas huellas / y syenbras grandes querellas / en debdos tan principales.» Sin embargo, Castro Guisasola [1924: 161] encuentra
ya la expresión («vestigia viri alieni») en Tito Livio, en la *Ciudad de Dios*, repe-
tida, y en autores más cercanos como Santillana en sus *Proverbios*, glosa LX
(«las pisadas de ageno ome») y San Pedro en la *Cárcel de amor* («pisadas de
ombre ageno»). Cejador [1913: II, 148] manifestaba su horror ante esta nueva Melibea, a la que consideraba un monstruo creado por el interpolador.
Salvador de Madariaga [1941/1972], por su parte, piensa que esta actitud
hace de Melibea la verdadera heroína de la obra.

hizieron más discretas que yo, más subidas en stado y linaje. Las quales algunas eran de la gentilidad tenidas por diosas, assí como Venus madre de Eneas y de Cupido, el dios de amor, que siendo casada, corrumpió la prometida fe marital. Y aun otras de mayores huegos encendidas cometieron nefarios y incestuosos yerros, como Mira con su padre, Semíramis con su hijo, Cánasce con su hermano, y aun aquella forçada Tamar, hija del rey David. Otras aun más cruelmente trespassaron las leyes de natura, como Pasiphe, muger del rey Minos, con el toro[11]. Pues reynas eran y grandes señoras, debaxo de cuyas culpas la razonable mía podrá passar sin denuesto; mi amor fue con justa causa[h]. Requerida y rogada, cativada de su merecimiento, aquexada por tan astuta maestra como Celestina, servida de muy peligrosas visitaciones, antes que concediesse por entero en su amor. Y después un mes ha, como as visto, que jamás noche ha faltado sin ser nuestro huerto escalado como fortaleza, y muchas aver venido embalde. Y por esso no me mostrar más pena ni trabajo, muertos por mí sus servidores, perdiéndose su hazienda, fingiendo absencia con todos los de la cibdad, todos los días encerrado en casa con esperança de verme a la noche[12]. Afuera, afuera la ingratitud, afuera las lisonjas y el engaño con tan verdadero amador, que ni quiero marido, ni quiero padre, ni parientes. Faltándome Calisto, me falte la vida, la qual, por que él de mí goze, me aplaze.

LUCRECIA. Calla, señora, que todavía perseveran.

PLEBERIO. Pues ¿qué te parece, señora muger, devemos hablarlo a nuestra hija? ¿Devemos darle parte de tantos como me

<hr />

[h] V1514: casta

[11] Parker [1978: 235-236] cita estas palabras como otro ejemplo de la invocación de las clases altas a la mitología en momentos de crisis. Señala que, de acuerdo con Castro Guisasola, esta segunda referencia a Pasifae pudo haber venido de una docena de fuentes diferentes (Virgilio, Petrarca, Mena, Santillana, etc.), mientras que en el acto I, donde Sempronio vuelve a referirse a este caso para su alegato misógino, el autor primitivo parece usar como fuente a Ovidio.

[12] En opinión de Castro Guisasola [1924: 72], la fuente de estas palabras se encuentra en Ovidio, *Amoris*, I, XI, 13: «Si quaerit quid agam, spe noctis vivere dices.»

la piden, para que de su voluntad venga, para que diga quál le agrada? Pues en esto las leyes dan libertad a los hombres y mujeres, aunque estén so el paterno poder, para elegir[13].

ALISA. ¿Qué dizes? ¿En qué gastas tiempo? ¿Quién ha de yrle con tan grande novedad a nuestra Melibea, que no la espante? ¿Cómo, y piensas que sabe ella qué cosa sean hombres, si se casan o qué es casar, o que del ayuntamiento de marido y mujer se procreen los hijos? ¿Piensas que su virginidad simple le acarrea torpe desseo de lo que no conoce ni ha entendido jamás? ¿Piensas que sabe errar aun con el pensamiento? No lo creas, señor Pleberio, que si alto o baxo de sangre, o feo o gentil de gesto le mandaremos tomar, aquello será su plazer, aquello avrá por bueno. Que yo sé bien lo que tengo criado en mi guardada hija.

MELIBEA. Lucrecia, Lucrecia, corre presto, entra por el postigo en la sala y estórvalos su hablar; interúmpeles sus alabanças con algún fingido mensaje, si no quieres que vaya yo dando bozes como loca, según estoy enojada del concepto engañoso que tienen de mi ignorancia.

LUCRECIA. Ya voy, señora.

Argumento del decimoséptimo auto[a]

ELICIA, *caresciendo de la castimonia de Penélope, determina de despedir el pesar y luto que por causa de los muertos trae, alabando el consejo de* AREÚSA *en este propósito; la qual va a casa de* AREÚSA, *adonde viene* SOSIA, *al qual* AREÚSA *con palabras fictas saca todo el secreto que está entre* CALISTO *y* MELIBEA.

---

[a] V1514

[13] La *Celestina comentada*, 195v.-96r., discute largamente los aspectos legales de esta observación.

ELICIA, AREÚSA, SOSIA, CENTURIO RUFIÁN

ELICIA. Mal me va con este luto; poco se visita mi casa, poco se passea mi calle; ya no veo las músicas de la alvorada; ya no las canciones de mis amigos, ya no las cuchilladas ni ruidos de noche por mi causa, y lo que peor siento, que ni blanca ni presente veo entrar por mi puerta; de todo esto me tengo yo la culpa, que si tomara el consejo de aquella que bien me quiere, de aquella verdadera hermana, quando el otro día le llevé las nuevas deste triste negocio que esta mi mengua ha acarreado, no me viera agora entre dos paredes sola, que de asco ya no ay quien me vea. El diablo me da tener dolor por quien no sé si, yo muerta, lo toviera; aosadas que me dixo ella a mí lo cierto; nunca, hermana, traygasᵇ ni muestres más pena por el mal ni muerte de otro que él hiziera por ti. Sempronio holgara, yo muerta; pues ¿por qué, loca, me peno yo por él, degollado? ¿Y qué sé si me matara a mí, como era acelerado y locoᶜ, como hizo a aquella vieja que tenía por madre? Quiero en todo seguir su consejo de Areúsa, que sabe más del mundo que yo, y verla muchas vezes y traer materia cómo biva. ¡O qué participación tan suave, qué conversación tan gozosa y dulce! No embalde se dize que vale más un día del hombre discreto que toda la vida del necio y simple[1]. Quiero, pues, deponer el luto, dexar tristeza, despedir las lágrimas que tan aparejadas han estado a salir; pero como sea el primer officio que en nasciendo hazemos llorar[2], no me maravillo ser más ligero de començar y de dexar más duro. Mas para esto es el buen seso, viendo la pérdida al ojo, viendo que los atavíos hazen la mujer hermosa, aunque no lo sea; tornan de vieja moça y a la moça más[3]. No es otra cosa la co-

---

ᵇ Z: tragas
ᶜ Z: loca

[1] Tomado de Petrarca, *De rebus merorandis*, III, ii, 55, a través del *Index*: «Eruditorum diem unum plus placere quam stultorum longissimam vitam», Deyermond [1961: 146].
[2] Lugar común difundido sobre todo por Plinio, *Historia natural*, VII, 1 *[LH]*.
[3] Proverbio.

lor y albayalde sino pegajosa liga en que se travan los hombres; anden pues mi espejo y alcohol, que tengo dañados estos ojos; anden mis tocas blancas, mis gorgueras labradas, mis ropas de plazer; quiero adereçar lexía para estos cabellos que perdían ya la ruvia color. Y esto hecho, contaré mis gallinas, haré mi cama, porque la limpieza alegra el coraçón[4]; barreré mi puerta y regaré la calle por que los que passaren vean que es ya desterrado el dolor. Mas primero quiero yr a visitar mi prima por preguntarle si ha ydo allá Sosia y lo que con él ha passado, que no le he visto después que le dixe cómo le querría hablar Areúsa. Quiera Dios que la halle[d] sola, que jamás está desacompañada de galanes[e], como buena taverna de borrachos. Cerrada está la puerta; no debe destar allá hombre. Quiero llamar. Tha, tha.

AREÚSA. ¿Quién es?

ELICIA. Ábreme, amiga, Elicia soy.

AREÚSA. Entra, hermana mía, véate Dios, que tanto plazer me hazes en venir como vienes, mudado el ábito de tristeza. Agora nos gozaremos juntas, agora te visitaré. Vernos hemos en mi casa y en la tuya; quiçá por bien fue para entramas la muerte de Celestina, que yo ya siento la mejoría más[f] que antes. Por esto se dize que los muertos abren los ojos de los que biven[5], a unos con haziendas, a otros con libertad, como a ti.

ELICIA. A tu puerta llaman; poco spacio nos dan para hablar, que te quería[g] preguntar si avía venido acá Sosia.

AREÚSA. No ha venido; después hablaremos. ¡Qué porradas que dan! Quiero yr abrir, que o es loco o privado quien llama[6].

SOSIA. Ábreme, señora; Sosia soy, criado de Calisto.

---

[d] Z: halla
[e] Z: galanas
[f] Z: mejoría que
[g] V1514: querría

[4] Proverbio.
[5] «Los muertos abren los ojos a los vivos», Correas, 205.
[6] «O es loco o privado quien llama apresurado», Correas, 151.

Areúsa. (Por los santos de Dios, el lobo es en la conseja[7]; escóndete, hermana, tras esse paramento, y verás quál te lo paro, lleno de viento de lisonjas, que piense quando se parta de mí que es él y otro no. Y sacarle he lo suyo y lo ajeno del buche con halagos, como él saca el polvo con la almohaça a los cavallos.) ¿Es mi Sosia, mi secreto amigo, el que yo me quiero bien sin que él lo sepa, el que desseo conocer por su buena fama; el fiel a su amo, el buen amigo de sus compañeros? Abraçarte quiero, amor, que agora que te veo, creo que ay más virtudes en ti que todos me dezían[8]; andacá, entremos a assentarnos[h], que me gozo en mirarte, que me representas la figura del desdichado de Pármeno. Con esto haze hoy tan claro día que avías tú de venir a verme[9]. Dime, señor, ¿conoscíasme antes de agora?

Sosia. Señora, la fama de tu gentileza, de tus gracias y saber, buela tan alto por esta cibdad que no debes tener en mucho ser de más conocida que conoçiente. Porque ninguno habla en loor de hermosas que primero no se acuerde de ti que de quantas son.

Elicia. (O hydeputa el pelón, y cómo se desasna; quién le ve yr al agua con sus cavallos en cerro y sus piernas de fuera, en sayo, y agora en verse medrado con calças y capa, sálenle alas y lengua.)

Areúsa. Ya me correría con tu razón si alguno estoviesse delante, en oýrte tanta burla como de mí hazes[10]. Pero como todos los hombres traygáys proveýdas essas razones, essas engañosas alabanzas tan comunes para todas, hechas de molde, no me quiero de ti spantar; pero hágote cierto, Sosia, que no

---

[h] Z: assentan que

[7] «El lobo y la vulpeja, todos son en la conseja», Santillana, *Refranes,* 315. Se dice cuando de quien se habla está presente.

[8] Quizá parodia del tópico cortés del «amar de oídas», como fue el caso de Jaufre Rudel, quien, según leyenda, se enamoró de una dama a la que nunca había visto.

[9] Probable uso irónico de la falacia patética.

[10] Areúsa acusa a Sosia de burlarse de ella, cuando de hecho es ella la que se burla de él, para diversión de Elicia.

tienes dellas necessidad; sin que me alabes te amo y sin que me ganes de nuevo me tienes ganada. Para lo que te embié a rogar que me viesses, son dos cosas, las quales sin más lisonja o engaño en ti conozco, te dexaré de dezir, aunque sean de tu provecho.

Sosia. Señora mía, no quiera Dios que yo te haga cautela; muy seguro venía de la gran merced que me piensas hazer y hazes; no me sentía digno para descalçarte[11]; guía tú mi lengua. Responde por mí a tus razones, que todo lo havré por rato y firme.

Areúsa. Amor mío, ya sabes quánto quise a Pármeno y como dizen, quien bien quiere a Beltrán a todas sus cosas ama[12]. Todos sus amigos me agradavan; el buen servicio de su amo, como a él mismo, me plazía. Donde vía su daño de Calisto le apartava. Pues como esto assí sea, acordé dezirte, lo uno, que conozcas el amor que te tengo y quanto contigo y con tu visitación siempre me alegrarás y que en esto non perderás nada, si yo pudiere, antes te verná provecho. Lo otro y segundo, que pues yo pongo mis ojos en ti mi amor y querer, avisarte que te guardes de peligros y más de descobrir tu secreto a ninguno, pues ves quánto daño vino a Pármeno y a Sempronio de lo que supo Celestina, porque no querría verte morir mal logrado como a tu compañero. Harto me basta haber llorado al uno; porque has de saber que vino a mí una persona y me dixo que le havías tú descobierto los amores de Calisto y Melibea[13] y cómo la avía alcançado y cómo yvas cada noche a le acompañar y otras muchas cosas que no sabría relatar. Cata, amigo, que no guardar secreto es propio de las mujeres; no de todas, sino de las baxas y de los niños[14]. Cata que te puede ve-

[11] *Vid.* nota 2 al auto XV.

[12] «Quien quiere a Beltrán, quiere a su can», Santillana, *Refranes*, 613, obviamente dirigido con sarcasmo al ingenuo Sosia. El engaño que sufre Sosia presenta una vertiente más desagradable que el engaño de Sempronio por parte de Elicia en el acto I. *Vid.* Severin [1978-1979].

[13] Estas capciosas palabras de Areúsa le recuerdan a Castro Guisasola [1924: 89] otras del viejo Cremes en el *Andria* de Terencio, III, III: «Aliquot me adiere ex te auditum qui ajebant hodie tiliam meam nubere tuo gnato...»

[14] Areúsa, viendo que ha subestimado al criado, comprende que ha ido demasiado lejos y retrocede hacia un terreno en el que se encuentra más a salvo.

nir gran daño, que para esto te dio Dios dos oýdos y dos ojos y no más de una lengua, por que sea doblado lo que vieres y oyeres que no el hablar[15]. Cata no confíes que tu amigo te ha de tener secreto de lo que le dixieres, pues tú no le sabes a ti mismo tener[16]. Quando ovieres de yr con tu amo Calisto a casa de aquella señora, no hagas bullicio, no te sienta la tierra; que otros me dixieron que yvas cada noche dando bozes como loco de plazer.

SOSIA. ¡O cómo son sin tiento y personas desacordadas las que tales nuevas, señora, te acarrean! Quien te dixo que de mi boca la havía oýdo no dize verdad; los otros de verme yr con la luna de noche a dar agua a mis cavallos, holgando y haviendo plazer, diziendo cantares por olvidar el trabajo y desechar enojo; y esto antes de las diez, sospechan mal, y de la sospecha hazen certidumbre; affirman lo que barruntan. Sí que no estava Calisto loco que a tal hora havía de yr a negocio de tanta affrenta sin esperar que repose la gente, que descansen todos en el dulçor del primer sueño, ni menos havía de yr cada noche, que aquel officio no çufre cotidiana visitación. Y si más clara quieres, señora, ver su falsedad, como dizen, que toman antes al mintroso que al que coxquea[17], en un mes no avemos ydo ocho vezes, y dizen los falsarios rebolvedores que cada noche.

AREÚSA. Pues por mi vida, amor mío, por que yo los acuse y tome en el lazo del falso testimonio, me dexes en la memoria los días que avés concertado de salir, y si yerran, estaré segura de tu secreto y cierta de su levantar. Porque no siendo su mensaje verdadero, será tu persona segura de peligro y yo sin

---

[15] Según la *Celestina comentada*, Castro Guisasola [1924: 42-43], Areúsa se está refiriendo al dicho que Laercio atribuye a Xenócrates: «Ideo natura dedit homini aures duas, os unum; ut plus audiamus quam loquamur.»

[16] Castro Guisasola [1924: 41] encuentra este dicho atribuido a Sócrates en los *Bocados de Oro*, cap. II: «E dixo (Sócrates): quando la tu poridat non te cabe en tu coraçón menos cabrá en coraçón de otro.» La misma sentencia se encuentra entre los *Proverbios de Séneca* de Publilio Siro: «Quod tacitum esse velis, nemini dixeris. Si tibi non imperasti, quo modo ab alio silentium speras?», Castro Guisasola [1924: 100].

[17] «Más aína toman al mentiroso que al cojo», Correas, 447.

sobresalto de tu vida; pues tengo esperança de gozarme contigo largo tiempo.

SOSIA. Señora, no alarguemos los testigos; para esta noche en dando el relox las doze está hecho el concierto de su visitación por el huerto; mañana preguntarás lo que han sabido, de lo qual si alguno te diere señas, que me tresquilen a mí a cruzes[18].

AREÚSA. ¿Y por qué parte, alma mía? por que mejor los pueda contradezir, si anduvieren errados vacilando.

SOSIA. Por la calle del vicario gordo, a las spaldas de su casa.

ELICIA. (Tiénente, don handrajoso, no es más menester. Maldito sea el que en manos de tal azemilero se confía, que desgoznarse haze el badajo.)

AREÚSA. Hermano Sosia, esto hablado basta para que tome cargo de saber tu innocencia y la maldad de tus adversarios. Vete con Dios, que estoy ocupada en otro negocio y heme detenido mucho contigo.

ELICIA. (O sabia muger, o despediente propio qual le meresce el asno que ha vaziado su secreto tan de ligero.)

SOSIA. Graciosa y suave señora, perdóname si te he enojado con mi tardança; mientra holgares con mi servicio, jamás hallarás quien tan de grado aventure en él su vida. Y queden los ángeles contigo.

AREÚSA. Dios te guíe. Allá yrás, azemillero, muy ufano vas por tu vida. Pues toma para tu ojo, vellaco, y perdona que te la doy de spaldas. ¿A quién digo? Hermana, sal acá. ¿Qué te parece quál le embío? Assí sé yo tratar los tales, assí salen de mis manos los asnos apaleados como éste y los locos corridos y los discretos spantados y los devotos alterados y los castos encendidos. Pues prima, aprende, que otra arte es ésta que la de Celestina, aunque ella me tenía por bova porque me quería yo

---

[18] El cortar el pelo a trasquilones, desordenadamente *(tresquilar a cruzes)*, era un castigo infligido a los blasfemos y judíos. «Esto se tenía por grande infamia, y tan grande que entre nobles se equiparava a la muerte», Covarrubias, 977.

serlo[19]. Y pues ya tenemos deste hecho sabido quanto desseávamos, devemos yr a casa de aquellotro cara de ahorcado, que el jueves eché delante de ti baldonado de mi casa, y haz tú como que nos quieres hazer amigos y que rogaste que fuesse a verle.

Argumento del decimooctavo auto[a]

ELICIA *determina de fazer las amistades entre* AREÚSA *y* CENTURIO *por precepto de* AREÚSA *y vanse a casa de* CENTURIO, *onde ellas le ruegan que aya de vengar las muertes en* CALISTO *y* MELIBEA; *el qual lo prometió delante dellas. Y como sea natural a estos no hazer lo que prometen, escúsase como en el processo paresce.*

ELICIA, CENTURIO, AREÚSA

ELICIA. ¿Quién está en su casa?

CENTURIO. Mochacho, corre; verás quién osa entrar sin llamar a la puerta. Torna, torna acá, que ya he visto quién es. No te cubras con el manto, señora; ya no te puedes esconder[1], que quando vi adelante entrar a Elicia, vi que no podía traer consigo mala compañía, ni nuevas que me pesassen, sino que me avía de dar plazer.

AREÚSA. No entremos, por mi vida, más adentro, que se estiende ya el vellaco, pensando que le vengo a rogar. Que más holgara con la vista de otras como él, que con la nuestra; bolvamos por Dios, que me fino en ver tan mal gesto; ¿paréscete, hermana, que me traes por buenas estaciones, y que es cosa justa venir de biespras y entrarnos a ver un deshuellacaras que aý está?

---

[a] V1514

[19] El orgullo de Areúsa ya fue anunciado en la escena del banquete del acto IX, cuando ella alababa su supuesta libertad y criticaba la condición en la que se encontraban las criadas jóvenes.

[1] Estas palabras de Centurio le recuerdan a Castro Guisasola [1924: 177] una canción de Gómez Manrique, «A una dama que iva encubierta»: «que no pudo fazer tanto / por mucho que vos cubriese / aquel vuestro negro manto / que no vos reconociese».

ELICIA. Torna por mi amor, no te vayas; si no, en mis manos dexarás el medio manto.

CENTURIO. Tenla, por Dios, señora, tenla; no se te suelte.

ELICIA. Maravillada estoy, prima, de tu buen seso; ¿quál hombre ay tan loco y fuera de razón que no huelgue de ser visitado, mayormente de mujeres? Llégate acá, señor Centurio, que en cargo de mi alma por fuerça haga que te abrace, que yo pagaré la fruta.

AREÚSA. Mejor lo vea yo en poder de justicia y morir a manos de sus enemigos que yo tal gozo le dé. Ya, ya, hecho ha conmigo para quanto biva. ¿Y por quál carga de agua le tengo de abraçar ni ver a esse enemigo? Porque le rogué essotro día que fuesse una jornada de aquí en que me yva la vida, y dixo de no.

CENTURIO. Mándame tú, señora, cosa que yo sepa hazer, cosa que sea de mi officio; un desafío con tres juntos, y si más vinieren que no huya por tu amor; matar un hombre, cortar una pierna o braço, harpar el gesto de alguna que se aya ygualado contigo, estas tales cosas antes serán hechas que encomendadas; no me pidas que ande camino ni que te dé dinero, que bien sabes que no dura conmigo, que tres saltos daré sin que se me[b] cayga blanca; ninguno da lo que no tiene[2]; en una casa bivo qual ves, que rodará el majadero por toda ella sin que tropiece. Las alhajas que tengo es el axuar de la frontera[3]; un jarro desbocado, un assador sin punta; la cama en que me acuesto está armada sobre aros de broqueles, un rimero de malla rota por colchones, una talega de dados por almohada[c], que aunque quiera dar collación, no tengo qué empeñar sino esta capa harpada que traygo acuestas.

---

[b] Z: que me

[c] Z: almohadas

[2] Esta afirmación es un axioma filosófico, referido a menudo a Aristóteles y enunciado corrientemente por los escolásticos en la forma «nemo dat, quod non habet». En Platón, en *El Banquete*, encontramos: «Quod quis non habet dare non potest», Castro Guisasola [1924: 39-40].

[3] «Ajuar de la frontera: dos estacas y una estera», Correas, 76. Aunque Centurio se describe a sí mismo a conciencia, es el personaje más unidimensional en *La Celestina*. Gilman [1956/1972: 222-224] cree que el «Tratado de Centurio» tiende a la representación dramática.

ELICIA. Assí goze, que sus razones me contentan a maravilla; como un santo está obediente, como ángel te habla, a toda razón se allega, ¿qué más le pides? Por mi vida que le hables y pierdas enojo, pues tan de grado se te offrece con su persona.

CENTURIO. ¿Offrecer, dizes? Señora, yo te juro por el santo martilogio de pe a pa[4] el braço me tiembla de lo que por ella entiendo hazer, que contino pienso cómo la tenga contenta y jamás acierto. La noche passada soñava que hazía armas en un desafío por su servicio con quatro hombres que ella bien conosce, y maté al uno. Y de los otros que huyeron, el que más sano se libró me dexó a los pies un braço esquierdo. Pues muy mejor lo haré despierto de día quando alguno tocare en su chapín.

AREÚSA. Pues aquí te tengo; a tiempo somos; ya te perdono con condición que me vengues de un cavallero que se llama Calisto, que nos ha enojado a mí y a mi prima.

CENTURIO. ¡O, reñego de la condición! Dime luego si está confessado.

AREÚSA. No seas tú cura de su ánima.

CENTURIO. Pues sea assí, embiémoslo a comer al infierno sin confessión.

AREÚSA. Escucha, no atajes mi razón; esta noche le tomarás.

CENTURIO. No me digas más; al cabo estoy; todo el negocio de sus amores sé, y los que por su causa ay muertos, y lo que os tocava a vosotras, por dónde va y a qué hora, y con quién es. Pero dime, ¿quántos son los que le acompañan?

AREÚSA. Dos moços.

CENTURIO. Pequeña presa es éssa; por cevo tiene aý mi espada. Mejor cevara ella en otra parte esta noche, que estava concertada.

---

[4] Para la fortuna de esta frase en las continuaciones de *La Celestina* en el Siglo de Oro y en el resto de las literaturas europeas, *vid.* Lida de Malkiel [1959: 150-166].

AREÚSA. Por escusarte lo hazes; a otro perro con esse huesso[5]; no es para mí essa dilación; aquí quiero ver si dezir y hazer si comen juntos a tu mesa.

CENTURIO. Si mi spada dixiesse lo que haze, tiempo le faltaría para hablar. ¿Quién sino ella puebla los más çimenterios; quién haze ricos los cirujanos desta tierra; quién da cantina quehazer a los armeros; quién destroça la malla de muy fina; quién haze riça de los broqueles de Barcelona; quién revana los capacetes de Calatayud sino ella? Que los caxquetes de Almazén assí los corta como si fuessen hechos de melón. Veynte años ha que me da de comer; por ella soy temido[d] de hombres y querido de mugeres, sino de ti. Por ella me dieron Centurio por nombre a mi abuelo y Centurio se llamó mi padre y Centurio me llamo yo.

ELICIA. Pues ¿qué hizo el spada por que ganó tu abuelo esse nombre? Dime, ¿por ventura fue por ellas capitán de cient hombres?

CENTURIO. No, pero fue rufián de cient mugeres[6].

AREÚSA. No curemos de linaje ni hazañas viejas[7]; si has de hazer lo que te digo, sin dilación determina, porque nos queremos yr.

CENTURIO. Más desseo ya la noche por tenerte contenta, que tú por verte vengada; y por que más se haga todo a tu voluntad, escoge qué muerte quieres que le dé. Allí te mostraré un reportorio en que ay sietecientas y setenta species de muertes; verás quál más te agradare.

ELICIA. Areúsa, por mi amor, que no se ponga este hecho en manos de tan fiero hombre; más vale que se quede por hazer que no escandalizar la ciudad, por donde nos venga más daño de lo passado.

AREÚSA. Calla, hermana. Díganos alguna que no sea de mucho bullicio.

---

[d] Z: tenido

[5] Literalmente en Santillana, *Refranes*, 34.

[6] Elicia interpreta el papel del actor que da pie a un cómico, en este caso Centurio, en una broma claramente teatral. *Vid.* Severin [1978-1979: 287].

[7] Es la segunda vez que Areúsa utiliza estas palabras. *Vid.* acto IX, nota 23.

CENTURIO. Las que agora estos días yo uso y más traygo entre manos son espaldarazos sin sangre o porradas de pomo de spada, o revés mañoso; a otros agujereo como harnero a puñaladas, tajo largo, estocada temerosa, tiro mortal. Algún día doy palos por dexar holgar mi spada.

ELICIA. No passe, por Dios, adelante; déle palos por que quede castigado y no muerto.

CENTURIO. Juro por el cuerpo santo de la letanía, no es más en mi braço derecho dar palos sin matar que en el sol dexar de dar bueltas al cielo.

AREÚSA. Hermana, no seamos nosotras lastimeras. Haga lo que quisiere; mátele como se le antojare. Llore Melibea como tú has hecho; dexémosle. Centurio, da buena cuenta de lo encomendado; de qualquier muerte holgaremos. Mira que no se escape sin alguna paga de su yerro.

CENTURIO. Perdónele Dios, si por pies no se me va; muy alegre quedo, señora mía, que se ha offrecido caso, aunque pequeño, en que conozcas lo que yo sé hazer por tu amor.

AREOSA. Pues Dios te dé buena manderecha[8] y a él te encomiendo, que nos vamos.

CENTURIO. Él te guíe y te dé más paciencia con los tuyos. Allá yrán estas putas atestadas de razones; agora quiero pensar cómo me excusaré de lo prometido, de manera que piensen que puse diligencia con ánimo de executar lo dicho, y no negligencia; por no me poner en peligro quiérome hazer doliente. Pero qué aprovecha, que no se apartarán de la demanda quando sane. Pues si digo que fuy allá y que le hize huyr, pedirme han señas de quién eran y quántos yvan y en qué lugar los tomé y qué vestidos llevavan. Yo no las sabré dar; helo todo perdido. Pues ¿qué consejo tomaré que cumpla con mi seguridad y su demanda? Quiero embiar a llamar a Traso el coxo[9] y a sus dos

---

[8] «Buena manderecha os dé Dios», Correas, 588.

[9] Esta referencia casual a Traso (nombre que procede del *Eunuco* de Terencio, *vid.* Menéndez Pelayo [1949: 288]) provocará la aparición de un acto XIX adicional apócrifo que encontramos por primera vez en la edición de Toledo de 1526 y que incluye el autor de la *Celestina comentada*. *Vid.* Hook [1978-1979: 107-120] y Marciales [1985: I, 129-194].

compañeros y dezirles que, porque yo estoy ocupado esta
noche en otro negocio, vaya dar un repiquete de broquel a
manera de llevada para ahoxar[e] unos garçones, que me fue
encomendado[f], que todo esto es passos seguros y donde no
conseguirán ningún daño, mas de hazerlos huyr y bolverse a
dormir.

Argumento del decimonono auto[a]

Yendo CALISTO *con* SOSIA *y* TRISTÁN *al huerto de* PLEBERIO *a visitar a* MELIBEA *que lo estava esperando y con ella* LUCRECIA, *cuenta*
SOSIA *lo que le aconteció con* AREÚSA. *Estando* CALISTO *dentro del
huerto con* MELIBEA, *viene* TRASO *y otros por mandado[b] de* CENTU-
RIO *a complir lo que avía prometido a* AREÚSA *y a* ELICIA, *a los quales sale* SOSIA. *Y oyendo* CALISTO *desde el huerto onde estava con*
MELIBEA *el ruydo que trayán, quiso salir fuera, la qual salida fue causa que sus días peresciessen[c], porque los tales este don resciben por galardón e por esto han de saber desamar los amadores.*

SOSIA, TRISTÁN, CALISTO, MELIBEA, LUCRECIA

SOSIA. Muy quedo, para que no seamos sentidos. Desde aquí
al huerto de Pleberio te contaré, hermano Tristán, lo que con
Areúsa me ha passado hoy, que stoy el más alegre hombre del
mundo. Sabrás que ella, por las buenas nuevas que de mí avía
oýdo, stava presa de amor y embióme a Elicia, rogándome que la
visitasse; y dexando aparte otras razones de buen consejo que
passamos, mostró al presente ser tanto mía quanto algún tiempo fue de Pármeno; rogóme que la visitasse siempre, que ella
pensava gozar de mi amor por tiempo. Pero yo te juro por el peligroso camino en que vamos, hermano, y assí goze de mí, que
estove dos o tres vezes por me arremeter a ella, sino que me em-

[e] V1514: oxear
[f] Z: comendado
[a] V1514
[b] mendado
[c] paresciessen

322

pachava la vergüença de verla tan hermosa y arreada y a mí con una capa vieja ratonada. Echava de sí en bulliendo un olor de almizque; yo hedía al estiércol que llevava dentro en los çapatos; tenía unas manos como la nieve, que quando las sacava de rato en rato de un guante parecía que se derramava azahar por casa; assí por esto como porque tenía un poco ella de hazer, se quedó mi atrever para otro día. Y aun porque a la primera vista todas las cosas no son bien tratables, y quanto más se comunican mejor se entienden en su participación.

TRISTÁN. Sosia, amigo, otro seso más maduro y sperimentado que no el mío era necessario para darte consejo en este negocio. Pero lo que con mi terna edad y mediano natural alcanzo al presente te diré. Esta mujer es marcada ramera según tú me dixiste; quanto con ella te passó as de creer que no careçe de engaño; sus offrecimientos fueron falsos, y no sé yo a qué fin, porque amarte por gentilhombre ¿quántos más terná ella desechados? Si por rico, bien sabe que no tienes más del polvo que se te pega del almohaça; si por hombre de linaje, ya sabrá que te llaman Sosia y a tu padre llamaron Sosia, nacido y criado en una aldea quebrando terrones con un arado, para lo qual eres tú más dispuesto que para enamorado. Mira, Sosia, y acuérdate bien si te quería sacar algún punto del secreto deste camino que agora vamos para con que[d] lo supiesse revolver a Calisto y Pleberio, de embidia del plazer de Melibea. Cata que la embidia es una incurable enfermedad[1] donde assienta; huésped que fatiga la posaría, en lugar de galardón; siempre goza del mal ajeno. Pues si esto es assí, o cómo te quiere aquella malvada hembra engañar con su alto nombre, del qual todas se arrean; con su vicio ponçoñoso, quería condennar el ánima por complir su apetito, rebolver tales cosas por contentar su dañada voluntad. O arrufianada mujer, y con qué blanco pan te dava çaraças; quería vender su cuerpo a trueco de contienda. Óyeme y si assí presumes que sea, ármale trato doble qual yo te diré, que quien engaña al engañador[2]... ya me entiendes.

---

[d] Z: con lo que

[1] Proverbio (Celestina comentada, 207rv., 208r.).

[2] «Quien burla al burlador çient días gana de perdón», Santillana, *Refranes,* 600. «Quien hurta al ladrón, cien días gana de perdón», Correas, 348.

Y si sabe mucho la raposa, más el que la toma[3]. Contramínale sus malos pensamientos; scala sus ruyndades quando más segura la tengas, y cantarás después en tu establo; uno piensa el vayo y otro el que lo ensilla[4].

SOSIA. O Tristán, discreto mançebo, mucho más as dicho que tu edad demanda. Astuta sospecha as remontado, y creo que verdadera. Pero porque ya llegamos al huerto y nuestro amo se nos acerca, dexemos este cuento, que es muy largo, para otro día.

CALISTO. Poned, moços, la scala y callad, que me pareçe que está hablando mi señora de dentro; sobiré encima de la pared y en ella staré escuchando por ver si oyré alguna buena señal de mi amor en absencia.

MELIBEA. Canta más, por mi vida, Lucrecia, que me huelgo en oýrte, mientra viene aquel señor, y muy passo entre estas verduricas, que no nos oyrán los que passaren.

LUCRECIA. O quién fuesse la ortelana
de aquestas viciosas flores
por prender cada mañana
al partir a tus amores;

vístanse nuevas colores
los lirios y el açucena;
derramen frescos olores
quando entre por estrena.

MELIBEA. O quán dulce me es oýrte; de gozo me deshago. No cesses, por mi amor.

---

[3] «Mucho sabe la raposa, pero más el que la toma», Correas, 433. *Vid.* el artículo de Shipley [1974].

[4] «Uno coyda el bayo e otro el que lo ensilla», *Libro de Buen Amor*, 179. «Uno piensa el vayo / e otro el que lo ensiya», Santillana, *Refranes*, 702. «... el dueño avíale vendido y ensillávale para entregársele, y él pensaba que sólo era para sacarle a passear y volverle al pesebre regalado, y de ahí el refrán», Covarrubias, 186.

LUCRECIA. Alegre es la fuente clara
                        a quien con gran sed la vea,
                        mas muy más dulce es la cara
                        de Calisto a Melibea.

                        Pues aunque más noche sea
                        con su vista gozará,
                        o quando saltar la vea,
                        qué de abraços le dará.

                        Saltos de gozo infinitos
                        da el lobo viendo ganado;
                        con las tetas, los cabritos;
                        Melibea con su amado.

                        Nunca fue más desseado
                        amador de su amiga,
                        ni huerto más visitado,
                        ni noche más sin fatiga.

MELIBEA. Quanto dizes, amiga Lucrecia, se me representa
delante; todo me parece que lo veo con mis ojos. Procede,
que a muy buen son lo dizes, y ayudarte he yo.

LUCRECIA, MELIBEA.
                        Dulces árboles sombrosos,
                        humillaos quando veáys
                        aquellos ojos graciosos
                        del que tanto desseáys.

                        Estrellas que relumbráys,
                        norte y luzero del día,
                        ¿por qué no le despertáys
                        si duerme mi alegría?

MELIBEA. Óyeme tú, por mi vida; que yo quiero cantar sola.

325

MELIBEA.   Papagayos, ruyseñores
que cantáys al alvorada;
llevad nueva a mis amores
cómo espero aquí assentada.

La media noche es passada
y no viene;
sabedme si ay otra amada
que lo[e] detiene[5].

CALISTO. Vencido me tiene el dulçor de tu suave canto; no puedo más çofrir tu penado esperar. O mi señora y mi bien todo, ¿quál mujer podría aver nascida que desprivasse tu gran merescimiento? O salteada melodía, o gozoso rato, o coraçón mío, ¿y cómo no podiste más tiempo çofrir sin interrumper tu gozo y complir el desseo de entramos?

MELIBEA. O sabrosa trayción, o dulce sobresalto, ¿es mi señor y mi alma, es él? No lo puedo creer. ¿Dónde estavas, luziente sol? ¿Dónde me tenías tu claridad escondida? ¿Havía rato que escuchavas? ¿Por qué me dexavas echar palabras sin seso al ayre con mi ronca boz de cisne? Todo se goza este huerto con tu venida[6]. Mira la luna, quán clara se nos muestra.

---

[e] Z: quel

[5] La última estrofa de esta alborada tiene como fuente el conocidísimo villancico popular «la media noche es pasada / y el que me pena no viene, / mi desdicha lo detiene», del que se poseen tantas variantes tanto en la lírica culta como popular (vid., por ejemplo, Frenk [1977: 12] y Empaytaz de Croome [1980: 33, 63]). Amistead y Monroe [1982-1983] relacionan esta alborada con la tradición del «noviazgo», mientras que la misma Empaytaz incluye las estrofas «¡O quién fuesse la ortelana» y «Estrellas que relumbráys» en [1976: 81, 123]. Otros estudios de estas octavillas nos lo proporcionan Rodríguez Marín [1910: 42-44] y Mele [1935]. Lida de Malkiel [1962: 429] ve en estas estrofas la reelaboración de varios pasajes de las Églogas virgilianas.

[6] Varios artículos han sido dedicados al estudio de la escena del huerto en este acto y todos han coincidido en señalar los trágicos presagios de muerte, como, por ejemplo, esta referencia a la «ronca voz de cisne». Vid., en particular, Shipley [1973-1974: 286-303], Truesdell [1973] y Orozco Díaz [1968: 63-76]. Gilman [1972/1978: 379-390] cree que, en este acto añadido, Rojas intenta desarrollar los aspectos sexuales y trascendentales del asunto amoroso para contrarrestar el pesimismo del acto XVI.

Mira las nuves, cómo huyen. Oye la corriente agua desta fon-
tesica, quánto más suave murmurio y zurrío[7] lleva por entre
las frescas yervas. Escucha los altos cipresses, cómo se dan paz
unos ramos con otros por intercessión de un templadico viento que los menea[8]. Mira sus quietas sombras, quán escuras están y aparejadas para encobrir nuestro deleyte. Lucrecia, ¿qué
sientes, amiga? ¿Tórnaste loca de plazer? Déxamele, no me le
despedaces, no le trabajes sus miembros con tus pesados abraços;
déxame gozar lo que es mío; no me ocupes mi plazer[9].

CALISTO. Pues, señora y gloria mía, si mi vida quieres, no
cense tu suave canto; no sea de peor condición mi presentia
con que te alegras que mi absentia que te fatiga.

MELIBEA. ¿Qué quieres que cante, amor mío? ¿Cómo can-
taré, que tu desseo era el que regía mi son y hazía sonar mi
canto? Pues conseguida tu venida, desaparescióse el deseo;
destémplase[f] el tono de mi boz. Y pues tú, señor, eres el dechado de cortesía y buena criança, ¿cómo mandas a mi lengua hablar y no a tus manos que estén quedas? ¿Por qué no
olvidas estas mañas? Mándalas estar sossegadas y dexar su
enojoso uso y conversación incomportable. Cata, ángel mío,
que assí como me es agradable tu vista sossegada, me es enojoso tu riguroso trato; tus honestas burlas me dan plazer, tus
deshonestas manos me fatigan quando passan de la razón.
Dexa estar mis ropas en su lugar, y si quieres ver si es el hábito de encima de seda o de paño ¿para qué me tocas en la ca-
misa?, pues cierto es de lienço. Holguemos y burlemos de
otros mil modos que yo te mostraré; no me destroces ni
maltrates como sueles. ¿Qué provecho te trae dañar mis
vestiduras?

[f] V1514: destemplóse

[7] Ferrecio Podestá [1971: 37-44] ha examinado esta palabra (que muy probablemente tiene el sentido de "zurrido") y la variante *ruzio*, "rocío", encon-
trada en algunas ediciones de la *Tragicomedia*, concluyendo que *zurrío* es la
lectura correcta.
[8] Esta imagen vincula el amor sexual con la religión («se dan paz») y el
sombrío presentimiento de la muerte («cipreses»).
[9] Lucrecia, como anteriormente Sempronio, se ve también influida por la
sensualidad de la escena.

CALISTO. Señora, el que quiere comer el ave, quita primero las plumas[10].

LUCRECIA. (Mala landre me mate si más lo escucho; ¿vida es esta? Que me esté yo deshaziendo de dentera y ella esquivándose por que la rueguen. Ya, ya, apaziguado es el ruydo; no ovieron menester despartidores; pero tanbién me lo haría yo si estos necios de sus criados me fablassen entre día, pero esperan que los tengo de yr a buscar.)

MELIBEA. Señor mío, ¿quieres que mande a Lucrecia traer alguna collación?

CALISTO. No ay otra colación para mí sino tener tu cuerpo y belleza en mi poder; comer y bever dondequiera se da por dinero y cada tiempo se puede aver y qualquiera lo puede alcançar, pero lo no vendible, lo que en toda la tierra no ay ygual que en este huerto, ¿cómo mandas que se me passe ningún momento que no goze?

LUCRECIA. (Ya me duele a mí la cabeza descuchar y no a ellos de hablar ni los braços de retoçar ni las bocas de besar; andar, ya callan; a tres me parece que va la vencida)[11].

CALISTO. Jamás, querría, señora, que amanesciesse, según la gloria y descanso que mi sentido recibe de la noble conversación de tus delicados miembros.

MELIBEA. Señor, yo soy la que gozo, yo la que gano; tú, señor, el que me hazes con tu visitación incomparable merced.

SOSIA. Assí vellacos, rufianes, ¿veníades asombrar[g] a los que no os temen? Pues yo juro que si esperárades que yo os hiziera yr como merecíades.

---

[g] V1514: a asombrar

[10] La utilización de este dicho popular de carácter humorístico presenta cierta incongruencia con el resto de la escena. *Vid.* Severin [1978-1979].

[11] «A la tercera, que es buena y valedera», Correas, 24.

CALISTO. Señora, Sosia es aquel que da bozes; déxame yr a valerle, no le maten[h]; que no está sino un pajezico con él. Dame presto mi capa que está debaxo de ti.

MELIBEA. O triste de mi ventura, no vayas allá sin tus coraças; tórnate a armar.

CALISTO. Señora, lo que no haze spada y capa y coraçón, no lo hazen coraças y capaçete y covardía[12].

SOSIA. ¿Aún tornáys? Esperadme; quiçá venís por lana[13].

CALISTO. Déxame, por Dios, señora, que puesta está el escala.

MELIBEA. O desdichada yo, y cómo vas tan rezio y con tanta priessa y desarmado a meterte entre quien no conosces. Lucrecia, ven presto acá, que es ydo Calisto a un ruydo; echémosle sus coraças por la pared, que se quedan acá.

TRISTÁN. Tente, señor, no baxes, que ydos son; que no era sino Traso el coxo y otros vellacos[i] que passavan bozeando, que ya se torna Sosia. Tente, tente, señor, con las manos al escala.

CALISTO. ¡O válame Santa María, muerto soy! ¡Confessión!

TRISTÁN. Llégate presto, Sosia, que el triste de nuestro amo es caýdo del escala y no habla ni se bulle.

---

[h] V1514: matan
[i] Z: otro vellaco

[12] Proverbio.
[13] «Ir por lana y volver trasquilados», Correas, 149.

SOSIA. ¡Señor, señor, a essotra puerta![14]. Tan muerto es como mi abuelo. ¡O gran desaventura![15].

LUCRECIA. Escucha, escucha, gran mal es éste.

MELIBEA. ¿Qué es esto que oygo? Amarga de mí.

TRISTÁN. ¡O mi señor y mi bien muerto, o mi señor [y nuestra honrra] despeñado! O triste muerte [y] sin confessión. Coge, Sosia, essos sesos de essos cantos; júntalos con la cabeça del desdichado amo nuestro. ¡O día de aziago, o arrebatado fin!

MELIBEA. O desconsolada de mí, ¿qué es esto? ¿Qué puede ser tan áspero acontescimiento como oygo? Ayúdame a sobir, Lucrecia, por estas paredes; veré mi dolor; si no, hundiré con alaridos la casa de mi padre. Mi bien y plazer todo es ydo en humo; mi alegría es perdida; consumióse mi gloria.

LUCRECIA. Tristán, ¿qué dizes, mi amor? ¿Qué es esso que lloras tan sin mesura?

TRISTÁN. Lloro mi gran mal, lloro mis muchos dolores; cayó mi señor Calisto del scala y es muerto; su cabeça está en tres partes[16]. Sin confissión pereció. Díselo a la triste y nueva

---

[14] «A esotra puerta, que ésta no se abre», Correas, 249. Refrán que se utiliza cuando el interlocutor no escucha.

[15] Sosia responde con expresiones que resultan casi risibles frente a lo trágico de la escena. La interpolación larga de la *Tragicomedia* acaba aquí.

[16] Un caso paralelo, ocurrido a uno de los médicos de la reina Isabel, que cayó de una escalera cuando intentaba visitar a una monja, fue descubierto por A. Paz y Melia, que editó el incidente en *Sales españolas,* Madrid, 1902, 101 *(vid.* Millé y Jiménez [1925]). Castro Guisasola [1924: 16] apunta algunos antecedentes literarios clásicos. Garrido Pallardó [1957: 84] piensa en la dramatización de un suceso real ocurrido en la judería de Toledo.

amiga que no espere más su penado amador. Toma tú, Sosia, dessos pies; llevemos el cuerpo de nuestro querido amo donde no padezca su honrra detrimiento; aunque sea muerto en este lugar. Vaya con nosotros llanto; acompáñenos[j] soledad; síganos desconsuelo[k]; vis[í]tenos tristeza; cúbranos luto y dolorosa xerga.

MELIBEA. ¡O la más de las tristes, triste[17], tan *poco tiempo posseýdo*[l] el plazer, tan presto venido el dolor!

LUCRECIA. Señora, no rasgues tu cara ni messes tus cabellos; agora en plazer, agora en tristeza. ¿Qué planeta ovo que tan presto contrarió su operación? ¿Qué poco coraçón es éste? Levanta, por Dios, no seas hallada de tu padre en tan sospechoso lugar, que serás sentida. Señora, señora, ¿no me oyes? No te amortescas, por Dios, ten esfuerço para sofrir la pena, pues toviste osadía para el plazer.

MELIBEA. ¿Oyes lo que aquellos moços van hablando? ¿Oyes sus tristes cantares? Rezando llevan con responso mi bien todo; muerta llevan mi alegría. No es tiempo de yo bivir. ¿Cómo no gozé más del gozo? ¿Cómo tove en tan poco la gloria que entre mis manos tove? O ingratos mortales, jamás conoscés vuestros bienes sino quando dellos carescéys[18].

LUCRECIA. Abívate, abiva, que mayor mengua será hallarte en el huerto que plazer sentiste con la venida ni pena con ver que es muerto. Entremos en la cámara; acostarte as; llamaré a tu padre y fingiremos otro mal, pues éste no es para se poder encobrir[19].

---

[j] Z, S1501: acompañemos

[k] Z: siguanos

[l] *Com.:* tarde alcançado

[17] Castro Guisasola [1924: 177] percibe el eco de un verso de una canción de Gómez Manrique: «El más de los tristes triste.»

[18] Préstamo de Petrarca, *De remediis*, I, 4: «Ingratissimi mortales bona vestra vix aliter quam perdendo cognoscitis», Deyermond [1961: 58].

[19] Castro Guisasola [1924: 130] piensa en el prefacio de las *Epístolas familiares* como fuente de estas palabras: «Ingens morbus non facile occultatur», influencia que rechaza Deyermond [1961: 73-74].

Argumento del *veynteno* auto[a]

LUCRECIA *llama a la puerta de la cámara de* PLEBERIO. *Pregúntale* PLEBERIO *lo que quiere.* LUCRECIA *le da priessa que vaya a ver a*[b] *su hja* MELIBEA. *Levantado* PLEBERIO, *va a la cámara de* MELIBEA. *Consuélala, preguntando qué mal tiene. Finge* MELIBEA *dolor del*[c] *coraçón. Embía* MELIBEA *a su padre por algunos estrumentos músicos. Sube ella y* LUCRECIA *en una torre. Embía de sí a* LUCRECIA; *cierra tras ella la puerta. Llégasse su padre al pie de la torre. Descúbrele*[d] MELIBEA *todo el negocio que avía passado. En fin, déxase caer de la torre abaxo.*

PLEBERIO, LUCRECIA, MELIBEA

PLEBERIO. ¿Qué quieres, Lucrecia? ¿Qué quieres tan presurosa? ¿Qué pides con tanta importunidad y poco sossiego? ¿Qué es lo que mi hija ha sentido? ¿Qué mal tan arrebatado puede ser, que no aya yo tiempo de me vestir, ni me des aun spacio a me levantar?

LUCRECIA. Señor, apressúrate mucho si la quieres ver biva; que ni su mal conozco de fuerte ni a ella ya de desfigurada.

PLEBERIO. *Vamos presto; anda allá, entra adelante, alça esta antepuerta y abre bien essa ventana, por que la*[e] *pueda ver el gesto con claridad.* ¿Qué es esto, hija mía? ¿Qué dolor y sentimiento es el tuyo? ¿Qué novedad es ésta? ¿Qué poco esfuerço es éste? Mírame, que soy tu padre; hábla*me por Dios;* [conmigo, cuéntame la causa de tu arrebatada pena. ¿Qué has? ¿Qué sientes? ¿Qué quieres? Háblame, mírame], dime la razón de tu dolor, por que presto sea remediado; no quieras embiarme con triste postrimería al sepulcro. Ya sabes que no tengo otro bien sino a ti. Abre essos alegres ojos y mírame.

---

[a] T1500. *Com.:* quinzeno
[b] B1499: ver su
[c] B1499: de
[d] S1501: Descubrióle
[e] V1514: le

MELIBEA. ¡Ay, dolor!

PLEBERIO. ¿Qué dolor puede ser, que yguale con ver yo el tuyo?[1]. Tu madre está sin seso en oýr tu mal; no pudo venir a verte de turbada. Esfuerça tu fuerça, abiva tu coraçón, aréziate de manera que puedas tú conmigo yr a visitar a ella. Dime, ánima mía, la causa de tu sentimiento.

MELIBEA. Peresció mi remedio.

PLEBERIO. Hija, mi bien amada y querida del viejo padre; por Dios no te ponga desesperación el cruel tormiento desta tu enfermedad y passión, que a los flacos coraçónes el dolor los arguye[2]. Si tú me cuentas tu mal, luego será remediado, que ni faltarán medicinas ni médicos ni sirvientes para buscar tu salud, agora consista en yervas o en piedras o palabras o esté secreta en cuerpos de animales. Pues no me fatigues más; no me atormentes; no me hagas salir de mi seso; y dime ¿qué sientes?

MELIBEA. Una mortal llaga en medio del coraçón que no me consiente hablar; no es ygual a los otros males; menester es sacarle para ser curada, que está en lo más secreto dél.

PLEBERIO. Temprano cobraste los sentimientos de la vejez. La mocedad toda suele ser plazer y alegría, enemiga de enojo[3]. Levántate de aý; vamos a ver los frescos ayres de la ribera. Alegrarte as con tu madre; descansará tu pena. Cata, si huyes de plazer, no ay cosa más contraria a tu mal.

MELIBEA. Vamos donde mandares. Subamos, señor, al açutea alta, por que desde allí goze de la deleytosa vista de los navíos; por ventura afloxará algo mi congoxa.

PLEBERIO. Subamos, y Lucrecia con nosotros.

MELIBEA. Mas, si a ti plazerá, padre mío, mandar traer al instrumento de cuerdas con que se sufra mi dolor o tañiendo

---

[1] Se trata de un eco de la canción que interpreta Calisto en el primer acto («¿Quál dolor puede ser tal / que se yguale con mi mal?»). *Vid.* Shipley [1975A], quien, además, estudia las imágenes relacionadas con la medicina en este acto.

[2] Quizá eco de Virgilio, *Eneida*, IV, v. 13: «Degeneres animos timor arguit», Castro Guisasola [1924: 64].

[3] Proverbio.

o cantando, de manera que, aunque aquexe por una parte la fuerça de su accidente, mitigarlo han por otra los dulçes sones y alegre armonía.

PLEBERIO. Esso, hija mía, luego es hecho; yo lo voy a mandar aparejar.

MELIBEA. Lucrecia, amiga, muy alto es esto; ya me pesa por dexar la compañía de mi padre; baxa a él y dile que se pare al pie desta torre, que le quiero dezir una palabra que se me olvidó que hablasse a mi madre.

LUCRECIA. Ya voy, señora.

MELIBEA. De todos soy dexada; bien se ha adereçado la manera de mi morir; algún alivio siento en ver que tan presto seremos juntos yo y aquel mi querido y amado Calisto. Quiero cerrar la puerta, por que ninguno suba a me estorvar mi muerte; no me impidan la partida; no me atajen el camino por el qual en breve tiempo podré visitar en este día al que me visitó la passada noche. Todo se ha hecho a mi voluntad; buen tiempo terné para contar a Pleberio mi señor la causa de mi ya acordado fin. Gran sinrazón hago a sus canas; gran ofensa a su vejez; gran fatiga le acarreo con mi falta; en gran soledad le dexo. *Y caso por mi morir a mis queridos padres sus días se diminuyessen, ¿quién dubda que no aya havido otros más crueles contra sus padres?*[4]. *Bursia, rey de Bitinia, sin ninguna razón, no aquexándole pena como a mí, mató su proprio padre. Tolomeo, rey de Egipto, a su padre y madre y hermanos y mujer, por gozar de una mançeba. Orestes a su madre Clistenestra. El cruel emperador Nero a su madre Agripina por sólo su plazer hizo matar. Éstos son dignos de culpa, éstos son verdaderos parricidas, que no yo; que con mi pena, con mi muerte, purgo la culpa que de su dolor se me puede poner. Otros muchos crueles ovo que*

---

[4] Todos los *exempla* de esta interpolación están tomados literalmente de Petrarca, *De remediis*, I, 52; Deyermond [1961: 67-68]. De acuerdo con Parker [1978: 275-276], nos encontramos ante otro ejemplo en el que un personaje de clase alta recurre a la mitología para expresar mejor sus pensamientos en un momento crítico.

mataron hijos y hermanos, debaxo de cuyos yerros el mío no pareçe-
rá grande. Philipo, rey de Macedonia; Herodes rey de Judea; Cons-
tantino emperador de Roma; Laodice[f]*, reina de Capadocia, y Me-*
dea, la nigromantesa. Todos éstos mataron hijos queridos y amados
sin ninguna razón, quedando sus personas a salvo. Finalmente me
occurre aquella gran cruaeldad de Phrates, rey de los Partos, que por
que no quedasse sucessor después dél, mató a Orode, su viejo padre,
y a su único hijo y treinta hermanos suyos. Éstos fueron delictos dig-
nos de culpable culpa, que guardando[g] *sus personas de peligro, ma-*
tavan sus mayores y descendientes y hermanos. Verdad es que, aun-
que todo esto assí sea, no havía de remedarlo en los[h] *que mal hizieron.*
Pero no es más en mi mano. Tú, Señor, que de mi habla eres
testigo, ves mi poco poder, ves quán cativa tengo mi libertad,
quán presos mis sentidos de tan poderoso amor del muerto
cavallero, que priva al que tengo con los bivos padres.

PLEBERIO. Hija mía Melibea, ¿qué hazes sola? ¿Qué es tu
voluntad dezirme? ¿Quieres que suba allá?

MELIBEA. Padre mío, no pugnes ni trabajes por venir donde yo estó, que estorvarás la presente habla que te quiero
hazer. Lastimado serás brevemente con la muerte de tu única hija. Mi fin es llegado; llegado es mi descanso y tu passión; llegado es mi alivio y tu pena; llegada es mi acompañada hora y tu tiempo de soledad. No havrás, honrrado
padre, menester instrumentos para aplacar mi dolor, sino
campanas para sepultar mi cuerpo. Si me escuchas sin lágrimas, oyrás la causa desesperada de mi forçada y alegre partida. No la interrumpas con lloro ni palabras, si no, quedarás
más quexoso en no saber por qué me mato, que doloroso[i]
por verme muerta. Ninguna cosa me preguntes ni respondas más de lo que de mi grado dezirte quisiere, porque
quando el corazón está embargado de passión, están cerrados los oýdos al consejo. Y en tal tiempo las fructuosas palabras, en lugar de amansar, acrescientan la saña[5]. Oye, pa-

---

[f] Z: Loadice
[g] Z: guardado
[h] V1514: remediarlos en lo
[i] Z: dolorioso

[5] La fuente parece ser la *Cárcel de amor* de Diego de San Pedro: «Bien sabes,

dre viejo, mis últimas palabras, y si como yo spero, las recibes, no culparás mi yerro. Bien ves y oyes este triste y doloroso sentimiento que toda la cibdad haze. Bien *oyes*[j] este clamor de campanas, este alarido de gentes, este aullido de canes, este [grande] strépito de armas[6]. De todo esto fue yo [!a] causa. Yo[k] cobrí de luto y xergas en este día quasi la mayor parte de la cibdadana cavallería; yo dexé [hoy] muchos sirvientes descubiertos de señor; yo quité muchas raciones y limosnas a pobres y envergonçantes. Yo fui[l] ocasión que los muertos toviessen compañía del más acabado hombre que en gracias nació. Yo quité[m] a los vivos el dechado de gentileza, de invenciones galanas, de atavíos y borduras, de habla, de andar, de cortesía, de virtud. Yo fui[n] causa que la tierra goze sin tiempo el más noble cuerpo y más fresca juventud[7] que al mundo era en nuestra edad criada. Y porque estarás spantado con el son de mis no acostumbrados delictos, te quiero más aclarar el hecho. Muchos días son passados, padre mío, que penava por mi amor un cavallero que se llamava Calisto, el qual tú bien conosciste. Conosciste assimismo sus padres y claro linaje; sus virtudes y bondad a todos eran manifiestas. Era tanta su pena de amor y tan poco el lugar para hablarme, que descubrió[o] su passión a una astuta y sagaz mujer que lamavan Celestina. La qual, de su parte venida a mí, sacó mi secreto amor de mi pecho; descobría a ella lo que a mi querida madre enco-

---

[j] *Com.:* vees
[k] Z: Y
[l] Z: fue
[m] Z: quito
[n] Z: fue
[o] Z: descubría

quando el coraçón está embargado de passión, que están cerrados los oydos al conseio, y en tal tiempo las fructuosas palabras en lugar de amansar, acrecientan la saña», Castro Guisasola [1924: 184-185].

[6] Según la *Celestina comentada*, 260v., este estrépito se refiere al ruido provocado por el rompimiento de armas y escudos que, como señal de duelo, se efectuaba en los cruces de caminos, «lo que agora en nuestros tiempos no se usa». *Vid.* Russell *[Temas:* 306].

[7] Según Castro Guisasola [1924: 70], estas palabras están inspiradas por la *Epistola Heronis,* vv. 199-200 de Ovidio: «Flebis enim, tactuque meum dignabere corpus, / Et mortis —dices— huic ego causa fui.»

bría; tovo manera cómo ganó mi querer. Ordenó cómo su desseo y el mío oviessen effecto. Si él mucho me amava, no bivió[p] engañado. Concertó el triste concierto de la dulce y desdichada execución de su voluntad. Vencida de su amor, dile entrada en tu casa. Quebrantó con scalas las paredes de tu huerto; quebrantó mi propósito; perdí mi virginidad. *Del qual deleytoso yerro de amor gozamos quasi un mes. Y como esta passada noche viniesse según era acostumbrado,* a la buelta de su venida, como de la fortuna mudable stoviesse dispuesto y ordenado según su desordenada costumbre, como las paredes eran altas, la noche scura, la scala delgada, los sirvientes que traýa no diestros en aquel género de servicio y *él baxava pressuroso a ver un ruydo que con sus criados sonava en la calle, con el gran ímpetu que levava* no vido bien los passos, puso el pie en vazío y cayó, y de la triste caýda sus más escondidos sesos quedaron repartidos por las piedras y paredes. Cortaron las hadas sus hilos; cortáronle sin confessión su vida; cortaron mi sperança; cortaron mi gloria; cortaron mi compañía. Pues ¿qué crueldad sería, padre mío, muriendo él despeñado, que biviesse yo penada? Su muerte conbida a la mía. Combídame y fuerça que sea presto, sin dilación; muéstrame que ha de ser despeñada por seguille en todo. No digan por mí «a muertos y a ydos»[8]. Y assí contentarle he en la muerte, pues no tove tiempo en la vida. O mi amor y señor, Calisto, espérame; ya voy; detente si me speras. No me incuses la tardança que hago, dando esta última cuenta a mi viejo padre, pues le devo mucho más. O padre mío muy amado, ruégote, si amor en esta passada y penosa vida me as tenido, que sean juntas nuestras sepulturas; juntas nos hagan nuestras obsequias[9]. Algunas consolatorias palabras te diría antes de mi agradable fin, coligidas y sacadas de aquellos antigos libros que [tú], por más aclarar mi ingenio, me mandavas leer[10], sino que ya

---

[p] *Com.:* bivía

[8] «A muertos y a idos, pocos amigos», Correas, 12.

[9] Desde «Su muerte combida...» hasta «obsequios» parece inspirado, según Castro Guisasola [1924: 74], en las palabras que Tisbe pronuncia antes de morir *(Metamorfosis,* IV, 151 y ss.).

[10] El tratado consolatorio era uno de los géneros comunes en el siglo XV. Según Gilman [1956/1974: 225 y ss.], el suicidio de Melibea es el resultado de una pasión arrolladora, fruto de su conciencia de que no merece la pena

la dañada memoria con la gran turbación me las ha perdido y aun porque veo tus lágrimas malsofridas deçir por tu arrugada haz. Salúdame a mi cara y amada madre. Sepa de ti largamente la triste razón porque muero. Gran plazer llevo de no la ver presente. Toma, padre viejo, los dones de tu vegez, que en largos días largas se sufren tristezas[11]. Recibe las arras de tu senectud antigua; recibe allá tu amada hija. Gran dolor llevo de mí, mayor de ti, muy mayor de mi vieja madre. Dios quede contigo y con ella; a Él offrezco mi alma. Pon tú en cobro este cuerpo que allá baxa[12].

Argumento del veynte e un[a] auto

PLEBERIO, *tornado a su cámara con grandíssimo llanto, pregúntale*[b] ALISA, *su muger, la causa de tan súpito mal. Cuéntale la muerte de su hija* MELIBEA, *mostrándole el cuerpo della todo fecho pedaços, y haziendo su planto, concluye.*

---

[a] T1500. *Com.:* diez y seys y último
[b] S1501: preguntávale

seguir viviendo sin el gozo y el placer que le proporcionaba su relación con Calisto, más que la apoteosis del amor trágico. De acuerdo con McPheeters [1973 y 1985: 7-19], Rojas nos muestra su poca simpatía hacia la educación que ha recibido Melibea y hacia los valores convencionales que le han sido inculcados. Ella rechaza los modelos de comportamiento sexual de la época, pero ha intentado mantener las apariencias.
[11] En opinión de Castro Guisasola [1924: 100], se trata de una traducción de uno de los *Proverbios de Séneca* de Publilio Siro: «Longaeva vita mille fert molestias.»
[12] La opinión de Cejador [1913: II, 199] que en parte sigue a Menéndez Pelayo [1949: 395-396] de que el suicidio de Melibea está modelado sabre el de Hero en el poema de Museo, *Hero y Leandro*, y de que debe tratarse de la aberración anticatólica de un converso, fue rechazada por Castro Guisasola [1924: 14-17] y luego por Gilman [1974: 208-223], quienes desarrollan las similitudes entre este pasaje y la *Fiammetta* boccacciana (como lo hace también Berndt [1963: 67-68]). Para un resumen de las opiniones críticas sobre el suicidio de Melibea, *vid.* López Morales [1976: 236] y Gulstad [1978-1979]. También *vid.* Shipley [1985].

ALISA, PLEBERIO[1]

ALISA. ¿Qué es esto, señor Pleberio? Por qué son tus fuertes alaridos? Sin seso estava adormida del pesar que ove quando oý dezir que sentía dolor nuestra hija. Agora oyendo tus gemidos, tus bozes tan altas, tus quexas no acostumbradas, tu llanto y congoxa de tanto sentimiento, en tal manera penetraron mis entrañas, en tal manera traspassaron mi coraçón, assí abivaron mis turbados sentidos, que el ya recebido pesar alancé de mi. Un dolor sacó otro, un sentimiento otro[2]. Dime la causa de tus quexas. ¿Por qué maldizes tu honrrada vejez? ¿Por qué pides la muerte? ¿Por qué arrancas tus blancos cabellos? ¿Por qué hieres tu honrrada cara?[3]. ¿Es algún mal de Melibea? Por Dios, que me lo digas, porque si ella pena, no quiero yo vivir.

PLEBERIO. ¡Ay, ay, noble mujer, nuestro gozo en el pozo[4]; nuestro bien todo es perdido; no queramos más bivir! Y por que el incogitado dolor te dé más pena, todo junto sin pensarle, por que más presto vayas al sepulcro, por que no llore yo solo la pérdida dolorida de entramos, vez allí a la que tú pariste y yo engendré, hecha pedaços. La causa supe della, más la he sabido por estenso desta su triste sirviente. Ayúdame a llo-

---

[1] El lamento de Pleberio ha sido tratado exhaustivamente por la crítica y ha dado lugar a las opiniones más encontradas, las cuales, básicamente, se pueden dividir en dos campos: las que creen que las palabras de Pleberio suponen un rechazo incluso del estoicismo petrarquista (punto de vista de Gilman) y las que creen que Pleberio es un personaje autónomo, que está condenado por Rojas a no poder vivir bajo preceptos neoestoicos (tesis de Bataillon [1961], Dunn [1976] y otros). Los artículos dedicados íntegramente a este soliloquio son, entre otros, los de Casa [1968], Dunn [1976], Flightner [1964], Fraker [1966], Green [1965], Hook [1978, 1982], Ripoll [1969] y Wardropper [19641.

[2] «Un amor saca a otro», Correas, 161.

[3] Las preguntas de Alisa cumplen la función de la narración en tercera persona.

[4] De nuevo, como en el caso de la muerte de Calisto, una situación dramática se ve alterada por una expresión que resulta casi risible dado el contexto.

rar nuestra llagada[c] postremería. ¡O gentes que venís a mi dolor, o amigos y señores, ayudadme a sentir mi pena! ¡O mi hija y mi bien todo, crueldad sería que biva yo sobre ti! Más dignos eran mis sesenta años de la sepultura, que tus veynte. Turbóse la orden del morir con la tristeza que te aquexava[5]. O mis canas, salidas para aver pesar, mejor gozara de vosotras la tierra que de aquellos ruvios cabellos que presentes veo; fuertes días me sobran para bivir; quexarme he de la muerte; incusarla he su dilación, quanto tiempo me dexare solo después de ti. Fáltame la vida, pues me faltó tu agradable compañía. O mujer mía, levántate de sobre ella, y si alguna vida te queda, gástala conmigo en tristes gemidos, en quebrantamiento y sospirar; y si por caso tu spíritu reposa con el suyo, si ya as dexado esta vida de dolor, ¿por qué quesiste que lo passe yo todo?[6]. En esto tenés ventaja las hembras a los varones, que puede un gran dolor sacaros del mundo sin lo sentir, o a lo menos perdéys el sentido, que es parte de descanso[7]. ¡O duro coraçón de padre! ¿cómo no te quiebras de dolor, que ya quedas sin tu amada heredera? ¿Para quién edifiqué torres; para quién adquirí honrras; para quién planté árboles, para quién fabriqué navíos?[8]. ¡O tierra

---

[c] Z: llegada

[5] Menéndez Pelayo —y luego Castro Guisasola [1924: 183]— creen que este tópico de la alteración del orden por la muerte está modelado sobre el lamento de la madre de Leriano ante la muerte de éste en la *Cárcel de amor* de Diego de San Pedro: «¡O muerte. Más razón avía para que conservases los veynte años del hijo moço, que para que dexases los sesenta de la vieja madre. ¿Por qué volviste el derecho al revés?»

[6] A pesar de que la racionalidad está siempre presente en las palabras de Pleberio, aquí parece que éste ha perdido algo del control sobre su discurso. Acaba de mostrar el cuerpo de su hija a Alisa, «por que más presto vayas al sepulcro».

[7] Castro Guisasola [1924: 69-70] cree que Rojas pudo tener presente aquí la *Epistola Heronis*, vv. 6-7: «Fortius ingenium suspicor esse viris: Ut corpus teneris ita mens infirma puellis.»

[8] *Vid.* Hook [1978]. Para las diferentes interpretaciones a que han dado lugar estas palabras, *vid.* López Morales [1976: 238-239]. Cejador [1913: II, 202] y Lida de Malkiel [1962: 473] creen que este pasaje procede de otro similar de Petrarca, *De remediis,* I, 90, pero el italiano no menciona ni la construcción de navíos ni las torres, por lo que Deyermond [1961: 60] piensa que o bien entre Rojas y Petrarca existe una fuente intermedia desconocida o bien que ambos elaboran una fuente común, quizá el *Ecclesiastes,* II, 4-12.

dura!, ¿cómo me sostienes? ¿Adónde hallará abrigo mi desconsolada vejez? ¡O fortuna variable, ministra y mayordoma de los temporales bienes! ¿Por qué no executaste tu cruel yra, tus mudables ondas, en aquello que a ti es subjeto? ¿Por qué no destruýste mi patrimonio; por qué no quemaste mi morada; por qué no asolaste mis grandes heredamientos? Dexárasme aquella florida planta en quien tú poder no tenías; diérasme, fortuna flutuosa, triste la moçedad con vejez alegre; no pervirtieras[d] la orden. Mejor sufriera persecuciones de tus engaños en la rezia y robusta edad que no en la flaca postremería. ¡O vida de congoxas llena, de miserias acompañada, o mundo, mundo! Muchos mucho de ti dixeron, muchos en tus qualidades metieron la mano, a diversas cosas por oýdas te compararon. Yo por triste experiencia lo contaré, como a quien las ventas y compras de tu engañosa feria no prósperamente sucedieron, como aquel que mucho ha hasta agora callado tus falsas propiedades por no encender con odio tu yra, por que no me secasses[e] sin tiempo esta flor que este día echaste de tu poder. Pues agora sin temor, como quien no tiene qué perder, como aquel a quien tu compañía es ya enojosa, como caminante pobre que sin temor de los crueles salteadores va cantando en alta boz[9]. Yo pensava en mi más tierna edad que eras y eran tus hechos regidos por alguna orden. Agora, visto el pro y la contra de tus bienandanças, me pareçes un laberinto de errores, un desierto spantable, una morada de fieras, juego de hombres que andan en corro, laguna llena de cieno, región llena de spinas, monte alto, campo pedregoso, prado lleno de serpientes, huerto florido y sin fruto, fuente de cuydados, río de lágrimas, mar de miserias, trabajo sin provecho, dulce ponçoña, vana esperança, falsa alegría, verdadero dolor[10]. Cévasnos,

---

[d] Z: pervertirrás

[e] *Com.:* sacasses

[9] Según la *Celestina comentada*, 219v., Rojas repite aquí el «Cantavit vacuus coram latrone viator» de Juvenal, *Sátiras*, X, 22, aunque, como indica Castro Guisasola [1924: 48], la popularidad del tópico era enorme.

[10] Esta visión del mundo al revés, junto a la del *locus amoenus* destruido, procede directamente de Petrarca, *Epístolas familiares*, 122 A-49: «Labyrinthus errorum: circulatorum ludus: desertum horribile: limosa palus: senticulosa regio: vallis hispida: mons praeruptus: caligantes speluncae habitatio ferarum: terra infoelix:

mundo falso, con el manjar de tus deleytes; al mejor sabor nos descubres el anzuelo; no lo podemos huyr, que nos tiene ya caçadas las voluntades. Prometes mucho, nada no cumples. Échasnos de ti, porque no te podamos pedir que mantengas tus vanos prometimientos. Corremos por los prados de tus viciosos vicios muy descuydados, a rienda suelta; descúbresnos la celada quando ya no ay lugar de bolver[11]. Muchos te dexaron con temor de tu arrebatado[f] dexar; bienaventurados se llamarán quando vean el gualardón que a este triste viejo as dado en pago de tan largo servicio. Quiébrasnos el ojo y úntanos con consuelo[s] el caxco[12]. Hazes mal a todos por que ningún triste se halle solo en ninguna adversidad, diziendo que es alivio a los míseros, como yo, tener compañeros en la pena[13]. Pues desconsolado viejo, ¡qué solo estoy! Yo fui[g] lastimado sin aver ygual compañero de semejante dolor, aunque más en mi fatigada memoria rebuelvo presentes y passados. Que si aquella severidad y paciencia de Paulo Emilio me viniere a consolar[h] con pérdida de dos hijos

---

  f Z: arrebatado
  g Z: fue
  h Z: viniere consolar

campus lapidosus: vepricosum nemus: pratum herbidum plenumque ser pentibus: florens hortus ac sterilis: fons curarum: fluvius lachrymarum: mare miseriarum: quies anxia: labor inefficax: conatus irritus: grata phrenesis: pondus infaustum: dulce virus: degener metus: inconsulta securitas: vana spes: ficta fabula: falsa laeticia: verus dolor», Deyermond [1961: 73]. Según Martínez [1980], el pasaje presenta alguna influencia del anónimo *El Viejo, el Amor y la Hermosa*, sobre todo en la imagen del cebo y la trampa que sigue («que es el çevo con que engañas / nuestra mudable afición», c. 7fg). *Vid.* Hook [1982].

[11] Ya la *Celestina comentada*, 220v., vio que Jorge Manrique usaba la misma imagen en sus *Coplas:* «Los plazeres y dulzores / desta vida trabajada / que traemos, / ¿qué son sino corredores / y la muerte la celada / en que caemos? / No mirando a nuestro daño / corremos a rienda suelta / sin parar: / desque vemos el engaño / y queremos dar la vuelta / no ay lugar.» *Vid.* Bayo [1950].

[12] «Quebrar el ojo e untar el caxco», Santillana, *Refranes*, 498. *«Quebrar la cabeça y después untar el casco*, dízese de los que aviendo hecho algún daño, acuden después a querelo remediar floxa y tibiamente», Covarrubias, 986. Cota también usa este viejo refrán en su *Diálogo*, 40: «Robador fiero sin asco, / ladrón de dulce despojo, / bien sabes quebrar el ojo / y después untar el casco.» El estilo altamente retórico del lamento de Pleberio cae de pronto.

[13] Quizá recuerdo de uno de los *Proverbios de Séneca* de Publilio Siro: «Calamitatum habere socios miseris est solatium», Castro Guisasola [1924: 100].

muertos en siete días, diziendo que su animosidad obró que consolasse él al pueblo romano y no el pueblo a él, no me satisfaze, que otros dos hijos le quedavan dados en adopción. ¿Qué compañía me ternán en mi dolor aquel Pericles[i], capitán ateniense, ni el fuerte Xenofón, pues sus pérdidas fueron de hijos absentes de sus tierras? Ni fue mucho no mudar su frente y tenerla serena, y el otro responder al mensajero que las tristes albricias de la muerte de su hijo le venía a pedir, que no recibiesse él pena, que él no sentía pesar. Que todo esto bien differente es a mi mal. Pues menos podrás dezir, mundo lleno de males, que fuimos semejantes en pérdida aquel Anaxágoras y yo, que seamos yguales en sentir y que responda yo, muerta mi amada hija, lo que él su único hijo, que dixo: «Como yo fuesse mortal sabía que avía de morir el que yo engendrava»[14]. Porque mi Melibea mató a ssí misma de su voluntad a mis ojos con la gran fatiga de amor que le aquexava; el otro matáronle en muy lícita batalla. ¡O incomparable pérdida, o lastimado viejo, que quanto más busco consuelos, menos razón hallo para me consolar! Que si el profeta y rey David al hijo que enfermo llorava, muerto no quiso llorar, diziendo que era quasi locura llorar lo irrecuperable, quedávanle otros muchos con que soldasse su llaga. Y yo no lloro triste a ella muerta pero la causa desastrada de su morir. Agora perderé contigo, mi desdichada hija, los miedos y temores que cada día me espavorecían. Sola tu muerte es la que a mí me haze seguro de sospecha[15]. ¿Qué haré quando entre en tu cámara y retraymiento y la halle sola? ¿Qué haré de que no me respondas si te llamo? ¿Quién me podrá cobrir la gran falta que tú me hazes? Ninguno perdió lo que yo el día de hoy, aunque algo conforme parescía la fuerte animosidad de Lambas de Auria, duque de los athenienses, que a su hijo herido con sus braços desde la nao echó en la mar; porque todas éstas son muertes que, si roban

---

[i] Z: Perides

[14] Toda esta enumeración de ilustres representantes del estoicismo procede de Petrarca, *Epístolas familiares*, 12, ampliando las diversas entradas del *Index* con el texto propiamente dicho, Deyermond [1961: 40, 42-43].

[15] Todo este fragmento referido a David proviene de Petrarca, *De remediis*, II, 48, Deyermond [1961: 61-62].

la vida, es forçado *de* complir con la fama[16]. Pero ¿quién forçó a mi hija [a] morir, sino la fuerte fuerça de amor? Pues, mundo halaguero, ¿qué remedio das a mi fatigada vejez? Cómo me mandas quedar en ti conociendo tus *falsías*[j], tus lazos, tus cadenas y redes, ¿con que pescas[k] nuestras flacas voluntades? ¿A dó me pones mi hija? ¿Quién acompañará mi desacompañada morada? ¿Quién terná en regalos mis años que caducan? ¡O amor, amor, que no pensé que tenías fuerça ni poder de matar a tus sujectos! Herida fue de ti mi juventud. Por medio de tus brasas passé ¿cómo me soltaste para me dar la paga de la huida en mi vejez?[17]. Bien pensé que de tus lazos me avía librado quando los quarenta años toqué, quando fui[l] contento con mi conyugal compañera, quando me vi con el fruto que me cortaste el día de hoy. No pensé que tomavas en los hijos la vengança de los padres, ni sé si hieres con hierro, ni si quemas con huego; sana dexas la ropa; lastimas el coraçón. Hazes que feo amen y hermoso les paresca[18]. ¿Quién te dio tanto poder? ¿Quién te puso nombre que no te conviene? Si amor fuesses, amarías a tus sirvientes; si los amasses, no les darías pena; si alegres biviessen, no se matarían como agora mi amada hija. ¿En qué pararon tus sirvientes y sus ministros? La falsa alcahueta Celestina murió a manos de los más fieles compañeros que ella para tu servicio empoçoñado jamás halló; ellos murieron degollados, Calisto despeñado. Mi triste hija quiso tomar la misma muerte por seguirle. Esto todo causas. Dulce nombre te dieron, amargos hechos hazes. No das yguales galardones; iniqua es la ley que a todos ygual no es[19]. Alegra tu sonido, entristece tu trato. Bienaventurados los que no conociste o de

---

[j] *Com.:* falacias
[k] Z: pesas
[l] Z: fue

[16] Traducción de un pasaje de las *Epístolas familiares,* 13, Deyermond [1961: 72-73].
[17] Esta idea pudo haber sido sugerida por Rodrigo Cota y su *Diálogo.*
[18] Dos viejos refranes se glosan aquí: «El rayo y el amor, la ropa sana y quemado el corazón», Correas, 198 y «Amor de lo feo hace hermoso», Correas, 42.
[19] Referencia tomada de Petrarca, *De remediis,* I, 1: «Iniquissima vero lex: quae non omnibus una est», Deyermond [1961: 58]. *Vid.* Rank [1980-1981].

los que no te curaste. Dios te llamaron otros, no sé con qué
error de su sentido traýdos. Cata que Dios mata los que crió;
tú matas los que te siguen. Enemigo de toda razón, a los que
menos te sirven das mayores dones, hasta tenerlos metidos
en tu congoxosa dança. Enemigo de amigos, amigo de enemigos[20], ¿por qué te riges sin orden ni concierto? Ciego te
pintan[21], pobre y moço. Pónente un arco en la mano con que
tires a tiento; más ciegos son tus ministros que jamás sienten
ni veen el desabrido galardón que se saca de tu servicio. Tu
fuego es ardiente rayo que jamás haze señal do llega. La leña[m]
que gasta tu llama son almas y vidas de humanas criaturas,
las quales son tantas que de quién començar pueda apenas
me ocurre[22]; no sólo de christianos mas de gentiles y judíos
y todo en pago de buenos servicios. ¿Qué me dirás de aquel
Macías de nuestro tiempo, cómo acabó amando, cuyo triste
fin tú fuiste la causa? ¿Qué hizo por ti Paris? ¿Qué Helena?
¿Qué hizo Ypermestra?[23]. ¿Qué Egisto? Todo el mundo lo
sabe. Pues a Sapho, Ariadna, Leandro ¿qué pago les diste? Hasta David y Salomón no quesiste dexar sin pena[24]. Por tu amistad Sansón pagó lo que meresció por creerse de quien tú le

---

[m] Z: lleña

[20] Una exclamación similar encuentra Castro Guisasola [1924: 180] en
Cota, *Diálogo*, 6: «Tú traidor eres, amor / de los tuyos enemigos.» Como vemos, el parecido es muy forzado. Más creíble es la propuesta de Martínez
[1980] que sugiere la influencia de *El Viejo, el Amor y la Hermosa* en esta larga
diatriba contra el Amor.

[21] La tradición iconográfica del Amor, desde la Antigüedad clásica, incluye, en efecto, los rasgos mencionados por Pleberio.

[22] Rojas está casi transcribiendo un pasaje de la traducción castellana de 1496
de Boccaccio, *Fiammeta*, I, 1: «Pero si... quieres saber quién del mundo lo ha
sentido (el amor), ellos son tantos que de quién començar apenas me ocurre... ¿Qué hizo Paris por éste? ¿Qué Elena? ¿Qué Clitemnestra? ¿Qué Egisto? Todo el mundo lo conoce. Semejablemente, de Archiles, de Adriana, de
Leandro y de Done, y de muchos otros no digo que no es necesario», Castro
Guisasola [1924: 144-145].

[23] Rojas ha alterado el texto de Boccaccio, cambiando la Clitemnestra por
Hypermnestra, las dos víctimas del amor, pero aquélla culpable y ésta inocen-
te, quizá para subrayar el sentimiento de Pleberio de que su hija no es culpable en esta trágica historia, o quizá es error de imprenta.

[24] Acaso Rojas tuvo aquí presente el *Libro de los Reyes*, III; Castro Guisasola
[1924: 104]. La historia de Sansón se encuentra en *Jueces*, XXVI.

346

forçaste a darle fe. Otros muchos que callo porque tengo harto que contar en mi mal. Del mundo me quexo porque en sí me crió, porque no me dando vida no engendrara en él a Melibea; no nascida, no amara; no amando, cessara mi quexosa y desconsolada postremería[25]. O mi compañera buena *y* [o] mi hija despedaçada, ¿por qué no quesiste que estorvasse tu muerte? ¿Por qué no oviste lástima de tu querida y amada madre? ¿Por qué te mostraste tan cruel con tu viejo padre? ¿Por qué me dexaste, quando yo te havía de dexar?] ¿Por qué me dexaste penado? ¿Por qué me dexaste triste y solo in *hac lacrimarum valle?*[26].

Concluye el auctor, aplicando la obra al propósito por que la hizo[27]

1. Pues aquí vemos quán mal fenecieron
   aquestos amantes, huygamos su dança;
   amemos a aquel que spinas y lança
   açotes y clavos su sangre vertieron;
   los falsos judíos su haz escupieron;
   vinagre con hiel fue su potación;
   por que nos lleve con el buen ladrón
   de dos que a sus santos lados pusieron.

2. No dudes ni ayas vergüença, lector,
   narrar lo lascivo que aquí se te muestra,
   que siendo discreto, verás ques la muestra

---

[25] Estas palabras de Pleberio quizá tomen como referencia a Juan de Mena y su canción «Ya no sufre mis cuydados»: «Mas quéxome de la tierra / porque me sufre en el mundo; / ca si muriera en nascer, o si nascido muriera, / no me pluguiera el plazer, / ni me diera yo al querer, / ni él a mí no se diera», Castro Guisasola [1924: 164-165].

[26] La cita bíblica procede del Salmo LXXXIII o, más directamente, del *Salve Regina* (Castro Guisasola [1924: 104]). Dunn [1976 y 1975: 166] encuentra en esta referencia al himno mariano un rayo de esperanza en la agonía de Pleberio.

[27] Estas estrofas se encuentran en la edición de Zaragoza de 1507, pero no en la *Comedia*. La primera estrofa está rehecha sobre la última de las estrofas introductorias de la *Comedia* (suprimida y reemplazada en la *Tragicomedia*).

por donde se vende la honesta lavor;
de nuestra vil massa con tal lamedor
consiente coxquillas de alto consejo,
con motes y trufas del tiempo más viejo
scriptas abueltas le ponen sabor.

3. Y assí no me juzgues por esso liviano
mas antes zeloso de limpio bivir;
zeloso de amar, temer y servir
al alto Señor y Dios soberano;
por ende si vieres turbada mi mano
turvias con claras mezclando razones,
dexa las burlas, qu'es paja y grançones
sacando muy limpio dentrellas el grano[28].

Alonso de Proaza, corrector de la impressión, al lector[29]

1. La harpa de Orpheo y dulce armonía
forçava las piedras venir a su son;
abrié los palacios del triste Plutón
las rápidas aguas parar las hazía;
ni ave volava ni bruto pascía;
ella assentava en los muros troyanos,
las piedras y froga[a] sin fuerça de manos
según la dulcura con que se tañía[30].

---

[a] Z: fraga

[28] Rojas acude de nuevo a la imagen tradicional de la literatura didáctica de sacar el grano limpio de entre la paja. Presumiblemente, añadió estos versos para reforzar el supuesto mensaje didáctico.

[29] Los versos de Alonso de Proaza se encuentran tanto en la *Comedia* como en la *Tragicomedia*. Para un estudio sobre la figura de Proaza, *vid.* McPheeters [1956: 13-25 y 1985: 71-98].

[30] Proaza usa inconscientemente el tipo de comparaciones que Rojas ha parodiado en *La Celestina*. Celestina compara al «bobo Calisto» con Orfeo en el acto IV.

2. Pues mucho más puede tu lengua hazer,
   lector, con la obra que aquí te refiero,
   que a un coraçón más duro que azero
   bien la leyendo harás liquescer;
   harás al que ama amar no querer;
   harás no ser triste al triste penado;
   al ques sin aviso harás avisado;
   assí que no es tanto las piedras mover.

PROSIGUE

3. No debuxó la cómica mano
   de Nevio ni Plauto, varones prudentes,
   tan bien los engaños de falsos sirvientes
   y malas mujeres en metro romano.
   Cratino y Menandro y Magnes anciano
   esta materia supieron apenas
   pintar en estilo primero de Athenas
   como este poeta en su castellano[31].

DIZE EL MODO QUE SE HA DE TENER LEYENDO
ESTA *Tragi*COMEDIA

4. Si amas y quieres a mucha atención
   leyendo a Calisto mover los oyentes,
   cumple que sepas hablar entre dientes;
   a vezes con gozo, esperança y passión,
   a vezes ayrado con gran turbación;
   finge leyendo mil artes y modos;
   pregunta y responde por boca de todos,
   llorando o riyendo en tiempo y sazón[32].

---

[31] Con *poeta* Proaza se está refiriendo a *autor* en general. La lista de predecesores que nos da es más pomposa que exacta (se sabe poco de Magnes, por ejemplo). Sorprendentemente, no se hace ninguna mención a Terencio.

[32] Proaza nos da una clave sobre la evidencia de la lectura pública de *La Celestina* y, presumiblemente, de mucha de la literatura popular en la época. El «hablar entre dientes» se refiere a los apartes. *Vid.* Gilman [1972/1978: 310-324].

DECLARA UN SECRETO QUE EL AUTOR ENCUBRIÓ EN LOS METROS QUE PUSO AL PRINCIPIO DEL LIBRO

5. Ni quiere mi pluma ni manda razón
que quede la fama de aqueste gran hombre
ni su digna gloria ni su claro nombre
cubierto de olvido por nuestra ocasión;
por ende juntemos de cada renglón
de sus onze coplas la letra primera,
las quales descubren por sabia manera
su nombre, su tierra, su clara nación[33].

DESCRIBE EL TIEMPO EN QUE LA OBRA SE IMPRIMIÓ

6. El carro de Phebo después de aver dado
mil quinjentas y siete bueltas en rueda,
ambos entonces los hijos de Leda
a Phebo en su casa tenién posentado[34],
quando este muy dulce y breve tratado
después de revisto y bien corregido
con gran vigilancia puntado y leýdo
fue en Çaragoça impresso acabado.

---

[33] Proaza revela la naturaleza acróstica de las estrofas del autor al principio de la obra. De Vries [1974: 123-174] llega a interpretar toda la obra como un enorme acróstico. En algunas de las ediciones de la *Tragicomedia* se encuentra insertada una estrofa antes de la última:

Toca cómo se devía la obra llamar *Tragicomedia* y no *Comedia*.

Penados amantes jamás conseguieron
dempresa tan alta tan prompta victoria,
como estos de quien recuenta la hystoria
ni sus grandes penas tan bien succedieron.
Mas como firmeza nunca tovieron
los gozos de aqueste mundo traydor
supplico que llores, discreto lector,
el trágico fin que todos ovieron.   (Texto: Valencia, 1514.)

[34] Sempronio se burló de este tipo de retórica para indicar la hora cuando lo usó Calisto en el acto VIII. La alusión a los hijos de Leda, es decir, el signo de Géminis, indica que la obra se imprimió a finales de mayo o principios de junio. El lugar y la fecha a veces fue cambiado por el impresor en esta estrofa-colofón, pero hay una proliferación de ediciones falsas de «1502». La edición de Valencia, 1514 indica Salamanca, 1500, una fecha posible para la primera edición de la *Tragicomedia*.

Glosario

abatirse [abatióse] (I): caerse el halcón de la percha.

abezado (VII): acostumbrado.

accepto ('El autor a un su amigo'): conveniente, agradable.

acorrer [me acorre] (XIV): ayudar.

acuerdo (XII): estar despierto; cuidado.

adalid (III, XIV): guía de ejército.

afistolar [afistoles] (VI): hacer supurar una herida.

agua, hacer una raya en el (III): expresar sorpresa sobre un asunto

aguijar [aguijado] (III): darse prisa.

agujetas (V): correas o cintas con un herrete en cada punta para atar
   los calzones y otras prendas.

ahoxar (XVIII): asustar con la exclamación 'íox!'.

ál (I): otra cosa (puede ser un eufemismo sexual).

alahé (I): 'a la fe'.

alcándara (I): percha de las aves de caza.

alcaraván (I): un ave zancuda.

alcoholada (I): pintada con alcohol, cosmético mineral, para embe-
   llecer los ojos y ennegrecer las pestañas.

algalia (I): sustancia untuosa de olor fuerte que se saca de la bolsa
   que cerca del ano tiene el gato de algalia; usada en perfumes.

aljófar, granos de (XIV): perlas pequeñas e irregulares.

allinde (I): exageración; literalmente, mercurio para espejos.

almizcle (I): sustancia odorífera que se saca de la bolsa que el gato
   almizclero tiene en el vientre; usado en perfumes.

alumbre (I): un astringente.

alvalines (I): cosmético blanco para la cara (?).

alvayalde (III, XVII): un cosmético blanco para la cara, hecho de carbonato de plomo.

animés (I): resina de la planta curbaril, usada en perfumes.

aosadas (III): cierto.

aparejo, el (IV): lo necesario para hacer alguna cosa.

aquexar [aquexes]: aguijar.

arambre (I): alambre, cobre.

arcadores (I): los que tienen por oficio ahuecar la lana.

arda (I): ardilla.

argentadas (I): afeite que semeja el color y brillo de la plata.

armar mates (II): referido al ajedrez.

arrearse [me arreo] (IV): vestirse.

arrepiso (VIII): arrepentido.

ascuras (XII): a escuras.

atamientos (V): encantamientos, hechicerías.

aviniendo (el hilado) (VI): concertando la venta del hilado.

ayna, más (I): antes, más pronto.

axiensos (VII): ajenjo.

ayuso, en (VII): desde abajo.

badajadas, desconcertar sus (VI): hablar tonterías.

bascar [bascava] (VI): dar asco.

blanca (III): moneda pequeña.

bodigo (IX): pan de iglesia.

boyzuelo (XI): toro falso, usado para cazar perdices.

bujelladas (I): afeite para el rostro.

cabo, en mi (III): yo solo.

cabrillas (III): la constelación de las Pléyades.

capilla (XII): capucha.

caramillo, levantar un (IX): fingir, hacer invenciones.

carraca (Prólogo): antigua nave de transporte.

castigar [te castigo] (VI): enseñar.

catar [cátale] (I): mirar; mírale.

caxquete (XII): yelmo.

caxquillo (VI): hierro en la punta de una flecha.

cebolla albarrana (I): usada para restaurar la virginidad.

cepacavallo (I): planta sarmentosa, parecida a la vid, usada para restaurar la virginidad.

cerillas (I): cosmético para la cara, hecho con masilla de cera compuesta con otros ingredientes.

cerro, en (XVII): desnudo.

cimera (I): la parte superior del morrión, que se solía adornar con plumas, etc.

clarimientes (I): afeite que usaban las mujeres para limpiar la cara.

constelación, a (I): por destino, por las estrellas.

contingibles (III): posibles.

contray (VI): paño fino de Flandes.

copia ('El autor a un su amigo'): cantidad.

cordelejos (VI): instrumento depilatorio.

cosquillosicas (II): fastidiosas.

çaharenas (VI): desdeñosas.

çaraças (XI, XIX): pan cocido con vidrio, veneno, o alfileres para matar perros, gatos u otros animales.

darga (XII): adarga, escudo de cuero.

deçir (XIX): descender.

desatacados (I): desabrochados.

desentido (VI): insensible.

desfiuza (VII): desconfianza.

diacitrón (VIII): corteza de cidra confitada.

ebúrneo (VI): de marfil.

Egipto, los de (XI): gitanos.

embarga, se ('El autor... contra sí'): se embaraza, se detiene.

empecible (IV): dañoso.

empicotar (IV): poner en la picota u horca a la vergüença pública.

emplumada (II): se refiere al castigo de poner miel y plumas a una alcahueta.

enbaymientos (I): engaños.

encoroçada (I): poner coroza o gorro puntiagudo; castigo de alcahuetas.

encruçijada (VII): se creía que las encrucijadas tenían propiedades mágicas.

enfingirse (III): presumir, manifestar soberbia.

entretalladura ('El autor... contra sí'): bajo relieve.

envergonçantes (XIX): mendigos que se cubren la cara.

enxuto, a pie (III): sin peligro.

esgarrochado (I): punzado con garrochas, largas banderillas.

eslabones, escurrir (VI): hablar tonterías.

espacioso (V): despacio.

esquivo (I): desdeñoso.

estenderse [se estiende] (XVIII): estimarse, pavonearse.

estoraques (I): bálsamo del árbol así llamado, usado en perfumes.

estrena, por (XIX): como galardón de amor.

exgamochos; no quiero arrendar tus (VII): no tienes cosa que valga.

fardeles (XVI): sacos para el viaje.

filosomía (I): cara.

firme, por rato y (XVIII): resuelto y confirmado (expresión legal).

flores, en (I): en vanidades.

forro ('El autor... contra sí'): cobertura.

franjas (III): cintas.

franquezas (II): liberalidad, generosidad.

frisado, se sacó para (VI): tejido de seda cuyo pelo se frisaba o levantaba.

froga (Alonso de Proaza): construcción de albañilería.

fuero, de (VII): por ley.

fustas (Prólogo): buques ligeros de remos.

fuste sanguino (I): se usaba para restaurar la virginidad.

garvines (III): cofias de red, para el pelo.

girifalte (I): ave de cetrería.

gorgueras (I): adornos del cuello, hecho de lienzo plegado.

gozques (XII): perros pequeños.

haldeando (IV): andando de prisa con faldas largas.

harpadas (IX): se dice del canto agradable de las aves.

harpar (XVIII): cicatrizar.

havada (IX): de muchos colores.

hechizo (XI): artificioso, fingido.

hilado, corredora de su primer (III): Celestina se refiere a su oficio de restaurar la virginidad.

hojaplasma (I): también usado para restaurar la virginidad.

horaca (VIII): horada.

incogitado (XIV): no sospechado.

incusarnos (XII): acusarnos.

insipiente (I): ignorante.

labrandera (I): costurera.

lamedor ('Concluye el autor'): lisonja.

landre (I): cáncer, tumor.

levantar (XVII): calumniar.

lizos, arca de los (III): caja con hilado.

llanillas (I): espátulas para aplicar el cosmético.

llevada (XVIII): una muestra de armas, para dar susto.

lobitos (I): cara obstinada.

lucenteros (I): cosméticos.

madre, la (IV, VII): la matriz.

maguera (I): a pesar de.

majadero (XVIII): mano de mortero.

maldoladas ('El autor a un su amigo'): desbastadas.

malpegado (IV): odre mal curtido.

mandar [mándote yo] (VI): prometer.

manderecha (XII, XVII): fortuna, habilidad.

manilla (VII): pulsera.

maurrubios (I): planta usada para aclarar el pelo.

mayo, agua de (III): usado en afrodisiacos.

medrar, assí te medre Dios (I): así te mejore Dios.

melena (X): melenera, almohadilla que se pone bajo el yugo de los bueyes.

menjuy (I): bálsamo de un árbol de las Indias Orientales, usado en perfumes.

menstrua (XIV): mensual.

millifolia (I): planta medicinal usada como astringente.

ministrar ('Argumento de toda la obra'): servir.

mixto (I): mezclando la carne con el espíritu.

montes, étnicos (III): El monte Etna en Sicilia.

mosquetes (I): rosal de flores blancas de la mosqueta, usado en perfumes.

motes (I): sentencia breve que llevan los caballeros como empresa en los torneos y en la corte.

moxtrenco, hecho (V): como un animal sin dueño; por extensión, el hombre que no tiene casa ni hogar.

mudas (IX): cosméticos.

mur (VII): ratón.

neguilla (I): ajenuz, usado para eliminar las asperezas y las pecas de la cara.

obsequias (XIX): exequias.

ogaño ('El autor... contra sí'): en este año, en esta época.

pagar (XI): contentar.

palanciano (VII): cortés.

pan, no se le cueze el (III): está impaciente.

paramiento, figura de (IV): figura pintada sobre una tela.

parar [con que pares] (IV): aclarar el pelo.

pasar [pasaste] (III): hablar.

pegones (VI): cera(?) para quitarse el vello de la cara.

pelar [pele] (VI): quitar los bienes con engaño.

pelechar (VI): mejorarse, prosperar.

pelo malo, desechar el (VI): salir de pobreza.

pelón (XVII): un pobre.

posturas (VI): cosméticos.

potación ('Concluye el autor'): bebida.

pungido ('Argumento de toda la obra'): herido el corazón de amor.

raleza (V): rareza, cosa rara.

ramo (III): seña de venta que indica que se vende vino.

reducir [reduxiste] (I): acompañar de vuelta.

reja, nunca metes aguja sin sacar (IV): Celestina arriesga menos de lo que gana.

remojo, echar nuestras barbas en (XVI): tomar precaución por lo que pueda pasar.

retraymiento (XII): habitación interior y retirada.

rimero (XVIII): montón.

rixoso (VI): furioso.

rocadero (VII): mitra del condenado a la vergüença pública.

rodeos (III): ruedos como franjas.

roer los huesos (Prólogo): quejar.

rompenecios (I): el amo que no paga a sus criados.

ronçes (XV): caricias.

salitre (I): para aclarar el pelo.

sciente (Prólogo): sabio.

secretaria (X): familiar.

sectas (I): saetas, flechas.

sobrados (XIII): demasiado audaces.

solimán (I): cosmético con arsénico.

soltura, el sueño y la (III): todo.

spacio (III): tranquilidad.

speras (II): esferas.

stada (XIV): tardanza.

tablado, piedras a (IX): juego en que tiraban piedras a un madero alto
    para derribar un objeto allí.

tablero, poner su persona al (IV, XII): poner la vida en arriesgo.

taja (III): pedazo de madera en que se marcaba la cuenta.

tarangunia (I): dragontea, para limpiar el pelo.

tenerlas (I): curtiduría, siempre el lugar menos atractivo de una ciu-
    dad por el olor.

tíbar ('El autor... contra sí'): oro puro (del río Tíbar).

torce (V): collar.

trato doble (XIX): traición.

trufas ('Concluye el autor'): invenciones.

tuétano de corço y de garça (I): medula del ciervo y ave, para limpiar
    la piel.

turvino (I): polvo para limpiar la piel.

tusca ('El autor... contra sí'): lengua italiana.

ventores ('El autor a un su amigo'): perros de caza.
viciosas (XIX, XXI): deliciosas.
victo (VII): comida.
viso (XII): la vista.

xarope (XV): jarope.
xerga (XIX): jerga, tela gruesa y tosca.

Colección Letras Hispánicas

DE PRÓXIMA APARICIÓN